KB024542

사랑하는 나의 생활, 나의 생각

-강연 및 신문 잡지 기고문-

김시우 지음

사랑하는 나의생활 나의생각

책 머리에

이 글 모음집의 제목을 『나의 철학, 나의 사상』으로 했다가 현학적이고 고답적인 그 책명이 지극히 평범하게 산 나와는 잘 어울리지 않는다는 느낌이어서 '사랑하는 나의 생활, 나의 생각'으로 수정했다.

사실 따지고 보면 철학은 일상생활이고 사상은 일상의 생각에 지나지 않는다고 해도 크게 틀리지는 않을 것이다. 마침 수집벽이 있었던 나는 강연, 신문, 잡지 기고문들이 대부분 남아있었기 때문에 모음집을 만드는 데 큰 어려움은 없었지만 막상 만들려고 하니 많은 망설임이 있었다.

강연과 신문 · 잡지의 글들은 대개 시국時局에 따른 맞춤형 성격이 짙은 관계로 세월의 흐름에 따라 곧 변색되기 쉽기 때문임이 첫 번째 이유이고, 과연 이 내용들이 남길 만한 가치가 있는지 확신이 서지 않는 것이 두 번째 이유였다. 그래도 계륵鷄肋 같은 미련이 남아 흩어지고 빠진 원고들을 모아 보니 1980년대 이전의 원고는 한 장도 남은 것이 없었다.

어려운 집안 사정을 알면서도 학비와 생활비는 아버지에 의지할 수밖에 달리 방법이 없어 휴지통이 가득하도록 썼다가 꾸기고 찢다가 결국 처음 썼던 것으로 돌아가는 '부주전상서父主前上書'.

하얀 칼라의 교복을 단정하게 입은 매력적인 여고생과 주고받은 '연서戀書'. 군사독재에 항거하면서 민주화를 갈망하는 각 대학 학생회에서 해마다 발표한 '4.19시국 선언문', 아내와 교환한 '옥중 서한' 등 내 영혼의 정수精

髓에 해당되는 글들은 이런저런 이유로 시나브로 없어졌으니 여기 모음집에 실린 내 글들은 나의 껍데기일 뿐이라는 생각이 사실은 망설임의 가장 큰 이유였다.

제1장은 각계에서의 초청 강연 원고이고, 제2장은 신문 · 잡지의 청탁 기고문인데 가급적 정치 · 역사 · 문화 · 고향 그리고 행사의 축사 등으로 분류하여 편집하였다.

당초 출판의 목적은 가족들에게 남기기 위한 것이었으나 『고난의 숲을 헤치고 역사의 오솔길을 걷다』라는 나의 자전적인 서적 출판에 맞추어 이 글 모음집도 함께 출판되었으므로 보급의 범위를 크게 넓힌 셈이다.

평소 저자가 생각한 바를 기록한 것인데 빼거나 보탬이 없이 그대로 출판하였으므로 정제되지 않은 부분이 한두 곳이 아닐 것이다. 또 독자와 생각이 다른 부분도 많을 것이다. 생각이 다른 부분은 너그럽게 봐주시고 모자람은 채우고 부족한 점은 보충해서 읽어 주시기 바랄 뿐이다.

2024. 4.

저자 김시우 識

차례

제1부. 강연

제2부. 신문 · 잡지 등 기고문

제1장 정치

제2장 역사

제3장 문화

제4장 고향

제3부. 축사와 책 서문

사랑하는 나의 생활 나의 생각

■ ■ ■

'나의 철학, 나의 사상'이란 제목을 놓고 망설이다가 '사랑하는 나의 생활, 나의 생각'으로 결정했다. 내가 존경하는 율사栗史 안호삼安鎬三 선생의 수필집 제목에서 따온 것이다.

이 책에 실린 강의와 기고문 내용들은 대부분 일상의 생활에서 누군가로부터 영향을 받거나 독서를 통하여 얻은 것이 대부분이다. 이와 같은 영향이나 환경이 습관화되고 일상생활로 굳어지게 된 것이 곧 사랑하는 나의 생활과 나의 생각이다.

그렇다면 나의 일상생활에 가장 많은 영향력을 준 분은 누구일까? 두 말할 것 없이 첫 번째는 아버지였다. 아버지의 일상생활은 절약, 근검 그리고 신의였다. 이 세 가지는 아버지의 생활이었고 철학이요, 사상과 신념이었다. 아버지의 생활은 이 세 가지에서 한 발짝도 벗어난 적이 없었다. 그래서 나는 주저 없이 이것이 아버지의 생활철학이라 규정하는 것이다.

○ 푼돈을 아끼고 큰돈을 보람 있게 쓰라.

○ 헌 것을 활용해야 새 것을 유지할 수 있다.

이것이 절약, 근검에 대한 아버지의 실천덕목이다.

아버지께서는 이러한 당신의 실천덕목을 우리에게 따르도록 훈계하시거나 강요하신 적이 없다. 몸에 배인 당신의 일상이 자연스럽게 가족들에게 훈도薰陶되어 가난이 극복되고 생활이 다소나마 윤택해지게 되었다. 아버지는 나의 형제 중 유독 나에게만 알뜰하게 가르치려는 일이 있었으니 그것은 농사일이었다.

"너는 장남이니까 어떤 경우에도 가정을 지켜야 한다"라는 말씀을 하셨다. 나를 농사꾼으로 만들려는 생각은 전혀 없으시면서도 만약의 경우를 대비하여 농사일을 가르치려는 아버지의 뜻을 짐작할 수 있게 된 것은 훨씬 후의 일이었다. 조상에 대한 계술繼述의 뜻이 있기도 했을 것이다.

사실 아버지는 젊을 때부터 공직자였지만 농사에 관한 한 전업 농민 이상이었다. 아버지는 공직에서 잠시 떠난 사이 면 단위에서는 최초로 멀칭 재배를 도입했고, 벼 조기 재배로 이모작까지 성공한 영농으로 국회의장, 농림부장관, 도지사 등으로부터 각종 수상을 하였으며 독농가로까지 지정되었다.

이러한 아버지에게 훈도되어 농사에 관한 나의 관심은 유별난 데가 있어서 내 삶의 일부로 정착되었다. 나는 1963년 이후 줄곧 농사와는 관계없는 서울 생활이었지만 텃밭을 가꾸거나 베란다 · 옥상에서라도 채소라든가 농작물 재배를 하지 않고는 직성이 풀리지 않았다. 농작물의 자람과 함께하는 나의 생활은 정신건강에 더없이 좋은 비타민이었고, 삶을 여유롭고 풍요롭게 하는 보약이었다.

내가 고난의 긴 세월을 견뎌내고 역경을 헤치고 재기할 수 있었던 것은 어떤 경우에도 우리 가정을 지켜야겠다는 아버지의 굳센 의지와 어머니의 끝없는 사랑과 정성, 또 세상 끝까지 남편을 붙들고 아이들을 돌봐야겠다는 아내의 결심과 희생 그리고 넓고 깊은 마음 씀씀이가 있었기 때문이다.

이러한 가족들의 화학적 결합이 당시 국가보안법에 연루되어 중형을 받으면 누구나 예외 없이 가정이 파탄되고 마는 통례를 깨고 가정을 온전하게 유지할 수 있었던 것이다. 식물이 꽃을 피우고 열매를 맺는 데는 보이지 않는 뿌리의 수고로움이 있었기 때문이다. 여기 아버지, 어머니 그리고 아내의 삶과 역할을 비유하면 뿌리와 같은 것이었다. 나는 이러한 역경을 이겨낸 뿌리의 역할을 가족사의 일부로 남기고자 한다.

1975년 2월 15일 평소와 다름없는 출근길에 불법 체포된 나는 46일간의 혹독한 국문이 만들어 낸 수사기록에 의해 1976년 4월 27일 대한민국 법원은 일말의 참작도 없이 10식구의 생계를 책임진 가장이요 평범한 중학교 교사인 나에게 국가 전복을 획책한 국사범으로 중형에 처하여 나는 꼼짝없는 중죄인이 되고 말았다.

그 다음날 형 집행을 위해 내 머리는 삭발되었다. 내 머리를 깎던 수인 이발사가 말을 걸었다.

"몇 년이나 받았소?"

"5년입니다."

"결혼은 했소?"

"네."

"아이들은 몇이나 됩니까?"

"딸 셋이요."

"마음 독하게 먹어야 합니다. 부인은 100% 고무신 거꾸로 신습니다. 선생 같은 국가보안법은 가석방도 없고 형기를 마치고 나가도 일 자리가 없을 텐데 어떤 여자가 기다리겠소! 마음 단단히 먹어야 살아 나갈 수 있습니다."

악담인지, 나를 염려하는 위로의 말인지, 그렇게 염장을 질렀다. 나는 아무런 대꾸 없이 독방에 들어오니 하염 없이 눈물이 흘렀다. 이 눈물은 형벌의 억울함이나 두려움 때문이라기보다 재판에 걸었던 일말의 기대마저 물거품이 된 사법부에 대한 분노와 10식구의 생계를 책임진 내가 두 손발이 5년이나 묶였으니 집안의 앞날과 식구들의 걱정이 새삼 솟구쳐 올랐기 때문이었다. 나 자신은 이미 나에게 불어 닥친 고초와 불운을 운명이라 체념한 상태였기에 법원의 판결이 어떻게 나든 그저 덤덤한 상태였다. 내가 나에게 불어 닥친 이 일을 운명이라 쉽게 체념한 데는 이유가 있다.

어머니께서는 매년 해가 바뀐 정월이면 아버지 몰래 집안 식구들의 사주를 보러 가신다. 집안의 대주인 아버지와 장남인 나의 신수를 특별히 알뜰하게 보신다. 그러나 아버지께서는 사주를 보거나 점 같은 것을 매우 싫어하시기 때문에 이런 일들은 아버지 몰래 행해진다.

내가 고3 때로 기억된다. 사주를 보고 오신 어머니의 안색이 매우 좋지 않았다. 왜 그러시냐고 물어도 대답을 잘 하시지 않으시더니 내가 두 번, 세 번 물었더니 내 사주에 관재官災수가 있다는 것이다. 관재수란? 국가로부터 받는 형벌을 의미한다.

이 세상 어떤 어머니의 눈에도 제 아들은 너무 착하고 선하게만 보이는 것이 어머니들의 인지상정이다. 그런데 내 아들에게 관재수라니 어머니로서는 이를 순순히 받아들일 수 없었으리라. 그럴 리가 없다며 다시 봐 달라고 요청하니 그 사람이 다시 보았는데 결론은 마찬가지라는 것이다. 그 점술가가 실망감에 가득 찬 어머니가 안쓰러웠든지

"점괘가 그렇게 나온다는 것이지 꼭 점괘대로 된다는 것은 아닙니다"라고 위로하더라는 것이다.

이 일은 모두 잊고 지냈으나 나는 체포되어 인간으로서는 감당할 수 없는 지경에 이르자 내가 어릴 때 어머니로부터 들은 태몽과 점괘가 오버랩되어 울분에 찬 내 마음을 가라앉히고 스스로 운명이라 쉽게 체념하게 된 것이다. 『맹자』에 하늘이 장차 큰 사명을 맡기려면 먼저 그 마음을 괴롭힌다. 천장강대임어사天將降大任於斯 필선고기지심必先苦其心志라는 글귀를 아전인수我田引水격으로 견강부회牽强附會하면서 내 마음을 다스렸지만 내 집안 사정을 생각하면 숨 막힐 지경이었다. 아무리 마음을 진정시키려 해도 인간으로서 참기 어려운 한계점에 이른 것 같다. 나 하나만 바라보고 살던 노약자뿐인 9식구들의 앞날을 생각하니 눈물이 앞을 가린 것이다. 회갑을 넘긴 아버지와 어머니, 순수한 가정주부인 아내, 학생 신분인 동생 3명, 5살부터 연년생인 딸 셋, 아홉 식구를 부양하던 가장이 이 모양이 되었으니 과연 내가 5년을 견뎌 낼 수 있을지 내일을 예측할 수 없었다.

그런데 형이 확정되고 대구교도소에서 수형생활을 하게 된 지 얼마 후부터 아버지와 어머니 그리고 아내의 편지가 사흘이 멀다 하고 들어왔다. 집

에 보지 못하고 쌓아 두었던 책도 차입되었다. 집안일 걱정 말고 몸 관리 잘하라는 위로의 편지였다. 내 바로 아래 동생은 휴학계를 내고 입대하였고 여동생은 출가한 누님 댁에서 학교 다니고 막내 동생은 시골 부모님이 계신 곳으로 전학 가고 서울에는 아내가 딸 셋을 데리고 있다가 무언가 밥벌이를 해 보려고 엄마와 떨어지지 않으려는 위로 두 딸을 강제로 시부모님께 보내고 자기는 막내딸만 데리고 행상을 시작했다는 편지는 나를 많이 괴롭혔지만 그래도 세월이 약이란 말이 있듯이 시간이 흐르면서 적응하게 되었다.

대학 선배인 김종오 씨는 내가 보고 싶은 책들을 늘 차입해 주었다. 나의 수형생활은 독방에 홀로 있으니 책을 볼 수 있는 내 생애 최적의 환경이었다. 아닌 게 아니라 나는 이때 가장 많은 독서량을 기록했다. 인간은 다른 어떤 동물보다 환경에의 적응력이 가장 뛰어난 것 같다. 아버지와 아내의 빈번한 서신이 큰 힘이 되기도 했지만 어느 사이에 내 자신이 수형생활에도 적응되어 가고 있었다. 아버지와 아내의 편지로 전해지는 집안 사정을 곧이곧대로 믿으니 그런대로 안심이 되었던 것이다.

1년 반의 형기를 남기고는 공장 출역수가 되어 운동과 독서를 열심히 하면서 또 다른 희망을 품고 출소 후를 대비하였다. 나를 담당하고 있는 교회사教誨師는 출소를 대비하여 기술을 배우라고 권유했지만 기술에 젬병인 나의 출소 준비는 독서와 운동이었다. 그러기 위해 나는 출역 공장은 아주 조용하고 한가하다는 양산 살대 끼우는 곳으로 선택하였다. 1시간 정도면 임무를 완수할 수 있는 작업량이었다. 그래서 이 공장에서도 마음껏 책을 보고 운동을 할 수 있었다.

그런데 출소 후에야 우리 집안이 얼마나 핍박받고 어려움에 처했었는지를 알게 되었다. 이 어려움을 극복하고 견디어 낸 아버지, 어머니와 아내의 의지와 인내 그리고 형제, 자매들의 나에 대한 믿음이 파산 직전의 가정을 지킨 것이다. 내가 신문지상과 방송에 간첩이란 보도가 나자 서울 우리 집 담벽에는 빨갱이 집이란 낙서가 붙고 평소 그렇게 신의가 두터웠던 시골 아버지, 어머니가 사시는 집에도 친인척의 발길조차 끊기었다고 한다. 그 당시 사회 분위기로 봐서 그만한 것도 다행이었다고 한다. 내 아내는 아이들의 신변에 위협을 느껴 네 번이나 이사를 했고 굶주린 어린것들은 이웃집 쓰레기통까지 뒤지는 것을 본 아내가 할 수 없이 위로 두 아이를 시골 할아버지에게 맡기고 행상으로 연명을 하였는데 그때 양쪽 발에 걸린 동상이 지금까지 후유증으로 남아 있다.

나의 재심청구 담당 변호사가,

"어떻게 그 어려운 환경에서도 이혼하지 않고 가정을 지키며 남편을 기다릴 수 있었느냐"는 농담 섞인 질문에 아내는,

"사실 남편에게 아무런 재산도 없고 출소해 봐야 직장이 있는 것도 아니고 희망이라고는 1%도 없었지만 남편이 죄 없다는 것은 내가 잘 압니다. 내가 쓴 진술서는 나도 모르는 사실들을 그들이 부르는 대로 받아썼고, 소등용으로 전기에 달아 놓은 못 쓰는 이어폰 줄이 이북방송 청취의 증거물로 신문에 보도되는 점과, 피 묻은 남

편의 속옷 영치물과, 재판이 다 끝날 때까지 접견조차 금지하는 점으로 보아 조작된 사건임을 명백히 아는 내가 남편을 버리고 간다면 세상 사람들 모두는 정말 남편이 간첩인 줄 알 것이고 김씨 가문은 파산되었을 것입니다. 그래서 내가 이 집을 지켜야겠다는 생각을 하게 되었습니다"라고 대답했다.

옆에 있던 동생이

"정말 형님과 형수님은 대단하신 분들입니다"라고 거들고 변호사도

"이런 죄명으로도 이렇게까지 정상적인 가정을 보기는 드문 일이어서 물어 본 것입니다"라고 했다.

이러한 가족들의 뿌리 역할이 그나마 오늘의 나를 있게 했다.

나의 삶에는 아버지 이외에 몇 분의 멘토가 있었다. 나의 사회에 첫 직장은 중등학교 교사였다. 1970년 3월 서울 건국중학교 역사 교사로 부임한 나는 처음으로 율사栗史 안호삼安鎬三:1902~1973 교장을 만났는데 그는 나에게 교사가 무엇인지를 일깨워 주었고 교육철학을 심어주고 정착시킨 나의 멘토였다.

율사 선생은 아이들 교육에 확고한 철학과 신념을 지닌 교육자로서는 흠잡을 데 없는 인격까지 갖춘 분이었다. 유신정권의 철권정치 하에서 지시하는 교육지침도 율사에게는 통하지 않았다. 율사의 교육목표는 어떤 경우에도 변하지 않았다. 모든 식물이 각기 다른 꽃을 피우고 다른 열매를 맺듯이 아이들 교육은 건전하고 개성 있는 민주시민으로의 인간완성이 그분의 교육목표였다. 이른바 일류고교 진학을 목표로 한 과외 수업이나 입신양명

의 인물 양성은 그분이 가장 싫어하는 교육(수업) 목표였다.

율사는 교사의 인격을 최대로 존중해 주면서 교사에게는 학생의 인격을 최대로 존중하라고 주문하였다.

"유능한 조련사는 개를 때리지 않고 훈련시킵니다. 학생도 교사와 똑같은 인격체로 대해야 합니다." 체벌이나 일벌백계는 군국주의 교육의 유산입니다. 어떤 경우에도 체벌은 용납되지 않습니다. 강제된 질서는 질서가 아닙니다. 교권은 교사의 권위나 폭력으로 서는 것이 아니라 교사의 원숙한 인격이 미숙한 학생에게 사랑으로 접근할 때 서는 것입니다.

부임 첫날 안 교장이 신임 교사들에게 한 말이다. 그 이후 교장의 지시나 훈화 등은 들은 일이 없다. 그 학교는 담임을 맡지 않는 일반교사는 대학교수와 마찬가지로 퇴근이 자유로웠다. 다만 매월 말 직원 종례가 있었는데 그때는 모든 교사가 참석하도록 했다. 그러나 교장은 대개 그저 잠자코 직원회의를 지켜볼 뿐 아무 말씀도 없었다.

당시 군사정권 유신체제 아래서 학생들의 복장과 두발 검사는 군대를 방불케 하는 엄격함이 있었고, 사회과 교사들의 교안마저 획일적으로 지시하고 검열할 때였지만 율사 선생의 교사에 대한 학습의 자율과 불간섭주의는 변하지 않았다.

"모자를 삐뚤게 쓰고 이상한 옷차림을 한 개성 있는 예술가가 많은가 하면 넥타이를 바르게 맨 단정한 옷차림의 사기꾼도 얼마든지 있습니다. 모자와 복장을 바르게 하기보다 아이들의 머릿속을 바르게 하는 교육이 필요합니다."

이 학교는 무감독 고사, 무인판매 등 자율적인 질서와 건전한 사고를 위한 교육을 실시하고 있었다. 성적을 가지고 아이들을 옥죄거나 부담을 주지 않았다. 마음껏 뛰놀고 교사와 학생 간의 간극이 없도록 교육하였다. 유신체제에 충실한 교사들의 눈에는 완전히 개판으로 보일 수도 있었을 것이다. 그러나 그 학교는 전국 중학교 영어웅변대회는 항상 1등이었고, 학력고사는 늘 상위그룹이었다. 율사 선생의 교육철학은 훗날 내가 교원연수원 초청강사로 강의할 때의 주내용이 되었고 수강교사들의 매우 높은 관심을 끌었다.

율사 선생은 '동서고금을 통하는 잣대가 아니면 아이들을 평가하고 훈계하지 말라'고 했다. '담배와 술은 인체에 해롭고 특히 미성년자들에게는 더욱더 해롭다는 과학적이고 합리적인 이해와 설명으로 족하다. 담배를 피우고 피우지 않고는 학생들의 판단에 맡겨라. 어른은 피우면서 아이라는 이유로 금하는 것은 비교육적이며 모순'이란 것이다. 율사 선생의 교육철학과 신념은 그대로 나의 교육철학과 신념이 되었다. 그래서 율사 선생은 교육철학에 관한 한 나의 멘토였고 이상적인 교사상이었다.

나는 사회생활을 하면서 이 나라에서 손꼽히는 학자, 정치가, 언론인, 민주인사로 알려진 사람들을 가까이할 수 있는 행운의 기회가 많은 편이었다. 그리고 이른바 지기지우知己之友가 적지 않았다. 사람의 일생은 그가 누구를 만났는가에 따라 운명이 좌우되기도 한다. 내 일생에는 몇 차례의 분기점이 있었는데 그중 가장 크고 뚜렷하게 나타난 것은 1980년 이전과 이후였다. 1980년 이전은 대개 학계 인사들이었다. 그중 가장 잊을 수 없는 분은 나를 학계로 끌어들이려는 동양사의 대가 동빈東濱 김상기金庠基:1901~1977 박사와 독일사를 전공한 이민호李敏鎬 교수였다.

특히 김상기 박사는 내 숙소에까지 당시 건국대학교 사학과 부교수였던 이영무李英戊 선생을 보내어서 장학금까지 주겠다며 대학원 진학을 권유하였다. 김상기 박사는 평소 나에게

"내가 알기에 자네는 자네 연령대에서 한문 낱자를 어느 누구보다 많이 아는 편이다. 지금부터 30년을 목표로 한문 공부만 하면 60세 이전에 우리나라에서 제일가는 한학자가 될 수 있다. 모두 영어 공부에만 쏠려 있으니 자넨 한문 공부만 하게"라는 어느 누구에게도 들을 수 없는 충고를 하셨으나 나는 이 기막힌 가르침을 귓전으로 흘리고 말았다. 시건방지게도 나는 1980년 이전까지만 해도 온통 정계 진출이 꿈이었다. 그래서 그 좋은 조건의 천재일우의 기회를 걷어차 버린 어리석음을 범하여 두고두고 후회하게 되었다.

1980년 이후 새 출발 선상에서 내가 만난 처음 인사는 평화애호가로 알려진 동주東洲 박진목朴珍穆 선생이었다. 동주 선생은 일제 강점기에는 독립운동가인 친형 박시목朴詩穆 선생을 따라 독립운동 선상에 있었고 해방 정국에서는 한 때 남로당 달성군 조직책이었다. 6.25전쟁 때는 종전終戰을 위해 단신으로 평양까지 다녀온 평화운동가였다. 따라서 동주 선생 주변에는 좌·우를 막론하고 기라성 같은 민족지도자들이 많이 몰려 있었다.

동주 선생은 죽산竹山 조봉암曺奉岩 선생과 각별한 관계로 보였다. 죽산이

영도하는 진보당 강령에 평화통일 조항을 넣을 것을 강력히 주장하여 관철시켰는데 그로 인해 죽산이 처형까지 됐다면서 매우 안타까워 했었다.

선생은 내가 경제적으로 아주 어려울 때 그 사정을 눈치채셨는지

"시우 자네는 어떤 경우에도 돈을 벌기 위한 장사를 하지 말고 사람 버는 장사를 해야 하네"라는 충고인지 위로인지 잘 구별이 되지 않는 아리송한 삶의 지침을 주셨다. 선생의 지침을 따르려고 일부러 선택을 한 것은 아니지만 그 후 나의 직업은 돈 버는 사업성의 직장은 없었고 늘 사람 상대하는 직업으로 일관되었다.

그런데 1987년 율사 선생이나 동주 선생과는 전혀 성향이 다르고 삶도 다른 관료 출신으로 행정과 경영의 달인이라 불리는 분을 만나게 되었다. 수원 고농(현 서울대 농대) 임학과를 졸업하고 미군정청 조림기사로 출발하여 행정의 최고위직인 농림부 장관, 경영인으로는 한국전력 사장을 연임한 둔보鈍甫 김영준金榮俊 회장이다.

나는 이분과 12년간 같은 일을 하면서 『소신의 공직자, 경영의 달인 둔보 김영준』이란 평전을 집필하였을 정도로 가까이서 모셨다. 정치적 소신이 나와는 근본적으로 달라 때로는 격렬하게 논쟁도 했으나 서로의 차이점을 인정하면서 오히려 나에게 정계 진출을 매우 적극적으로 권유한 분이었다.

"자네는 순발력이 있고 대인 관계와 달변에 가까운 연설 등으로 보아 정계로 나가는 것이 좋겠네. 만약 출마를 결심한다면 내가 큰 돈은 없어도 2억 원 정도는 도와주

겠네"라며 몇 번 권유를 했으나 나는 내 스스로 정보부에서 고통을 이기지 못한 나약함을 체험한 후 정치인으로 부적격 판단을 내렸기 때문에 끝내 사양했다. 우선 나는 정치를 하기에는 배포가 적고 담력이 약한 데다가 순내기인 내 인간 형성의 틀을 벗어날 수 없다는 것을 잘 알기 때문이다.

둔보 김영준 회장은 뛰어난 기억력, 치밀함과 자연과학 계통에 폭넓은 지식을 가진 분이었다. 나는 둔보 김영준 회장에게서 행정을 배웠고 전반적인 사회생활에 많은 것을 배웠다. 그는 칼날 같은 성격으로 공사를 엄격하게 구별하는 합리적인 면과 명분보다 실리를 추구하는 인간관계로 인색하다는 평가를 받기도 하지만 명분 있는 일이나 베풀만한 사람에게는 큰 돈도 아끼지 않는 대범한 면을 보이는 분이었다.

또 한 분은 김대중 대통령과의 인연이었다. 둔보 김영준 회장이 후광 김대중 총재에게 나를 소개한 것은 1990년 평화민주당 총재 때였다. 그러나 내가 정치가인 김대중 총재에게 깊은 관심을 가지게 된 것은 그보다 훨씬 이전인 1969년 효창운동장에서 열린 3선 개헌 반대 시국강연회에서 그의 연설과 『내가 걷는 70년대』란 책을 보면서였다. 특히 1971년 4월 18일 장충단 공원에서 개최된 대통령 선거 유세에서의 정견발표 때 크게 매료되었다.

일제 식민통치에서의 민족의 염원이 일제로부터 해방이란 데는 누구도 이의가 없을 것이다. 외세에 의한 민족 분단에서 우리의 염원이 통일이라면 누가 이의를 달 수 있겠는가? 이날 유세의 주내용은 '한반도 평화 정착을 위한 미 · 소 · 중 · 일 4대국의 한반도 안전 보장, 비정치적 남북 교류 허용, 평화 통일론의 제창이었다. 이날 후광의 뛰어난 정치철학과 이상 그리고 포효하는 사자후는 정치 지망생인 나의 마음을 사로잡았다.

내가 후광을 직접 만난 것은 1990년 평화민주당 총재 때였고 이때 가락중앙종친회 김영준 회장이 구상하고 있는 김해 가락고도 개발과 가야문화 계발과 연구를 위한 마스트플랜을 보고하고 예산에 대한 도움을 받기 위한 자리였다. 그 후 김총재를 종종 면담하게 되었는데 그와의 만남은 언제나 정확한 시간, 진지하게 경청하는 대화의 모습이 두드러졌고 권위의식 같은 것은 결코 보이지 않았다.

후광과 가까워진 것은 1992년 14대 대통령 선거와 1997년 15대 대통령 선거 때였다. 특히 15대 대통령 선거 때는 전국적인 유세에 참가했고, 무엇보다 영남지역 가락종친회를 통한 선거운동에 온몸을 던졌다. 그러나 나는 결코 가락종친이라는 이유로 선거전에 뛰어든 것은 아니었다. 그건 명분이었고 그를 지지한 것은 평화를 위한 분단 극복에 대한 의지, 대중경제로 포장된 민생경제와 기초연금 등 사회 안전판 구축, 인권과 인존을 앞세우는 누구도 따르기 어려운 민주화 운동 등이었다. 나는 정치인을 지지함에 있어서 100%의 만족으로 선택한 적은 없다. 최선이 아니면 차선, 차선이 아니면 차차선을 택하더라도 적극적으로 참여해야 한다고 생각했다. 국민들의 정치 무관심은 독재로 가는 지름길이기 때문이다.

후광 김대중을 언제나 선택했지만 그의 선택은 대부분 차선이었다. 그를 차선으로 선택할 때 그와 비교되는 후보는 없었다. 그래서 나는 늘 후광을 지지했고 여기에 주저함이 없었다. 내가 아는 후광의 정치 철학은 극좌도 극우도 아닌 중도보수이면서도 보수에 더 기울어져 있었다. 사회안전판 구축을 위한 복지정책, 성장을 추구하면서도 분배에 균형을 맞추려는 정책은 보수를 보다 건전하게 지키기 위한 것이었다. 후광은 지나친 이상주의자도, 이기적인 현실주의자도 아니다. 그의 정치철학은 실사구시實事求是였다. 그것은 후광의 다음과 같은 촌철살인의 어구語句로 표현된다.

'서생적 문제의식을 상인적 현실 감각으로 풀어라.'

이와 같은 정치철학은 혼란한 해방정국과 철권정치의 독재체제를 극복하고 최고통치자인 대통령이 되는 밑거름이 되었을 것이다. 그래서 나는 그를 양심적인 보수이면서 진보보다 보수쪽에 보다 많이 기울어져 있다고 평가하는 것이다.

인간사에 만남보다 더 중요한 것은 없을 것이다. 사람이 산다는 것 자체가 결국 누군가와 끊임없이 만난다는 뜻이다. 우리가 태어나면서 부모를 만나고 사는 동안 스승을 만나고 시대를 만나고 어떤 사상을 만나고 또 친구를 만나게 된다. 사도 바울이 예수의 사상과 만나고, 공자가 안회顔回 등 제자 10철, 석가모니가 가섭迦葉 등 10대 제자를 만남으로써 기독교, 유교, 불교가 세상에 전파되고 로미오가 줄리엣을 만남으로써 인생의 기쁨과 슬픔의 사랑이 시작된다. 이 세상에 귀한 것이 많은 것 중에 가장 귀한 것은 좋은 스승, 좋은 친구를 가진다는 것이다.

한 사람의 인간이 올바른 인격적 성장을 하는 데 있어서 좋은 어버이를 만난다는 것과 좋은 벗, 좋은 스승을 만난다는 것은 참된 인생길을 걷고 자신의 건전한 발전을 위해서는 무엇보다 필요한 것이다. 플라톤이 나는 신에게 네 가지를 감사드린다면서 그 네 가지 중 소크라테스와 같은 시대에 태어났다는 것을 꼽고 있음은 무엇을 의미하는가? 나는 비록 인생의 황금시절인 30대 초 · 중반을 영어囹圄의 몸으로 시련과 인고의 세월을 보냈으나 좋은 부모, 좋은 스승, 좋은 아내, 좋은 벗들을 만나는 행운을 얻었다.

인생 여정에서 행운의 여신은 아름다운 모습으로 웃음 띠며 올 수도 있지만 화난 얼굴로 닿아 오기도 한다. 그때 포기하거나 좌절해서는 안 된다. 그것을 극복하려는 의지가 있어야 한다. 나의 행운은 좋은 부모를 만났을 뿐 아니라 기라성 같은 사회 운동가, 사회 원로 사상가들까지 수시로 만날 수 있었고 그들에게서 도움을 받을 수 있는 행운이 내 생애의 대부분이었다.

군사정권, 유신독재, 신군부란 암울한 시대도 만났지만 그때마다 나를 성장시키는 내면의 시간을 축적할 수 있었음은 이러한 만남의 행운이 있었기 때문이다. 그래서 『사랑하는 나의 생활, 나의 생각』이란 제목을 주저 없이 택할 수 있게 되었다. 나의 생활과 나의 생각은 때때로 행하는 강의나 신문 · 잡지에 기고로 나타나기도 했는데 그중에 원고지에 남아 있는 것들을 이 책에 실었다.

제1부
강연

강연이나 운동은 어떤 목적을 이루려고 상대를 설득하는 일이다. 이는 나 아닌 사람을 나로 만드는 일이니 달변이나 뛰어난 이론보다 나 자신이 그와 같은 품격을 갖추었을 때 비로소 상대를 설득할 수 있게 된다. 침묵이 최상의 웅변이란 말이 있는 이유이다.

청산해야 화합한다

■ ■ ■

2006년 6월 6일
수원 국가보훈처 보훈교육연수원 보훈 가족들에게

6월은 보훈의 달입니다.

1956년 6.25 전쟁에 많은 희생자를 생각하여 현충일을 제정했고, 1963년부터는 6월을 원호기간으로 정하여 순국선열들에게 마음으로라도 보답하게 하였습니다. 1985년부터는 6월을 호국보훈의 달로 정하고 순국선열의 날을 따로 정했습니다. 나라 위해 목숨 바친 애국선열들이나 참되고 성실한 삶으로 우리 것을 지키고 키우며 이 땅에 살았던 빛나는 조상들의 얼을 살리고 이를 계승하는 것이 참된 뜻의 보훈이라 생각합니다.

역사상 숱한 민족이 명멸해 왔지만 우리 한민족처럼 한과 고난 속에서 힘들게 살아온 민족도 드물 것입니다. 그래서인지 어떤 이는 우리 역사를 고난의 역사라고도 합니다. 최근세에 있던 일제 강점기는 민족의 명맥마저 보존하기 어려웠던 최악의 수난기였습니다. 유례 없는 탄압과 억압 속에서도 일제에 대한 우리 민족의 저항은 시간적으로나 공간적으로 그 유례를 찾기 힘들 정도로 끈질기게 전개되어 결국 국권을 회복하였으니 그 희생의 대가를 어찌 물량으로 표현할 수 있겠습니까!

해방된 뒤 가장 먼저 해야 할 시급했던 것은 일제 식민지하에서 각종 독립운동 단체의 실상과 활동을 조사하는 일이어야 했었습니다. 독립운동가가 한 항일 민족정신의 바탕 위에 국가 정통성을 찾았어야 했었습니다. 그러나 불행하게도 미군정이나 이승만 정권은 치안유지와 행정능률이라는 미명하에 친일파를 대거 등용하는 등 이 일을 뒤로 미루었습니다. 이로 인하여 민족의 정통성은 허물어지고 민족정기는 퇴색되고 말았습니다.

일제에 항거했던 독립운동가와 그 후예들은 해방된 조국에서조차 찬밥신세였습니다. 말이 독립운동이요, 애국운동이지 일제하에 독립운동가나 애국지사로 지칭되는 분들의 삶이 얼마나 험하고 고달프고 외로운 길이었던가요! 풍찬노숙이었고 형극의 길이었습니다. 자신의 목숨이 항상 총칼 앞에 위협을 받고 있음은 물론이요, 온 집안이 멸문지화를 당해야 하는 각오가 없이는 엄두도 못 낼 일이었습니다.

이러한 무수한 항일抗日의 별들이 있었기에 8.15 광복의 기쁨이 있었고, 나라 위해 목숨을 초개같이 버린 숱한 무명용사들의 희생이 있었기에 오늘의 한국이 있는 것입니다.

부끄러운 일은 아직도 알게 모르게 일제 잔재가 생활 전반에 만연되어 있다는 것입니다. 학교 교육에서조차 일제 잔재를 청산하지 못한 것은 일제 식민지였다는 사실보다 더 부끄러운 일입니다. 우리 스스로 우리가 할 수 있는 일을 다 하지 않았기 때문입니다. 이를 극명하게 증명해 준 것이 지난 16대 국회에서「친일관련 진상규명법률안」심의과정이었습니다.

국민들 눈총이 무서워 법안을 통과시키긴 했으나 친일행위 진상을 규명하고 단죄하는 데 아무런 도움도 되지 않는 있으나 마나한 법으로 만들었습니다. 행정관리가 아닌 국회가 그런 누더기 법률을 만들고 말았으니 참으로 민족정기와 사회정의가 통째로 사라진 나라가 되었습니다. 그 법 덕택

(?)에 친일행위자들이 저지른 과거 잘못에 대한 심판은 면했으나 우리 민족 정체성이 훼손되고 민족정기가 꺾여 온 국민의 자존심은 크게 상했습니다.

진정한 의미에서 국민화합은 철저한 과거청산 토대 위에서만 가능합니다. 16대 국회가 제정한 '친일관련 진상규명법'은 국민화합의 기회마저 빼앗고 만 것입니다. 이런 것들을 바로 잡지 않고서야 '보훈의 달'이 무슨 소용이겠습니까? 친일관련 진상규명법은 그 목적에 합당하게 다시 개정해야 합니다.

우리들 주변에는 아직도 헐벗고 굶주리는 보훈가족이 있습니다. 기록이 없고 자료가 없다 하여 나라를 위해 목숨을 바친 수많은 무명용사들이 제자리를 찾지 못하고 구천에서 방황하고 있습니다. 보훈의 달을 맞이하여 이들을 새롭게 기억하고 제대로 법을 세우고 집행해서 이들을 위로하고 대접해야 합니다. 이는 곧 민족정기를 바로 세우는 길이기도 합니다.

분단 극복은 민족운동으로 이어져야

2001년 6월 15일
남북문화교류협회 초청 특강

우리 민족의 분단 극복은 특정 정권의 정책문제가 아닙니다.

하나의 민족운동으로 승화시켜야 합니다. 어떤 정권이나 정치인이 정책으로 다루기에는 분단과정이 너무나 타의적이고 국제적으로 복잡한 데다가 분단 당사자 간(남·북)에 적개심의 골이 아주 깊게 파였기 때문입니다. 이를 극복하고 통일로 나아가기 위해서는 하나의 민족운동으로 전개해야 합니다. 일개 정권이나 특정 정치인 혼자 힘으로 분단의 벽을 넘기에는 너무나 두텁고 높습니다.

분단의 씨를 뿌린 일본은 지금도 툭하면 식민지 시혜론을 내세우며 침략행위를 호도하거나 정당화하려 합니다. 제국주의 일본의 과거가 청산되지 않았기 때문일 것입니다. 우리나라는 일제 식민지 유산을 청산하지 못했기 때문에 사회정의가 서지 않고 국가 정체성마저 흔들릴 때가 많습니다. 이런 환경에서 통일문제를 논의하기란 아주 어렵습니다.

통일은 국제문제입니다. 통일에 관한 한 우리나라의 주변국들은 제각기 자국의 이해관계를 앞세우고 이에 얽매여 있기 때문에 어느 나라도 진정한 우리의 우방일 수 없습니다. 어느 정권의 정책문제로 감당하기에는 너무나 벅찬 까닭입니다. 그래서 민족운동 차원으로 승화시켜야 한다는 것입니다.

수많은 희생을 치른 독립운동이 있었음에도, 일제가 완벽하게 패망했음에도 왜 우리에게 진정한 광복은 오지 않았을까요? 또 다른 외세가 조국을 분단했음은 무엇을 의미합니까? 이는 우리의 의지만으로는 통일이 무척 어렵다는 반증이 아니겠습니까?

조동걸 교수는 일제 식민지하에서 우리 민족독립운동은 시간적으로나 공간적으로나 그 방법이나 전개과정에서 타민족이 따를 수 없는 지속성과 다양성을 가지고 있다고 지적했습니다.

시간적으로 보면 반세기 동안이나 지속되었습니다.

대개의 민족은 이민족 지배에 몇 년간 버티다가 굴복하고 맙니다. 중국 한족이나 세계를 지배했던 원나라도, 한반도에서는 우리 민족의 저항에 못 이겨 쫓겨 가고 말았습니다. 세계 최대 강국을 세웠던 아시리아 셈족이나 로마제국의 라틴족, 청제국의 만주족이 사라진 데 비하면 우리 민족의 끈질김은 독보적이라 할 것입니다.

공간적으로는 세계성을 지녔습니다.

우리 민족의 독립운동은 국내에 한정되지 않고 세계 도처에서 끊임없이 전개되었습니다. 유인석 · 이범윤 · 안중근 · 홍범도 등은 연해주와 러시아에서, 김이언 · 이상설은 만주에서, 전명운 · 장인환 · 박용만은 미국에서 직접 투쟁을 하거나 독립군을 양성하는 학교를 세웠습니다. 대한제국이 멸망한 뒤에도 연해주 · 서간도 · 북간도 · 북경 · 상하이 등 중국의 전 국토가 독립운동가들의 활동 무대였고, 미국 · 영국 · 네덜란드 · 페테르부르크 등지에서 순국지사가 줄을 이었습니다. 독립에 대한 한국인의 의지를 전 세계에 알리는데 큰 효과가 있었습니다.

한국인들의 독립운동은 이념이 다원적이고 방법도 다양했습니다. 자유주의, 사회주의, 무정부주의 등이 이념적이라면 전쟁론, 외교론, 실력양성론, 자치론 등은 방법상의 다양성이었습니다. 혹자는 이러한 독립운동의 양상 때문에 해방 조국이 분단된 것이 아닌가 합니다만 이는 분단과 전연 관계없는 일입니다. 독립운동과정에서 우리 민족에 의해 분단이 잉태된 것이 아니라 동북아시아에서 영향력을 행사하려는 미 · 소의 패권주의가 민족국가의 건설을 막고 남북을 분단 점령한 데서 해방과 분단이 동시에 이루어진 것입니다. 여기에는 그냥 곱게 물러나지 않는 일제의 책동도 있었습니다.

분단을 막지 못한 궁극적인 책임이 우리에게는 전혀 없다는 뜻은 아닙니다. 분단 때문에 독립운동을 과소평가해서는 안 된다는 뜻입니다. 우리는 민족분단도 거족적인 민족운동으로 막았어야 했습니다. 이제 분단을 이겨내자면 먼저 민간차원에서 통일운동이 일어나야 합니다. 남북문화교류회 같은 민간차원의 남북문화교류운동을 끊임없이 전개하여 민족의 동질성을 지속시켜야 합니다. 통일의 시기를 앞당기는 데 따른 부작용을 최소화하기 위해서도 민족의 동질성을 지속시켜야 합니다. 그렇게 되면 시기는 큰 문제가 안 된다고 생각합니다.

민족의 동질성을 지키기 위해서는 다섯 가지가 필요합니다.

첫째, 서로 적대행위를 줄여야 합니다. 6.15 남북 정상회담 정신은 어느 정권이 들어서도 지속되어야 합니다.

둘째, 남북공조가 이루어져야 합니다. 퍼주기다 뭐다 하여 공조자체를 두려워하는 냉전적 사고가 팽배해 있지만 이를 극복하여야 합니다. 우리가 능력이 있는 한 더 많이 퍼주어서라도 적대행위를 줄이고 공조를 이룩해야 합니다. 상호 신뢰를 구축하고 학문과 문화교류가 일어나야 합니다. 특히 역사, 국어 등 민족학에 있어서 학술적 공조는 민족의 동질성 유지에 크게 기여할 것입니다.

셋째, 1민족 2국가 체제를 상호 인정해야 합니다. 엄연한 사실을 가지고 이를 법으로 막는 것은 눈감고 아옹하는 식입니다. 이를 거부하는 것은 남북문화교류와 동질성 회복에 최대의 걸림돌입니다. 남·북 정상회담 정신을 지속하기 위해서는 비정치적인 각종 국제 스포츠 대회에 동시입장은 물론, 단일팀 구성까지 나아가야 합니다. 비정치적인 분야부터 하나하나 풀어 나아가야 합니다.

넷째, 남한의 자본과 기술이 제공되는 북한 투자가 진행되어야 합니다. 이렇게 되면 종국에는 분단의 의미가 점점 퇴색될 것입니다. 그리고 자유왕래가 이루어질 것입니다. 되도록 남북문제를 소리 없이 진행시켜 통일을 바라지 않는 이웃나라를 자극시키지 않는 것이 좋습니다. 통일 통일하고 떠들기보다는 우선 국경 장벽과 닫힌 마음부터 열어가야 합니다. 그러면 통일은 따라오게 되어 있습니다.

다섯째, 적대행위만을 부채질하는 통일교육 반공교육은 개선해야 합니다. 한국의 교육현실 전체가 한심하지만 그 가운데서도 통일교육, 반공교육은 그 목적 자체가 의심스러울 정도로 한심하기 이를 데 없습니다.

끝으로 민족통일은 최대 정치행위이지만 정치적으로 접근해서는 안됩니다. 민간차원에서 민족운동으로 이어져야 합니다. 지금 남북문화교류협회가 추진하고 있는 일들은 시의 적절한 민족운동으로 평가받아 마땅할 것입니다. 경청해 주셔서 감사합니다.

격조 높은 예천문화의 발전을 위한 제언

2019년 9월 26일
예천문화 발전을 위한 포럼

1. 오늘의 과학 문명은 인간의 상상을 초월하는 눈부신 발전을 가져와 인간생활을 한없이 편리하고 윤택하게 했습니다. 그러나 그것에 비례하여 행복지수가 높아지지는 않는 것 같습니다. 오히려 경제발전은 인간과 인간의 격차를 더욱 심하게 만들고 있으며 풍요는 그것이 지닌 부와 그것이 가져온 문명으로 인해 인간으로서 품성마저 상실해 가고 있습니다.

그렇다면 발전이란 의미는 무엇이며 그것이 가진 인식과 가치기준은 무엇입니까? 한때 우리는 '발전=근대화=서구화'란 틀에 묶여 우리의 전통을 깡그리 내던지고 부숴버린 때도 있었습니다. 우리가 지향하는 산업사회에서 일어나는 이러한 일들은 전통사회와 근대사회가 서로 연속성이 없는 단절된 것으로 양분되어 갈등과 대립을 유발하였습니다.

일찍이 백범 선생은 "내가 원하는 우리나라는 세계에서 가장 아름다운 나라가 되기를 원한다. 우리의 경제력은 우리의 생활을 풍족하게 할 만하고 우리의 병력은 남의 침략을 막을 만하면 족하다. 오직 한없이 가지고 싶은 것은 높은 문화이다. 문화의 힘이 우리 자신을 행복하게 하고 나아가 남에게 행복을 줄 수 있기 때문이다" 라고 『백범일지』에 기록하였습니다.

불량한 이웃 국가의 침략에 가슴 아픈 고통을 겪은 노 애국자의 이 국가관은 오늘의 우리에게도 많은 시사점을 주고 있습니다. 백범은 인류의 갈등과 대립을 보고 "지금 인류에게 부족한 것은 무력이 아니고 경제력도 아니다. 인의仁義가 부족하고 자비와 사랑이 부족하다"고 개탄하였습니다.

문화의 특성은 모든 사회구성원들이 그것을 고루 누리는 데 있습니다. 그러므로 문화의 힘이란 공유성을 뜻하는 것입니다. 지금 우리나라에 소득분배가 심각한 불균형을 보이고 있는 것도 문화의 공유성이 희박하기 때문이며 이는 빈부의 격차를 넘어 사회적 동질성의 분열 요인이 되고 있습니다.

서울 동소문동의 한옥에 사는 미국인 '피터 바돌로뮤'는 한옥 전도사입니다. 1968년 미국 평화봉사단원으로 왔다가 한옥에 매료되어 그대로 눌러앉았다고 합니다. 그는 "한옥을 고려청자만큼, 유럽의 모나리자 그림만큼 중요한 보물이라고 생각해야 한다"고 주장합니다. 그는 한국인들이 한국의 혼 같은 한옥을 헐어 버리고 아파트를 지은 뒤 돈을 벌었다고 좋아하는 것을 보면 열불이 난다고 합니다.

'똑같은 물건에 대한 이와 같은 인식과 가치'의 기준을 어떻게 설명할 수 있겠습니까? 한 편에서는 한옥을 푸대접하고 다른 한 편에서는 한옥의 열풍이 뜨거워지는 기현상을 말입니다. 서울 북촌마을이나 전주 한옥마을을 찾는 외국관광객이 눈에 띄게 늘어난다고 합니다. 전통적인 유산의 파괴가 발전이란 이름으로 둔갑하는 현상에 대한 자성이 필요한 때입니다.

예천지역 발전은 예천지역의 역사와 전통적인 삶의 양식을 갖춘 문화의 특성과 전통이라고 생각합니다. 협동적이고 사회적 관계를 중시하는 공동체적 삶의 가치를 창조하는 그러한 공동체가 되는 것이 예천의 발전이라고 생각합니다.

2. 흔히 21세기를 문화의 세기라고 합니다. 문화는 지역적인 특성과 전통이 담겨져 있습니다. 이러한 특성과 전통이 예천의 정체성을 보다 확실하게 하는 문화발전일 것이며 이는 예천인의 긍지와 행복지수를 높여줄 것입니다. 이러한 문화발전을 위해서는

첫째, 예천의 정체성이 한눈에 보이는 박물관이 있어야 합니다. 예천의 역사와 풍물을 한 눈에 볼 수 있게 하는 박물관을 건립하여 박물관 기능은 물론 교육의 기능까지 수행하도록 해야 합니다. 과거의 권위주의적인 박물관, 주민과 멀기만 했던 박물관이 아니라 예천인들의 생활과 가까운 박물관, 주민과 친근한 박물관, 가고 싶은 생활 속의 박물관으로 자리 잡게 하여 지역의 특징과 역사적인 사실을 알리고 긍지를 갖도록 하는 교육의 장으로 마련해야 합니다.

전남 강진군의 청자기자료박물관, 영암군 농업박물관, 제주와 온양의 민속박물관 등이 그 예일 것입니다. 예천을 찾는 관광객(도청이 옮겨지면 관광객이 크게 늘어나는 데 대한 대비도 있어야 한다.)이나 부모의 고향인 예천에 뿌리를 둔 사람들은 예천에 살지 않더라도 예천에 대한 애착이 남다를 것입니다. 그들은 가장 짧은 시간과 가장 제한된 공간에서 예천의 전부를 알고 싶어 합니다. 그러한 기능을 담당할 지역박물관이 필요하다는 것입니다.

둘째, 개발에 앞서 예천에 대한 전체적인 지표조사가 이루어져야 합니다. 지표조사는 지역 내 유물의 유무, 분포, 성격 등 모든 현황을 파악하고 기록하는 행위입니다. 이 바탕 위에 예천의 장기적이고 종합개발계획인 마스터플랜을 완성하고 일의 선후와 완급이 정해져야 합니다.

예천은 선사시대 이래 사람이 정착하여 유물 유적이 도처에서 발굴되고 있으며 삼국시대와 후삼국시대는 고구려 백제 신라의 국경이 맞닿는 접경지대로서 많은 역사유물유적과 애환이 서린 곳입니다. 고려, 조선시대는 영남인들이 서울을 넘나들던 교통의 요충지대였습니다. 고려 때 특히 영남 혹은 경주지역에서 일어난 민란이나 국난 시에는 그 진압의 중심지가 군사적 요충지인 예천인 경우가 많았습니다. 그래서 예천은 숱한 역사적 애환이 서린 곳입니다.

고려시대 최대의 민란인 김사미, 효심의 난이 일어났을 때도 북상하는 반란군을 막기 위한 거점이 예천이었습니다. 이때 관군 총사령관인 전존걸全存傑이 자결한 곳도 예천이었습니다. 홍건적의 침략을 격퇴한 당시대 최고의 용장인 이방실이 김용의 모함과 간계로 격살된 곳이 또한 예천 용궁이었습니다.

지보면 수월리는 동학의 제2세 교주 최해월(최시형)의 피난처이기도 했으며 실학의 대가 다산 정약용 선생이 머물던 곳, 삼봉 정도전의 귀양처, 3.1운동 때 용문, 용궁, 하리, 호명, 풍양 등의 시위현장, 형평운동이 무너진 것도 이곳 예천입니다. 이런 역사현장에는 표지석이라도 세워야 지역민의 역사의식을 높이고 지역적인 긍지도 느끼게 될 것입니다.

셋째, 문화유산의 유출을 통제해야 합니다. 안동국학진흥원에서 목판 문집 간찰 문건 등을 대대적으로 수집함으로써 우리 지역의 옛 선비들이 혼을 담았던 귀중한 문화유산들이 국학진흥원으로 많이 흘러들어 가고 있습니다. 개인이 보관하기 힘든 점을 감안하면 환영할 만한 일입니다만 적어도 예천에서 유출되는 문화유산과 유물에 대해서는 반드시 문헌조사가 이루어진 후에 예천에 그 목록이라도 남아있어야 합니다. 귀중한 것이면 복사본이나 복제본을 만들어 일정한 장소에 보관해야 합니다. 예천의 문화유산은 예천이란 호적에 등재된 후에 진흥원이든 어디든 가야 할 것입니다.

영남학파의 조종은 선산의 길재 학맥으로 이어지는 사림파가 주류이지만 예천의 조용, 윤상으로도 이어집니다. 다만 조용과 윤상은 관학파일 뿐입니다. 특히 윤상은 세종 때의 유종儒宗으로 점필재佔畢齋 김종직金宗直:1431~1492의 아버지 김숙자金叔滋의 스승이기도 합니다. 흔히 김숙자는 길재吉再에게만 사사한 것으로 알려져 있으나 사실은 윤상이 황간黃澗원이었을 때 김숙자는 거기까지 찾아가서 주역을 배워 역학에 정통하였다고 김숙자의 언행록인 '이준록彛尊錄'에 기록되어 있습니다.

따라서 영남학파는 윤상-김숙자-김종직-권오복(예천 용문) · 이문좌(예천 용산) 등으로 내려와서 이퇴계에 이르러 영남학파를 형성하였습니다. 퇴계문집은 권오복의 조카 초간草澗 권문해權文海도 편집에 참가했으며 예천은 안동과 함께 경상좌도 퇴계학파의 중심지였습니다.

그 후 예천은 가학으로 학맥을 이어 문중마다 문집 간찰 문건 목판 등으로 귀중한 자료가 많은 지역입니다. 이들 자료에 대한 문헌조사 후, 목록을 만들고 복제본을 예천박물관 한 곳에 종합 전시하는 것도 격조 높은 문화예천을 가꾸는 데 꼭 필요한 일일 것입니다.

넷째, 예천공항을 산업용으로 부활시켜야 합니다. 수천억 원의 혈세로 설치된 예천공항이 지금 잠자고 있습니다. 그러나 고속도로와 교통수단의 발달로 국내 민항기로서 기능을 부활시킬 수는 없을 것입니다.

지금 세계에서 가장 활발한 꽃시장은 일본입니다. 일본 꽃시장에서 경쟁력이 가장 강한 나라는 네덜란드와 한국입니다. 네덜란드의 꽃이 유명하지만 운송비 때문에 한국한테 경쟁력이 떨어진다고 합니다. 꽃의 품질을 높이는 것은 청정지역에서 재배해야 합니다. 예천은 한국 제일의 꽃 생산지인 김해보다도 청정지역이어서 그 입지조건이 유리하다고 합니다.

뿐만 아니라 김해는 벌써 대도시화되어 새벽 비행기가 뜨는 데 민원이 많아 06시 이전에는 비행기 운행이 어렵습니다. 예천공항을 이용하여 오사카, 후쿠오카 등 일본 꽃시장에서 새벽입찰을 하면 예천의 유망한 산업이 될 수 있을 것이란 전문가의 견해가 있습니다. 예천지역을 꽃 재배단지로 만들면 곤충바이오와 시너지 효과도 거둘 수 있다고 생각됩니다.

앞에서 본 『백범일지』의 다음과 같은 기록을 다시한번 상기하면서 끝맺습니다. 문화의 힘이 우리 자신을 행복하게 하고 나아가 남에게 행복을 줄 수 있습니다, 전통 있고 격조 높은 예천문화의 계발을 기대합니다.

공직의 가치와 역사의식

2009년 7월 7일
과천 공무원중앙교육연수원 서기관 진급반

1. 예로부터 사람의 직업을 사士, 농農, 공工, 상商으로 구별하여 그 선호도와 지위를 사, 농, 공, 상 순서로 자리매김하여 왔습니다. 요즘 세상에 무슨 소리냐고 타박할 수 있지만 깊이 생각해 보면 우리들 가슴속에 흐르는 잠재의식에는 아직도 그러한 생각이 깔려 있음을 보게 됩니다.

직업에 귀천을 따지지 않는다고 말은 하면서도 많은 사람들이 자식을 키워 벼슬길에 오르는 것을 영예롭게 여깁니다. 실제로 사회적 지위와 안정적인 생활면에서도 공무원 이상의 직장은 별로 없다고 여겨집니다. 그러니 요즈음 공무원 되기가 하늘에 별따기입니다.

사, 농, 공, 상으로 따지면 공직자는 사士로, 5급 이상이면 사士 가운데서도 대부에 속합니다. 조선시대 양반을 흔히 사대부士大夫라 하는데 사士는 선비와 하급관리로 지금으로 말하면 학사 이상의 지식인층, 대부大夫는 5급 이상 벼슬자리에 있는 이들입니다.

예부터 선비계층인 벼슬자리에 있는 공직자에게 관심이 집중되었고 이도吏道 쇄신刷新을 정치의 요체로 삼아왔습니다. 이도쇄신이란 쉽게 말하면 공직자 윤리입니다. 공직자 윤리에 관한 불변의 요체는 청淸, 근勤, 신愼이며 이를 공직자의 좌우명으로 삼고 있습니다. 이 말은 중국 사마소司馬昭가 처음으로 꺼낸 말입니다. 공직자는 맑고 부지런하고 삼가야 한다는 뜻입니다. 왕조시대에도 새로 등극하면서 개혁을 주장하지 않는 왕은 거의 없었습니다. 그러나 옛것을 깡그리 버리고 새로운 모습으로 자리 잡는 개혁이란 그리 쉬운 일이 아니었습니다. 혁명은 보이는 적을 물리치면 되지만 개혁은 보이지 않는 적과의 싸움이므로 더 어려운 것입니다.

일이란 선후가 있고 물건은 본말本末이 있습니다. 근본이 헝클어진 채 끄트머리만 다스린다거나 먼저 해야 할 일을 뒤로 미루고 천천히 해도 좋은 것을 서둘러 마무리 지으려 한다면 마치 급류를 거슬러 올라가는 것과 같습니다.

이는 이도吏道를 바로 파악하지 못했기 때문입니다. 이도란 공무원들 마음가짐입니다. 뛰어난 경륜가들은 이도를 바로 세우려 했고 이도를 바로 세워야 나라가 바로 서게 된다 하여 이를 강하게 추진했습니다. 그러나 이도쇄신이란 이름을 제대로 적용하기란 참 어렵습니다. 잘못 적용하면 모든 공직자들이 자칫 경직되기 쉽고 직분에 대한 융통성과 창의력을 발휘할 수 없게 됩니다. 이는 오히려 하지 않는 것만도 못합니다.

2. 한때 목민심서牧民心書를 공무원들에게 의무적으로 읽게 한 적이 있었습니다. 베트남 호치민도 정다산의 목민심서를 정치 지침서로 삼았다니 대단한 저서임에는 틀림없으나 목민심서가 통치의 학문은 아닙니다. 목민牧民이란 중국 춘추시대에 유명한 정치가 관중管仲이 처음 쓴 말입니다. 국정을 다스리는 일은 곧 백성을 기르는 것이기 때문에 목민이란 말을 사용했습니다.

현대국가는 군주국가와 달라 행정行政, 사법司法, 입법立法이 분리되어 있고, 제도적인 장치와 인재등용의 길도 법제화되어 있기 때문에 목민의 길도 옛날과는 다를 수밖에 없습니다. 그러나 민民이 가장 귀하고 사직社稷, 즉 정부는 그 다음 민위귀民爲貴, 사직차지社稷次之라는 사실은 변치 않는 정신입니다.

벼슬하는 사람이 백성 위에서 위세를 펼쳐 온 것은 벼슬에 권력이 따라붙기 때문입니다. 벼슬에 권력을 따르게 한 것은 정사政事를 펴는데 공명정대하게 하기 위함이었습니다. 백성을 억압하거나 착취하는 수단으로 사용하는 공직자의 직권남용을 막기 위해서 관기숙정官紀肅正 작업이 계속되었고 그 그물에 걸려드는 관리들은 공직에서 추방되었습니다.

어떤 통치자는 이를 정신적 혁명이라고까지 말했으니 관기숙정이 정치행정의 성패를 좌우했다 해도 과언이 아닙니다. 그래서 예부터 청백리淸白吏의 이름이 전해 오는 것입니다. 청백리란 청淸, 근勤, 신愼을 실천한 사람들입니다. 태종 때 유관柳寬, 세종 때 황희黃喜, 맹사성孟思誠, 손칠휴孫七休 같은 선비들은 모두 높은 벼슬에 있으면서 청빈한 생활습관을 가졌습니다.

중종 때 청송靑松 고을 부사府使 정붕鄭鵬은 곧은 선비로 알려졌습니다. 영의정領議政 성희안成希顔은 정 부사와 매우 가까운 사이였습니다. 성 영의정이 정 부사에게 편지를 보내 청송 토산물로 유명한 잣과 꿀을 구해 달라고 하였습니다. 정 부사가 영의정에게 답하기를 "꿀은 백성들 집 벌통 속에 있고 잣은 깊은 산 높은 봉우리 잣나무 가지 끝에 있으니 태수 된 몸으로 어떻게 얻을 수 있겠는가?"라고 하였습니다. 영의정이 크게 부끄러워하고 잘못되었다는 사과편지를 보냈습니다.

한 가지 예를 더 보겠습니다. 정상재鄭相載라는 선비는 가난하게 살다가 아내를 잃고 장사 지냈습니다. 장지 둘레에서 베어낸 나무가 너무 많아 재목으로 사랑채를 지으려고 나무를 쌓아 말렸습니다. 재목으로 쓸 정도가 되어 집을 지으려 할 때 마침 호조판서 자리에 오르게 되어 집 짓기를 그만두었습니다. 사람들이 의아하게 생각하며 왜 사랑채를 짓지 않느냐고 물었습니다.

"내가 판서에 오르자 집을 지으면 남들은 그 전말을 잘 알지 못하고 벼슬자리를 이용하여 집을 지었다고 할 텐데 그런 의심을 왜 사느냐?"고 대답하였습니다. 그는 뒷날 벼슬이 정승까지 올랐으나 끝내 사랑채를 짓지 않았습니다. 사소한 일 같지만 실천하기란 어려운 일이라 하겠습니다.

정치를 잘하려면 반드시 전 시대 치란治亂의 자취를 살펴보아야 하는데,

"그 자취를 살펴보려면 오로지 역사 기록을 상고하여야 한다."

세종대왕이 한 말입니다.

우리 민족은 이제 세계 10위권의 무역대국이 되었습니다.

불리한 생존환경에서 대체 무엇이 우리 민족을 이렇게 강하게 살아남게 하였는가? 한국은 국토가 넓은 것도, 인구가 많은 것도, 산물이 넉넉한 것도 아닙니다. 농토가 적고 척박하기만 합니다. 강우량은 일년 통산으로는 모자라지 않으나 계절풍 지역으로 7, 8월에만 집중적으로 쏟아집니다. 이 때문에 한해旱害와 수해水害가 거듭되면서 만성적인 흉년을 당하여 왔습니다. 이렇게 불리한 자연조건 아래서도 살아남을 수 있었던 까닭은 무엇인가? 신흥 자본주의 국가로서 경이적인 경제발전을 하고 있는 저력은 어디서 나온 것인가? 여기에는 다양한 요소들이 있을 것이나 단순화시켜 말한

다면 고도의 문화역량과 유능한 선비 즉 공직자들이 있었기 때문일 것입니다.

3. 우리 민족은 삼국시대 이래로 선진 중국문화를 배우려는 노력을 더하여 왔습니다. 많은 지식인(불교승려, 유학자)들이 더 앞선 문화를 배우기 위하여 중국에 갔습니다. 중국문화는 끊임없이 흘러 들어오게 되었고, 우리가 소화한 문화는 다시 일본이나 중국으로 흘러 들어가기도 하였습니다. 선진 외래사상과 문물을 적극적으로 받아들이는 능력은 한국을 지금까지 생존할 수 있게 한 정신적인 자산이었으며 타문화에 동화되지 않는 능력이었습니다.

고려왕조도 중국문물을 받아들여 중앙집권적인 귀족사회 체제를 수립하고 문치주의文治主義를 표방하였습니다. 혈통에 바탕을 둔 고대 신라의 골품체제骨品體制를 청산하고 능력에 바탕을 둔 과거제科擧制를 실시하여 학문적 소양을 가진 문반文班 우위의 관료체제를 수립하였습니다.

중국문물이라고 해서 무비판적으로 수용한 것만은 아니었습니다. 토착문화 조건을 고려하여 중국문화를 적절히 받아들였습니다. 그러므로 외래문화를 받아들여 이를 소화시키는 데는 많은 시간이 걸렸습니다. 외래문화와 꼭 같지 않은 복합적인 한국문화를 창조하였기 때문입니다. 과거제는 10세기 말에 처음 실시하여 15세기에 가서야 정착되었고, 주자학은 13세기에 수용하여 16세기 퇴계退溪, 율곡栗谷에 가서야 우리 것으로 정착되었습니다.

한국은 역사적으로 중국문화의 보편성에 접근해 가면서 독자적인 문화권文化圈을 키워 왔고 이를 다시 바다 건너 일본에 전수하였습니다. 그래서 중국 한국 일본은 동아시아 3대 문화권을 형성하고 있었습니다. 이러한 문화권의 독립은 동아시아 국제질서에 중대한 영향을 미쳤습니다.

한국은 유교 불교 도교 천주교 및 기타 선진사상을 적극 받아들여 이를 바탕으로 다른 문화권에 동화同化되지 않을 수 있는 능력을 길렀습니다. 역사상 이름 붙일 수 있는 고급문화란 예외 없이 왕성한 문화 교류의 소산입니다. 그러므로 고급문화는 대개 복합적인 성격을 지니고 있습니다.

4. 한국의 정치적 특성은 중앙집권체제였습니다. 한국은 중국의 영향을 받아 일찍부터 중앙집권적인 통치체계를 발달시켜 왔습니다. 물론 고려시대까지도 지방토착세력이 강하게 남아있기는 하였습니다. 그러나 통일신라 이후, 서서히 중앙집권적인 통치체제를 강화해 가는 데 전력을 기울였습니다. 조선시대에 이르러서는 일사불란한 중앙집권적인 관료체제를 확립하였습니다.

중앙집권체제 강화는 자연 중앙집권화에 반대되는 요소들을 철저히 견제하였습니다. 지방토착세력을 견제하기 위하여 수령守令, 감사監司 임기를 제한하고 그 지방에 연고가 있는 사람을 임용하지 않았으며, 토착 향리鄕吏의 세력은 철저히 억압하였습니다. 중앙군 이외에 지방군을 육성하지 않았고 재산상속에 있어서도 자녀균분상속子女均分相續을 실시하여 재산의 집중을 방지하였습니다.

중앙집권체제 강화는 한국인의 정치 지향성과 권력 지향성을 조장하였습니다. 당시 사회에서 중앙관료가 되는 것이 가장 출세하는 길로 생각되었습니다. 돈을 벌거나 학문을 하는 것보다 관료가 되는 것이 최고 희망이었습니다. 문치주의文治主義가 지배하고 있던 당시 사회에서는 관료가 되려면 문과文科에 급제하는 것이 제일이었고, 문과에 급제하려면 어려서부터 유교경전을 열심히 공부해야만 하였습니다. 문과에 합격한다는 것은 그 자신은 물론 그 가문의 사회적 지위를 높이는 요인이 되었습니다. 그래서 한국인들의 교육열敎育熱은 일찍부터 높을 수밖에 없었습니다.

다음은 군사와 외교에 대한 특성입니다. 고려와 조선시대의 외교정책은 사대事大와 교린交隣으로 집약됩니다. 문화적으로 앞선 중국에 대한 사대외교는 피할 수 없었습니다. 조선 왕조의 사대외교 정책은 역사적 변화의 산물이었습니다. 그러나 이때의 사대는 생존을 위한 우리의 적극적인 외교정책이었지 일제 학자들이 말하는 것처럼 우리 민족 근성으로부터 나온 사대주의와는 다릅니다.

한국인들은 생존을 위하여 사대정책을 수립하고 외교로써 국가 안전을 도모하려 애썼습니다. 국방군國防軍을 기르지 않고 정권안보를 위한 왕실숙위군王室宿衛軍을 중심으로 한 군사편제만 가지고 있었습니다. 산물이 적고 국가재정이 취약하기 때문에 대군을 기를 수가 없었고 군의 세력이 강해지면 쿠데타가 자주 일어나 문치주의 정치를 유지할 수 없었기 때문입니다.

일단 유사시有事時에는 총동원령을 내려 전 국민이 이에 대처하였습니다. 작전은 한국식 산악전법이 자주 활용되었습니다. 적은 군사를 가지고 효과적으로 싸우는 방법이었습니다. 외적의 대군이 깊숙이 들어오면 매복군사들이 군량을 조달하는 비무장군을 기습하고 산성에 있는 군사들도 야간에 기습작전을 감행하였습니다. 한국 과하마果下馬와 강궁强弓은 산악전에 유리하였습니다. 장기전을 펼치면 적은 후퇴하지 않을 수 없었습니다. 이것이 한국의 산악전법이었습니다.

조선 후기 학자들이 한족漢族인 명明나라가 멸망하였음에도, 그 마지막 황제 의종毅宗의 연호年號인 숭정崇禎을 계속 써 온 것도 사대라기보다는 문화자존 의식의 소산이었습니다. 중화문화中華文化 주인인 명이 망하고 북방오랑캐 민족인 청淸이 섰으니 중화문화 계승자는 조선朝鮮이라는 생각이었습니다. 도통동전道統東傳이란 말입니다. 전통 유교문화를 부흥시키기 위해서는 명明을 망하게 한 청淸을 쳐부숴야 한다고 생각했습니다. 효종조孝宗朝의 북벌운동은 이와 같은 역사적 의미를 지니고 있는 것입니다.

한국은 한족漢族의 나라인 송宋, 명明에게는 친화親和의 뜻을 보이고 심복心腹하면서도, 북방민족北方民族인 거란족契丹族의 요遼, 몽고족蒙古族의 원元, 여진족女眞族의 금金, 청淸과 왜족倭族인 일본日本에 대해서는 무력으로는 당할 수 없더라도 우월감을 가지고 이들을 비하卑下하였습니다. 사대事大와 교린交隣정책은 이러한 생각에서 나온 것입니다.

5. 한국인이 가지고 있던 사상적인 특성은 무엇인가요?

한국인들은 예로부터 앞선 사상을 받아들이는 데 인색하지 않았습니다. 유교, 불교, 도교, 천주교, 기독교가 들어올 때에 모두 그러하였습니다. 동양의 종교사상은 대립보다는 조화를 중시하였기 때문에 여러 종교나 사상이 얼마든지 공존할 수 있었습니다. 국가 지배사상이 어느 것이 되느냐 하는 주도권 싸움은 있었으나 서로 공격하고 전멸시키려 들지 않았습니다.

고려 이전에는 불교가 지배사상이었지만 유교와 공존하였고 도교도 민간신앙과 밀착하여 공존해 왔습니다. 주자학이 조선의 지배사상이 되었던 조선 후기에 이르러서는 독선적으로 다른 사상에 대하여 배타적인 때도 있었습니다. 그러나 한국 종교와 사상은 인간을 중시하였습니다. 서양인들이 신神을 중시한 데 견줘 한국인들은 인간을 중시하였습니다. 조선시대 성리학性理學이 이기심성론理氣心性論을 중심으로 발달한 것이나, 동학東學 교리가 인내천人乃天으로 대표되었던 것도 다 그 때문이었습니다.

한국 전통문화는 일제 강점기 식민정책과 해방 이후의 서구문화 지상주의 때문에 제대로 계승되지 못한 면이 있습니다. 한말 일제 강점기 한국지식인들조차 나라가 망한 책임을 전통사상에 돌려 이를 저버리기까지 하였습니다. 그래서 건전한 한국문화를 창조하는 데 전통문화의 역할은 별로 중요시되지 못하였습니다.

일본은 유교를 바탕으로 메이지유신明治維新을 성공시켰는데 한국은 유교 때문에 나라가 망하였다고 생각하였습니다. 해방 이후 서구 자본주의가 물밀듯이 들어와 한국사회는 급속히 산업화의 길을 걷게 되었습니다. 1960년대부터 한국은 고도성장정책을 추구하여 한국경제는 급속도로 발전하였습니다. 그 결과 한국인들의 경제 수준은 훨씬 높아지고 한국의 국제적인 지위도 높아지게 되었습니다.

그러나 산업사회의 발달에 따라 여러 가지 부작용이 나타나기 시작하였습니다. 농촌사회가 해체되고, 인구가 도시로 집중되며, 각종 공해가 심해지고 극도의 개인주의와 황금만능주의로 인간부재 현상이 드러나게 되었습니다. 물질문화는 상당한 정도로 발전되었으나 정신문화는 급속도로 파괴되어가고 있었습니다. 돈이 지고의 가치가 된 순간부터 건전한 진보와 건강한 보수는 구별할 수 없게 되고 맙니다. 이러한 사회병리현상을 완화하기 위해서 어떻게 해야 할까요?

여러 가지 합리적인 처방이 있을 수 있겠지만 전통적인 생활방식을 바탕으로 삼고 그 위에 서구의 합리적인 생활방식을 가미한 새로운 생활과 사고방식을 개발해야 합니다. 우리는 이미 서구 산업자본주의 발달에 따른 여러 가지 사회 병리현상을 경험하고 있습니다. 병리현상을 치유하고 더욱 건전하고 안정된 사회를 건설하기 위해서는 전통시대 생활방식이나 사유방식에서 좋은 점을 현대에 선별적으로 되살릴 필요가 있습니다.

과거에는 유교가 산업발전을 저해하였다고 생각하였으나 지금은 오히려 유교정신이 가진 좋은 요소들을 이어받아야 한다고 생각하는 이들이 많아지고 있습니다. 유교의 성실성 · 교육열 · 근면성 · 가족주의 등이 그러한 요소들입니다. 새로운 한국문화는 전통문화 계승 위에 선진 외래문화를 선별적으로 수용하는 방향으로 이루어져야 할 것입니다.

현대는 동서대립의 이데올로기도 무너지고 민족과 민족, 국가와 국가의 무한경쟁 시대에 접어들고 있습니다. 이런 때에 이 나라 중견관료들과 공직자들은 전통문화에 바탕을 둔 사상과 기술을 길러 국제 경쟁에서 이길 수 있는 견인차가 되어야 할 것입니다.

선진국에서 더 이상 우리에게 기술과 정보를 주지 않을 것입니다. 우리의 노력과 능력으로 독자적인 기술과 사상을 정립하여야 합니다. 생존경쟁에서 다시 살아남고 번영할 방법을 강구해야 합니다. 이러한 역할을 공직자 여러분들이 잘 수행할 수 있을 때 공직의 가치는 더욱 빛날 것입니다.

감사합니다.

교육의 목표는 건전한 민주시민 양성이어야

■■■

2002년 5월 1일
교원연수교육 특강

오늘날 학교 교육은 오로지 입시경쟁에서 이기기만 하면 된다는 한 가지 목표로 달려왔고, 교육부 교육정책 목표는 입시경쟁 과열을 완화하는 데만 주력하여 왔습니다. 이 모두는 교육목표가 될 수는 없는 것들입니다. 교육목표는 사람을 기르고 인재를 양성하는 일입니다. 이 목표 아래 어떤 아이를 키울 것인가, 어떻게 키울 것인지 작은 목표를 세워야 하지 않겠습니까. 이렇게 되려면 우선 학부모들 사고부터 변해야 합니다.

모든 부모들은 하나같이 자기 자식만은 꼭 아름다운 목단 꽃이 되기만을 바라고 있습니다. 세상에는 꽃의 종류가 얼마나 많습니까? 어떤 꽃이든 제각기 열매를 맺게 되어 있습니다. 그런데 부모님들은 목단 꽃만을 희망하고 있습니다. 건전하고 보편적인 민주시민 가운데 대통령도 나오고, 국회의원도 나오고, 과학자도, 요리사도, 판사 검사도 그리고 농민도, 상인도 나오는 것입니다. 이들이 각계각층으로 다양하게 하나의 인격체로 완성되어 사회에 이바지하고 나라에 기여하도록 하는 것이 교육목표가 되어야 합니다.

1995년 문민정부는 세계화에 발맞추어 열린 교육, 수요자 중심의 교육개혁을 단행했습니다. 그러나 이 교육개혁으로 오히려 사제 간의 관계가 매우 미묘해졌습니다. 공교육이 무너지고 학교가 급격하게 붕괴되었습니다. 교육개혁 과정에서 민족교육은 철저히 배제되었습니다. 경쟁력을 제고시킨다는 미명 아래 교육에 지식의 수요 · 공급 경제 논리를 적용시켜 사제간 윤리 질서가 허물어지고 학교가 무너지고 있습니다. 교육에 경제논리를 적용시키는 자체가 우리 정서에 맞지 않습니다.

민족교육을 철저히 배격한 것도 세계화와는 관계없는 헛짓입니다. 과거 민족우월주의가 제국주의로 얼룩진 자국이 있지만 이는 강대국의 민족주의일 뿐입니다. 우리나라 민족주의는 생존을 위한 민족주의였습니다. 오늘 저에게 주어진 강의의 주제는 예절 교육의 현대적 의미입니다. 저는 예절 교육의 목표도 인성함양과 올바른 민족 정체성과 국가관 확립에 두어야 한다고 생각합니다.

예의, 예절, 예는 비슷한 말이지만 그 뉘앙스에 약간의 차이가 있습니다. 예의는 사회생활을 함에 남에게 실례가 되지 않도록 배려하고 몸가짐을 삼가는 것을 뜻입니다. 예절은 말과 행동할 때, 장소 그리고 상대방에 따라 상황에 맞게 행하는 것입니다. 예禮는 일상생활 규범으로써 지켜 나가야 할 일정한 형식을 말합니다. 예법의 준말입니다. 조선시대 역사 속에서 예를 한 번 찾아보겠습니다.

조선시대는 예가 국가 통치수단이었습니다. 세종대왕은 국조오례의란 전례집을 만들어 나라 다스리는 기준으로 삼았습니다. 오례의五禮儀란 제사에 관한 길례吉禮, 국상이나 국장에 관한 흉례凶禮, 전쟁에 출정이나 후퇴 등에 관한 군례軍禮, 국빈 영접에 따른 빈례賓禮, 국혼이나 책봉 등에 관한 가례嘉禮를 말하는데 그중에 길례를 중시하였습니다. 제사를 국가통치와

위계질서의 수단으로 삼았기 때문입니다.

옛 왕조시대에는 왕으로 즉위해도 종묘에 즉위 고유제를 올리기 전에는 왕으로서 권위를 누릴 수 없었던 것이지요. 조선시대에 통치수단으로 나라에서 행하는 제사는 정기제례 241회에다 임시제례를 합치면 연간 700여 회나 된 때도 있었습니다. 가정에서도 제사보다 더 중시하는 것은 없었습니다. 수많은 제사에 따른 막대한 제사비용은 국가재정을 파탄으로 몰고 가 제사자체의 존립마저 어렵게 만들었습니다.

예는 도덕성과 인륜을 지키는 것입니다. 삼강오륜의 강綱은 벼리라는 뜻인데 군신君臣, 부자父子, 부부夫婦의 가장 중요한 인간관계를 의미하고, 오륜은 부자 · 군신 · 부부 · 장유 · 붕우 등 인간관계의 핵심적인 다섯 가지 윤리입니다. 유교경전에 담겨있는 인륜, 도덕 등 인간으로 살면서 저버려서는 안 되는 도덕성을 말합니다.

예는 정성과 공경을 중시합니다.

성은 참됨인데 참됨 성誠은 하늘의 도道이며 참되려고 노력하는 의지는 사람의 도리라고 했습니다. 경敬은 마음을 한 곳으로 전일專一하게 하여 마음이 다른 곳으로 달아나지 못하게 하는 것입니다. 공부할 때는 공부하고 다른 사람과 대화할 때는 상대방과 대화에 집중하는 태도를 말합니다.

예는 종적인 질서 가운데 횡적인 평등을 추구합니다.

서양에서는 자유, 평등을 이념으로 수평적 사회질서를 이상으로 하고 있습니다. 예는 시대에 따라 변하고 또 변해야 마땅합니다. 변화가 너무 미온적이고 늦어지면 고루하고, 너무 빠르고 충격적이면 과격해서 보수층에서는 예의 부재상태라는 진단을 내리는 경우가 있습니다. 예는 일정한 생활

태도를 지향하는 가치관의 산물입니다.

동서양에 있어서 예와 예 사이 충돌과 마찰이 자주 일어나는 것은 가치관 차이에서 비롯됩니다. 유교적 제사의식을 기독교식으로 바꾼 것을 기화로 일어난 신해사옥이 그 사례입니다.

이상 조선시대 예의 특성을 대략 살펴보았습니다. 그러면 예의 현대적 의미에 대해 살펴보겠습니다. 예의 현대적 의미로 예의와 예절에 관해서 살펴보겠습니다.

앞에서 말한 대로 예의는 일상생활에서 상대방에 불쾌감을 주지 않는 몸가짐으로 지금 말로 풀이하면 '매너'나 '룰'입니다. 어느 사회이건 그 속에 예속되어 생활하는 사람들이 지켜야 하는 질서와 행동양식입니다. 어렵게 생각할 것 없이 교통질서를 지키는 것도 예의를 지키는 것입니다. 예의란 사회의 '룰'이기 때문입니다. 예의를 지킨다는 것은 자기 자신을 위해서입니다. 또 하나 인간 형성에 큰 영향을 미치는 곳은 가정입니다.

삼대가 한 집에서 살던 우리나라 가족제도는 세계적인 석학들이 많은 관심을 표명하였습니다. 그러나 대가족제도가 핵가족제도로 변했고 결혼에 대한 관념도 자식에 대한 의식도 크게 바뀌었습니다. 따라서 예절 교육의 목표도 변해야 합니다.

더 이상 농경사회가 아닙니다. 충효사상이나 유교적인 장유유서를 강조해도 먹혀들지 않습니다. 이미 1500년대의 인물인 이율곡 선생은 『격몽요결』에서 부모를 섬기는 효도를 매우 중요시했지만 "천하에서 가장 중요한 것은 나 자신이요, 자신이 중요하기 때문에 자신을 낳아준 부모도 귀중하다"라고 했습니다. 선각자의 탁견이 아닙니까.

개인주의를 바탕으로 한 자본주의 국가에서는 궁극적으로 자기 이익에 반하는 것은 아무리 공익적이라 해도 소용없습니다. 돈 앞에 애국이니 도덕이니 하는 것은 공염불입니다. 모든 정책개발은 개인이익이 사회와 국가 이익으로 직결되도록 해야 합니다. 북 유럽인들이 세금 잘 내는 것은 세금 낸 만큼 노후가 보장되기 때문입니다.

유엔아동기금(UNICEF)에서 조사한 바에 따르면 동아시아 태평양지역 17개 국가 가운데 한국 청소년들이 어른들에 대한 존경심이 가장 낮게 나타났습니다. 아버지를 존경한다는 한국청소년들은 21%, 어머니 13%, 연예인 12%, 교사 5% 순으로 나타났습니다.

우리나라만큼 어릴 때부터 어른들에게 절을 잘하도록 강요하는 나라도 드물 것입니다. 그런데 어른을 공경하는 것은 최하위입니다. 이는 무엇을 의미합니까? 절 잘한다고 예절 바른 소년으로 자라는 것은 아니란 겁니다. 청소년들에게 교양 있고 건전한 민주시민으로서 올바른 가치관과 국가관을 심어 주는 것이 올바른 예절교육이라고 생각합니다. 청소년들 예절교육은 청소년들을 건전한 민주시민으로 키우는 교육과정이어야 합니다. 청소년들을 건전한 민주시민으로 육성하기 위해서는 두 가지가 필요합니다.

첫째, 아버지 어머니가 건전한 가정을 이룩해야 합니다. 지도층이 지위에 걸맞는 행동을 보여야 합니다. 사람은 사회적 동물입니다. 제 아무리 뛰어난 명성과 지위를 가진 사람이라도 그가 속한 그 사회 속에서 도움을 받지 않고는 성공할 수 없습니다. 성공의 8할은 사회로부터 기인한 것입니다. 지위가 높아질수록 사회에 솔선수범하는 윤리적 의무를 더해야 하는 까닭입니다.

흔히 '노블레스 오블리주'라고 하지요. 한국 지도층은 노블레스 오블리주 정신이 없습니다. 지도층이 청소년들로부터 존경을 받기는커녕 오히려 비웃음을 받기까지 합니다. 신문에서 산소처럼 맑고 울림이 있는 기사를 장식하는 것은 바닥인생을 사는 서민들입니다.

"35년 간 날품팔이 행상으로 번 돈을 장학금으로 내놓은 자린고비 할머니 박금단."

"20년 간 외로운 노인을 돕고 전재산을 양로원에 내놓은 이순덕 할머니."

"70억 재산을 모교에 기증한 마도로스 배순태 씨."

"전재산 5억 원을 장학금으로 내놓은 박일분 할머니."

"10억 재산을 서울대에 기증한 김선용 씨." 등등.

둘째, 한국인답게 사는 길을 가르쳐야 합니다.

지구촌의 일원이 되려면 먼저 한국인으로서 자긍심과 자부심을 가지도록 해야 합니다. 지금 민족이란 말 자체를 시대착오적인 개념으로 치부하여 민족교육을 외면하고 있습니다. 민족교육은 세계화의 일원으로 자기 정체성을 지키며 사람답게 살고자 하는 교육입니다. 국난극복의 민족사를 이해하는 자체가 국민으로서 보람과 긍지요, 한국인다워지는 길이기도 합니다.

이제까지 말씀드린 교육은 굳이 예절교육이라기보다는 인성교육이요, 민주교육입니다. 예절교육이라 하면 우선 답답하게 느껴집니다.

'효도하라! 어른을 존경하라! 절을 공손하게 하라!' 어른이 행동으로 보여주지 못하면서 말로만 강요하니 거부감을 느낍니다.

효는 가르쳐서 행해지는 것이 아닙니다. 아버지 어머니가 할아버지 할머니한테 하는 것을 본 자녀들이 딱 그만큼의 효행을 따라 합니다. 자기 스스로는 효행을 하지 않고 자식에게만 효도를 강조한다면 그 말에 힘이 실릴 리 없습니다.

우리 사회는 어른들은 즐겨하면서 학생들한테는 금지하는 것들이 너무 많습니다. 음주 흡연과 결혼생활 이외에 성인들이 좋다고 하는 일 가운데 미성년자란 이유로 금하여야 될 것이 무엇인지 합리적으로 따져봐야 합니다. 학생들한테 들이대는 잣대尺度는 어른들이나 교사가 일방적으로 만들어서는 안 됩니다. 옳고 그름, 길고 짧음을 판단할 때는 너와 내가 보편적으로 느끼는 것이어야 하고, 동서고금에 두루 통하는 자尺이어야 합니다.

아직도 '매(교편)'가 만능인 것처럼 말하는 분이 있습니다. "유능한 조련사는 개를 훈련시킬 때 결코 때리지 않는다"고 합니다. 인간이야 말할 것도 없겠지요. 예는 서로 간 존재를 존중해 주고, 함께 살아가는 길을 함께 찾는 민주주의의 기틀이 되어야 합니다. 예는 말로써 행해지는 고루한 것이 아니라 몸짓으로 보여주는 실천입니다.

우리 역사 어떻게 쓰여졌나

■ ■ ■

2002년 10월 23일
서울 신라로타리클럽 초청 강연

1. 기록하는 민족만이 살아남는다고 합니다. 우리는 이 말을 역사에서 흔히 발견할 수 있습니다. 고래로 역사편찬은 대개 한 왕조가 멸망하고 나면 다음 왕조에서 시행합니다. 중국의 『25사』나 우리나라의 『삼국사기』 『고려사』 등은 모두 다음 왕조에서 편찬된 것들입니다. 이와 같은 편찬 방식은 대개 왕조중심의 역사로 편찬되어 국민 전체의 총체적인 삶의 모습과 문화유적들이 소외되는 경우가 많았습니다.

우리나라의 역사편찬은 대개 고려시대 이후였습니다. 신라, 백제, 고구려도 역사가 편찬되었다는 기록이 있지만 편찬된 사서는 없습니다. 이와 같이 상고사는 그 문헌사료가 거의 없기 때문에 고대사를 연구하는 사학자들은 대개 중국의 문헌인 『삼국지』의 『위지동이전』, 사마천의 『사기』, 범엽의 『후한서』 등이 중요 사료일 뿐이어서 고대사 연구가 퍽 어렵게 되어 있습니다.

신라, 고구려, 백제의 찬란했던 문화도 수많은 병화에 그 유물 유적조차 모두 사라지고 『삼국사기』 만이 지극히 황량하게 그리고 김부식의 구미에 맞추어 신라 중심으로 기록되었을 뿐입니다. 다행히 고려 때부터 국사편찬에 대한 제도가 갖추어져 춘추관을 상설하고 사관을 두어 날마다 시정을 기록하였습니다.

그리고 임금이 붕어하면 반드시 그 시대의 역사를 편찬하였으니 이를 실록이라 합니다. 또 편찬을 담당하는 사관들의 역사의식과 사명감도 매우 투철했었습니다. 편찬된 실록을 보관하는 데도 매우 치밀하게 병화를 대비하여 여러 곳에 분산 보관하였습니다. 이렇게 편찬된 『조선왕조실록』을 유네스코에서는 세계 최대의 기록문화유산으로 지정하였습니다.

고려는 왕의 사후 3대 후에 실록 편찬에 착수하였습니다. 그러나 조선시대에 와서는 왕의 사후 곧바로 실록청을 설치하고 사관의 사초, 승정원일기, 춘추관시정기, 개인문집 등 광범위하게 수집하여 곧 실록 편찬에 착수하였습니다. 이는 조선 초기의 개국공신들이 그들의 역성혁명易姓革命을 후대사가의 손에 맡기기가 두려웠기 때문에 서둘러 시행했던 것이 그 후 관례가 되었기 때문입니다.

사관이 국정의 내용이나 인물평, 국정비판 등을 초서로 기록한 것을 사초史草라고 합니다. 사초는 당대 최고의 국가 기밀로 왕이라 하여도 볼 수 없도록 하였습니다. 또 실록이 편찬되면 4부를 만들어 창고에 보관했는데, 이 창고를 사고史庫라 하고 3년에 한 번씩 일광소독까지 했는데 이를 포쇄曝曬라 합니다.

사고는 처음에는 서울 춘추관과 충주사고 2곳뿐이었습니다. 그러나 병화를 염려하여 후에 성주, 전주에도 사고를 지어 네 곳에 분산하였습니다. 이 염려가 적중하여 임진왜란 때 3곳이 불타 버리고 다행히 전주사고의 실록만 병화를 면했습니다.

만약 전주사고마저 불타 버렸다면 우리는 임진왜란 이전의 역사를 알 수 없었을 것입니다. 전주사고의 실록이 병화를 면하게 된 데는 안의安義, 손홍록孫弘祿의 뛰어난 역사인식 때문이었습니다. 당시 왜적이 전라도 금산까지 들어온다는 소식을 듣고 관군은 물론 창고지기마저 도망가 버리자 태인의 안의, 손홍록 두 사람이 이 실록을 사재를 들여 내장산으로 옮기고 2개월간이나 지켜서 병화를 면하게 되었습니다. 후일 광해군 때 이 실록을 4부를 더 만들어서 서울 춘추관, 오대산, 태백산, 마니산, 적상산에 보관하였습니다. 참으로 안의, 손홍록의 공로는 아무리 높이 평가해도 지나침이 없을 것입니다.

사관은 임금의 모든 언행을 따라다니면서 기록하므로 때로는 왕이 이를 매우 귀찮게 여겼습니다. 심지어 공신이나 군인, 환관에게 얻어맞으면서까지도 이를 끈질기게 기록하였습니다. 사관은 모두 8명인데 2명씩 교대로 왕의 곁을 떠나지 않고 기록을 하였으므로 국왕은 신하와 사적인 문제를 이야기할 수 없게 되었고 아첨하는 신하의 접근을 막을 수 있게 되었습니다.

조선왕조에서 가장 강력한 군주였던 태종은 "군주가 두려워할 바는 오직 황천皇天과 사관史官뿐이다"라고까지 말했으니 짐작하고도 남음이 있습니다. 품계로는 7품 이하의 미관말직인 사관이지만 고관대작들이 모두 두려워했고 그들에 의해 조선역사가 써졌습니다. 그 쓰인 역사를 실록이라 합니다. 이제 그 실록의 편찬 방법을 구체적으로 설명하겠습니다.

2. 실록이란? 앞에서 이야기한 대로 사관의 사초와 승정원일기, 춘추관 시정기, 개인 문집 등이 기초가 되어 기록됩니다. 그래서 실록이란 뜻은 첫

째, 기록한다는 일반 명사의 의미가 있고, 둘째, 왕이 죽은 뒤에 그 왕대의 일을 사관史官들이 엮어 놓은 단대사의 의미가 있습니다.

또 이 실록을 편찬하는 방법은

① 편년체編年體 : 역사 사실을 년월일 순으로 정리한 것으로 『실록』, 『동국통감』, 『승정원일기』 등이 이에 속합니다.

② 기전체紀傳體 : 본기本紀, 지志, 열전列傳으로 나누어 기술하는 방법으로 『삼국사기』, 『고려사』 등이 이에 속합니다.

③ 기사본말체紀事本末體 : 역사 사실을 주제별로 정리한 것으로 『연려실기술』이 이에 속합니다.

④ 강목체綱目體 : 강綱과 목目으로 나누어 기술하는 방법으로 『동사강목東史綱目』이 이에 속합니다.

실록을 편찬하기 위해서는 사료 수집이 가장 중요합니다. 사료史料 수집은 대개 다음과 같이 합니다.

① 입시사초入侍史草 : 사관 2명이 왕 앞에서 초서로 국정의 내용을 기록하여 그날 그날 춘추관에 제출합니다. 이를 납초納草라고도 합니다.

② 가장사초家藏史草 : 인물평이나 정책비판 같은 기록은 사관이 자기 집에 보관해 둡니다. 평가 기준은 공자孔子의 춘추필법을 많이 따르는데 춘추필법은 노골적인 표현은 하지 않습니다. 예컨대 아무개가 졸卒했다 하면 좋은 사람이고 사死했다 하면 나쁜 사람입니다. 대개 사관은 이와 같은 방법으로 기록만 하고 평가는 후세 사람들이 하게 합니다.

그러면 외국에도 실록이 있는가? 또 실록은 언제부터 있었는가를 살펴보겠습니다. 알려진 바로는 중국, 일본, 월남에도 실록이 있습니다. 그리고 사관史館이 처음 설치된 것은 중국 당나라 때입니다.

사관史官과 사관史館은 어떻게 다른가?

사관史官은 역사를 쓰는 사람이고, 사관史館은 역사를 편찬하는 기관입니다. 『조선왕조실록』이 가장 유명하여 세계기록문화의 보고로 알고 있는데 외국 것보다 어떤 점이 그렇게 우수한가?

중국은 당나라 이전 양梁나라도 실록이 있었습니다. 하나 전해지지 않고 명나라와 청나라의 실록이 있는데 조선왕조실록에 비해 내용이 소략하고 정치사 중심으로 쓰여졌으며 비밀유지가 잘 안 되었다고 합니다. 비밀유지가 안 되었다는 것은 공정하지 못하다는 뜻이고 역사는 공정함을 생명으로 하고 있습니다. 조선왕조실록은 정치·경제·사회·문화 등 매우 광범위한 분야들이 상세하게 기록되어 있을 뿐만 아니라 매우 엄격하게 비밀을 유지하기 위하여 왕이라 하여도 볼 수 없게 하였습니다.

실록의 위대성은?

첫째, 사실대로 기록하는 직필정신과 비밀주의에 있습니다. 그래야 권력에 의해 날조되거나 왜곡 변조되지 않기 때문입니다.

둘째, 감계정신鑑戒精神입니다. 왕이 두려워하는 것은 하늘과 역사뿐이라고 했습니다. 이는 따지고 보면 고려나 조선왕조는 기본적으로 군약신강君弱臣强이었기 때문입니다. 이는 정복왕조가 아니었기 때문이기도 하지만 그보다는 역사를 두려워했기 때문입니다. 앞에서도 언급했습니다만 사초史草의 초草자는 초서란 뜻이고 민초民草의 초자는 나무하고 풀 베는 농민

즉 보통 사람이란 뜻입니다. 그 내용이 다릅니다.

그러면 지방 사료나 궁중여자들 문제는 누가 기록했는가? 지방사는 대개 외사外史라 하여 수령 도사 교수관 등을 활용하였고, 궁중여자들 문제는 여사女史를 두어 자료를 따로 모았습니다.

조선왕조를 문치주의 국가라고 하는데 무엇을 의미하는가?

이는 문관이 주도하는 즉 통치수단이 무력이 아니라 이론과 선례란 뜻입니다. 이는 경사經史를 중시한다는 뜻입니다. 경사의 경經은 유교의 경전이고, 사史는 선례를 역사에서 구한다는 뜻입니다. 유교의 경전은 도덕적 수양을 국가사회의 지도자들이 갖추어야 할 기본소양으로 생각하였습니다. 문과의 시험과목은 경전이었습니다. 또 사史는 정치 운영의 선례를 역사에서 구했으니 왕이 겁내는 것은 하늘과 역사뿐이라고 한 것만 봐도 역사를 얼마나 두려워했던가를 알 수 있겠습니다.

그리고 실록에 기록되는 묘호廟號와 군호君號, 그리고 실록과 일기는 어떻게 구별되는가?

묘호는 왕이 죽은 뒤에 3년 상이 끝나고 종묘에 모실 때 왕의 업적을 참작하여 올리는 칭호입니다. 왕의 일대에 공이 많으면 조祖를 붙이고 덕이 많으면 종宗을 붙입니다. 대개 창업군주이거나 중흥군주는 '조'를 수성군주에게는 '종'을 붙입니다. 태조 세조 인조 선조 등 쿠데타로 왕조를 창업한 창업주를 태조라 하고 쿠데타를 진압하거나 병란을 극복한 군주에게는 '조'를 붙입니다.

재위 중에 축출된 임금을 격하시키고 차별하여 실록이라 하지 않고 일기라 하였습니다. 또 축출된 임금은 종묘에 올리지 못하므로 묘호가 없기 때문에 노산군, 연산군, 광해군 등 군호만 있습니다.

실록의 이름에는 묘호를 맨 앞에, 시호를 중간에, 실록을 맨 뒤에 붙입니다. 예를 들면 태조강헌대왕실록하면 태조는 묘호이고 강헌은 시호입니다. 묘호는 묘당(종묘)에 올릴 때 시호는 왕의 일생을 기리고 평가하여 붙인 칭호입니다.

그러면 사고史庫는 무엇인가?

사고는 역사책을 보관하는 창고입니다. 즉 실록을 보관하는 창고인데 실록뿐만 아니라 왕실 족보 역사책 경서 어필 등 귀중한 전적들을 보관합니다. 이 사고는 고려 초기에는 개경開京/開城/松都에만 있었는데 한 곳에만 있으면 유실되었을 때 복간이 어려워 지방에도 사고를 두었으니 이를 외사고外史庫라 하고 서울에 있는 사고를 내사고內史庫라 합니다.

조선 세종 때 비로소 서울 춘추관 사고 이외에 충주에 또 하나의 사고를 두었고 후에 성주 전주 등 4사고를 두었습니다. 임진왜란 이후에는 5사고를 두었는데 임진왜란 때 전주사고 이외의 사고가 모두 불타 버리자 전주사고의 실록을 복간하여 서울 춘추관, 강화도 마니산, 평안도 묘향산, 강원도 태백산과 오대산에 사고를 설치하여 5사고라 합니다.

세계화 시대에 민족주의 교육이 필요한 까닭

2002년 5월 23일
한국회계학회 정기총회 초청 강연

김상조 한국회계학회 회장의 초청으로 여러분과 연을 맺게 된 것을 소중하게 생각하면서 강의를 시작하겠습니다. 회계학을 전공한 교수님들이 우리 역사에 깊은 관심을 가지신 데 대해 감사의 인사부터 드립니다.

먼저 우리나라 역사 교육의 현주소를 짚어보겠습니다.

최근 우리 사회는 새로운 세기, 새로운 천년대를 맞이하여 미래를 내다보기에 바쁜 나머지 역사로부터 교훈을 찾는 일에는 오히려 소홀한 것 같습니다. 미래에 대한 장밋빛 설계보다 역사로부터 냉엄한 교훈을 찾는 것이 때로는 더 가치 있는 일일 수도 있을 것입니다. 19세기 말엽 1899년(대한제국 3년)에 경인철도 부설권이 일본에 넘어갔고 서대문-청량리 간 전차운행권이 미국에 넘어간 것은 조선이 겪은 고난을 상징적으로 말해 주고 있습니다.

이와 같은 제국주의 열강들의 침략행위를 당연시하고 정당화한 이론이 사회진화론입니다. 이런 주장을 퍼뜨리는 학자들이 있습니다. 다윈이 주장한 적자생존, 우승열패의 정글법칙을 인간세계에 적용시켜 제국주의를 합리화시킨 것입니다. 그러나 인간에 우열이 있을 수 없고 문화에 선후진이 있을 수 없습니다.

인간생존권은 천부인권이라 했습니다. 인간 자체가 인류의 꿈이고 희망이고 미래입니다. 그런데도 당시 조선 지식인 사이에서는 이 진화론처럼 "힘없는 조선이 제국주의 열강에 당하는 수탈은 운명일 수밖에 없다"는 듯이 받아들이는 패배주의가 팽배하였습니다. 물론 이와는 반대로 제국주의와 맞서야 한다는 자강론이 일어나기도 했으나 약육강식 적자생존의 정글법칙이 이를 뒤엎고 말았습니다.

그로부터 100여 년이 지나 새로운 세기에 접어든 지금도 세계화를 지향하는 신자유주의 이론이 우리 정치 사회의 주류를 이루고 있습니다. 냉전종식 후 자본주의로 세계화를 주도하는 유일 초강대국 미국의 신자유주의는 19세기말 제국주의 국가가 약소민족의 침략을 합리화했던 사회진화론과 흡사합니다.

지금 온 세계 관심이 집중되고 있는 북한 핵문제도 따지고 보면 미국의 패권주의 세계화 전략과 관계 있는 것입니다. '냉전구조의 해체와 남북화해협력' 정책으로 미국의 패권주의에 비상이 걸린 것입니다. 미국 패권주의는 한반도에 약간의 긴장 조성을 필요로 하고 있습니다. 남북 및 북·일 정상회담 등 평화 무드는 동북아에 새로운 질서를 형성하고 있으며 이는 이 지역에서 미국의 역할을 감소시키고 있습니다. 미국 정부는 이를 매우 못마땅하게 생각하고 있습니다. 이 때문에 불거진 것이 북한 핵문제의 본질입니다.

"시장 자유는 극대화하고 국가 간섭은 최소화한다"는 신자유주의는 그럴듯하게 들리기는 하지만 경쟁력 향상에 도움이 된다면 무엇이나 마다하지 않는다는 점에서 국가간 불평등을 전제한다는 점에서 과거 제국주의와 매우 닮았습니다.

세계화 물결 속에 민족이란 말 자체가 낡고 시대착오적인 개념으로 되어 버렸기 때문에 학교교육에서는 물론 청소년수련원에서조차 청소년들에 대한 민족교육은 외면하고 있습니다. 그러나 세계화 이념의 본고장인 미국은 오히려 애국주의를 전에 없이 요란하게 부추기며 성조기 바람을 거세게 일으키고 있습니다. 뿐만 아니라 주변을 둘러봐도 국가주의가 더욱 기승을 부리고 있습니다.

고이즈미 총리가 기회만 있으면 야스쿠니靖國 신사神社를 참배하고 있습니다. 본래 야스쿠니 신사는 1868년 메이지유신을 단행하고 요시다吉田 쇼인松陰 사카모토坂本 료마龍馬가 교토京都에 세운 초혼사招魂社였습니다. 이듬해 도쿄東京로 옮기고 1879년 야스쿠니靖國로 고쳤습니다. 건립 동기는 일본을 위해 비명에 간 사람들의 넋을 위로한다는 민간신앙 외에 일본 황실을 위해 죽은 사람을 높여 신으로 존중함으로써 천황제를 강화하기 위한 것입니다. 패전 전까지 국가가 관리하던 것을 패전 후 정교분리의 헌법에 따라 종교 법인으로 독립시켰습니다.

신으로 안치된 사람은 264만 명으로 메이지유신과 청·일전쟁, 러·일전쟁, 한국침략, 만주사변, 중일전쟁 등에 참가해 전사한 일본인과 심지어 한국인 징용자도 포함되어 있고, 1978년에는 A급 전범자 도죠 히데키 등 14명도 몰래 합사시켰습니다. 이는 일본이 침략전쟁을 정당화하거나 미화하려는 군국주의 천황시대로 돌아가기를 기도하는 것으로 밖에 볼 수 없으므로 우리나라나 중국이 민감한 반응을 일으키는 것입니다.

이런 판국에 우리나라는 제7교육과정에서 근현대사를 빼버렸습니다. 꼭 빼야 한다면 차라리 고대 중세사를 뺄지언정 근현대사를 빼는 것은 있을 수 없는 민족교육의 포기나 마찬가지입니다. 근현대 이전에는 민족이란 개념자체가 없었기 때문입니다. 다시 한 번 말씀드리지만 과거 민족주의가 제국주의로 얼룩진 자국이 있었던 것은 강대국의 민족주의일 뿐 우리나라의 민족주의와는 관계가 없습니다.

우리나라 민족주의는 생존을 위한 민족주의였습니다. 남을 침략하는 가해자의 민족주의가 아니라 제국주의의 침략을 방어하고 저항하여 살아남기 위한 민족주의였습니다. 지금 온 세계가 지향하는 애국주의, 국가주의와 조금도 다를 바가 없습니다. 민족교육은 한국인도 세계화의 일원으로 사람답게 살고자 하는 것에 불과합니다.

작가 황석영 씨는 민족주의를 세계 속에 살기 위해서는 문패라도 달자는 것에 불과하다고 명쾌하게 정의했습니다. 그렇습니다. 세계화의 일원이 되기 위해서는 자기 집에 떳떳하게 문패라도 달고 살자는 것입니다. 세계화가 되면 문화의 경계만 있고 국경은 없다고들 하지 않습니까. 그렇다면 문패는 반드시 달아야 합니다.

국난극복의 민족사를 이해하는 것도 문패달기운동의 한 과정입니다. 그 자체가 국민으로서 보람과 긍지이기 때문입니다. 이제 우리도 민족사를 일깨워 온 국민에게 자긍심을 심어주어야 합니다. 그런데 역사 서술에서 자긍심과 관계되는 부분이 여러 곳에 보입니다. 이를 몇 가지만 지적하여 역사교육의 현상을 살피고자 합니다.

단군신화와 단군에 대한 역사 인식을 새롭게 해야 합니다.

신화와 설화는 다음과 같이 구별됩니다. 신화는 국가건국 성씨의 개조와 관련되는 신성성과 역사성이 있습니다. 때문에 성공한 건국주에 관한 이야기는 대개 신화로 남고 실패한 건국주의 이야기는 설화로 변하거나 소멸됩니다. 단군 박혁거세 동명성왕 김수로왕의 건국에 얽힌 이야기들은 성공한 군주로서 대개 신화로 남아있습니다. 그러나 궁예와 견훤에 대한 이야기는 실패한 군주로서 설화로 변해 버린 것입니다. 견훤이 성공하여 후백제가 융성했다면 견훤의 아버지는 지렁이가 아니라 용으로 전해졌을 것입니다.

고대 사회에서 있었던 여러 나라들도 처음에는 대개 건국주에 대한 신화가 있었을 것이나 국가 흥망과 더불어 소멸됐다고 보아야 할 것입니다. 일본 역사가들이 단군이나 동명성왕, 박혁거세 등의 건국신화를 모두 설화로 표기하는 것도 주목해야 할 것입니다.

- 단군은 1500년 간 재위하고 아사달의 산신이 되었다고 『삼국유사』는 기록하고 있습니다. 이로 보아 단군을 특정인의 이름으로 보아서는 안 된다고 생각합니다. 고조선의 군장 칭호로 보아야 합니다. 티베트는 중생을 제도하는 관세음보살의 현신으로 여기는 달라이 라마를 지금까지도 달라이 라마로 칭하고 있지 않습니까.
- 고조선은 하늘의 신(환인)이 호랑이나 곰으로 대표되는 자연계 및 인간세계의 신인 웅녀와 결합하여 단군을 낳았습니다. 단군이 나라를 건국하고 그 자손들이 왕위를 이은 정통성과 존엄성을 신성한 핏줄에서 찾았습니다. 이를 강조하여 신이 지닌 능력의 천손임을 강조한 것이 단군신화입니다.
- 고대사회에서 왕이 정치적 정통성을 근거로 신성한 핏줄에 의한 천손관념의 건국신화인 것입니다.

- 중세 사회에서는 왕이 정치적 정통성을 기반으로 삼는 천명天命사상의 민본정치를 이상으로 삼았습니다. 주권자가 민民이 된 현대와는 구별됩니다.

상고사의 시대 구분도 철기시대 이후 부족국가 형성에 대해 삼국 중심으로만 기술해 놓았습니다. 엄밀히 따지면 1세기를 전후하여 9족시대(부여 · 고구려 · 숙신 · 동예 · 옥저 · 조선 · 마한 · 진한 · 변한)와 6국시대(부여 · 낙랑 · 고구려 · 백제 · 신라 · 가야), 그리고 218년간이나 지속된 4국시대(고구려 · 백제 · 신라 · 가야), 그 다음에 삼국시대(고구려 · 백제 · 신라)입니다. 통일신라와 발해는 남북국시대로 하여 발해를 우리 역사에서 확실하게 취급해야 합니다.

삼국통일과 김유신에 대해서도 재평가해야 합니다. 당시의 국제 정세도 엄밀히 분석하여 평가해야 합니다.

실증사학의 잣대만으로 우리 역사교과서를 기술한다면 사료가 많이 인멸된 우리나라로서는 잃는 것이 너무 많습니다. 중국이나 일본이 지나치게 자기 나라 역사를 부풀리고 있는데 비하면 우리는 역사에 너무 무관심합니다. 고대사뿐만 아니라 근현대사 역사는 이데올로기의 굴레에 얽히어 많은 부분을 애매하게 기술하고 있거나 놓치고 있습니다. 이것은 일본이 한국역사를 왜곡하는 것보다 더 심각하다고 생각합니다.

다시한번 말합니다. 미래에 대한 장밋빛 설계도 필요하지만 보다 중요한 것은 역사에서 교훈을 찾는 일입니다.

한·일 청소년들, 동아시아 평화를 지키는 발이 되자

2003년 11월 4일
한일대학생문화교류회 초청 강연

우리나라 속담에 '이웃 4촌'이란 말이 있습니다. 서로 가까운 이웃에 살면 멀리 있는 4촌보다 더 정답게 지낸다는 뜻입니다.

일본은 분명히 한국의 이웃 4촌입니다. 지리적으로 청명한 날 부산 앞바다에서 일본의 쓰시마對馬島가 보일 정도이니 가장 가까운 이웃 4촌임에 틀림없습니다. 조선시대에는 이 가까운 두 나라의 관계를 교린이라고 했습니다. 교린이란 말은 이웃나라와 대등한 입장에서 우호관계를 유지한다는 뜻입니다. 그러나 심리적으로 일본은 가장 먼 나라로 느껴지기도 했습니다. 두 나라는 같은 역사적 공간에서 동일한 문화권에 있었기 때문에 역사상 많은 명암이 섞여 있습니다. 우리나라 말로 이른바 미운 정, 고운 정이 든 것입니다.

1592년부터 1598년까지 7년간 두 나라 사이에는 임진왜란이라는 역사상 가장 비참한 전쟁을 치루지만 교린관계는 그 후에도 끊임없이 지속되었습니다. 한 · 일 교린관계는 7세기 후반까지 거슬러 올라갑니다. 7세기 후반, 통일신라와 발해와 일본과의 관계는 교린관계였고, 이때 일본은 나라, 헤이안 시대였습니다. 그러나 이 교린관계는 1876년 이후 깨어지고 말았습니다.

1854년 미국은 페리 제독이 이끄는 군함을 앞세워 일본을 강제로 개방시켰습니다. 그로부터 22년이 지난 1876년 일본은 페리와 똑같은 방법으로 군함을 앞세운 무력시위로 한국을 개방시켰습니다. 역사에서는 이를 병자 수호조약 또는 강화도조약이라고 합니다. 전문 12조로 된 이 조약은 불행하게도 매우 불평등하게 체결되었습니다.

이 조약 이후 한국은 서양 열강들과 차례로 통상조약을 맺게 되었는데 이 조약이 근거가 되어 모두 불평등조약을 맺습니다. 결국 한국은 세계 자본주의 질서에 강제 편입되고 일본과 서구 자본주의 국가들에게 침략의 길을 열어 주게 됩니다. 역사는 이때를 근대국가란 이름으로 서술하고 있습니다. 그러나 이러한 개국은 시민혁명을 통하여 이룩한 선진 자본주의 국형國型의 근대 국민국가가 아니었습니다.

한국은 아시아, 아프리카, 라틴아메리카에서 흔히 볼 수 있는 식민지 종속국형의 근대 식민국가로 전락하였습니다. 지금까지 유지하던 일본과의 교린관계는 깨어지고 말았습니다. 조선을 지배하려는 일본과 이에 저항하려는 조선 민중 사이에 긴장감과 적대감이 맴돌았습니다. 일본과 한국은 심리적으로 가장 먼 나라일 수밖에 없게 되었습니다.

해방 이후에도 한·일 양국은 식민지 청산문제로 반세기가 지난 지금까지 앙금이 풀리지 않았습니다. 그러나 21세기로 들어오면서 김대중 정부는 일본과의 과거 청산에 매우 적극적이었습니다. 남북간에도 화해 협력시대를 지향하면서 동북아에 새로운 질서의 싹이 트이기 시작했습니다. 미국이 몹시 못마땅해 하고, 일본과 한국의 보수세력들이 일마다 의심쩍어 했지만 이런 노력으로 민족 역사의 큰 물꼬가 트이게 되었습니다. 특히 한·일 월드컵 공동개최는 망설이고 머뭇거리던 한·일 문화교류를 일거에 대중적 문화교류로 승화시켰습니다. 나는 한 · 일 양국 청소년들이 같은 자리에 모여 우호관계를 다질 수 있는 계기를 마련하는 것이 참 중요하다고 생각합니다. 지금부터 한 · 일 문화교류와 19세기 이후에 전개된 한 · 일 관계를 살펴보고자 합니다.

대개 7세기 이전의 한 · 일 관계는 국가대 국가간의 관계라기보다 한반도 주민들의 일본 이주로 한반도 문화가 일본열도로 흘러간 문화교류의 관계였습니다. 일본 고고학자들의 연구에 따르면 우리나라 문화가 일본으로 흘러가기 시작한 것은 대개 기원전 3~2세기로 잡고 있으니 일본 야요이시대입니다. 야요이 문화의 골격을 이루는 벼농사와 청동기 문화의 양상이 한반도와 거의 일치하고 있습니다. 야요이시대의 농경과 청동기 문화는 한반도에서 일본열도로 건너간 집단 이주민들의 영향이 많았기 때문일 것입니다. 한반도에서 일본으로 주민 이동은 야요이 시대 이전 조몬시대에도 이루어지고 있었습니다.

고대 사회 문화수준을 결정짓는 주요한 지표 중의 하나는 제철기술일 것입니다. 일본열도에서 철광석을 이용하여 직접 철을 제련할 수 있게 되는 시기는 5세기말~6세기 초로 잡고 있습니다. 일본열도에 철기와 제철기술을 전하는 데 가장 직접적인 역할을 한 곳은 김해를 중심으로 한 가야지역입니다. 후일 금관가야로 불리는 김해 가락국은 중국, 한반도 서북과 남해안 그리고 일본열도를 잇는 교통의 요충지로 철을 교역하면서 성장하였습니다.

최근 김해 대성동과 양동리 고분군에서 다량의 철기 유물이 출토되었습니다. 이 고분군에서는 일본 황실의 3대 신기인 동검, 동경, 곡옥을 비롯하여 철정 파형동기, 마구 등이 대량으로 나와 국내외 학계에 큰 관심을 끌었습니다. 기마민족 이동설을 제창했던 일본의 고고학자 에가미 나미오江上波夫 교수도 김해 대성동 고분 현장을 답사하고 자기의 학설인 기마민족 이동의 미확인 부분인 이른바 미싱링크Missing Link가 풀렸노라며 감탄하였습니다. 동북아시아 기마민족이 한반도와 규슈 북부를 경유하여 긴키 중부에 최초의 통일 국가인 야마토 정권을 건설했다는 것이 그의 기마민족 이동설의 요지입니다. 그는 퉁구스 계통 기마민족이 한반도 어디에 정착했는지에 대해 일생 동안 의문을 품고 있었는데 대성동 고분 발굴로 그 지역이 김해임이 확인됐다고 주장하였습니다.

나는 개인적으로 김해 가락국을 세운 김수로왕의 후예인 김해 김씨입니다. 가락국을 세운 김수로왕의 천강난생天降卵生 신화는 일본 『고사기』에 나오는 니니기노 미코토의 천손강림天孫降臨 신화와 아주 흡사하여 문화적인 동질성을 유감없이 보여주고 있습니다. 김수로왕이 탄강한 장소는 김해의 구지봉이고 니니기노 미코토가 강림한 곳은 타카치호高千穗 구지후루입니다. 김수로왕과 니니기노 미코토는 다 같이 붉은색 보자기에 싸여 내려왔습니다. 이는 김해 왕족과 일본 야마토 왕족과의 관계가 예사롭지 않음을 상징하는 신화일 것입니다.

4세기 말 백제(구다라) 근초고왕 때 저 유명한 아직기와 왕인이 일본에 유학을 전해 주었습니다. 6세기 중반 경에는 불교를 전하여 일본열도에 사원 건축 붐이 일어나기도 했습니다. 이때 백제인들이 대량으로 일본으로 건너가 문화의 주춧돌을 놓음으로써 일본에 아스카 문화가 형성되었다는 것은 익히 알려진 이야기입니다. 특히 백제, 가야계 이주민들이 긴키지역에 정착하여 5세기에는 농업혁명이라 부를 정도로 생산력에 커다란 진전이 있었습니다. 이를 토대로 야마토 정권이 일본지역을 통일할 수 있는 경제적 부를 축적하였습니다.

일본 고대사서인 『니혼쇼기日本書記』 권 17의 계체천황 편과 권 19의 흠명 천황 편에서 백제 관련 기사가 1/3이 넘는 것은 두 나라 사이의 밀접한 관계를 웅변하는 기록들입니다. AD 85년에 편찬된 『신찬성씨록』에 의하면 한반도 이주계는 도합 126성인데 이중 백제계가 54성이니 대단히 많은 백제계 이주민이 일본에 정착했음을 증언하는 내용들입니다. 이런 연고로 백제가 나 · 당연합군에게 패망할 때 일본은 백제를 구하기 위해 400여 척 규모의 군사를 파견하여 백마강 입구에서 나 · 당연합군과 치열한 전투를 벌이기도 했습니다. 이러한 예는 대단히 많습니다만 7세기 이전의 한 · 일 관계는 여기까지만 하겠습니다. 과거에 연연하기보다 미래 지향적인 한 · 일관계 조명이 더 중요하기 때문입니다.

앞에서 말한 것처럼 1876년 병자수호조약은 일본과 서양 열강들이 한국을 침략하는 물꼬가 되었습니다. 이를 극복하려는 당시 한국 지식인들은 한국, 일본, 중국 삼국이 제휴하여 서구세력을 방어하자는 이른바 삼국제휴론을 제기하였습니다. 삼국제휴론은 한 · 중 · 일 삼국이 문화적 지리적으로 동질성이 많이 깔려 있으니 서양 제국주의의 동아시아 침략에 대항할 수 있는 공동체를 형성하자는 것입니다. 실제로 동양 삼국은 문화적으로나 지리적으로 동일한 역사 공간을 가진 공동운명체라 해도 지나침은 없을 것입니다. 이러한 점에서 인종적인 동질성보다도 문화적 동질성이 보다 중요하다고 하겠습니다.

한 · 일간 문화교류는 지리적으로 가까운 만큼이나 많은 씨앗을 뿌렸습니다. 그래서 동질성을 쉽게 발견할 수 있습니다. 문화적 동질성에 기초한 동양 삼국의 문화적 제휴론을 당시 일본 국학파 학자인 다루이토 기치樽井藤吉는 한국과 일본이 하나 되고 중국과 합종合縱하여 서양 백인종에 대항하자는 인종적 제휴론으로 발전시켰습니다. 당시 동양 삼국의 지식층 사회에 상당한 반향을 일으키게 되었습니다.

특히 러시아 황제의 대관식에 참석하고 온 민영환은 한국과 일본은 순치脣齒의 관계로써 서로 의존하여 동양을 보전해야 한다는 한 · 일제휴론을 고종에게 상주하기까지 하였습니다. 또 당시 한국 최초의 한글 신문인 독립신문도 사설을 통하여 중국과 한국은 "사람의 순치와 같고 수레의 두 바퀴와 같다. 입술이 없으면 이가 시리고 바퀴가 상하면 수레가 넘어진다"고 하였습니다. 이 역시 서양 제국주의라는 공동의 적과 맞서기 위해서 한 · 중 · 일 삼국은 제휴관계를 맺어야 한다는 주장입니다.

그러나 중국은 1840년 아편전쟁 이후 서양 제국주의 열강들에게 무참하게 짓밟히면서도 묵묵부답이었습니다. 동양 평화를 내세우는 일본의 많은 문명 개화론자들도 자국의 이익만을 추구하여 오히려 탈아입구脫亞入歐론을 내세우면서 삼국의 제휴론에는 미온적이었습니다.

1900년경 중국 의화단 사건을 계기로 서양 열강들의 중국 침투가 노골화되고 러시아의 남만주지역 점령을 보고서야 삼국제휴의 필요성을 깨닫게 되었습니다. 의화단 사건으로 동아시아 위기와 러시아를 비롯한 서구 열강의 중국 침략에 대한 위기를 의식하고서야 한 · 중 · 일 삼국동맹론이 확산되었습니다. 1904년 일본과 러시아 사이 전쟁이 발발하자 한국 지식인들

대부분은 황인종과 백인종의 인종전쟁으로 인식하여 일본의 승전을 바랐습니다.

러 · 일전쟁은 황인종인 일본이 최초로 백인종인 유럽 서양세력과 맞서 싸워 이긴 대사건입니다. 일본은 당시 우리나라 지식인들이 원했던 대로 승리했지만 우리나라에 돌아오는 전리품은 일본 식민지로 전락해 가는 결정적 계기가 되었을 뿐이었습니다.

당시 대표적 지식인으로 헤이그 만국평화회의에서 일본의 한반도 침략을 규탄했던 이준 열사를 비롯하여 이토 히로부미를 저격한 안중근 의사도 처음에는 일본이 러시아를 격파하여 서양세력을 완전히 굴복시켜야 한다고 주장하였습니다. 그러나 러 · 일전쟁이 일본의 승리로 종결되자 일본은 한국의 주권을 노골적으로 침해하기 시작하였습니다. 이는 러 · 일전쟁을 백인종의 침략으로부터 황인종을 지키기 위한 성전이라고까지 미화하면서 한국인들에게 협조를 강요했던 전쟁 중의 태도와는 전혀 다른 방향이어서 한국인들을 크게 실망시켰습니다. 이로 말미암아 일본을 맹주로 한 동양 삼국 제휴론은 깨어지고 말았습니다.

친러반일 감정이 한국 지식인에게 확산되고 대한매일신보, 황성신문 등 언론에까지 크게 번졌습니다. 이토 히로부미의 동양평화론은 빛을 잃게 되었습니다. 지금부터 꼭 100년 전의 일이었습니다. 우리는 이제 새로운 세기, 새로운 천년대를 맞이하여 역사로부터 교훈을 찾는 일에 소홀하지 않아야 합니다.

역사로부터 얻을 수 있는 교훈이 미래에 대한 설계보다 더 가치 있는 일일 수도 있다는 것을 기억해야 합니다. 민중을 바탕으로 하는 대중적 문화교류는 참으로 무서운 힘을 발휘한다는 역사 현장을 우리는 한·일 월드컵 공동개최에서 생생하게 보았습니다. 우리는 역사 현장에서 새로운 한·일 관계를 모색해야 합니다. 그것은 정치적 문제보다 대중문화 교류가 중심이 되어야 합니다.

지금까지 한·일간에 정치적 충돌이 있었고 이 충돌이 낳은 가장 모욕적인 상호 비방용어로 한국은 일본을 '쪽발이', 일본은 한국을 '조센징'이라 합니다. 역사적 구원舊怨을 지닌 용어는 월드컵 공동개최와 문화 개방 후 눈에 띄게 줄어들었습니다. 한국에서는 쪽발이란 말이 거의 없어졌습니다. 일본에서는 아직도 한국 사람을 조센징이라 하는 멍청이가 있습니까. 아마 일본에서도 없어졌을 것입니다.

한·중·일 동양 삼국은 정족鼎足의 형상을 이루고 있습니다. 이 세 다리가 서로 잘 서면 온전하게 보존되지만 만약 어느 다리가 부러진다면 남은 다리가 아무리 튼튼해도 그 솥을 보존할 수 없게 됩니다. 우리는 역사 앞에 겸허하고, 역사 앞에 정직하고, 또 역사를 더욱 바르게 인식해야 할 것입니다.

올바른 역사인식과 직업 선택의 다양성

2019년 11월 25일
영주고등학교 명사 초정 강의

□ 동북아시아의 국제질서와 한반도

고등학교 재학생들을 대상으로 한 강의는 처음이라 매우 생소하지만 영주는 내 고향인 예천과는 낯설지 않은 이웃이라 기쁜 마음으로 달려왔습니다. 반갑습니다.

최근 한반도를 둘러싼 역사전쟁의 실체는?

21세기 들어서자 한반도를 중심으로 반세기 이상이나 지속되었던 냉전 체제의 국제질서가 무너지기 시작했습니다. 새로운 국제질서에 국익을 앞세우는 주변국의 민감한 반응은 역사전쟁 또는 패권주의로 그 모습을 드러내고 있습니다.

구체적으로,

- 중국의 동북공정.
- 일본 교과서 왜곡과 독도 영유권 주장, 아베의 재무장 개헌추진과 우경화.
- 미국의 동북아시아 안보정책과 북핵문제에 대한 민감한 반응으로 나타나고 있습니다.

최근 러시아 전투기의 빈번한 KADIZ(방공식별구역) 지역의 무단 진입도 이와 무관하지 않습니다. 한반도를 둘러싼 국제관계는 역사전쟁으로 나타나고 있습니다. 왜 그럴까요? 그럴만한 이유가 있을 것입니다. 한반도는 동북아시아 국제질서의 중심축이기 때문입니다. 특히 7세기 한반도에서 일어난 대규모 국제전으로 형성된 한·중·일이 중심이 된 동북아시아 국제질서는 19세기 중엽 이후 변화하기 시작했기 때문입니다.

한·중·일은 역사와 문화적으로 동질성이 가장 강함에도 불구하고 새로 형성된 탈냉전시대의 미래에 대한 전망을 공유하지 못하고 있습니다. 그렇기 때문에 국익우선을 추구하는 미국과 중국 그리고 일본 러시아의 동북아시아에 대한 관심과 대외정책이 패권주의나 역사전쟁으로 나타나고 있습니다.

56개 소수민족으로 구성된 중국은 소수민족의 견제를 위한 서남(티벳과 베트남) 공정, 서북(몽골과 위구르, 신장과 러시아) 공정에 이어 2002년~2007년까지 막대한 국비예산으로 동북공정을 추진하고 있습니다.

동북공정은 지린성(길림), 랴오닝성(요녕), 헤이룽장성(흑룡강)에 대한 역사 지리 및 현상에 대한 연구로 이 지역에 있었던 모든 역사가 중국 역사의 일부라는 것입니다. 만주지역에 중심을 두었던 고조선, 부여, 고구려, 발해의 역사는 중국 소수민족의 지방정권이니 결국 중국 역사라는 것입니다.

그들 주장대로라면 우리나라 역사는 신라와 백제로부터 시작되므로 시간상으로는 5천 년이 아니라 2천 년뿐이고, 공간적으로는 한반도에서 한강 남쪽으로 오그라들게 됩니다. 고려는 고구려를 이어받은 것이 아니라 신라를 계승했다는 주장으로 우리 역사를 축소시켜 한반도 통일 이후를 대비하는 것이 동북공정의 실체입니다. 일본 교과서 왜곡과 재무장 개헌 추진과 우경화 정책은 중국을 견제하려는 미국의 동북아시아 안보정책과 맞물려 있습니다.

미국은 일본과 배타적 군사동맹을 맺고 일본으로 하여금 유사시에 이 지역에서 미국의 대리역할을 할 수 있도록 힘을 실어주는 것이 미국의 동북아시아 안보정책입니다. 일본이 과거사를 반성하지 않는 까닭이기도 합니다.

동북아시아 평화와 안정을 위해 일본은 미·일 배타적 군사동맹에서 벗어나 동북아시아 다자간 안보체제로 바꿔야 합니다. 아베 수상이 추진하는 재무장 개헌과 우경화 그리고 미국과의 밀착은 옛날부터 이어오던 탈아입구脫亞入歐의 군국주의 속내를 그대로 드러낸 것입니다.

앞에서 말한 7세기 중엽 한반도에서 일어난 최초의 국제전이란? 신라의 통일전쟁입니다. 신라와 당나라가 연합한 동서세력과 고구려 · 백제 · 일본 · 돌궐 등 북방민족으로 이어진 남북세력이 맞붙은 전쟁이 한반도에서 일어난 최초의 국제전입니다. 이 전쟁에서 동서세력이 이김으로써 중국 한족과 한국은 동맹관계였고, 중국 북방민족은 공동의 적이 되었습니다. 이러한 동북아시아 질서는 19세기 중엽까지 이어졌으며 이후 한국의 대외정책은 사대교린 외교로 일관되었습니다.

그러나 19세기 중엽 서양 제국주의 열강의 서세동점西勢東漸으로 동북아시아의 국제질서는 혼돈에 빠지게 됩니다. 1842년 아편전쟁이 계기가 되었습니다. 1854년 미 · 일수호통상조약과 1876년 조 · 일 병자수호조약은 모두 통상조약이었고 불평등조약이었습니다. 쇄국정책을 고수하던 중국은 중체서용中體西用, 일본은 화혼양재和魂洋才, 조선은 동도서기東道西器를 서양문물 수용논리로 삼아 유교의 가치와 질서를 유지하면서 서양 기술과 기기를 수용하여 국가 자강을 이루고자 하였습니다.

한 · 중 · 일 가운데 일본이 더 적극적으로 서양문물을 받아들여 1868년 메이지유신으로 군사 경제 강국이 되어 그들은 탈아입구론으로 스스로 동양인과 구별하면서 서양제국주의 열강과 같은 수법으로 한반도를 대륙진출의 교두보로 삼았습니다. 이로써 동북아시아 기존 국제질서는 무너지게 됩니다.

새로운 국제질서를 위한 갈등과 대립은 청 · 일전쟁, 러 · 일전쟁, 한 · 일강제병합, 만주사변, 중 · 일전쟁을 거쳐 제2차 세계대전이 끝나야 비로소 동북아시아에 새로운 질서가 형성됩니다. 한국, 일본, 미국으로 이어지는 해양세력(자본주의)과 북한, 중국, 러시아로 이어지는 대륙세력(공산주의) 간의 냉전체제가 자리 잡은 것입니다. 이 냉전체제를 깨트리는 첫 시도가 6.25 동란 또는 한국전쟁입니다. 신라의 통일전쟁 이후 한반도에서 벌어진 최대 규모의 두 번째 국제전이었습니다. 참가한 나라만 20여 개국. 그럼에도 6.25는 냉전체제를 끝내지 못하고 더욱 고착시켜 50년간이나 이어져오고 있습니다.

그러나 1990년 독일 통일, 1991년 구소련 붕괴, 1992년 한중수교로 냉전체제는 이름만 남았습니다. 2000년 남북정상회담은 이데올로기를 떠받드는 냉전체제가 허물어졌음을 다시한번 증명해 주었습니다. 실제로 이데올로기로 분단체제를 유지하는 나라는 이 지구상에서 한반도의 남북한뿐입니다. 동북아시아에 새로운 국제질서를 눈앞에 둔 미국은 자국 중심의 한반도 통일을, 대륙세력인 중국은 자기네 이익을 관철하는 통일을 획책하며 한반도에서 패권을 추구하고 군비경쟁과 역사전쟁을 벌이고 있습니다.

누가 한반도 평화와 영세중립국으로 가는 길을 막았는가?

한국은 이웃을 잘못 만난 걸까! 다시한번 역사 속으로 들어가 봅니다. 서쪽에는 세계에서 가장 흡입력이 강한 중국, 북쪽으로는 만주족과 몽골족, 동남쪽으로는 표독한 일본이 끊임없이 괴롭혀 왔습니다. 1885년 독일공사관 부영사 부들러Buddler는 스위스 예를 들며 조선의 영세중립선언을 권했습니다. 이뿐 아닙니다. 당시 조선에서 영향력을 행사하지 못했던 일본까지 이에 동의하였습니다. 조선외교 자문역할을 하던 독일인 묄렌도르프도 벨기에와 같은 영세중립국이 조선의 갈 길임을 외무대신 김윤식한테 강력하게 권했습니다.

최초의 미국 국비유학생인 유길준은 1885년 영국의 거문도 점령사건을 보고 영세중립국만이 조선이 자주독립을 지킬 수 있는 가장 시급하고 유일한 외교정책이라고 청나라에 이를 주선해 줄 것을 요청했지만, 임오군란 이후 조선에서 가장 유리한 지위를 움켜쥔 청나라는 이를 거부했습니다.

15년이 지난 1900년, 대한제국 정부는 열강들의 음모 속에서도 독립을 유지하기 위한 방법으로 주일공사 조병식, 다음해에는 박제순이 일본을 방문하여 중립화 방안을 제시하였으나 이번에는 일본이 거부하였습니다. 청일전쟁에서 승리하여 한반도에 절대적인 영향력을 행사할 수 있었던 일본이 한반도의 중립화에 나설 리 만무하였습니다.

1903년과 1904년, 대한제국은 잇달아 '전시국의 중립선언'을 선포하며 영국, 프랑스, 독일, 이탈리아, 덴마크, 청국, 러시아까지 이를 승인하였으나 일본은 이를 무시하고 러시아와 전쟁을 일으켰고, 한반도에 선발대를 상륙시켜 전쟁터로 만들고 말았습니다.

우리는 115년 전 이 땅에서 일어난 일을 잊지 말아야 합니다. 군부대신

이용익 등 위정자들은 조미수호조약만 믿고 미국은 '우리를 돕는다'는 생각뿐으로 막연하게 미국만 믿고 있었습니다. 그러나 러 · 일전쟁이 일본의 승리로 돌아가자 루스벨트 미국 대통령은 "나는 일본의 승리를 더없이 기쁘게 생각한다. 일본은 우리의 싸움을 대신 해 주고 있기 때문이다"라고 했습니다. 당시 루스벨트 눈에는 한국은 있어도 그만 없어도 그만인 나라였습니다. 한반도는 지금도 100여 년 전과 같이 일본, 미국, 중국이 밀고 당기며 멋대로 긴장을 고조시키고 있습니다. 한반도는 해양과 대륙세력이 일으키는 갈등을 결코 피할 수 없습니다. 다만 이를 극복할 수 있는 슬기를 우리는 역사 속에서 찾을 수 있습니다. 작고 가난한 나라 스위스가 어떻게 영세중립을 관철했는지가 그 좋은 예입니다.

스위스 국민들은 지금도 독일, 프랑스, 이탈리아 같은 강대국에 둘러싸인 나라입니다. 그런 가운데 영세중립국을 지키고 있습니다. 한국은 왜 이를 벗어나지 못할까? 동아시아 분단국가인 한국은 미국과의 동맹에서 벗어나면 당장이라도 나라 자체가 흔들릴지 모른다는 두려움에 포획되어 있습니다. '중립'이라는 말 자체를 이적행위로 보고 있습니다. 한반도는 우리 의지와 무관하게 중국 러시아 대륙세력과 일본 미국 해양세력의 탐욕이 서로 부딪히는 곳이 되었습니다.

이곳의 평화는 일본의 반성이 전제되어야 합니다. 일본 군국주의가 일으킨 파멸적인 침략으로 아시아 국가들은 지금까지 그 후유증에 시달리고 있습니다. 21세기 동북아시아 3국(한 · 중 · 일)은 서로 문화를 이해하며 공존과 번영을 향한 때와 같은 새로운 동북아시아 질서를 창조해야 합니다.

□ 21세기와 직업선택의 다양성

디지털 노마드Digital nomad시대에 노마드란 일과 주거를 자유롭게 넘나들면서 창조적인 사고방식을 갖춘 사람들을 일컫는 말입니다. 이를 굳이 세대로 나눈다면 여러분들도 잘 아는 'Z세대'입니다. 1960년대 출생 1980년대 학번이 86세대, 1980년대 태어난 밀레니엄세대를 Y세대, 1990년대 중반에서 2천 년대 중반까지 출생한 여러분은 Z세대라 하지요. Z세대는 디지털 원주민, 정보기술 붐과 함께 어릴 때부터 인터넷 등 디지털 환경인 잡 노마드 사회에 노출되어 있습니다.

공항이나 역 대합실 또는 호텔로비에 가득 차 있는 젊은 사람들 모습이 잡 노마드 사회를 극명하게 보여주고 있습니다. 그들은 노트북이나 휴대전화를 지니고 귀에는 이어폰을 낀 채 끊임없이 행동하며 전통적인 과거 직업세계와는 다른 길을 가고 있습니다. 평생 한 직장, 한 지역, 한 가지 일에 매여 살지 않습니다. 자기 가치를 정확하게 분석하고 자신을 위해 일하며 기기를 이용하여 자기 가치를 실천하는 주인공들입니다.

잡 노마드는 자신의 의지에 따라 자유롭게 직업을 개척하는 사람들을 뜻하는 오늘날 사회 모습입니다. 여러분은 신기술에 민감하고 이를 소비하고 적극 활용할 수 있는 Z세대입니다. Z세대는 기성세대나 X, Y세대보다 더욱 독립적입니다. 여러분 마음대로 하세요. 인생은 다 가질 수 없습니다. 선택입니다. 남들의 평가에 구애받지 말고, 여러분이 좋아하는 분야에서 땀 흘리고 몰두하세요. 노력은 천재를 낳고 훈련은 기적을 낳습니다.

공직자의 윤리와 선비정신

2015년 6월 2일
문경시청 직원 글로벌 마인드 향상 교육 특강

※이 강의는 2004년 2월 17일 '나 스스로의 구조조정'이란 제목으로 독립기념관 직원들을 대상으로 한 직무교육의 내용을 조금 변형한 것입니다.

먼저 지역행정의 최일선에서 정책을 입안하고 집행하면서 지역사회 발전과 국가 발전의 큰 버팀목 역할을 하는 여러분과의 인연을 소중하게 생각하겠습니다.

문경시 공직자 여러분! 나는 예천에서 태어나 예천에서 초·중·고등학교를 나와 대학졸업 후 중학교 역사 교사로 지극히 평범하게 산 여러분들의 이웃입니다. 크게 기대하지 마시고 지루하더라도 80분 동안만 참아 주시기 바랍니다.

어떤 제자가 맹자에게 "직업에 귀천이 있습니까?" 하고 물었습니다. 맹자는 이에 대해 시인矢人과 함인函人에 대한 이야기를 해 주었습니다. 화살을 만드는 시인矢人은 그 사람의 본성과는 관계없이 오직 사람을 상하게 하는 데 전념하게 되고 갑옷을 만드는 함인函人은 그 사람의 본성과는 관계없이 오직 사람이 상할 것을 걱정한다는 이야기입니다. 이는 직업에 귀천은 없지만 직업의 선택이 매우 중요하다는 것을 우회적으로 표현한 것입니다.

여러분은 공직에 근무한다는 그 자체로도 매우 큰 자부심을 가질 수 있습니다. 직장에 대해 자부심을 가질 수 있다는 것은 매우 선택받은 일입니다.

일생을 통해 매우 중요한 일이기도 합니다. 겸양을 가장 큰 덕목으로 삼는 공자, 예수, 석가는 겸양 가운데서도 대단한 자부심과 자긍심을 가진 분들입니다. 하긴 지나친 겸손만 있고 자긍심이 없다면 겸손이 비굴로 보일 수도 있을 것입니다. 그래서인지 이 분들은 자긍심이 유달리 강했습니다.

공자가 자기의 철학과 사상을 실현할 수 있는 제후를 찾아 주유천하를 할 때 송宋나라에 간 일이 있습니다. 이때 송나라에는 환퇴라는 중신이 있었는데 불한당不汗黨이었습니다. 마침 환퇴일당이 공자가 왔다는 말을 듣고 공자를 혼내주기 위해 몰려오고 있었습니다. 공자 제자들이 크게 놀래어 공자 앞에 가서 "큰일 났습니다. 환퇴일당이 선생님을 해치러 오고 있습니다. 어서 피하십시오"라고 했습니다.

공자께서는 태연히 "천생덕어여天生德於予시니 환퇴기여여하桓魋其如予何리오"라고 하였습니다. 이는 "하늘이 나에게 덕을 주었거늘 환퇴 따위가 나를 어떻게 할 것이냐"라는 뜻입니다. 공자는 오직 자기만이 하늘로부터 덕을 받았다고 생각한 것입니다. 이와 같은 생각이니 공자는 태연할 수밖에 없고 그러한 공자의 의연한 태도에 압도되어 환퇴일당이 물러났습니다.

예수께서도 스스로 자기를 하느님의 독생자獨生子라 하였습니다. 그러므로 "내가 곧 길이요, 진리요, 생명이니 나를 따르라"고 했습니다. 예수는 스스로 하느님의 외아들이라고 굳게 믿고 있었던 것입니다.

석가의 "천상천하유아독존天上天下唯我獨尊"도 다 같은 맥락으로 볼 수 있습니다. 그런데 이런 자부심에는 반드시 책임과 의무가 따르게 됩니다. 관광버스나 시내버스 기사가 승객의 생명을 책임져야 한다는 책임감과 자기만이 승객의 생명을 지킬 수 있다는 자부심을 가질 때 난폭운전은 사라질 것입니다. 자부심을 가질 수 있다는 것은 이렇게 중요합니다. 그런 직장이라면 남이 인정해 주는 직장이고 남이 인정해 주면 직업정신으로 이에 보답해야 합니다. 문경시청 직원은 문경시민이 인정해 주는 직장입니다. 따라서 여러분들은 공복으로서 이에 보답해야 합니다.

첫째, 직장인으로서의 윤리의식을 가져야 합니다.

윤리의식은 곧 선비정신을 말합니다. 조선시대로 보면 공직자는 선비입니다. 그러니까 선비정신을 가져야 한다고 말하겠습니다. 문경 출신으로 서울대학교 총장을 지낸 고병익 교수는 선비란 명분을 중시하고, 물욕을 자제하며, 마음의 여유와 문학, 서화, 음악으로 자연과 인간에 대한 사랑으로 풍류를 즐길 줄 알아야 한다고 했습니다. 선비정신은 자부심에 따르는 최소한의 책임감이고 직장인으로서의 품위유지입니다.

선비는 이를 위해서는 우선 공익에 해를 끼치는 일을 해서는 안 됩니다. 여기서 말하는 공익은 문경시청은 물론, 국가와 사회를 말합니다. 노르웨이는 국민소득과 복지시설이 미국을 앞지르는 나라입니다. 그런데 그 나라 사람들은 대기오염을 걱정해서 스스로 승용차를 타지 않고 자전거를 타고 다닌다고 합니다. 이게 바로 시민사회의 윤리의식입니다.

쓸데없이 물이나 불을 함부로 쓰거나 켜서 시청사 에너지를 낭비하는 것, 하루 종일 전화통에 개인전화를 돌리는 행위, 이런 것이 결국 시청의 공익을 해치는 일입니다. 직장인으로서의 윤리의식이 결여된 행위입니다. 또 빙공영사憑公營私를 해서는 안 됩니다. 시청 직원으로서의 신분과 직위를 이용하여 개인적인 이익을 도모하지 말라는 이야기입니다. 시청에 할애해야 할 근무시간에 딴짓 하는 사람은 엄밀히 말하면 다 빙공영사입니다.

둘째, 자부심을 가질 수 있는 직장인 만큼 여러분들은 '노블레스 오블리주' 정신을 가져야 합니다.

사람은 태어나면서부터 3가지 은혜를 입는다고 합니다. 첫째는 부모 은혜입니다. 둘째는 사회요, 셋째는 국가로부터의 혜택입니다. 부모에 대한 은혜 갚음이 효도입니다. 사회에 대한 은혜 갚음이 봉사입니다. 국가에 대한 은혜 갚음이 나라사랑입니다. 여러분들은 효도를 희생으로 생각해서는 안 됩니다. 그런 발상은 효도를 부담스러워하는 행위입니다.

요즘 젊은이들은 자식사랑으로 부모에 대한 효도를 대신하면 된다는 터무니없는 자기합리화 내지는 자기변명을 하고 있습니다. 자식사랑은 동물적 본능입니다. 그것으로 효를 대체할 수는 없습니다. 따지고 보면 나의 몸은 부모 것이고 자식의 살과 피가 내 것입니다. 이른바 '신체발부수지부모身體髮膚受之父母'라 하지 않습니까. 내가 다치면 물리적인 아픔만 느끼지만 자식이 다치면 내 마음까지 아픈 것은 바로 자식의 살과 피가 내 것이기 때문입니다. 효행과 자식사랑은 별개입니다. 효행 봉사 나라사랑은 윤리적인 의무입니다.

노블레스는 귀족 태생, 즉 프랑스어로 귀족계급입니다. 오블리주는 '…에게 의무를 지우다. … 에게 은혜를 베푼다'는 뜻입니다. 즉 고귀한 신분에 따르는 윤리적 의무를 뜻합니다. 여러분들은 남들이 인정해 주는 직장인인 만큼 직업정신으로 이에 보답해야 하는 윤리적 의무가 따르게 됩니다. 그건 곧 시민에 대한 친절과 봉사로 나타나야 합니다. 여러분에게는 이것이 노블레스 오블리주입니다.

또 여러분은 자부심을 가지는 만큼 스스로를 지켜야 합니다. 대개 '자모연후인모自侮然後人侮 자훼이후인훼自毁而後人毁'라고 했습니다. 스스로를 지키지 못할 때 남들이 업신여기게 됩니다. 자기 스스로를 지키기 위해서는 타율이 아닌 자율적으로 자기 일을 해야 합니다. 그렇게 하면 누가 감히 함부로 대할 수 있겠습니까. 그래서 서양격언에 "하늘은 스스로 돕는 자를 돕는다"고 했습니다. 맹자에 "자포자기자와는 더불어 일하지 말고 더불어 말하지 말라"는 것도 같은 맥락입니다.

셋째, 직장인으로 최소한의 예의를 갖추어야 합니다.

예의는 남에게 불쾌감을 주지 않는 행위와 몸가짐입니다. 요즘 말로 에티켓입니다. 아무리 민주주의가 발전하고 자유와 평등이 전제되는 사회라도 종적인 질서가 없으면 횡적인 평등도 없는 것입니다. 종적인 질서가 없으면 목소리 큰 놈, 무슨 배경 있는 놈, 어디 믿는 데 있는 놈, 이런 사람들이 교만해지고 오만해져 자연히 동료에게 불쾌감을 주게 되고 안하무인이 되고 맙니다.

사도 바울은 철학이나 율법으로나 세상에 두려울 것이 없는 사람이었습니다. 그래서 그의 이름도 세상에서 가장 높은 사람이란 뜻으로 사울이었습니다. 그러나 예수를 만난 후 사울은 자신의 이름을 세상에서 가장 낮은 자라는 뜻인 바울로 바꾸었습니다. 겸양지덕을 배운 것이지요. 그런 계기를 준 예수도 위대하지만 스스로 그렇게 고칠 수 있는 바울이 얼마나 훌륭한 사람입니까?

또 고전물리학의 토대를 세우고 현대물리학의 앞길을 예비한 뉴턴은 "내가 남보다 조금이라도 멀리 볼 수 있다면 이는 전적으로 선대 과학자들의 어깨를 딛고 바라볼 수 있었던 덕분이었다"라고 말했습니다. 그렇게 말할 수 있는 그가 존경스럽지 않습니까? 우리 사회는 전임자나 동료를 너무 인정하지 않고 깔아뭉개 버리려는 경향이 있지 않는가 자성해 보아야 합니다. 전임자나 동료의 좋은 점은 따르고 나쁜 점은 버리면 다 스승입니다. 즉 '삼인행필유아사三人行必有我師'입니다.

자신을 진정 낮출 수 있는 자만이 높이 올라갈 수 있습니다. 이런 자만이 사회로부터 진 빚에 대해 남다른 책임감을 가지게 됩니다. 세상에서 가장 어려운 것은 자신에 대한 구조조정입니다. 구조조정이 안 되는 곳은 정치권뿐만 아닙니다. 나는 항상 옳고 남은 틀리다고 생각하는 잘못된 편견을 과감하게 버릴 수 있어야 합니다. 군살 박힌 습관, 과감하게 버리고 실물크기대로 나를 낮추고 남을 높이는 겸손으로 스스로 구조조정을 해야 합니다. 사도 바울과 뉴턴처럼 말입니다.

지금 공직기강 확립을 위해 공직자윤리법 혹은 김영란법을 놓고 설왕설래하고 있는데, 법규를 통한 제한 같은 방법도 필요하겠지만 보다 적극적이고 중요한 것은 공직자들의 도덕적 의식을 높여 스스로 자기 통제를 할 수 있게 하는 적극적 방법을 모색해야 합니다. 법은 아무리 강화하고 세분화해도 한계가 있을 수밖에 없습니다. 사회생활이나 직장생활을 가장 현명하게 하는 사람은 일은 많이 하고 말은 적게 하는 것입니다. 스스로를 구조조정할 수 있는 자는 말이 적습니다. 그리고 한 직장인으로서 성공할 수 있는 사람입니다. 여러분은 지역사회와 국가발전의 중심에 서있습니다. 옛날로 말하면 선비정신을 가진 공직자입니다. 공직자는 소속된 조직이나 계층을 넘어 모든 사안을 공공적 관점에서 바라보아야 합니다.

끝으로 『목민심서』의 한 토막을 소개하겠습니다. "관리는 국민을 위하여 있는 것이다. 국민이 관리를 위하여 있는 것이 아니다. 청렴은 관리의 본분이고 만가지 선행의 원천이며 모든 덕행의 근본이므로 청렴하지 않고서는 관리로서 직무를 수행할 수 없는 것이다. 벼슬이란 반드시 바뀌는 것이므로 바뀌어도 놀라지 않고 잃더라도 안타까워하지 않으면 사람들은 그를 존경하는 것이다"라는 말이 있습니다. 참고하시기 바랍니다. 경청해 주셔서 감사합니다.

21세기는 문화강국이 세계 지배

▪ ▪ ▪

독립기념관을 관람 온 안기부 신입 직원들에게

21세기를 이른바 신자유주의 시대라고들 합니다. 신자유주의란 국가간 경제주체들이 경제활동을 추진하는 데 있어서 정부가 개입해서는 안 된다는 점을 기본 틀로 정한 경제정책을 말합니다. 세계가 이제 국경의 제한을 받지 않고 한 집안처럼 자유스럽게 경제활동을 영위할 수 있는 시대가 된 것입니다. 그런데 이것이 우리와 같은 약소국가에게는 썩 유리한 것이 아닙니다. 신자유주의란 강대국들이 세계의 경제권을 장악하려는 의도에서 내세운 명분에 지나지 않기 때문입니다.

신자유주의 시대를 맞이하여 그동안 국가라는 테두리 안에서 보호받던 민족경제가 점차 위기를 맞이할 것이라는 점 외에도 또 하나의 걱정거리가 있습니다. 그것은 이윤의 극대화만을 노리는 자본주의 논리가 이 세계를 지배함으로써 인간 소외현상이 더욱 극심해질 것이라는 점입니다. 따라서 강대국과 약소국 간의 민족적 갈등도 심화될 염려가 있습니다.

과거 냉전체제 하에서는 미국과 소련이 서로 체제경쟁에서 우위를 점하기 위해서 체제 자체가 안고 있는 모순을 극복하기 위해서 노력했습니다. 1930년대 케인즈의 수정자본주의라든지, 자본주의 국가에서의 사회복지 정책에 대한 관심과 배려가 그것이었습니다. 그러나 이제 구소련이 붕괴한 지금 자본주의의 정책논리에 제동을 걸 수 있는 이론은 설 자리를 잃어버리게 되었습니다. 역사의 중심이 되어야 할 인간은 쉼 없이 굴려야만 하는 거대한 기계문명의 일개 부속품으로 전락해 가고 있습니다.

이러한 상황에서 우리의 미래에 염려스러운 점은 한국의 자본주의는 해방 이후 미국에 의해서 무상원조-공공차관-상업차관-합작투자의 과정을 거치면서 일부 선진국에 대한 의존성이 상당히 높을 수밖에 없는 시스템이 구축되었습니다. 더구나 IMF라는 국가 초유의 비상사태를 맞이하여 경제적으로 상당히 어려운 현실에 직면해 있는 것이 사실입니다.

경제적인 의존관계가 심화될수록 우리가 한민족으로서의 정체성을 잃지 않고 살아갈 수 있는 길은 문화강국이 되는 길밖에는 없습니다. 과거에 세계를 제패했던 원나라가 중원 땅을 힘으로 빼앗았을망정 한족漢族들을 정신적으로 지배하지 못했습니다.

문화강국이란 곧 그 나라의 정신이 살아있다는 것을 말하는 것입니다. 무력이나 경제력에 의한 지배를 받는 것보다 더 경계해야 할 것은 문화적인 종속, 정신적인 종속인 것입니다. 일본에 나라를 빼앗겼던 일제 강점기에도 독립운동가이자 역사가였던 박은식, 신채호, 정인보 등은 조선의 얼과 민족의 혼만 살아 있으면 반드시 국권을 회복할 것이라고 하였습니다. 그리고 그분들의 예언대로 우리 민족은 해방을 맞이하였습니다.

일제 강점기에 조국의 독립을 염원했던 독립정신은 해방 후 민주화를 열망하는 민주주의 정신으로 이어졌고, 또 통일정신의 밑거름이 되고 있습니다. 그러므로 독립정신은 우리가 가슴속 깊이 간직해야 될 민족정신의 정수라고 할 수 있습니다.

1982년에 이어서 이번에 또다시 일본 역사교과서 한국사 왜곡사건이 터졌습니다. 아시다시피 이번에 검정에 통과된 교과서들은 현행 교과서들보다 더욱 개악된 것입니다. 그리고 일본의 침략사실을 정당화하고 미화하는 '자유주의사관'이라는 엉터리 같은 논리를 내세우면서 더 뻔뻔스럽고 치밀해진 일면을 보여주고 있습니다. 그러나 우리는 과거와는 달리 감정적으로만 대처하지 않는 성숙한 모습을 보여주어야 합니다. 우리 독립기념관에서 일본 역사교과서의 한국사 왜곡 관련 국제학술회의를 개최하여 논리적으로 일본 역사교과서의 문제점들을 짚어보았습니다.

그리고 일본의 한국사 왜곡에 대한 연원과 실상을 국민 여러분들께 알려드리고자 '일본 역사교과서 한국사 왜곡 특별기획전'을 5월 15일부터 8월 중순까지 예정으로 전시하고 있습니다. 이밖에도 많은 시민단체와 학술단체가 국내외 공동으로 일본의 우익세력들에 대한 저지활동들을 전개하고 있습니다. 이런 활동들을 통해서 우리가 일본의 우익세력들에게 전하려 하는 것은 일본의 우익세력들이 계속해서 인종주의적 편견과 침략전쟁을 미화하는 태도를 버리지 않는다면 일본이 다시 불행해질 것이라는 경고의 메시지입니다. 이번에 일본 역사교과서 왜곡문제로 한국에 취재 온 일본기자는 다음과 같이 고백을 하였습니다.

"한국 사람들이 이번 일로 상당히 격분해 있을 줄 알았는데 의외로 차분한 태도를 보이는 것에 놀랐다. 그리고 피해국이면서도 오히려 일본의 장래를 염려해 주는 것에 대해서 부끄럽다."

이것이 우리 민족의 저력 아니겠습니까? 우리가 이렇게 일본에 대해서 도덕적 우위를 점할 수 있다는 것, 과거의 아픈 기억을 생생히 기억하면서도 인류의 평화를 먼저 생각하는 민족이 한국 사람들이라고 생각합니다. 어느 민족이 이렇게 위대한 일을 실천할 수 있단 말입니까?

그러나, 2차 대전 중에 유대 이스라엘 민족은 게르만 독일의 나치스들에게 6백만 명이나 희생되었지만 그 전쟁이 끝나자 이스라엘은 독일을 용서해 주었습니다. 그러면서 그들은 유대민족들에게 이렇게 호소했습니다. "용서는 하되 잊지는 말자"고, 그런데 우리 한국은 도대체 뭡니까? 오늘 이 시간까지 일본에 대해서는 용서는 안 하면서(일본을 싫어하면서)도 잊어버린지는 이미 옛 얘기가 아닙니까?

서두에서 말씀드린 것처럼 세계는 신자유주의 시대라는 이름 아래 강대국의 패권주의가 요동치고 있습니다. 경제적 이윤추구만이 아닙니다. 약육강식의 정글법칙이 인간을 소외시키는 현상이 심화되고 있습니다. 이러한 때에 많은 학자들은 과학 문명으로 인한 인류 공멸의 길을 막을 수 있는 길은 도덕성의 회복밖에 없다고 진단하고 있습니다. 다행히 우리 민족은 도덕을 최고의 가치로 여겼던 문화대국으로서의 역사적 전통을 가지고 있었습니다. 경제적으로는 선진국의 문턱에 머물고 있지만, 문화적으로는 세계를 이끌어갈 도덕적 바탕을 가지고 있습니다.

민족의 전통을 회복하여 문화강국으로 되는 길이 신자유주의에 편승하는 패권주의를 극복할 수 있다고 생각합니다. 지금은 정보가 국력이라고 합니다. 정보 하나로 나라의 앞날이 바뀔 수 있고 전쟁의 판도가 바뀔 수 있으니 정보가 국력이란 데 이의를 달 수 없을 것입니다. 그 최첨단에서 일하는 여러분들은 국가 정보의 안테나입니다. 여러분들의 입사를 축하하고 여러분들의 새로운 활동에 크게 기대합니다.

과거의 역사에서 미래의 교훈을

2004년 3월 20일
민족정기선양회 예천지회 정기총회 초청 강연

작년 3월 23일 민족정기선양회가 출범한 지 1년 만에 여러분을 다시 뵙게 되니 기쁘고 반갑습니다. 이 단체가 민족정기선양회이니 민족정기가 무엇인지부터 짚어보고 다음 얘기로 넘어가겠습니다. 민족정기란 한 민족의 생활과 문화를 활성화하고 미래의 발전을 촉진하는 큰 원기이고 활력입니다. 한자로 민족정기民族精氣와 민족정기民族正氣는 모두 사용되고 있으나 약간 다른 개념이라고 할 수 있습니다.

민족정기民族精氣는 한 민족의 정기精氣(또는 정수精髓)가 되는 민족적 얼이 깃든 문화적 기풍과 기운을 말합니다. 그 민족의 독특한 개성과 순수한 응집력을 형성하는 기초라고 할 수 있습니다. 민족정기民族正氣는 강한 가치판단을 넣어서 한 민족의 지극히 바르고 지극히 크고 지극히 공정한 원기와 기풍을 말하는 것입니다. 민족정기民族正氣는 '바름'이 문제의 초점이 되는 것입니다.

사실 민족이란 개념 자체가 옛날부터 있었던 것은 아닙니다. 민족이란 말은 서양제국주의 열강들이 인종적인 차별을 내세워 침략전쟁을 감행하던 19세기 이후에 생겨난 용어입니다. 신라, 고구려, 백제가 하나로 통합된 지 수백 년이 지나도 한 민족이란 개념은 없었습니다. 그들은 옛 신라, 고구려,

백제 유민이란 개념뿐이었습니다. 고려 때까지도 그러한 갈등은 계속되었습니다. 그래서 고려 때의 『삼국유사』와 『제왕운기』에서 우리 한민족은 모두 단군의 자손으로 기록한 것입니다. 이는 몽고의 침략 앞에 민족의 대동단결이 필요했기 때문입니다. 이는 다음에 시간이 있으면 설명드릴 기회가 있을 것입니다.

올해가 갑신년입니다. 지금부터 120년 전 1884년 갑신년에는 김옥균, 박영효 등 20대 후반의 청년 20여 명이 사농공상의 신분사회를 지양하고 만민평등의 국민국가를 건설하기 위해 일본의 메이지유신을 본받아 혁명운동을 전개하였습니다. 일본은 이보다 16년 전인 1868년 역시 20대 초반의 젊은 청년 20여 명이 부패한 도쿠가와 막부를 무너뜨리고 왕정복고운동을 전개하였으니 이른바 메이지유신입니다.

우리나라의 갑신혁명은 실패하여 역사에서 정변으로 기록되고 있습니다만 일본의 메이지유신은 성공하여 오늘날 일본이 세계 제2의 경제대국, 문화대국으로 성장하는 기초를 닦게 된 것입니다. 일본은 메이지유신이 일어나기 14년 전에 미국의 페리제독이 군함을 이끌고 일본을 위협하여 강제로 개국시켰습니다. 메이지유신의 주역들은 이를 계기로 서구문물을 받아들인 이른바 개화파였습니다.

일본은 그들이 미국의 페리제독에게 당했던 그 방법을 그대로 흉내 내어 1875년 일본 군함 운요호로 강화도를 공격하고 이듬해 1876년 우리나라를 강제로 개국시켰습니다. 갑신정변의 주역들 역시 일찍부터 개국을 주장하면서 서구문물에 접할 수 있었던 개화파였습니다. 그들은 일본의 메이지유신을 모델로 혁명을 시도했습니다.

그런데 일본의 메이지유신은 성공했고 우리나라의 갑신정변은 실패하였습니다. 왜 일본은 성공하고 우리나라는 실패했는가. 일본의 메이지유신은 부패한 막부를 무너뜨리고 왕정복고를 내걸었으니 이른바 춘추대의란 명분에 맞는 혁명이어서 일본 유학자들의 적극적인 지지를 받았습니다. 또 메이지유신의 주역들은 대개 중인계급으로서 민중의 지지를 받았습니다.

우리나라의 갑신정변은 부패한 척족정권인 왕정 개혁이 목표였습니다. 그러나 그들은 일본 군대 120명의 힘을 믿고 혁명을 시도했습니다. 이외에는 당시 유림의 지지도 받지 못했고 일반 민중은 철저히 무시되었습니다. 갑신정변의 주역들이 그렇게 믿었던 일본군은 명성황후의 요청을 받은 청국군 1천여 명이 몰려오자 모두 도망하였습니다. 이렇게 해서 갑신년의 개혁운동은 실패했습니다.

중국 당나라의 명재상 위징魏徵:580~643은 당 태종에게 수성은 창업보다 어렵고 개혁은 불가능하다고 했습니다. 작금에 일어나고 있는 우리나라의 시국도 따지고 보면 정치개혁과 낡은 정치의 세 싸움입니다.

갑신혁명이 일어나기 8년 전인 1876년의 병자수호조약은 우리의 근대사에 가장 치욕적인 조약이었고 결과적으로 한·일합방의 길잡이 노릇을 하였습니다. 이 조약 이전까지만 해도 우리나라는 동방의 은둔국이었습니다. 이 조약으로 인하여 처음으로 세계무대에 등장한 것입니다. 처음으로 국제조약을 맺었으니 그저 일본이 하자는 대로 맺은 조약이 이른바 강화도조약 혹은 병자수호조약입니다. 이 조약은 불평등 조약이었습니다.

일방적으로 일본인에게 치외법권을 인정하고 일본과의 무역에 관세를 없앴습니다. 관세란 국경을 넘을 때 세금이란 수단으로 자국의 산업을 보호하는 제도입니다. 당시 우리나라의 수출품은 쌀과 금뿐이었습니다. 일본은 이미 양초, 비누, 화장품 등 생산을 마음대로 조절할 수 있는 공산품이었으니 우리나라와는 비교가 되지 않았습니다. 우리나라의 상권이 일본으로 통째로 넘어가게 되었고 이로 인해 민족자본이 형성되지 못하였습니다. 이 조약이 전례가 되어 미국, 영국, 청국, 러시아, 프랑스, 독일 등과도 차례로 불평등 조약을 맺어 일본에 나라를 송두리째 빼앗기고 말았습니다.

지금의 세계화는 온 세계를 단일시장으로 만들겠다는 것입니다. 이는 약육강식을 바탕으로 한 강대국의 패권주의입니다. 그러나 지금 우리는 세계 각국과 자유무역협정인 FTA를 맺지 않고는 살아남을 수 없게 되었습니다. 다만 그때와 사정이 다른 것은 이제 우리나라도 세계 유수의 공업국이란 점입니다. 삼성 휴대폰이 전 세계를 누비고 우리나라 냉장고, TV, 자동차 그리고 전자제품이 전 세계시장을 일정 비율 점유하고 있습니다.

그러나 우리가 아직도 벗어나지 못하고 있는 것은 정치의 후진성입니다. 이제 우리의 기업이 세계시장으로 웅비할 수 있으나 불법정치자금을 근절시키지 못하는 한 아무리 세계시장을 점유해도 국리민복과는 관계가 없게 됩니다. 그래서 이번 참여정부에서 반드시 불법정치자금을 근절시켜야 합니다. 기업이 벌어온 돈은 정치자금으로 흘러가야 될 돈이 아니고 이것은 농촌에 투자되고 복지시설에 투자되어야 할 돈입니다. 이번 기회에 모든 정치인은 대오각성하고 국민 앞에 고해성사를 해야 합니다.

우리 역사상 검찰의 칼날이 여야는 물론 청와대까지 겨냥할 때가 언제 있었습니까. 우리의 선관위가 대통령에게 경고장을 낸다는 것은 과거에 엄두도 못 내던 일 아닙니까. 이 기회에 온 국민이 심기일전하여 나라 바로 세우기에 나서야 합니다. 여야가 피나는 싸움을 벌이면 그 결과물은 국리민복이나 통일과업에 보탬이 되는 일로 결론이 나야 합니다. 그 결과가 기득권을 유지하기 위함이고 정파의 이익에 있다면 이 나라의 미래는 없는 것입니다.

이제 낡은 정치행태와 그 세력은 제거되어야 합니다. 이를 위해 온 국민이 나서야 합니다. 이제 국민들이 정치인을 관리해야 합니다. 민심이 천심임을 그들에게 입력시켜야 합니다. 그래서 우리는 자주독립국가, 자유민주국가, 평화애호국가, 문화대국의 위대한 민족으로 발돋움해야 합니다. 이것이 민족정기선양회가 바라는 일이 되어야 합니다. 민주세력이 가꾼 열매를 반민주세력이 차지하는 이런 일은 이제 이 땅에서 다시는 없어야 합니다.

민족정기선양회 회원 여러분!

여러분들은 조용한 가운데서 정치개혁 그리고 지역발전의 중심에 서야 합니다. 요란하고 시끄러운 단체는 일하는 단체가 아닙니다. 위장이 있는지 없는지 몰라야 위가 건강합니다. 그리고 위의 기능도 잘 발휘합니다. 위가 부담이 되기 때문에 위가 있는 줄을 알지 않습니까. 아무쪼록 민족정기선양회가 있는지 없는지도 모르는 조용한 가운데 크게 발전하기 바랍니다.

20여 명의 젊은이들이 메이지유신을 해 낸 것을 우리는 깊이 음미해야 합니다. 120년 전 갑신혁명이 실패한 원인을 잘 음미해야 합니다. 우리는 미래에 대한 장밋빛 설계에만 현혹되어 역사적 교훈을 저버리는 경우가 있습니다. 미래에 대한 설계도 중요하지만 때로는 과거의 역사에서 더 보람 있는 교훈을 찾을 수도 있기 때문입니다.

감사합니다.

예천 동학농민운동의 실상

■■■

2010년 10월 2일
인내천위원회 초청 특강

1. 우리 역사상 민중 에너지가 가장 강렬했던 운동은 동학농민운동과 3.1 만세운동이라 할 수 있을 것입니다. 3.1만세운동은 동학농민운동의 척왜척양斥倭斥洋사상과 반제국주의 그리고 민권운동의 연장선상에서 일어난 일이므로 동학농민운동을 우리나라 근대성의 기점으로 보아야 할 것입니다. 진주민란이나 홍경래난과는 달리 갑오농민봉기를 굳이 동학농민혁명운동이라 명명한 것은 이때의 농민과 동학도들이 주장하는 제도개혁의 본질이 왕정의 축을 민본民本으로 전환시키고 새로운 인간관 곧 인간의 존엄성을 제시하였기 때문입니다. 비록 정치사적으로는 좌절로 끝났지만 지속적인 반봉건적인 개혁운동과 민본운동, 의병운동, 독립운동과 외세의 침략에 대한 저항운동으로 이어졌기 때문에 혁명운동의 시작으로 보아도 무리가 없을 것입니다.

그런 뜻에서 갑오년의 동학농민봉기란 역사적 사건을 동학난-갑오농민전쟁-갑오동학민중항쟁-동학농민운동 혹은 동학혁명 등 그 평가 기준이 점진적으로 변화한 것입니다. 동학농민을 동학농민혁명운동으로 규정한 또 하나의 이유는 당시 조선왕조의 지배구조인 반상班常, 적서嫡庶 등 신분제도를 타도하려는 강력한 요구가 있었고 인간평등에 기초한 어린이 보호,

남녀차별 철폐 등 인간의 가치에 대한 새로운 사상체계를 확립하려는 의지가 있었기 때문입니다. 즉 사회적인 신분이나 계급을 초월한 모든 인간의 평등을 주장하는 근대적 요소가 있기 때문에 당시 차별받고 압박받던 민중들의 절대적인 호응을 얻은 것입니다. 이러한 동학사상은 안으로 탐관오리를 척결하려는 반봉건주의 운동이었고 밖으로는 척왜척양斥倭斥洋의 반제국주의 운동이었기 때문에 일제는 조선침략의 가장 큰 저항세력은 부패한 관리나 조선군대가 아니라 민중적 기반의 동학농민군으로 규정하고 동학군 전멸을 조선침략의 제일 목표로 삼은 것입니다. 그러므로 독립운동의 기점도 동학농민운동으로 보는 것이 타당할 것으로 생각됩니다.

특히 1892년 보은집회를 기점으로 한 동학농민운동은 항일구국전쟁의 개전이며 항일독립운동사의 새로운 개막이었습니다. 당시 봉건정부의 관군과 일본군의 공동작전으로 동학군은 무참히 패배하여 지하로 숨어들었지만 일본의 침략과 수탈에 대한 항일운동의 기층세력과 행동대원은 대개 동학도였고, 이러한 동학운동의 반봉건, 반제국주의 운동정신이 오늘날 한국 민주주의의 빠른 성장과 가능성의 씨앗이 되었다고 할 수 있을 것입니다.

2. 우리나라 근대사에 가장 큰 충격과 영향을 주었던 것이 동학농민운동이었음은 이미 지적한 바 있습니다. 그렇다면 무엇이 조직력도 없고 오랫동안 순종과 복종에 익숙한 농민들을 그와 같은 거대한 혁명세력으로 몰았는가. 동학농민군은 어디서나 죽음을 두려워하지 않았고 물러서지 않았습니다. 당시 농민들이 가장 미워한 것은 네 가지로 나눌 수 있다.

첫째, 농촌에 침투해서 경제적으로 농민을 착취하던 객주客主나 여각旅閣

이었습니다. 이들은 곡류, 담배, 어류 등 농민들의 상품 위탁판매와 수입된 외국 상품의 중간상인이었습니다.

둘째, 농민들이 조세로 낸 쌀을 서울로 운반하는 일을 담당하는 전운사轉運使들이었습니다. 이들은 객주와 결탁하여 수집된 쌀을 일본으로 수출하여 국내의 쌀값과 생필품 가격을 앙등시켜 농민생활을 곤궁하게 하였습니다.

셋째, 일본 상인들의 농촌침투와 그들의 상점개설을 매우 싫어하였습니다. 일본 상인들이 갖가지 악랄한 방법으로 농민을 착취하였기 때문입니다.

넷째, 일본 어민들의 횡포였습니다. 이는 1889년에 체결된 '한·일 양국통어장정' 때문이었습니다. 이 협정으로 한국의 영해는 불과 30리에 불과하였으며 일본어선 수천 척이 남해안과 서해안 어장에 파리떼처럼 몰려와 우리 해상교통로를 장악하고 고기잡이를 마음대로 하면서 횡포를 부렸기 때문입니다.

이렇게 농어민을 괴롭히는 경제적 원인이 쌓이고 쌓인 데다가 이를 막아주고 보호해 주어야 할 정부가 이를 수수방관하는 데 대한 울분이 민란의 화약고가 된 것입니다. 이러한 때 동학이 내건 개혁안이 봉건적 지주전호제 폐지, 탐관오리 척결, 보국안민 척왜척양, 횡포한 부호의 엄벌, 불량한 양반과 유림의 징벌, 노비문서 폐지, 외국 상인의 횡포금지, 국내 특권 상인의 배제 등 지금까지 농민들의 가장 가려운 곳을 긁어주는 봉건체제에 대한 개혁의지와 외국침략에 대항하는 저항의식이 깔렸기 때문에 농민들의 호응은 적극적일 수밖에 없었습니다.

당시 동학에 참가한 대부분은 탐관오리들의 탐학과 향리들의 토색질에 시달리던 농민과 잔반殘班이었습니다. 원래 동학東學은 서양의 정치·사상·

종교 등 서학西學에 대한 대칭 개념으로 서세동점西勢東漸의 제국주의 침투에 대한 새로운 사유구조와 가치의식을 민족적, 주체적으로 창조한 민본民本사상으로 지배계급인 조선왕조에 강한 불만을 품고 있었으나 민족의 정체성에 대한 분열은 없었습니다. 왜倭와 양洋을 가장 경계해야 할 것 같은 외세로 보았으며 이에 대한 보국안민輔國安民이 최종 관심사였습니다.

당시 서학인 천주교가 서울을 중심으로 퍼졌으나 동학은 농촌 속에서 자라났습니다. 농민들의 사회적 불만이 동학이라는 종교운동으로 나타난 것입니다. 동학은 유儒·불佛·선仙 3교의 장점을 취하였으나 동학은 단순한 종교운동이 아니라 보국안민을 부르짖으며 부패한 정치를 바로 잡으려는 개혁운동이었습니다. 그러므로 기득권 세력인 유학자들은 이를 사교로 규정하고 조정에서는 이들을 폭도 혹은 난민으로 규정하였습니다.

그러나 동학 교조 수운水雲 최제우崔濟愚는 조선의 유교적 전통에 배타적이지도 않았습니다. 서학(천주교)이 가족단위의 현실적 인륜을 중시하지 않고 천당 중심의 이기주의적 개체 구원에만 매달리고 있다는 것에 대해 통렬하게 비판하고 조선의 예의와 삼강오륜과 제사 중심의 문화적 관습, 가족윤리의 유대성을 중시했습니다.

실제 영남학파의 학맥은 퇴계退溪:이황→학봉鶴峰:김성일–경당敬堂:장흥효–갈암葛庵:이현일–밀암密庵:이재–대산大山:이상정–기와畸窩:이상원–근암近庵:최옥으로 이어지는데 최옥은 수운의 아버지입니다. 그리고 근암 최옥의 묘갈명은 퇴계의 종손 고계古溪:이휘영가 썼다고 합니다. 이로 보아 수운 최제우의 아버지는 경주에서 당시대 최고의 유학자임을 알 수 있습니다.

수운은 순조 24년(1824) 근암이 63세 때 재가녀再嫁女의 몸에서 태어났습니다. 수운은 6세 때 어머니를 잃고 16세 때 근암이 타계한 후 수도 17년

만인 37세에 득도하여 3년 동안 포덕布德 활동을 하다가 40세인 1863년 12월에 체포되어 이듬해(1864) 3월 10일 혹세무민 죄명으로 대구시 중구 남산동 관덕당에서 참수되었습니다.

동학은 원래 종교운동이 아니었습니다. 동학이 종교운동으로 된 것은 제3대 교주 의암義菴: 손병희이 1905년 12월 1일 천도교라는 종교로 선포한 것입니다. 수운은 동학의 도가 근원적으로 삶의 모든 가치관이 변혁되는 것을 바랐고, 그 도道의 본질은 사회적 불의에 대한 정의로운 항거와 이념적인 순결성을 역사에 남기려 했으며, 그 뜻은 2세 교주인 해월海月:최시형에게 계승되었습니다.

수운水雲이란 호는 땅水과 하늘天을 순환하는 생명의 상징입니다. 수운의 인내천人乃天사상, 사람이 곧 하늘이란 것은 인간과 하늘神을 한 가지로 생각하였습니다. 그것은 인심人心이 곧 천심天心이요, 사람 섬김이 하늘을 섬기는 것과 같다는 것으로 이는 모든 인간의 평등을 부르짖는 것이니 사회적으로 압박받는 농민들에게 환영받을 수밖에 없었던 것입니다. 따라서 동학은 단순한 종교운동에 그치는 것이 아니라 농민들을 중심으로 하여 현실을 개혁하려는 사회운동을 일으키기도 하였습니다. 동학은 보국안민을 부르짖으며 부패한 정치를 개혁할 것을 주장하였습니다. 이에 조정朝廷에서는 동학을 위험시하게 되었습니다.

3. 동학이 번지는 최적의 토양은 농민에게 부과되는 2중 3중의 부당한 세금부담과 강제 징수에 따르는 양반관료들과 향리들의 행패, 일본의 경제적 침투와 고리대금업으로 인한 농촌경제의 핍박, 지방아전들의 토색질이었습니다.

조선왕조는 순조 이래 세도정치와 역대 왕의 무능으로 백성들이 믿고 의지할 곳이 없었습니다. 1800년에 즉위한 23대 순조는 겨우 11세였고, 24대 헌종은 8세, 25대 철종은 강화도의 나무꾼인 이른바 강화도령이었습니다.

자연 정치는 외척의 몫이었고, 삼정의 문란과 매관매직, 탐관오리의 횡포, 서리·아전의 토색질, 외세의 경제적 침투로 인한 민심의 이반은 결국 순조 11년(1811) 홍경래의 난을 계기로 3남(전라, 충청, 경상)지방의 민란은 끊일 날이 없었으며 철종 때 그 절정을 이루었습니다.

수운이 득도한 후 동학을 전파시키는 포덕布德활동을 시작한 것은 철종 12년(1861)이었고 3년 만인 1864년 3월 10일 혹세무민의 죄명으로 처형되었음은 앞에서 언급한 바 있습니다.

동학이 언제 어떻게 예천에 전파된 경위는 정확하게 알 수 없으나 1892년 예천에서도 농민 폭등이 일어났습니다. 용문 오미봉에서 몰래 금광을 채굴하던 덕대 2명을 동민들이 살해한 것이 계기가 된 이 사건은 동학과 직접 관련은 없다 할지라도 당시 대개의 민란이 농민+동학도의 합작인 경우가 대부분이었기 때문에 이 또한 깊이 살펴볼 필요가 있습니다.

동학운동이 본격화된 것은 교조 신원운동이었습니다. 1892년 제1차 삼례집회와 복합 상소는 그 규모도 적고 내용도 교조 신원에 국한되어 있었지만 제2차 교조 신원운동인 보은집회를 거쳐 체제 개혁운동으로 발전되었고, 보은집회의 영향은 곧 상주, 문경, 예천 등지로 동학이 급속도로 전파되는 계기가 되었습니다.

동학운동의 조직체계도 포包, 장帳, 접接 등의 세포조직망이 있었고 이 비밀 조직망이 잘 노출되지 않았기 때문에 당국의 탄압에도 점차 확대되었으며 비밀지령이 내려지면 사발통문으로 움직였기 때문에 그 세력을 일시에 집결시킬 수 있었고 탄로되어도 누가 주모자인지를 알 수 없게 되었습니다.

이 무렵 예천에서 동학 교세를 은밀히 확대해 온 근거지는 소백산맥 줄기에 인접한 동로면 소야리였습니다. 동로는 당시 예천군의 행정 관할구역이었습니다. 이곳 소야리는 인동 장씨와 강릉 최씨가 중심이 된 마을로 소백산맥의 험준한 산골에 위치하여 한 번도 전란을 겪지 않았다고 하며 당시 동학농민군 지도자로 활약한 사람은 최맹순崔孟淳이었다고 합니다.

최맹순은 수년 동안 옹기상을 가장하여 각지에 동학교도들과 연결망을 형성하여 보은집회 이후 교세가 확산되자 1894년 3월 소야에서 공공연히 접接조직을 설치하여 농민군을 규합하였습니다. 이에 각 처에서 숨어있던 교도들이 대거 합세하여 수개월 내에 7만여 명에 이르렀고 그는 스스로 수접주首接主를 칭하고 각 면과 동 단위로 접接, 포包지역을 확장하여 48개의 접소가 되었습니다. 접이란 동학의 기초조직으로 그 우두머리를 접주接主라 합니다. 여러 개의 접을 포괄하는 보다 큰 조직이 포包입니다.

경상도는 경주가 동학의 발생지였으므로 경상도 북부지역은 교세가 매우 성했습니다. 2세 교주 해월 최시형은 소백산맥의 험준한 산줄기 양편 지역의 많은 농민들을 입도시켜 1894년 당시 상주, 금산(김녕), 예천 등지에도 입도한 지 수십 년이 되는 교도들이 많았다고 예천군 제곡면 대제리 나암 박주대朴周大의 『제상일월渚上日月』은 기록하고 있습니다.

예천지역에 동학교세가 크게 확장되고 농민군의 활동이 치열했던 것은 나름대로 이유가 있습니다. 동학의 토양은 중세적 신분질서에 억눌려 사는 피지배계층과 몰락한 양반계층입니다. 그런데 예천의 동로 소야와 유천 하지, 용문 대제리 등도 그런 마을 중의 하나로 볼 수 있기 때문입니다. 특히

1894년 영남지역 농민들은 최악의 한재旱災를 당하였다고 기록되어 있습니다. 그해 5월 이후의 대가뭄에 큰 내의 물이 끊어지고 저수지에서 먼지가 일 정도였다고 임금에게까지 보고되었습니다. 이러한 한재로 호구를 위해 사방으로 유리하던 농민들이 대거 농민군에 가담해 온 것입니다.

이 해에 고부민란의 통문이 번지자 경상도 북서부의 안동, 의성, 예천, 봉화, 용궁, 문경, 함창, 상주 등지와 남서부의 함양, 하동, 사천, 남해 등의 농민세력이 광범위하게 결집되어 충청, 전라의 지원을 받으면서 용궁, 함창, 상주 등지는 이미 읍내까지 농민군이 점거한 상태였다고 『갑오척사록』과 『승정원일기』는 기록하고 있습니다. 그러나 수령이 선정을 펼친 거창, 함양, 안의 등은 수령을 중심으로 보수지배층이 결속하여 농민군을 장악하고 있었습니다.

예천의 농민군은 읍내가 무방비 상태에 있을 때 쉽게 접수할 수 있었지만 소야 소접주 최맹순은 이를 시도하지 않았습니다. 농민군에게 지주 향리에 대한 투쟁도 금지시켰습니다. 그는 오히려 유천 접주 조성길趙成吉이 농민군을 충동하여 지주를 겁박하고 재물을 약탈했다 하여 그의 죄상을 작성하여 읍내의 보수지배층에게 압송하고 처벌을 요청하였습니다. 이는 동학을 정치와 분리하라는 수운 최제우의 지시를 철저히 이행하려는 2세 교주 해월 최시형이 지휘하는 북접 교단의 지시에 따른 것이었습니다.

물론 예천지역의 농민군도 최맹순의 이와 같은 지시에 순종만 하지는 않았습니다. 당시 예천의 23개 면 가운데 동로, 유천, 개포, 제곡면이 동학 농민군에 적극 가담하였고, 특히 동로는 예천 읍내에서 서북쪽으로 90여 리나 떨어진 외지이며 소백산맥을 넘어 충주忠州와 연결되는 교통상의 요지에 위치한 데다가 접주 최맹순의 활약으로 동학이 매우 성했습니다. 이 중

유천면 화지동은 읍내의 지주 향리층과 매우 적대적이었습니다. 화지는 파평 윤씨 집성촌이지만 이들 윤 씨들은 당쟁의 화를 피하여 다니다가 토지가 비옥한 이곳에 정착하여 기름진 토지를 이용하여 면화, 닥나무 등 독농篤農으로 부를 축적하여 부촌으로 성장하였습니다.

그래서 예천 관아에서는 이 지역을 수취의 대상으로 삼았으며 특히 조세 수취를 담당하는 향리들의 토색討索질이 매우 심하였습니다. 이 같은 사정은 제곡면 금곡 주변과 개포면에서도 마찬가지로 면화와 닥나무 재배가 성했고 읍내의 아전과 지주들이 지나치게 조세를 거둬들임으로써 마찰이 빚어진 것입니다. 그중에서도 특히 화지 윤씨 마을이 집중 공세를 받았으며 이들 향리들은 향약을 자의로 적용하여 농민을 괴롭히는 이른바 토색질을 일삼았습니다. 이에 대한 불만은 영세농민이나 소작농민들 뿐만 아니라 잔반殘班과 부농까지도 불만이 심했습니다.

금당실은 예천의 대표적인 반촌인 함양 박씨, 원주 변씨의 집성촌이었으나 당시로서는 관료로서의 길이 막힌 잔반으로 그 세력이 위축되어 있었습니다. 금당실 주변의 많은 토지는 읍내에 거주하는 대지주들의 소유가 되어 빈농은 물론 잔반 중에서도 그 토지를 소작하는 사람들이 있었습니다. 읍내의 지주들 가운데 소작료를 가혹하게 징수하여 많은 반감을 사기도 했습니다. 소작농뿐만 아니라 독농으로 성장한 농민들의 반발도 적지 않았습니다. 이러한 상황에서 동학 조직은 불을 붙인 듯이 번져갈 수밖에 없었고 이들이 마을을 횡행하면서 지주, 향리층을 제압하기에 이르렀습니다.

4. 예천 농민군은 1894년 7월 들어 그 활동이 강화되었는데 『제상일월』에는 이 무렵 농민군이 부호를 찾아다니며 전비戰費를 강제 징수하는 모

습을 상세히 기록하고 있습니다. 또 동학농민군에 합세하지 않는 농민군을 강제로 입도시키기도 했습니다. 이 과정에서 예천지역 농민군은 동로 소야 소접주 최맹순의 통제를 벗어난 듯하였습니다. 물론 전비의 강제 징수는 1894년 6월 28일 일본군이 경복궁에 난입하여 민씨정권을 몰아내고 내정개혁을 강요하여 친일 김홍집 내각을 구성한 데 대한 반발이었지만 보수지배층은 이러한 농민군의 움직임을 크게 우려했습니다.

실제로 1894년 7월 5일 대지주인 이유태를 구타하고 재물을 탈취하는가 하면 읍리邑吏들을 난타하거나 묘를 파는 일까지 일어나자 보수지배층은 스스로를 지키려는 자구책으로 민보군民堡軍을 조직하여 읍내를 수호하면서 농민군에 대항하였습니다.

이와 같이 동학 농민군과 향리·양반지주층으로 구성된 민보군과의 대립이 극심한 가운데 향리 정대일은 보수지배층의 역량을 결집시켜 집강소를 설치하여 민보군을 지휘하면서 농민군을 진압하는 중심세력이 되었습니다. 동학군이 호남에 설치하여 개혁을 추진한 동학 집강소와는 전혀 다른 성격이었습니다. 그래서 예천에 설치한 집강소를 보수 집강소라 합니다.

보수 집강소가 치안을 장악한 후 읍내에 출입이 크게 통제되자 농민군도 읍내로의 통행을 막아 읍내를 고립시켰습니다. 이로써 장날 읍내에 공급되던 식량, 땔감이 부족하게 되었습니다. 그러던 중 민보군과 농민군 사이를 극한적인 대립으로 몰고 간 충격적인 사건이 발생했습니다.

보수 집강소가 금곡의 동학교도 11인을 체포하여 화적 혐의로 즉시 한천 백사장에 생매장해 버린 사건이 발생했습니다. 이 사건으로 불안하게 유지되던 동학농민군과 보수 집강소 민보군의 평온 상태는 파국으로 이어지게 되었습니다. 그러나 농민군이 제1의 적으로 생각하는 것은 일본군이었으므로 즉각적인 대응은 취하지 않았습니다. 당시 영남지역에 주둔한 일본군의 활동이 기민해지고 있었기 때문입니다.

농민군은 보수 집강소가 체포한 동학도를 처형한 것에 대해 몹시 격분해 하면서도 다른 한편 일본군을 배척하는 척왜斥倭의 기치에 합류할 것을 요구하는 양면정책을 펼쳤습니다. 보수 집강소도 일본에 대한 적개심은 가지고 있었으나 우선 눈앞에서 그들을 위협하는 농민군을 막는 일이 더 급했으므로 이를 거절하고 농민군을 제1의 적으로 삼았습니다. 결국 이러한 대립과 갈등이 충돌한 절정이 유정숲 전투였습니다.

유천 화지의 농민군 수천 명이 예천읍으로 진격하여 청복들 유정숲에 포진하고 한천 제방과 현산에 있는 민보군과 대치하면서 용문 제곡의 금곡농민군의 도착을 기다렸으나 서로 약속 시각을 맞추지 못하여 화지 농민군은 민보군에게 완전 궤멸되었습니다. 유정숲의 전투 승리로 민보군의 사기가 충천한 가운데 뒤늦게 금곡 농민군은 회천 개울을 건너다 잠복한 민보군의 기습을 받아 대패하고 말았습니다.

이렇게 농민군과 민보군의 전투는 완벽한 민보군의 승리로 돌아갔습니다. 이때 동원된 민보군은 1,500명, 농민군은 4~5,000명으로 예천에서 벌어진 영남지방 최대 규모의 동학농민전쟁은 이렇게 막을 내렸습니다.

조선시대의 선비정신과 오늘의 지식인

2018년 11월 6일
경북향교재단연합회

1. 경북향교재단연합회 박원갑 이사장의 초청으로 이 지역 각시 · 군 전교 여러분을 이렇게 뵈올 수 있게 되어 무척 영광스런 마음으로 본 강의에 들어가겠습니다.

우리는 현대사회를 위기라고 하는 이들이 많습니다. 이는 전통문화가 무너지고 새로운 질서가 자리 잡지 못한 과도기를 위기라고 표현한 것입니다. 새로운 질서는 새로움에 대한 가치가 정립되어야 하는데 지금 우리 사회는 전통적으로 존경받던 청렴 · 결백 · 염치라는 인간적이고 인문학적인 가치는 겉치레나 위선으로 매도되고 공동체를 묶어주던 전통이란 결속력이 무너지고 있습니다. 더욱이 우리나라의 전통적인 가족제도가 크게 변화하는 현실은 큰 충격으로 다가오고 있습니다.

사회생활이나 가족간의 관계는 종적인 관계와 횡적인 관계로 나누어 볼 수 있는데 종적인 관계는 부자父子 관계가 기초이고 횡적인 관계는 형제兄弟 관계가 기초입니다. 따라서 종적인 관계는 효孝가 바탕이고 횡적인 관계는 제悌가 바탕입니다. 이 효제孝悌 행위는 곧 인의仁義를 대변하는 것이기도 합니다.

그러기에 맹자는 인의예지仁義禮智를 다음과 같이 해석하기도 했습니다.

인仁의 실제는 어버이를 섬기는 효孝이고, 의義의 실제는 형에게 순종하는 제悌이고, 예禮의 실제는 이 두 가지를 잘 조화시켜 형식에 맞추는 것이고, 지智의 실제는 인·의 두 가지 의미를 이해하는 것이라고 했습니다.

효경孝經에서 효는 하늘의 벼리이고 땅의 뜻義이며 백성의 행동지침이라고 했습니다. 효가 인류의 가장 보편적이고 필연적인 행동임을 나타내는 것입니다. 그러나 이와 같은 부모형제와 이웃과 더불어 사는 공동체 의식은 무한경쟁의 신자유주의 체제하에서 점점 엷어지고 있습니다. 재산 없는 부모는 홀대받고 조그마한 유산이라도 있으면 형제간 다툼이 법정으로 이어지는 현실을 보고 세상을 위기라고 걱정하는 것이 결코 근거 없는 추단은 아닐 것입니다.

가치의 혼란은 세대간에 더욱 현격한 차이가 있습니다. 우리 같은 기성세대는 전통적 장자상속·장유유서에 집념이 강한 반면에 젊은 세대는 이러한 전통보다 미래에 대한 강한 집념이 이해관계로 이어지기 때문에 가치의 기준이 바뀌게 됩니다. 가치 기준의 차이는 세대간 갈등을 심화시키기도 합니다.

우리 민족은 과거 춥고 배고플 때도 세대간 갈등은 크지 않았습니다. 오히려 더 깊은 공동체 의식으로 이웃과 친척간 화합과 유대를 최고의 덕목으로 삼아 어려움을 함께 극복하였습니다. 오늘을 위기라고 하는 것은 이러한 공동체 의식이 무너지는 현상 때문일 것입니다.

전통이란 과거를 보존하는 것만이 아니라 옛사람의 정신과 문화를 새기며 읽고 이를 미래로 이어가는 것입니다. 그러자면 전통문화도 미래 지향적으로 변화해야 합니다. 가치의 변화와 오늘의 위기를 극복하려는 중심에 향교가 있으며, 특히 향교는 고려시대 이래 유학사상과 한국의 전통사상을 연구하며 이를 계승하고 보급하는 중심에 서 있었습니다. 또 향교는 유교 문화를 현대화 · 생활화하여 선현의 숭고한 이념을 오늘에 되살려 우리 고유의 사상과 문화를 창달 · 계발 · 계도하며 도덕사회를 구현하려는 것이니 그 존립 근거가 인성교육에 있음은 말할 것도 없습니다.

그러면 과연 유학사상, 유교가 이 첨단산업화 사회발전에 어떤 기여를 할 수 있겠는가? 유교가 산업발전을 저해하고 공자 왈 맹자 왈 하다가 나라를 망쳤다는 말이 한때 유행처럼 번졌는데 과연 조선이 유학 때문에 망했는가? 그렇다면 지금 와서 왜 선비정신을 아쉬워하는가?

2. 유학이나 유교사상은 본래 삶을 사랑하고 현세를 긍정하는 인생관을 바탕으로 형성되었습니다. 우리 민족은 현세에서 즐거움을 소중하게 생각하는 낙천적 기질을 가졌던 것입니다. 그래서 "개똥밭에 굴러도 이승이 좋다"는 속담이 생겨나게 되었습니다. 이는 유학이 공리공론만 일삼는 학문이 아니라 가장 현실적이고 실용적인 학문이란 증거이기도 합니다.

유학이란 무엇이고 유교는 무엇인가?

유학은 말할 것도 없이 유교경전을 이해하고 연구하는 학문이고, 유교는 경전을 이해하고 실천하는 경전의 실천 윤리입니다.

그런데 유교는 다른 종교와는 다릅니다. 공자는 초인간적인 영역에는 별로 관심을 두지 않았습니다. 그는 죽음에 대한 질문이 나오자 "아직 삶도 이해하지 못하는데 어찌 죽음을 이해할 수 있겠는가?"라고 하였으며 내세에 대한 생각이 인도 불교나 서양의 기독교와는 전혀 다릅니다. 유교는 공자를 교주처럼 절대적으로 숭상하는 것이 아니라 위대한 스승, 인류에 앞선 교사로 존중할 뿐입니다.

공자사상은 인간애를 바탕으로 인존人尊·인본人本 정신을 특색으로 하고 있습니다. 공자의 인본사상은 개인의 자유와 의지를 매우 중시했습니다. "삼군을 거느린 장수는 빼앗을 수 있지만, 필부의 뜻은 빼앗을 수 없다"고 했습니다. 공자는 일반인까지도 자유로운 의지를 가진 인격체로 간주하면서 민본·위민을 정치사상의 근간으로 삼았던 것입니다. 공자의 뜨거운 인간애와 현실 긍정의 생활태도는 오늘날 현대인에게 공자사상이 필요한 이유이기도 합니다.

우리나라 유학사를 보면 고대에는 본원유학과 훈고학으로, 중세(고려)에는 훈고학과 사장학이 주류를 이룬 가운데 성리학이 도입되어 크게 발전하였습니다. 그러나 성리학 일변도에 불만을 품은 조선 후기 유학자들이 실학實學을 일으켰습니다.

실학이란 무엇인가?

어렵게 말할 것 없이 중국 것만 가지고 이理와 기氣만 논할 것이 아니라 학문의 대상을 현실적으로 바꾸어 우리 민족이 살고 있는 국토지리·우리 역사·우리 백성들의 삶에 대한 관심을 가지고 이를 실증적이고 과학적으로 연구하자는 것입니다.

실학자 중에 자영농들이 건전하게 발전하도록 제도를 개혁하자는 정약용·안정복·이중환 등은 경세치용학파이고, 상공업을 장려하고 신분제를 폐지하고 분업을 실시하고 직업관리를 양성하자는 박지원·홍대용·박제가 등의 주장을 이용후생학파라 합니다. 따지고 보면 경세치용학파는 농촌을 살리자는 중농주의이고, 이용후생학파는 중소도시를 살려 나라를 부강하게 하자는 중상주의를 펼쳐야 한다는 주장입니다.

얼마나 앞서가는 생각이었습니까! 유학이 나라를 망하게 한 것이 아니라 유학을 잘못 운영하는 위정자들이 나라를 망하게 한 것입니다. 옛날이나 지금이나 학문 자체가 문제가 아니라 이를 운영하고 집행하는 지도자를 자처하는 이른바 지식인, 정치인이 문제인 것입니다.

3. 조선왕조를 지배하는 중심세력은 선비였습니다.

조선왕조가 500년 동안 사직을 지키고 문화를 꽃피움에 가장 크게 기여한 것도 선비였고 나라를 망하게 한 것도 선비였습니다. 선비들의 강직한 정신력을 긍정적으로 보는 사람들이 있는가 하면, 이를 부정하는 이들도 있습니다. 나라가 대내외적으로 어려움에 처했을 때 분연히 일어나 국난 극복에 버팀목 역할을 한 것은 분명히 선비계층이었습니다. 그래서 오늘 한국사회가 중심을 잃고 흔들리는 현실을 바라보면서 선비정신 결여를 지적하는 이들이 많은 것입니다.

그러면 선비란 무엇인가? 강자에게 강하고, 약자에게는 자애로우며, 공명하고 정대한 사회를 만들기 위해 몸을 던져 실천하는 사람들이 선비입니다. 우리나라 선비와 비슷한 뜻으로 중국에서는 인격을 닦은 이상적인 인간을 군자君子라고 합니다. 군자는 첫째로 학문의 길을 정진해야 하고, 둘째 대인관계가 원만해야 하며, 셋째 세상의 평가에 구애됨이 없이 신념을 따라 초연해야 합니다.

조선조의 선비들이 공자가 제시한 군자를 선비의 모범으로 삼았음은 의심의 여지가 없지만, 선비와 군자는 다른 면이 있었습니다. 조선조 500년 사직은 군자가 지킨 것이 아니라 선비들이 지켰기 때문에 선비정신의 몰락을 아쉬워하는 것입니다. 오늘의 사회를 바로잡는 데 군자정신의 부활을 말하는 사람은 없습니다. 선비라는 말은 강직한 사람을 연상케 하고 군자라는 말은 관후한 사람을 연상케 합니다. 그 예로 대쪽같이 강한 군자란 말은 없지만 또 온화하고 푸근한 선비란 말도 들어보지 못했습니다.

실제로 조선조의 선비들은 비록 목숨을 잃고 삼족이 멸문의 화를 당할 위험이 있더라도 뒤로 물러서지 않는 것이 선비다운 태도라고 믿었던 것입니다. 조선의 선비들이 이렇게 나라를 지키고 윤리 도덕을 지킨 것입니다.

그러나 선비들이 외골수로 강경한 것만은 아니었으니 선비의 자격 요건 가운데는 풍류風流를 즐기는 마음의 여유가 있어야 한다고 했습니다. 선비는 첫째로 명분을 존중하고, 둘째 지나친 물욕을 자제할 줄 알고, 셋째 풍류를 즐기는 마음의 여유를 가졌던 것입니다. 화담花潭 서경덕徐敬德과 황진이黃眞伊, 그리고 율곡栗谷 이이李珥와 유지柳枝의 사랑 이야기는 선비들의 풍류가 어떠했는지 보여주는 아름다운 이야기로 남아 있습니다.

4. 이 자리에 계신 분들은 대부분 영남지역 향교 전교님들이니 영남학파의 양대 산맥을 조명해 보겠습니다. 영남학파의 거봉 이황과 같은 해에 또 한 사람의 거목 조식曺植:南冥이 경남 합천에서 태어났습니다. 퇴계와 남명은 출생이 같은 해(1501년)인 동갑입니다. 낙동강을 사이에 두고 퇴계는 안동, 남명은 합천 태생이어서 퇴계학파는 경상 좌도, 남명학파는 경상 우도학파로 불리며 학문, 도학, 교육 등에서 당대의 쌍벽을 이루었습니다.

이와 같이 조선의 유학은 이율곡을 중심으로 한 기호학파와 이퇴계를 중심으로 한 영남학파로 양대 산맥을 이루었으나 영남학파는 다시 경상 좌도의 퇴계학파와 조남명을 중심으로 한 경상 우도의 남명학파로 크게 분류됩니다. 선조 때 중앙정계가 동·서로 분당된 후 기호학파는 주로 서인西人, 영남학파는 동인東人이었으나 동인은 다시 남인, 북인으로 나누어져 대개 퇴계학파는 남인, 남명학파는 북인으로 분류됩니다.

이와 같은 영남학파의 2대 지주인 조식과 이황의 차이는 그 이후 영남학맥에 지대한 영향을 끼쳤습니다. 이황의 인맥이 유가의 보편적 인격의 완성을 추구했다면 조식의 문인들은 임진왜란의 의병항쟁과 구한말 위정척사의 배외정신을 태동시켰습니다.

결국 영남학파의 양대산맥은 이언적, 김안국의 기반 위에 이황이 나타나 경상 좌도의 거봉이 되고, 김굉필, 정여창의 학풍을 토대로 조식이 나타나 경상 우도의 거봉이 되어 퇴계 이황은 청량산, 남명 조식은 지리산을 중심으로 큰 맥을 형성했습니다. 그러나 이 모임이 경상 좌도의 유림이므로 퇴계에 대해서 좀 더 살펴보겠습니다.

퇴계의 이름은 황滉이고 본관은 진성眞城입니다. 연산군 7년(1501년) 안동 도산면 온계리溫溪里에서 이식李埴의 6남 1녀 중 막내로 태어났습니다. 퇴계가 태어난 지 7개월 만에 아버지는 40세로 타계하고 현숙한 어머니의 가르침과 정성이 있었으니 박 씨 어머니는 퇴계의 고결한 인품이 혼탁한 세속에 맞지 않을 것을 염려하여 벼슬길에 나가더라도 높은 벼슬은 하지 말 것을 당부하였다 합니다. 퇴계의 깨끗한 인품을 세속 사람들이 용서 못할 것을 염려한 까닭이다.

위대한 인물 뒤에 예외 없이 현숙한 어머니의 정성과 가르침이 있었는데 퇴계, 율곡도 예외일 수 없었습니다. 퇴계는 사치와 안일을 매우 싫어하여 청백리로도 꼽힐 정도였습니다. 이웃집 밤나무가 그의 집 담장을 넘어와 마당에 떨어지는 알밤을 집 아이들이 주울 것을 염려하여 떨어진 밤을 모두 주워 이웃집 담장 안으로 던지는 일을 새벽마다 반복했다고 합니다.

한 번은 명종 때 영의정을 지낸 권철權轍:권율의 아버지이 이황의 집을 찾아

기쁜 마음으로 학문과 시국을 의논하다가 저녁상이 들어왔는데 보리밥에 반찬은 나물 중심의 소찬이었습니다. 권철은 그 밥을 도저히 먹을 수 없어 몇 순갈 뜨고는 상을 물렸습니다. 평소 예의와 인정을 생명같이 아는 이황은 모른 척하고 상을 다 비웠습니다.

작별인사를 하면서 권철은 "우리가 만난 것을 기념하고자 하니 선생께서 좋은 말씀을 주시기 바랍니다"라고 간청하였습니다.

"촌부가 무슨 말이 더 있겠습니까만 모처럼 말씀하시니 솔직히 여쭙겠습니다"라고 한 후 이황은 "대감께서 누추한 곳까지 찾아주셨는데 융숭한 대접을 못해 드려 매우 송구스럽습니다. 그러나 오늘 대감께 올린 식사는 일반 백성들이 먹는 식사에 비기면 성찬입니다. 그럼에도 불구하고 대감께서는 그 음식이 입에 맞지 않아 잡숫지 못하는 것을 보고 이 나라의 장래를 염려했습니다. 정치의 요체는 여민동락與民同樂에 있사온데 관과 민의 생활이 이처럼 거리가 있으니 어느 백성이 관의 지시를 바로 따르겠습니까?"라고 직언을 했다고 합니다.

퇴계의 진면목은 학문도 학문이려니와 인간 완성을 위한 행적수신行的修身이었습니다. 학문에 대한 그의 신념은 진리를 이론 속에서 찾지 않고 보통사람이 사는 현장 속에서 구한다는 것이었습니다.

그는 제자들에게 "진리는 일상생활 속에 가득하다"라고 하면서 일상적인 것을 버리고 고심원대高深遠大한 진리를 찾으려는 폐단을 경계했다고 합니다.

퇴계의 진리관은 한 마디로 일상적인 진리입니다. 평소 제자들에게 "도는 가까운 곳에 있는데 사람들이 스스로 살피지 못할 따름이다. 날마다 생활하는 일을 벗어나서 별다른 어떤 도리가 있겠는가?"라고 진리의 일상성을 강조하였습니다. 퇴계는 "리理가 무엇인가?"라는 물음에 "배를 만들어 물을 건너고 수레를 만들어 땅 위를 가는 것이 리理이다. 배로 땅 위를 다니고 수레로 물을 건너는 것은 리가 아니란 것이다.”

결국 퇴계의 진리관은 실생활에서 접하는 사사물물에 진리가 있다고 보는 동시에 나와 만물의 이치가 본래 하나임을 전제로 하였습니다.

5. 일본 소설가 시오노 나나미:염야칠생鹽野七生는 『로마인의 이야기』란 시리즈에서 “인간 행동원칙을 바로잡는 역할을 유대인은 종교에, 그리스인은 철학에, 로마인은 법률에 맡겼다”라고 하였습니다. 단순하면서도 명쾌한 지적입니다.

그러면 한국인의 행동원칙을 규정하는 것은 무엇일까? 예禮라고 하여도 크게 어긋나지 않을 것입니다. 예는 유학에서 나왔고 유학은 철기문화와 함께 전래된 한자에 의해 뿌리를 내리게 되었습니다. 한자가 널리 사용됨에 따라 삼국시대에 유학이 크게 보급되었습니다. 삼국은 귀족사회의 질서 유지를 위한 도덕으로서 모두 유교를 중시하였습니다.

공자는 법치보다 예치를 앞세웠으며 유학에서 나온 의례 문화는 우리 일상생활 전반에 광범위한 영향을 미쳤을 뿐 아니라 조선시대에는 예를 통치이념으로 삼았습니다. 공자는 특히 예를 중시하였지만 예의 근본정신과 예의 본질을 중시하였지 그 형식을 중시하지 않았습니다. 오히려 허례허식을 배격하였습니다. 공자는 “사치를 동반한 예보다는 차라리 예 없는 검소함이 낫다”고까지 하였습니다. 공자는 유학의 근본사상을 인仁에 두고 인은 극기복례할 때 비로소 이루어진다고 했습니다.

그러면 유학이 한국인의 사상형성에 어떤 영향을 미쳤는가?

유학은 자라온 근본을 잊지 않고 은혜에 보답한다는 보본반시報本反始 차원에서 제례를 중요시하는데 이는 『예기』에서 나온 말입니다. 효충사상은 재래사상과 유교 불교 나아가서 국가가 요구하는 시대정신의 복합체로 인식해야 그 본질을 이해할 수 있게 됩니다.

공자는 "자식이 아비를 추종만 하면 효도는 어디에다 쓸 것이며, 임금에게 복종만 하는 신하의 충성은 어디다 쓸 것이냐"라고 반문했습니다.

군주와 신하, 부모와 자식은 상하관계가 아니라 상보관계란 것입니다.

맹자는 한 걸음 더 나아가서 신하는 불의한 군주와 군신관계를 거부할 수 있다고 했으니 그의 군신관은 군주는 국가관리를 위탁받은 존재이지, 국가의 소유자는 아니므로 백성을 위한다는 말은 성립되지 않고, 백성들과 함께 하는 여민동락與民同樂이 있을 뿐이라고 했습니다.

다산 정약용이 인仁이란 글자는 두 사람二人이라고 말한 것처럼 함께 더불어 하는 사상입니다. 유교는 노장사상처럼 자연에 숨어들 자는 사상이기보다는 더불어 살아가는 사회를 조직하고 운영하는 정치철학적인 면이 더 깊게 깔려 있습니다. 그래서 유학은 실용학문이라는 것입니다. 이를테면 유학에서 주장하는 효를 가정에 국한하지 말고 사회적 효로 확장해서 생각하면 현대 복지사회를 뒷받침하는 이론을 계발할 수 있을 것입니다.

퇴계 선생이 선조에게 올린 '성학십요'에 "세상 사람들은 모두 나의 동포이고 만물은 모두 나와 평등한 존재이다. 성인은 이 같은 이치를 깨닫고 실천하는 사람이다"라고 했습니다.

물론 이는 『논어』에 있는 말입니다. 오늘날 다문화 사회, 글로벌 시대에 조금도 어긋나지 않는 주장일 뿐만 아니라 꼭 필요한 이야기가 아닌가 생각됩니다. 유교는 한국 역사에서 전통문화의 중심에 자리 잡고 있습니다. 전통문화를 이야기하면서 유교와 유학을 버릴 수 없습니다. 유교와 유학 그 자체가 한국의 전통문화, 한국 인문학의 정수이기 때문입니다.

6. 조선조 선비들이 가졌던 가장 큰 장점은 높은 지식수준에 걸맞는 도덕성이 갖추어져 있다는 점입니다. 지행합일 또는 지행이 병행한다는 것입니다. 그들이 공부한 내용은 수신修身과 제가齊家 그리고 치국治國에 관한 것인데 공부에 비례해서 고매한 도덕적 인격을 갖추게 됩니다.

그러나 현대 지식인들에게는 지식인이라는 말 가운데 도덕성이 함축되어 있지 않은 경우가 많습니다. 옛사람들은 아이들 교육을 맡길 때 '사람 만들어 달라, 인간 되게 해 달라'며 서당의 스승이나 향교에 아이들 교육을 맡겼습니다.

오늘날 교육은 오직 취직하기 위해 좋은 대학에 들어가도록 해 달라는 것이 교육 목적이 되었습니다. 학교교육은 취업에 합당한 지식만 쌓는 스펙쌓기 교육이 전부입니다. 인간이 되는 교육, 건전한 사회인이 되는 것과는 거리가 멉니다. 그 결과 지식인의 상징인 교수나 언론인들이 나라를 망친다는 장탄식까지 나오고 있는 현실이 되었습니다.

민족과 전통문화를 팽개치고 역사를 소중하게 여기지 않는 민족이 살아남는 나라는 없습니다. 우리는 지식인다운 지식인을 지성인이라 합니다. 우리 현실은 지식인이 넘쳐나고 있습니다. 하지만 우리 사회가 요청하는 것은 지식인에 머물지 않는 지성인을 요구하고 있습니다. 지성인은 조선왕조의 선비정신으로부터 많은 것을 배워야 할 것입니다.

전통문화와 담수회

■ ■ ■

2018년 3월 9일
담수회 예천군지부 정기총회 초청 강의

고향은 언제나 정겹고 포근하지만 어떤 면에서는 참 무섭고 겁나는 곳이기도 합니다. 지금 코로나 19가 온 나라를 공포 분위기로 몰아 우리들의 생활 패턴이 크게 바뀌고 있습니다. 거기다 코로나 바이러스가 기승을 부릴 수 있는 강추위까지 밀어닥치어 백발이 성성한 아내가 꼭 가야만 하느냐고 만류해도 고향 분들과의 약속이니 어쩔 수 없다면서 막무가내로 이렇게 왔습니다.

더구나 그 약속이 담수회淡水會 회원들과의 약속이니 어길 수야 없겠지요. 그런데 막상 강단에 서니 과연 여러분들의 기대와 욕구를 만족시킬 수 있을지 걱정입니다. 담수회는 1963년 대구에서 이순호, 이순희 씨 형제와 계명대학교 설립자이신 신태식, 대구시 초대 시의원 김학봉 씨 등에 의해 설립된 유림 단체로 알고 있습니다. 특히 신태식, 김학봉 선생은 제가 회원으로 있는 어떤 단체에 고문이어서 종종 뵙는 분들입니다.

우리나라의 전통문화라면 유학을 떠나서는 말할 수 없습니다. 담수회의 설립 목적도 유학에 근거한 영남학파의 도학정신인 인仁·의義·예禮·지智·신信과 충忠·효孝의 실천을 목표로 한 전통문화의 보존과 국난극복의 순절을 최고의 덕목으로 설립되었습니다. 유학은 말할 것도 없이 공맹학孔孟學이 중심사상이고 공자·맹자는 자기의 사상과 학문을 정치로 펼치기 위해

천하를 주유하였는데 공자가 위衛나라의 어느 번잡한 도시에 이르렀을 때 제자 염유冉由가

"사람이 이렇게 많이 모였으면 무엇부터 해야 합니까?"라고 물으니

공자께서 말하기를

"의식을 넉넉하게 해 주어야 한다."

"그 다음에는요?"

"가르쳐야 한다."

공자는 일생을 '배움에 염증내지 않고(學而不厭:학이불염) 남을 가르치는 것에 게으르지 않은(誨人不倦:회인불권)' 자세로 살았으나 첫 번째로 경제력의 향상을 중시하였습니다.

우리나라 속담에 '금강산도 식후경'이란 말과 '광에서 인심 난다'는 말이 있습니다. 우리 민족은 한강의 기적을 이루었고 이제 얼마간의 여유도 생겼으니 지적인 자질을 닦고 문화민족의 후예답게 전통문화의 골간을 계승하고 전승시켜야 합니다. 담수회 회원 여러분들은 그것을 위해 이 자리에 모였습니다.

미국의 문화인류학자이며 하버드대학에서 인류학을 강의했던 '클럭혼'(1905~1960)은 "미숙한 근대화는 전통문화를 죽이지만 성숙한 근대화는 전통문화를 살린다"라고 했습니다.

우리는 오늘날 매우 풍요로움에도 불구하고 뜻있는 이들은 현재를 위기라고 진단하고 있습니다. 전통이 무너지고 새로운 질서가 서지 않는 공백상태, 가치관의 혼돈을 그렇게 진단한 것입니다.

그러면 본론으로 들어가 담수회의 설립 목적인 인·의·예·지·신과 충·효에 대한 현대적 의미와 전통문화와의 관계에 대해 설명하겠습니다.

인仁은 무엇인가요?

인仁은 사람人이 둘이 모여 이룩된 글자이니 두 사람의 관계입니다. 이를 다르게 풀이하면 인人자 옆의 이二자는 하늘과 땅을 가리키는 우주 대자연으로 보아 우주의 중심을 사람으로 보고 사람은 자연과 조화를 이루며 살아가는 존재란 뜻입니다. 결국 인仁은 사람을 가장 중요하게 생각하는 마음입니다. 사람을 중히 여기는 마음을 우리 역사에서 찾아보면 다음과 같다.

첫째, 우리나라의 건국신화에서부터 인간 존중 사상을 볼 수 있습니다.

환웅桓雄+웅녀熊女=단군檀君, 즉 하늘+땅+사람입니다.

한국인은 위기에 처했을 때 '사람 살려 달라'고 외칩니다. 서양 사람은 'Help me' 즉 '자기를 살려 달라'고 합니다. 여기 한국인의 사람에는 공동체 의식이 있고, 서양인들의 Help me에는 개인주의 사상이 배어있습니다. 우리 한국인의 인간관계는 정情이므로 상호보완 관계이고 서양인의 인간관계는 법과 계약입니다.

의사가 환자 입장에서 하는 진료를 인술仁術이라 합니다. 우리나라에서는 부부 싸움을 칼로 물 베기라 하는데 미국은 부부 싸움을 칼로 치즈 베기라 합니다. 우리나라는 문제 해결에 인간적 해결을 앞세우지만 서양인들은 합리주의를 내세워 법으로 해결하려 합니다. 서구인들의 이혼율이 높은 것은 인간적 해결의 부재에 있습니다.

둘째, 자연과 함께 사는 것이 인仁 사상입니다.

사람이 동물과 다른 점은 덕德을 베풀고 정情을 주고받는 마음입니다. 우주만물과 공존하는 삶이 인仁 사상입니다. '인자요산仁者樂山 지자요수知者樂水'란 말도 여기서 나온 것입니다.

우리나라의 고전문학 작품 중 동물을 주인공으로 하는 작품이 많은 것도 자연과의 조화로운 삶을 중시해서인데 이것이 한국인의 인仁 사상입니다. 『별주부전』, 『장끼전』, 『두껍비전』, 『조침문』, 『문방사우』 등이 그것입니다. 감나무의 까치밥은 남을 불쌍하게 여기는 측은지심惻隱之心의 좋은 예입니다.

농자천하지대본農者天下之大本이란 말은 사람, 하늘天, 땅地의 실재를 인간이 조화시키고 실현하는 자라는 뜻입니다. 이것은 동학의 인내천人乃天 사상과도 같은 뜻입니다.

한국인의 여유와 평등사상은 고봉문화에서도 볼 수 있습니다. 우리나라는 예로부터 쌀이나 곡식을 주거나 팔 때 고봉으로 거래했습니다. 됫박에 올라갈 때까지 수북하게 주었습니다. 고봉으로 올라간 쌀은 쌀이라기보다 마음의 여유와 정입니다. 이것이 곧 인仁 사상입니다.

셋째, 우리로 융합되는 한국인의 마음이 인仁 사상입니다.

우리(We, Our)는, 나(I)의 복수입니다. 우리는 나라는 개체 없이 한 데 어울려 있는 복합체를 말합니다. 내가 아니라 하나로 일체화된 나가 우리입니다. 한국인은 체질적으로 서로의 인격을 존중하고 공동운명체로서 함께 살아야 한다는 의식을 자연스럽게 지니게 되었습니다. 이러한 한국인의 마음에 잘 맞는 사상의 바탕인 인仁이 한국인의 윤리 도덕으로 받아들여지게 되었습니다. 우리로 묶는 마음의 끈인 인仁 사상을 전향적으로 받아들여야 할 것입니다. 이것이 담수회가 지향하는 전통사상의 보존과 계승으로 이어져야 합니다.

의義는 무엇인가요?

의義는 올바른 사회 규범을 따르는 마음입니다. 의義는 양羊자와 아我자가 합쳐서 이루어진 글자입니다. 양羊은 무리 지어 사는 짐승입니다. 공동생활에는 반드시 공통되는 질서와 규범이 있습니다. 의義에서 인간관계는 개인 대 개인의 관계라기보다 다수의 사회적 공동체 속에서의 사람의 존재의식이 주로 실천적 측면에서 강조됩니다.

의義의 글자 뜻이 옳을 의, 바를 의입니다. 옳고 바른 것에 마음과 행동이 일치되어 나타나는 것이 의입니다. 의義자가 들어가는 말로 의사義士, 의리義理, 정의正義가 있습니다. 의義는 사람의 개인적 판단이나 기준이 아니라 사회를 이루는 여러 사람들이 공통으로 지닌 옳은 생각이 기준이 됩니다.

공자는 의義를 사람이 이상적인 사회를 이루기 위한 객관적인 규범이라 했습니다. 이러한 객관적 사회생활의 규범을 사람의 도리라고 부를 수 있을 것입니다. 맹자는 '수오지심羞惡之心이 의지단야義之端也'라 했습니다. 스스로의 옳지 못함을 부끄러워할 줄 알고 남의 옳지 못함을 미워하는 사회적 개념이 더 강조되고 보다 이성적인 뜻이 근본이 되어야 한다는 뜻입니다. 그래서 의義자가 들어간 의사義士를 붙일 수 있는 인물은 국가와 민족을 위해 자신을 희생한 사람이어야 합니다. 목숨까지 바치는 희생도 있지만 목숨이 아니라도 자신의 이득과 편리를 버리고 공동의 이익과 남에게 도움이 되는 일에 물질적, 정신적 희생을 하게 됩니다.

양羊은 인류 역사상 사람에게 줄곧 희생되어 왔습니다. 희생양犧牲羊이란 말이 생겨난 이유입니다. 바른 길로 향하는 양羊의 무리에 자신을 일치시키는 일이 곧 의義입니다.

예禮는 무엇인가요?

사회 질서를 지키는 룰rule을 존중하는 마음가짐이 예禮입니다. 오랜 전통과 관습에 의해 형성된 사회 구성원들이 지켜야 할 행동거지가 있는데 이를 예禮라 합니다.

이스라엘 사람들은 유대교에 따른 생활 전통과 윤리의식이 있고 한국인들은 대개 유교에 따른 윤리의식이 있습니다. 어느 국가, 어느 사회, 어느 조직체에도 이와 같은 룰이 존재하는데 이런 것들이 오늘의 예에 속합니다. 회사에는 사풍社風, 사시社是가 있고, 기업에는 기업 문화가 있는데 이런 것들은 모두 예의 범주에 들어갑니다.

예禮가 서 있는 사회는 법이 뒷전이고 예가 없는 사회는 법法이 예禮가 설 자리를 대신합니다. 한국을 비롯한 동양사회는 유교적인 전통사회여서 예禮가 사람의 의식을 지배하고 있습니다. 맹자는 사단칠정에서 사양지심辭讓之心이 예지단야禮之端也라 했습니다. 법法에 의해 질서가 유지되는 나라가 있고 법法 이전에 도덕으로 질서가 잡히는 나라가 있습니다. 법法에 의해 질서가 유지되는 나라일수록 범죄자가 많습니다. 생각해 볼 일입니다.

지智는 무엇입니까?

자기 자신을 닦는 배움이 지智입니다. 맹자는 인仁의 실제는 어버이를 섬기는 효孝이고, 의義의 실제는 형에게 순종하는 제悌이고, 예禮의 실제는 두 가지를 잘 조화시켜 형식에 맞추는 것이라고 했습니다. 지智의 실제는 인仁과 의義의 의미를 이해하는 것이라고 했습니다. 지智는 지식의 섭취를 주로 하는 서구적인 개념의 지식과는 다릅니다. 한 마디로 평생을 통하여 끊임없이 계속되는 자기 자신을 깨닫게 하는 노력입니다. 『논어論語』에 50에 천명을 안다(지천명:知天命)는 뜻이 곧 지智입니다. 천명을 안다는 말은 곧 자기 자신을 안다는 말입니다.

맹자는 시비지심是非之心을 지지단야智之端也라 했습니다.

영국의 철학자 베이컨은 '지식은 힘'이라 했습니다. 지식은 사람이 살아가는 데 필요한 무기이지만 무기를 잘못 쓰면 도리어 자신을 해하듯이 지식도 식자우환識字憂患이라는 말처럼 스스로를 망치는 경우도 많습니다. 진정한 지식은 꾸밈새 없는 순진한 마음에서 솟아나는 것입니다. 진실과 함께 있는 지식이 참다운 지식입니다.

신信은 무엇입니까?

사람을 믿는 마음입니다. 오늘의 우리 사회를 불신사회라고 일컫는 사람이 많습니다. 서로 믿지 못하는 사회를 황량하다고 합니다. 황량하다는 것은 황폐하여 쓸쓸하다는 뜻입니다. 유학에서는 신의信義를 큰 덕목으로 꼽고 있습니다. 어떤 사람이 공자에게 정치의 목표를 물었습니다. 공자는 식량의 충족, 군비의 충족, 사람 사이의 신의를 들었습니다. 그 중 가장 급하지 않은 것이 무엇이냐고 묻자 군비라고 했습니다. 그 다음이 식량이라 했습니다. 그 이유는 사람은 어느 때고 죽는다.

그러나 사람답게 하는 것이 신의이다. 신의가 없으면 이미 죽은 것이나 다름없기 때문이라고 했습니다. 미국은 선진국 사회를 신용사회(credit society)라고 합니다. 그러나 서양 사회의 신용은 법으로 묶여 있는 신용입니다. 법이 신용의 깊이와 질을 좌우하고 있습니다. 그러나 전통문화 속의 우리나라의 신信은 법이 아니라 인간에서 비롯되는 믿음을 말합니다.

신信자는 사람人과 말씀言으로 이루어진 회의문자입니다. 사람人과 언言은 사람의 말信을 가리킵니다. 결국 신信은 사람의 말이라는 뜻을 갖고 있습니다. 신信은 인구人口에서 나왔다고도 합니다. 사람의 입이란 뜻입니다.

사람의 입에서 나온 말이기 때문에 믿을 수 있다는 의미입니다. 말은 곧 믿음입니다.

충忠과 효孝는 무엇입니까?

낳고 길러준 부모와 사회를 위하는 마음입니다. 인간은 태어나면서부터 3가지 은혜를 입습니다. 낳아주고 길러주신 부모의 은혜, 가르쳐준 사회의 은혜, 신체와 재산을 보호해 주는 국가의 은혜입니다.

부모에 대한 은혜 갚음은 효孝이고 (가정)

사회에 대한 은혜 갚음은 봉사奉仕이고 (사회)

국가에 대한 은혜 갚음은 충忠입니다 (국가).

충효일여忠孝一如 또는 효충일여孝忠一如란 말은 여기서 나온 말입니다. 충효에 대한 이야기는 시간 관계로 여기서 줄이겠습니다.

인仁·의義·예禮·지智·신信에 바탕을 둔 담수회가 지향하는 전통문화에 대한 조명은 우리들의 일상생활에서 찾아보았습니다.

담수회 회원 여러분들은 이 시대의 선비들입니다. 여러분들이 해야 할 일들은 옛 선비들의 그것에 비해 결코 적지 않습니다. 담수회 회원 여러분들이 옛 선비정신을 이어 이 지역사회의 미풍과 양속 그리고 올바른 가치관을 정립하고 지키는 중심에 서 있다는 것을 깊이 인식하시고 전통문화의 보존과 시대에 맞는 개선과 발전에 앞장서시기 바랍니다.

조선시대 선비들은 자신의 공부가 어떻게 세상을 위해서 쓰여야 하는지 그리고 세상을 위하여 쓸 수 있는 방법을 고민하였습니다.

담수회의 설립 취지인 인仁·의義·예禮·지智·신信의 전통문화 보존에 크게 공감하면서 강의에 갈음합니다.

독립운동가 류일한과 예천

참 기업인이며 독립운동가인 류일한은 예천인입니다.

이를 검색하기 위해 잠시 류일한의 가계를 살펴보겠습니다.

류일한의 아버지 류기연은 전통적 유교 가정인 경상북도 예천군 지보면 대죽리에서 진주류씨 시조 류정柳挺의 26세손으로 태어났습니다. 류정은 고려시대 최씨 무인정권의 실력자로 벼슬이 상장군에 이르고 진강부원군晉康府院君에 봉해진 최충헌崔忠獻의 외조부이며, 그의 아들 류숙柳淑, 손자 류돈식柳敦植, 증손 류홍림柳洪林, 현손 류부 등 5세가 모두 지금의 진주 부원군에 봉해져 진주류씨가 되었습니다.

고려 무신정권의 실권자 최충헌崔忠獻이 진강후晉康侯에 봉해지고 진주땅을 식읍으로 받았는데 이는 진주류씨의 시조 류정이 바로 최충헌의 외조부인 연고로 외가인 진주를 기반으로 진강후에 봉해지고 진주를 식읍으로 삼은 것입니다.

류정의 7세손 진천군晉川君 류지정柳之淀의 21세손인 류일한은 진주류씨 진천군파입니다. 류지정의 손자 재신공宰臣公 류휘종柳暉宗은 두문동 72현의 한 사람으로 예천군지에 기록되어 있으며, 상주인 문충공 김득배金得培의 사위입니다. 류휘종의 증손자 류유는 호號가 구암龜菴이며 안동김 씨 김계권金係權의 사위입니다. 진주류씨 족보에 의하면 김계권은 안동시 풍천면 소산리素山里로 낙향한 김삼근金三近의 장남이고, 그의 동생이 도승지와 성균관 대사성을 역임하여 널리 알려진 보백당寶白堂 김계행金係行입니다.

김계권은 예천군 용문면 예천권씨 제평공齊平公 권맹손權孟孫의 사위이니 권맹손은 류유의 처외조부가 됩니다. 용문 귀래곡歸來谷에 정착한 변희리邊希李는 류유의 사위입니다. 이런 연고로 류유는 연산군의 난정을 피하여 예천 용문면 구계리로 은거하였습니다.

세조의 두터운 신임으로 많은 불사를 일으킨 유명한 학조대사學祖大師는 김계권의 아들입니다. 류유의 아들은 감찰공監察公 류자담柳自潭이고 류자담의 증손자 둔와공遯窩公 류성춘柳成春이 임진왜란 때 의성으로 피난하였으나 아들 류한柳漢은 용문면 구계리를 떠나지 않고 선영을 지킨 것으로 보입니다.

류성춘·류광춘柳光春은 류일한의 11대조이며 이들 류씨 집안은 안동 구담(당시에는 용궁 구담이었음)에서 퇴계의 직전 제자로 그 학맥을 이은 이름 높은 선비 유일재惟一齋 김언기金彦璣의 문인으로 학문이 크게 일어났으니 류호柳浩, 류종柳淙, 류경번柳景蕃, 류후재柳厚材 등이 모두 예천, 안동지역에서 이름을 떨쳤는데 이중 류후재는 유명한 목재木齋 홍여하洪汝何의 제자이며 류일한의 7대조입니다.

류후재의 아들 류세윤柳世潤은 학문이 높았으나 명리를 떠나 조용히 오직 수기지학修己之學에 몰두했는데 지보면 대죽리에 정착한 것은 이때부터입니다. 류세윤의 아들이 류응화柳應華이고 류응화는 류일한의 5대조입니다. 당시 향방에서 학문으로 이름 높은 죽하竹下 류학수柳學秀는 류일한의 증조부입니다. 이들 류씨 가문의 가풍이라 할까, 특징은 모두 높은 학문의 경지에 이르렀으나 과거에 응시하거나 벼슬길에 나아가는 사람이 별로 없다는 것입니다.

대부분이 문집을 남기고 유일재 김언기, 목재 홍여하, 우헌愚軒 채헌징蔡獻徵 등 이름 있는 선비들과 사제관계를 맺어 문장과 학문으로 이름을 떨쳤습니다. 그 중 서지재捿遲齋 류해종柳海宗, 죽하竹下 류학수柳學秀 등은 류일한의 직계 존속은 아니지만 부항父行과 조항祖行입니다. 이러한 환경에서 자라난 류기연은 구한말 전국을 무대로 행상을 하면서 견문을 넓힌 것으로 보입니다. 고향인 예천군 지보면 대죽리를 언제 떠났는지는 알 수 없으나 그의 부조父祖의 산소가 모두 지보면 대죽리에 있는 것으로 보아 그도 어린 시절을 고향 대죽리에서 보낸 것 같습니다.

류일한은 기업에 친인척을 각별히 거두지 않는 것으로 유명하지만 1950년대 지보 출신 청소년들이 대부분 유한공고 출신이 많고 현재 생존하고 있는 류병두柳炳斗 씨와 류득상柳得相 씨는 지보면 신풍초등학교에 다닐 때 새 학기마다 류일한 사장이 전교생에게 보냈다고 하는 학용품 일체를 몇 번인가 받은 일이 있다고 회고하였습니다.

또 신풍초등학교 교문을 류일한 사장이 세운 것으로 알고 있는데 지금은 폐교가 되어 학교 건물 자체도 없어졌지만 신풍초등학교 후원자 명단에 류일한이 제일 위에 기재된 것도 이 고장 출신인 류일한의 후원이 있었기 때문입니다.

※ 예천읍 갈구리에는 예천 권씨 권맹손의 묘 우측에 류일한의 15대 조부인 류유의 묘가 있습니다. 그리고 풍천면 구담리 하나고개(예천군 호명면 금릉리 경계)에는 진주류씨 구담 세거비가 있습니다.

유학의 전래와 예천지역의 유학자들

2014년 6월 26일
예천문화원

□ 고급문화일수록 국적이 없고 고유함과 독창성이 없다

흔히 미래를 걱정하는 많은 사람들 사이에 국민의 도의는 땅에 떨어지고 국적 없는 문화가 잡초처럼 무성한 가운데 전통문화는 사라지고 있다는 개탄의 목소리가 있는가 하면 다른 한 편에서는 공자왈 맹자왈 하는 유학이 나라를 망쳤다는 주장도 만만치 않습니다. 전통문화라면 유학을 빼놓을 수 없는데 유학에 대한 가치와 인식이 크게 엇갈리고 있습니다. 고급문화일수록 본래 국적이 없고 고유함이나 독창성이 없는 보편적인 인류 공동의 재산입니다.

따라서 불교나 유교가 인도나 중국 것일 수 없고 기독교가 유태인의 것일 수 없다는 것입니다. 문화는 기원이나 출처에 관계없이 그 가치를 이해하고 소유하는 자만이 주인이 될 수 있는 개방된 보고입니다. 그런 점에서 유학을 예천유학 · 안동유학하고 행정구역으로 경계를 삼을 수는 없을 것입니다. 따라서 여기서 말하는 예천유학이란 예천지역 출신 유학자들의 면면을 살펴보고 그들의 학맥이나 학풍을 더듬는 것이야말로 예천의 정체성을 밝히고 자긍심을 높이는 데 도움이 될 것으로 생각하며 이러한 시간을 마련한 것으로 알고 이 자리에 섰습니다.

□ 예천지역에 유학은 언제 어떻게 들어왔는가?

예천에 유학이 언제 도입되었는지 알 수 없지만 유학이 이 지역 전통문화 형성에 크게 자리 잡고 있는 것은 누구도 부인할 수 없을 것입니다. 그렇다면 예천에 유학이 어떤 경로를 거쳐 들어왔는가를 살펴볼 필요가 있을 것입니다.

나는 예천유학의 연원을 고려 중후기의 문인인 임춘林椿의 가계에서 살펴보고자 합니다. 1290년 안향安珦이 연경에서 주자서를 베껴 오기 이전에 임춘은 원주에 있는 권돈례에게 보낸 서신에서 성리철학의 용어를 사용한 것으로 보아 안향 이전에 이미 성리학을 이해하고 있었던 것으로 보이기 때문입니다.

권돈례의 아버지 권적權適은 예종 때 유학생으로 송宋나라 태학에 입학하여 성리학의 원조인 주돈이, 정이, 정호 등의 학문을 접하고 이를 연구한 후 예종 12년(1117)에 귀국하였습니다. 그 후 아들인 권돈례와 임종비의 스승이 되었고 임종비는 조카인 임춘의 스승이 되었으니 임춘과 권돈례는 이미 성리학을 터득한 것으로 보아야 합니다.

의종 24년 무신란(1170)이 일어나 문신들을 도륙하자 권돈례는 난을 피하여 원주에 은거하고 임춘은 남하하여 예천 보문면 옥천에 희문당을 짓고 얼마간 거주했다고 합니다. 그래서 보문 옥천에는 임춘을 배향하는 옥천서원이 있었는데 지금은 예천임씨들이 감천면 덕율로 옮겨 놓았습니다. 임춘이 예천임씨의 시조가 된 연유이기도 합니다.

또 용궁 무이 소천 마을에서 태어난 전원발全元發은 원나라의 과거시험에 장원급제하여 병부상서까지 지냈으며 관직생활을 마치고 공민왕 3년

(1354)에 귀국해서는 무이 성화천에 청원정을 세우고 김득배, 이제현, 김구용 등 당대의 석학들과 교류하였습니다.

또 고려말 전원발과 함께 빼놓을 수 없는 인물은 유천 출신의 권한공입니다. 이제현과 쌍벽을 이룬 권한공은 안동권씨 복야공 권수홍의 증손자입니다. 충선왕이 왕위에서 물러난 후 원나라 수도 연경에 만권당을 세우고 권한공으로 하여금 이제현과 함께 원나라 대학자 염복, 조맹부 등과 교류하게 하였으니 권한공은 고려 제일의 석학이라 해도 지나침이 없을 것입니다. 다만 심양왕의 반란에 연루되어 역사의 전면에서 사라진 것일 뿐입니다.

그의 장남 권중달은 이색의 장인이고 둘째 아들 권중화는 조선 태종 때 영의정에 올랐습니다. 그리고 손자 권계용은 고려의 뛰어난 유학자 졸옹 최해의 사위였으며, 춘정春亭 변계량卞季良은 권계용의 사위였으니 고려말 조선 초기 유학 흐름의 중심이 예천으로 집중되었음을 알 수 있습니다.

□ 의리와 대의를 중시한 사림의 전신인 퇴계 이전의 예천 유학

조령과 죽령이 서북쪽을 가로 막고 낙동강이 동남쪽을 흘러내리는 천혜의 은둔지인 예천은 안전을 찾고 절의를 지키려는 선비들이 은신처로 택하는 경우가 많았습니다. 그들은 대개 예천에 정착하면서 입향조가 되었고 그 후손들이 세거하면서 큰 문중을 형성하였습니다. 특히 고려와 조선왕조의 교체기에 신왕조에 참여하지 않은 고려의 절의신과 신왕조인 조선 개국에 참여하는 공신들로 크게 나누어지는데, 고려왕조의 절의신으로는 김저(보문 미호), 안준(개포 경진), 권초(지보 대죽) 등이 대표적입니다. 신왕조

(조선)에 참여한 공신으로는 조용·윤상·권중화 등이 대표적입니다.

퇴계 이전 영남지역에는 정몽주-조용-윤상-김숙자-김종직-권오복 등으로 이어지는 예천 중심의 학맥이 있고, 사림파의 원고장인 선산에는 정몽주-길재-김숙자-김종직-김굉필-조광조로 이어지는 사림파의 정통 학맥이 있었습니다. 이와 같이 사림파의 조종인 김종직은 길재의 재전 제자이며, 또 윤상의 재전 제자이기도 합니다. 그렇기 때문에 김종직은 예천과 선산을 아우르는 영남사림의 종장이 된 것입니다.

개포의 쌍괴헌 신수, 용문의 졸재 권오기, 수헌 권오복, 호명의 반농재 이광, 용문 하금의 세촌 이문좌 등은 모두 점필재 김종직의 제자입니다. 감천 문씨인 용궁의 옥계 문근, 죽계 문관과 용문의 야옹 권의 등은 모두 조광조의 제자입니다. 특히 기묘명현 8명 중 용문의 우암 권장, 용궁의 성와 안찬, 연경당 이구 등 예천인이 3명이나 됩니다.

이와 같이 퇴계 이전에 있었던 예천지역의 선비들은 의리와 대의를 중시한 사림파의 전신이라 할 수 있습니다. 그런데 무오사화로 권오복이 처형되고 이문좌가 31세로 요절하고 또 신수, 이광 등이 연산군의 난정을 피하여 은거함으로써 사림파의 전신인 예천유학은 더 이상 진전될 수 없이 끊기고 말았습니다.

16세기에 이르러 조선 유학의 쌍벽인 퇴계와 율곡이 출현하여 조선 유학의 양대산맥을 이루어 성리학의 이론적 탐구가 심화되었으니 이른바 주리설과 주기설입니다.

예천유학의 특성과 전통문화

2022년 11월 8일
예천박물관·예천아카데미

16세기 이후 예천유학은 퇴계학 일색이었는데 이는 지리적으로 퇴계의 본향인 예안과 예천은 가까운 이웃이란 점도 있지만 퇴계의 외가가 예천이란 상징성이 보여주듯이 대개 혼반으로 학맥이 이루어지고 있습니다. 예천 지역 퇴계의 적전嫡傳 문인들을 살펴보면 토성인 예천 권씨 권문해와 용궁 전씨 전찬을 제외한 대부분의 제자들은 혼반으로 엮이어 왔습니다.

그런 까닭인지 예천은 퇴계학과 관련된 이론적 업적이 탁월한 사람이나 독자적인 예천지역 학맥을 형성하지는 못한 것 같습니다. 퇴계의 문인으로 권문해, 정탁 등은 두드러진 인물이지만 그들을 중심으로 이루어진 사승관계는 이어지지 않습니다. 퇴계학맥은 행정구역 변화에 따라 그 학맥의 전파도 크게 양분되었습니다. 낙동강을 경계로 강 동쪽을 좌도, 서쪽을 우도로 구분하였습니다. 이 좌도와 우도는 전국을 13도로 나눌 때까지 지속되었습니다. 이는 단순한 지역경계만이 아니라 학맥이나 혈연, 지연이 섞인 혼반으로 형성되는 예의와 풍속 습관까지 분류됩니다.

예천, 영주, 풍기는 낙동강 오른쪽에 있으면서도 좌도로 분류되는 것은 이 지역이 안동부에 속했기 때문입니다. 그러나 용궁은 상주 관할이므로 우도로 분류됩니다. 그래서 안동 관할은 학봉파가 상주 관할은 서애파가 우세합니다. 이는 안동 북부지역에는 학봉학파가 안동 서남부 지역에서는 서애학파가 우세한 데 따른 결과입니다.

그런데 용문의 경우 금당실 함양 박 씨는 대개 서애학파로 기울고 맛질의 안동 권씨, 의성 김씨 등은 학봉파입니다. 같은 함양 박씨면서도 맛질에 세거하는 함양 박씨는 학봉파에 기울고 있는데 이는 대개 혼반에 따라 그렇게 된 것으로 분석됩니다. 퇴계의 제자로 예천지역을 대표할 수 있는 인물은 초간 권문해와 약포 정탁일 것입니다.

권문해는 정탁, 율곡栗谷 이이李珥:1536~1584, 이열도李閱道:1538~1591 등과 동시대의 인물입니다. 그는 그의 종조부 권오복이 강직하고 절의가 뛰어난 사관이었으나 무오사화 때 처형되었음을 매우 원통하게 생각하여 평소에 그의 종조부 이야기가 나오면 비분강개하여 눈물을 흘리기까지 했다고 합니다.

그는 또 개방적인 학풍과 인간관계로 화담 서경덕徐敬德:1489~1546의 제자인 허엽許曄:1517~1580의 가르침을 받기도 하고 허엽의 제자임을 자처하였습니다. 서경덕과 허엽은 퇴계와 다른 기철학사상의 면모를 보였던 점으로 보아 권문해는 매우 개방적인 학풍을 지녔음을 알 수 있습니다. 초간 권문해의 개방적 학풍과 삶의 태도는 폭넓은 인간관계를 갖게 되었습니다.

그는 동인이면서도 서인에 대해 무조건적인 비판보다 합리적인 태도를 취했으며, 당시 양명학에 깊은 관심을 가진 승려 휴정西山大師:1580~1604과의 친교로 이단아 취급을 받던 노수신盧守愼:1515~1590과도 가까이 지냈으며 율곡 이이의 동생 이우李瑀:1542~1609와도 친밀한 관계를 유지했습니다. 특히 천민 출신인 서기徐起:1523~1591와 가까이 지내면서 뛰어난 학문으로도 신분적인 한계로 자신의 뜻을 펼치지 못했던 그를 가슴 아파하며 그의 재주를 안타까워한 휴머니스트였습니다.

약포 정탁은 너무나 많이 알려진 인물입니다. 본관은 청주, 약포는 호입니다. 예천 용문에서 출생하여 안동에서 공부하고 처향인 고평에서 삶을 마감한 예천인입니다. 정약포는 현실적이고 실용적인 학문에 능하여 경사經史는 물론 천문, 지리, 음양, 복서, 병법에 능한 당대의 지식인이었습니다. 그는 학문적으로 두루 통달하여 서애 류성룡, 소재 노수신과 함께 학문과 경륜이 최고봉인 영남 3대가로 칭송받았습니다.

정약포는 조정에서나 개인적인 대인관계에서 온화한 인품을 드러냈지만 직무와 관련해서는 매우 강직하고 엄격하여 교서관 당직 때 문정왕후文定王后의 청을 거절한 일화는 너무나 유명합니다. 임진왜란 때 이순신, 곽재우郭再祐:1552~1649, 김덕령金德齡:1567~1596, 사명대사四溟大師:1544~1610 등을 구명하는 운동에 앞장섰습니다. 그러나 퇴계의 적전제자인 권초간이나 정약포는 뛰어난 선비로서 성리학자로서의 참모습을 보였으나 사승관계로 이어지는 후학이 알려지지 않습니다.

퇴계학은 초간 권문해와 약포 정탁 이외에도 월천月川 조목趙穆:1524~1606, 서애西厓 류성룡柳成龍:1542~1607, 학봉鶴峰 김성일金誠一:1538~1593에 의해서도 예천지역에 크게 전파되었습니다. 초간과 약포 이후 예천유학은 대개 가학으로 전승되었기 때문에 개방적이지 못하고 성리의 이론보다 효제의 실천이 큰 줄기를 이루게 되었습니다. 이는 예천 성리학의 큰 특징 가운데 하나로 볼 수 있습니다.

그러면 예천에 가학이 주류를 이룬 배경은 무엇일까요?

첫째로 우선 경제적 이유를 들고 싶습니다. 예천은 물산이 풍부한 곳이 아닌 데다가 경제구조는 자급자족의 형태이어서 멀리까지 유학을 보내거나 스승을 모셔 사승관계를 맺기가 부담스러웠을 것입니다. 넓은 들을 낀 마을에 학자들이 많이 배출된 것은 이를 증명하는 사례가 될 것입니다.

둘째 예천은 천혜의 은둔지여서 토성 이외에 이주민들은 대개 환란이나 정치적 은둔처로 정착하거나 처사형의 은사隱士들이 임천林泉을 즐기며 현실을 피하기 위해 정착하는 경우가 대부분이었습니다. 이 지역의 토성인 용궁의 전全, 김金, 박朴 씨나 예천의 임林, 윤尹, 권權 씨 등도 고려왕조 때는 세를 누렸으나 조선조에 와서 윤 씨와 권 씨 이외에는 거의 은둔에 가까웠으므로 주변과 활발한 교류가 없었고 지역학계를 이끌만한 세력 형성에 능동적으로 나서지 않았던 점이 가학에 머물 수밖에 없었던 것으로 보입니다. 다만 외래의 이주민은 대개 외가이거나 처향으로 예천지역에 정착하면서 지역의 토착세력과 공존하는 경우가 대부분이어서 그 학문적 기반 역시 가학일 수밖에 없었던 것으로 보입니다.

이와 같이 예천지역의 유학은 대개 가학으로 전승되었습니다. 가학이 중심이 된 예천지역 성리학의 전통은 앞에서 잠깐 언급했지만, 첫 번째 이理와 기氣의 성리이론보다 효제孝悌와 충의忠義의 실천 윤리가 전통으로 자리잡고 있습니다. 즉 가학의 바탕 위에서 효행을 실천하는 사례는 예천지역 어느 가문에서나 쉽게 확인할 수 있습니다.

두 번째 예천지역 사람들의 애향심은 각별한 면이 있습니다. 지금도 예천인들이 모인 향우회 조직이 유별난 것도 그냥 우연히 그렇게 된 것은 아닐 것입니다. 이 역시 고려조 이래의 토착민과 고려 말과 조선 초에 어지러운 정국을 피하여 예천을 은둔지로 택한 이주민 사이에 일어난 공존의식과 융합정신이 남긴 전통일 것입니다. 흔히 예천을 제2의 개성이라고 합니다. 이는 예천이 개성만큼이나 단결력이 있고 자부심이 강하다는 뜻입니다. 일제 때 일본 상인이 발을 못 붙인 유일한 곳이기도 합니다.

세 번째 천혜의 은둔지인 예천은 은둔으로 정착한 분들이 입향조가 되어 큰 문중이 형성된 경우가 많습니다. 은둔은 대개 불의한 권력과 타협하지 않는 올곧은 선비정신을 가진 이들이 세상과 인연을 끊기 위해 택한 장소입니다. 이들이 불의한 시대상황을 극복하는 수단은 학문정진과 자기 수양이므로 학문과 효행이 지속적으로 이어지는 예천유학의 전통으로 자리 잡게 되었다고 생각됩니다.

유학이 본래 이론과 실천의 합일을 목표로 하기 때문에 이론적 논변에 갇히는 것보다 성리학적 가르침을 삶의 구체적 장소에서 실천하는 것, 이것이 보다 바람직한 학문자세가 아닌가 생각됩니다. 그러한 학문이 수기지학으로 이어져 절의와 효제로 나타난 것이 예천유학의 특징이라고 해도 무리는 아닐 것입니다. 예천지역의 유자들은 내면적 수양과 사회적 실천을 통해 유학을 실용학문으로 승화시키는 경향이 강하다는 것으로 예천유학의 특성을 규정하고자 합니다.

제2부

신문 · 잡지 등 기고문

제1장 정치

정치란 사회생활을 하는 중에 발생하는 사람들 사이의 의견 차이나 갈등을 해결하기 위해 균형과 조화를 맞춰가는 행위이다.
빈부의 격차, 대기업과 중소기업의 갈등, 1차 산업과 2차 산업의 조화, 세대간의 정책균형이 그 생명이다.
그러므로 정치인은 대중을 대할 때 정직한 마음, 강직한 마음, 유화한 마음을 가져야 한다.
이것이 정치인이 갖추어야 할 삼덕三德이다.

부패정치인 퇴출해야

1998년 9월 24일
서울신문

정치하는 사람이라면 무조건 불신하는 풍조가 있다. 이는 우연히 생겨난 일이 아니다. 국세청장과 차장까지 동원하여 정치자금을 조성했으면 경위야 어떻든 우선 국민들에게 사과부터 해야 한다. 부끄러움을 알고 자숙해야 한다.

그 후에 당 차원에서의 진상 규명이 공당의 태도일 것이다. 모두 똑같은데 왜 나만 잡아가느냐. 그래서 나만 억울하다고 생각해서 국회의원들은 갖은 추태를 부리는 모양이다. 그러나 이는 소인배의 시비이지 정치 지도자의 길이 아니다.

표적수사 시비나 억울함은 여론으로 형성되는 것이지 당사자들이 목청을 높여 말할 것이 아니다. 더욱이 임시국회까지 이용하고, 지역감정까지 악용하고 있으니 이는 나라야 어찌되건 제 몸만 보호하려는 비열하고도 오만한 행위로밖에 비치지 않는다.

배고픈 백성이 밥 한 그릇을 무전취식해도 유치장 신세이고 단돈 만 원을 훔쳐도 벌을 받는다. 그런데 수천만 원, 혹은 억대의 돈을 받고도 이를 눈감아주지 않는다고 대가성이 있느니 없느니 자기변명만 내세우는 것은 참으로 부끄러운 일이다. 국회의원과 사람이 물에 빠지면 강물이 오염되기 전에 국회의원부터 건져야 한다는 항간의 유행어가 웃기자고만 하는 이야기는 아닌 것 같다.

여야를 막론하고 정당의 모습이 당당해져야 한다. 늘 질서를 파괴하고 기강을 무너뜨리며, 성실하고 정직한 삶을 누리는 선량한 백성들의 생활 리듬을 깨뜨리는 자들은 정치권력을 가진 사람들이었고 특권 의식에 사로잡힌 이른바 힘 있는 자들이었다. 이제 그런 정치인들은 퇴출되어야 한다. 그래야 나라가 바로 서고 경제 질서가 잡힌다.

공권력이 부정부패를 척결하고 범죄를 다스리는 데 추상같은 힘을 보여야 한다. 여기에 무슨 시한이 있고 여야가 있겠는가. 경제 살리기가 더 급하다는 그릇된 주장을 내세우며 부정부패 척결을 그만두자는 일부 지식인과 언론인들의 주장이야말로 가치관을 혼돈시키고 역사를 그르치는 것이다.

또한 국회의원의 회기 중 불체포특권이란 국회의원들에게 옳은 일을 하라는 방패막이지 결코 범죄 행위를 엄폐하라는 보호막은 아니다. 지금 국민들은 소신 있고 애국하는 용기 있는 정치인을 원한다. 당리당략과 아전인수격의 정치 논리에 신물을 느끼고 있다. 나라를 위하는 일에 여야가 있을 수 없고 부정부패를 도려내는 데 공감하지 않을 사람이 없다고 한다면 무엇 때문에 이전투구인가. 국회의원다운 국회의원을 보고 싶다.

농공병진과 이농離農

1981년 7월11일
조선일보 독자논단

얼마 전 이농離農에 따른 농촌 인구의 감소현상에 대한 당국자의 국회 답변과 하곡夏穀 수매 가격산정은 식량의 자급자족을 염원하는 온 국민의 바람과 농민들의 생산 의욕을 외면한 것이라고 생각한다. 더구나 농촌 인구의 감소현상을 공업화 기계화에 따른 바람직한 정도正道라고 인식하는 정책 당국자의 견해는 현실과 너무나 동떨어진 생각이다.

또 농업 인구를 더욱더 줄여서 점차적으로 일본, 덴마크, 서독, 미국 등 선진 대열의 수준으로까지 끌어올려야 한다는 6월 27일자 본보 독자논단에 실린 송사일 씨의 논단은 지극히 원론적인 진단일 뿐 농촌의 이농현상을 깊이 관찰하지 못하고 있다. 이는 서구의 근대화 과정에 나타난 역사의 변천과정을 원용한 탁상공론에 불과하다.

필자는 학문적 차원이나 이론이야 부족하지만 뭐니뭐니 해도 직접 농사를 짓는 농민으로서 농촌 문제를 직감적으로 가장 잘 알고 실제 피부로 느낀다는 점에서 서툴게나마 농민으로서 몇 가지 소견을 지적코자 한다.

현재 농촌의 이농현상은 기계화에 밀리는 농업 노동자이거나 또 급격한 공업화에 따르는 공업 인구로서의 흡수되는 이농현상이 아니다. 농사로서는 자녀들의 교육은 물론 인간다운 최저 생활의 보장이 어렵다는 절망감 때문이다. 뿐만 아니라 앞으로의 희망이 전혀 보이지 않는 농촌 현실이 젊은이들로 하여금 영농을 기피하게 하는 첫째 원인이다.

저곡가정책(?) 및 적정가격선을 유지하지 못하는 만성적인 수지불균형의 적자가계가 소농적인 영세성을 탈피할 수 없다는 좌절감이 둘째 요인이다.

셋째, 외미 도입 및 수입에 의한 농산물의 국내가격 조정이 기업 영농과 생산 의욕을 감퇴시키고 있다.

한 마디로 농정에 대한 기대나 농촌 생활에 비전이 없는 상태에서 농민들은 자가 노동을 보상할 만한 작물 선택과 영농 지원을 받지 못하고 있는 실정이다.

얼마 전에 발표된 하곡수매夏穀收買 가격만 하더라도 가마당 생산원가 27,169원에다 생산 장려비 2,531원을 더 얹어 준 29,700원으로 책정됨으로써 전년도에 비해 12.5%를 인상시켰다고 한다. 그 부당한 가격 인상률을 지적하기 위한 비료 및 물가지수를 일일이 열거할 필요도 없다.

다만 생산원가 계산의 벌크라인을 몇%선으로 잡았는지 모르겠으나 27,169원의 원가 산출에 자가 노임 및 출하 포장비 그리고 출하 당일의 노임 등이 어떻게 계산되었는지도 의문이다.

어쨌든 식량의 자급자족이란 큰 목표를 달성하기 위해서는 보리 증산과 선용이 절대적이란 점은 모두 공감할 것이다. 양특적자를 내세워 농민들의 보리 재배에 충분한 수익 보장을 해 주지 못한다면 양특적자와는 비교도 안 되는 외미 도입의 적자는 어쩌자는 것인가.

식량의 자급자족은 국가안보 차원에서나 안정의 측면에서도 초미의 급선무이다. 더구나 식량 무기화의 조짐은 언제나 상존하는 것이 국제관계 아닌가. 언제까지나 값싼 외미에만 식량안보를 기대할 수는 없지 않는가? 2차 대전 후 주곡 자급을 목표로 한 일본이 연간 30억 엔 이상의 적자를 감수하면서 끝내 식량자급정책을 밀고 나간 것은 타산지석他山之石이 아닐 수 없다.

한 나라의 경제가 자립체제를 갖추는 데 산업 구조면에서의 농공병진은 필수적이다. 자원의 형태나 입지 조건이 다소 불리하더라도 기간산업을 비롯한 어느 정도의 공업 발전이 필요한 것처럼 어느 정도의 농업 발전 또한 필요한 것이다. 당면 한국의 농업문제는 기계화에 의한 농업 인구의 감소로 영세농을 기업농으로 육성시킴이 중요할지도 모른다.

그러나 보다 중요한 것은 수익보장에 의한 생산 의욕의 고취와 식량의 자급자족이다. 식량 증산의 급선무는 품종개량, 병충해 구제 및 도로, 도시의 광역화와 공장부지의 확장에 의한 절대 농지의 감소 방지이다. 그리고 기계화에 선행되어야 할 경지정리와 유휴 토지의 활용 등 생산기술의 과학화와 농산물 가격의 적정선 유지이다.

이러한 것들이 이루어지지 않는 상태에서 농촌 인구의 감소현상은 결코 바람직한 일이라 할 수 없다. 문제는 농촌의 현실을 바탕으로 보다 심각하게 받아들여져야 한다. 벼, 보리 등 주곡 생산의 수익 보장이 이루어지지 않는 상태에서 일부 지역의 특수 작물이나 고등 소채 재배에 의한 높은 수익을 전체 일반 농가의 수익향상으로 봐서는 안 된다.

또 그 특수작물이나 고등 소채의 재배 및 기술 보급을 일반 농가의 재배 및 기술 보급의 목표로 삼아 농가 수익을 꾀한다면 식량의 자급자족이란 측면에서는 큰 불행이다. 뿐만 아니라 과잉 생산에 의한 수익 보장은 무산되고 말 것이다.

영농營農의 수익성이 다소라도 보장되는 상태에서 상대적인 수익 우위의 비교에 의한 전직轉職이나 이농離農이라면 경지 면적의 영세성을 탈피하고 기업농으로서의 도약을 위한 바람직한 일이 아닐 수 없다.

그러나 이농민離農民이 남긴 토지가 유휴 토지로 남아 있는 농촌 실정을 감안한다면 이는 결코 바람직한 농업인구의 감소가 아닌 것이다. 현재의 이농과 생산 의욕의 감퇴 및 영농에의 회의는 식량의 절대 생산량과도 직결되어 있기에 더욱더 큰 문제인 것이다.

이러한 점을 고려하지 않고 농촌인구의 감소현상을 근대화나 공업화 및 선진국에로의 진행과정이라고 미화하거나 정당화할 수는 없는 것이다.

추곡 수매가 올려야

1981년 10월 20일
조선일보

연초의 가뭄 극복에 보인 국민의 깊은 관심과 피나는 노력은 도농都農이나 직업, 노소의 구별이 없는 한결같은 소망이었다. 이는 3년간의 흉작이 가져온 심각한 식량난이 사회불안과 경제불안의 결정적 요인이었음을 체험했기 때문에 더욱 간절했을 것이다. 더구나 작년도의 마이너스 성장기록의 뼈아픈 상흔은 풍년을 기원하는 국민의지가 총화總和로까지 승화되었다. 이 같은 상황 속에서 농민들의 피와 땀 그리고 온 행정력과 국민의지의 결집이 이앙기移秧期의 한해를 극복케 하였다. 다행히 태풍 '애그니스'의 앙칼진 도전도 온 국민이 바라는 풍년에의 강한 집념을 꺾지 못하고 사상 보기 드문 풍요로운 가을을 가져오게 했다.

더구나 금년 가을은 벼농사뿐만 아니라 전곡田穀과 과일에 이르기까지 풍요롭지 않은 것이 없는 해이다. 그러나 우리 농민들은 아직도 풍년을 속단할 수 없는 또 하나의 풍년 관문이 남아 있다. 이른바 농산물의 가격문제이다. 농가 소득은 곡물가와 직결되어 있고 곡물가의 대종은 벼 수매가이다. 이는 벼 수매가가 시장가격을 선도하기 때문에 전 농가의 관심은 여기에 집중되어 있는 것이다. 따라서 농가의 풍흉豊凶은 최종적으로 여기에 달려 있는 것이다.

광공업은 기업과의 결합으로 독점가격을 확보하여 제품생산을 수지收支에 맞추어 조절한다. 그리고 스스로 가격 형성에 주체가 되지만 농업생산물은 소규모적이며 분산적인 데다가 수확체감의 법칙까지 작용한다. 이러한 데다가 협상가격차鋏狀價格差:독점가격과 비독점가격의 차이, 농산물 가격과 공산물 가격과의 차이는 나날이 늘어가지만 생산의 주체인 농민들은 가격결정에 있어서 수지와 타산이 무시된 채 속수무책의 자세로 처분만 바라고 있는 실정이다.

작금에 지상을 오르내리는 미가米價의 계속되는 하락과 KDI(한국개발연구원)가 건의했다는 추곡수매가와 임금의 10% 상한 인상률은 진인사盡人事 대천명待天命하고 있던 농민들에게는 너무나 큰 실망과 충격이 아닐 수 없다. 벌써부터 산지의 사과 값은 130~140개들이 한 상자에 1500~2000원 선에 거래되어 농약 값도 안 된다는 푸념과 사과나무를 베어 버려야겠다는 장탄식이 나오고 있는 실정이다.

뿐만 아니라 1979년도에 돼지, 마늘 등의 과잉 생산이 빚은 뼈아픈 체험을 가진 농민들은 흉년 못지않게 풍년을 걱정하고 있다. 얼마 전에 어느 양돈업자의 말이 "지금 양돈업이 그런대로 타산이 맞으니 이만할 때 아예 업종을 바꾸든지 돼지를 팔아 버려야지 불안해서 못 기르겠다" 는 말을 하는 것을 들은 적이 있다. 이 얼마나 안타까운 농정부재의 현상인가. 언제 어느 때이고 농민은 생산에만 몰두하고 정부나 농협 축협에서는 이 생산물에 대한 적정 가격선을 보장해 주어야 생산의욕이 고취되고 식량의 자급자족과 육류의 자급이 기약될 수 있을 것이다.

지금 우리나라의 당면 과제는 자립경제와 자주국방일 것이다. 자립경제의 최우선 순위는 식량의 자급자족이다. 식량의 자급자족은 벼와 보리 증산으로 가능하며 벼와 보리의 증산은 하곡(보리)과 추곡(벼) 수매가의 적정가격으로 농민들에게 수지를 맞추게 하는 것보다 더 좋은 방법은 없다. KDI가 건의한 10% 인상설과 300만 섬 매입설은 물가안정이란 눈앞의 목표에만 급급하여 식량증산이나 농가소득 등을 전혀 고려하지 않는 농민에 대한 가혹한 희생이며 농업기반을 전면적으로 뒤흔들어 버리는 처사가 아닐 수 없다. 사실 현재의 추곡매입가는 저미가정책으로 책정된 75년도를 기준으로 매년 20~25% 정도로 인상되어 온 것으로 알고 있다. 이와 같이 기준연도의 가격책정조차 미흡한 상태인 데다 다른 물가의 상승률은 그만두고라도 비료나 노임의 상승률도 못 미치는 10% 인상 운운함은 언어도단이다.

정부는 언필칭言必稱 양특적자糧特赤字와 물가상승을 내세워 농민들에게 희생을 강요하는 수매가를 책정하지만 양특적자는 한 마디로 농민을 위한 적자가 아닐 뿐 아니라 양특이란 별도의 계정을 설정하여 그 적자를 생산자인 농민에게만 뒤집어 씌우므로 농민에겐 아무런 설득력도 없는 것이다. 또 이르기를 국제시세를 들먹여 외미가와 곧잘 비교하려 들지만 집약 영세농인 우리의 입장을 조방 기업농과 비교하여 농가 수지를 외면한 채 싼 외미 도입을 주장한다면 식량의 자급자족은 백년하청이 아닐 수 없다. 식량의 자급자족은 안보적 차원에서나 사회안정적 차원에서도 기필코 달성해야 될 당면과제이다. 이와 같은 우리의 처지를 감안하고 식량증산의 조기달성과 농업기반을 확충하기 위해서는 적정가격이 아닌 물가변동에 비례해서 측정하는 이른바 패리티 가격으로 책정되어야 함이 솔직한 농민의 심정이요, 주장인 것이다.

16대 국회가 대통령을 탄핵할 도덕성을 갖췄나?

2004년 3월 11일
한겨레신문

국회의 대통령 탄핵 움직임을 보고 과연 16대 국회가 대통령을 탄핵할 수 있는 도덕성과 정당성을 갖추고 있는가. 또 정치인인 대통령의 지지정당 발언이 탄핵사유가 되는 것인지도 의심스럽다.

지금까지 16대 국회의 행태는 거론할 가치조차 없지만 탄핵운운은 최소한의 도덕성과 염치도 보이지 않는다. 친일규명특별법안을 누더기로 만든 것이라든가, 4당 합의로 정개특위에서 만든 선거구획정(안)을 국회 회기 종료를 불과 20분 전에 수정안을 제출한 그들에게서는 최소한의 정치도의도 보이지 않는다. 오만방자한 대통령의 버릇을 고치겠다고 호언하는 근엄한 야당대표의 표정에서 오히려 더 오만한 의회권력의 방자함을 느끼게 된다. 적어도 대통령을 탄핵하려면 모든 사람이 공감할 수 있는 위법사항이어야 한다. 선거법을 위반한 최초의 대통령이란 표현도 지나치다. 오히려 선관위가 과거에는 엄두도 못 낼 권위의 상징인 대통령에게까지 처음으로 경고할 수 있었다고 해야 할 것이다. 그런 점에서 민주주의 발전에 희망을 걸어 보고 싶다. 지금 가장 시급한 것은 대통령 탄핵이 아니라 정치공해를 없애는 일이다. 정치공해의 으뜸은 정경유착이고 정경유착은 표를 따라다니는 소신 없는 정치인에 비하여 확고한 정치철학과 정책을 가지고 표를 모으려는 정치 지도자가 드물기 때문이다. 정경유착의 고리를 끊으려면 불법 정치자금을 근절시켜야 한다. 언필칭 경제발전을 내세우며 불법 대선자금 수사를 우려하는 이들이 많다. 이것도 불법의 당사자인 정치인들이 주장해서는 안 된다. 지난 정권 하에서 경제발전을 내세우며 민주화를 유보하는 데 앞장섰던 정치인들이 아직도 많이 있다. 그러면서도 그들은 경제를 살려야 한다는 명분의 뒷전에서 검은 주머니를 차고 온갖 권세와 치부를 누리지 않았는가. 그들은 아직까지도 그 시절, 그때의 논리를 내세우며 특권을 누리려는 데 혈안이 되어 있다.

정치공해를 없애려면 정치권에 구조조정이 가장 긴요하다. 그들은 지금까지 스스로 개혁을 하겠다고 구두선처럼 외고 다녔지만 그들에게서 정치개혁을 바라는 것은 연목구어緣木求魚라는 것을 16대 국회가 가장 극명하게 보여주었다. 또 선거구획정(안)에 대한 떳떳하지 못한 수정(안) 제안과 당리당략의 잣대만으로 이합집산하는 정당의 작태는 정상배의 개념을 정의한 듯한 느낌이 든다. 방탄국회, 부패국회로 오명을 남긴 16대 국회는 대통령 탄핵으로 국면전환을 바라기 전에 당리당략에서 빨리 벗어나야 한다.

새도 죽을 때는 그 소리가 처량하고 사람이 임종할 때는 그 말이 선한 법이라고 했다. 어째서 16대 국회는 마지막까지 오명에 오명을 덧칠하려는가. 지금이야말로 여야정치인이 환골탈태할 수 있는 절호의 기회이다. 언제 이 나라의 검찰이 여야정치 실세들이나 청와대에까지 칼날을 댈 수 있었던가. 여야정치인은 이 위기를 기회로 삼아야 한다. 모든 정당은 당리당략의 도당적인 작태를 버리고 공당으로서 국민 앞에 떳떳해야 한다. 민족과 역사 앞에 진지하고 정정당당한 모습을 보여주어야 한다. 그래서 정치인들이 존경받는 사회가 되어야 사회질서가 서게 된다. 16대 국회가 끝맺음만이라도 잘했으면 한다.

목민관이 되려면

■ ■ ■

2021년 7월15일
예천신문

내년 6월 지방자치단체장 선거를 앞두고 자천, 타천의 후보자 이름이 지역신문에 자주 오르내리고 있다. 이들 시장·군수를 조선시대에는 목민관牧民官 혹은 수령守令이라 하였다. 서울의 각 관아에 근무하는 관리를 경관京官이라 하는데 이들 경관과 목민관은 큰 차이가 있다. 경관은 맡은 바 임무에 국한해서 일처리만 잘하면 된다. 혹 잘못되어도 해당 업무에 한정될 뿐이다. 그러나 지방관인 수령은 지역의 민생을 챙기고 지역민을 다스리는데 필요한 만 가지 일을 직접 처리하는 자리이다. 민생을 돌보고 기른다는 뜻에서 목민관, 지역민을 다스린다는 뜻으로 수령이라 하고 이들에게 붙여진 호칭은 관직명이 아닌 영감令監이었다.

조선시대에 뛰어난 실학자 다산茶山 정약용丁若鏞은 이들이 꼭 알고 지켜야 할 목민의 경전經典이라 할 수 있는 『목민심서牧民心書』를 남겼다. 한때 정부에서는 이 책을 공무원들의 필독 서적으로 권장하기도 했었다. 베트남의 국부로 추앙받는 호찌민 호지명: 胡志明이 이 책으로 공부를 하고 경륜을 쌓았다 해서 더욱 유명해졌다. 다산이 이 책을 심서心書라 한 것은 목민할 마음은 있었지만 스스로 목민관이 되어 할 수 있는 기회가 없었기 때문에 실서實書가 아닌 심서心書라 한 것이다. 다산은 이 책머리에서 다른 벼슬은 구해도 괜찮지만 목민의 벼슬은 구해서는 안 된다고 했다.

수령은 한 가지 재주나 품성이 좋은 것만으로도 부족하고, 덕이 있어도 위엄이 없으면 그 직을 제대로 수행할 수 없다. 일을 처리하고 싶어도 지혜와 학식(행정력)이 밝지 않으면 제대로 할 수 없는 것이 또한 목민의 벼슬자리라고 했다. 특히 목민관은 상관上官으로서 본인보다 지역 사정과 업무에 더 밝은 아랫사람을 부리는 일이 일상사이기 때문에 넓은 정보력과 정확한 분석력이 있어야 한다.

위엄을 갖추려면 청렴이 전제되어야 하고 지역민으로부터 신뢰를 얻으려면 신의와 성실성이 돋보여야 하고 또 수신제가修身齊家하고 공명정대함이 있어야 한다. 그런 자리이기 때문에 목민의 자리는 쉽게 얻으려 해서는 안 된다는 것이다. 다산은 어릴 때부터 목민관이었던 아버지 정재원丁載遠을 따라 여러 고을에서 목민의 견문을 넓히었다.

정재원은 1780년 6월부터 그해 12월까지 예천고을 원으로도 재직하였다. 이때 정약용은 아버지를 따라 예천에 머물렀는데 그의 나이 18세 때였다. 그는 후에 예천을 추로지향鄒魯之鄕이라 했다.

예천지역은 공맹사상이 투철하고 인의仁義와 효제孝悌에 밝다는 뜻일 것이다. 예천인들은 지금도 다산의 이 말에 매우 높은 자긍심을 가지고 있다. 예천이 정녕 추로지향이 되려면 우선 예천고을 원은 수신제가까지는 아니더라도 청렴, 믿음 그리고 공명정대함이 담보되어야 한다.

지역민을 위한 투철한 사명감과 목민관이 되어야 할 뚜렷한 명분을 갖추어야 한다. 무엇보다 선거에 임하는 군민들의 지혜와 명석한 판단과 준엄한 심판이 있어야 한다. 자기가 바라는 최선의 인물이 없다면 차선을 차선도 없다면 차차선을 선택하는 것이 선거이다. 국리민복으로 신뢰받는 정당도 없는데 덮어놓고 특정 정당후보에 몰표를 주는 그러한 선거풍토는 어느 지역을 불문하고 이제 유권자들이 바로 잡아야 한다.

풀뿌리 민주주의가 바로서야 정당도 나라도 바로 설 수 있기 때문에 이 투표에 임하는 주민들의 마음가짐은 냉철해야 하고 주민이 주인이 되는 선거가 되어야 한다. 그렇게 되기를 기대하는 뜻에서 푼수를 넘는 일임을 알면서도 독백의 한 토막으로 글을 올린다.

난국의 책임

2002년 4월 (미발표)

오늘의 난국은 그 책임이 대부분 정치권에 있다고 해도 지나침이 없을 것이다. 이는 인간이 정치적 동물이기 때문에 그 비중에 정치권으로 기울 수밖에 없는 것인지도 모른다. 그래서 정치인이 존경받는 사회여야 질서가 선다는 것이다. 그런데 지금 우리 사회는 정치하는 사람이라면 무조건 외면하고 불신하는 풍조가 없지 않다. 이러한 일들이 사회 전반에 팽배해지므로 나라에는 원로가 없고 학교에는 스승이 없으며 사회에는 지도자가 없다는 개탄의 소리가 들려오고 있는 것이다. 뿐만 아니라 마을에는 어른이 없고 가정에는 가장이 없어진다는 말까지 나오고 있음을 볼 때 우리의 미래를 우려하지 않을 수 없다.

전직 대통령이 네 분이나 있으면서도 원로로 대접받거나 지도자로 추앙받는 분이 없다는 것은 당사자들은 물론이고 국민 전체의 불행이 아닐 수 없다. 지금 국회를 바라보는 국민들의 시선은 더더욱 곱지 않다. 꼭 무슨 사기를 당한 허탈감에 빠질 때가 있다.

며칠 전 여야 의원이 각각 1명씩 선거법 위반으로 의원직을 상실했다. 가짜 국회의원으로 3년이나 버젓이 세비를 타먹고 배지를 달고 군림해 왔으면 부끄러운 줄 알아야 한다. 법의 심판을 받고 쫓겨나는 순간까지도 무슨 구차한 변론을 늘어놓으면서 마치 지사연하고 투사연하는 파렴치한 꼴을 보이고 있으니 참담하기 이를 데 없다. 세비까지 모두 환수해야 한다.

물론 그들 생각에는 "선거법 위반이 어디 나쁜이냐? 재수 없어서 걸린 것뿐인데"라는 소인배 같은 생각을 할 수도 있을 것이다. 그렇게 생각하고 있기 때문에 그런 태도를 취했을 것이다. 사실 더욱 한심한 것은 법원이다. 법원이란 곳은 사회정의를 구현하고 실천하는 곳이다. 도대체 무엇 때문에 그렇게 늑장 부렸단 말인가. 선거사범을 최우선적으로 처리해야 함은 상식에 속하는 일인데, 3년이나 가짜 배지를 달고 다니게 하다니 가짜 국회의원을 법원이 허용한 꼴이 아닌가. 이런 것이야말로 직무유기가 아니고 무엇인가.

어디 그뿐인가. 회기 중 면책특권이라는 국회의원이 가지는 권리를 악용하는 이른바 방탄국회가 6번이나 열리고 있는 현실을 어떻게 보아야 하겠는가. 신성한 국회의사당을 범죄자의 도피처로 만들고 있는 작태를 주인인 국민들은 속수무책으로 바라만 보고 있어야 하니 참담하다고 할 수밖에 없다. 국가와 민족을 위하고 국민의 이익을 위해 일하는 용기 있는 정치인이 여야에 몇 사람만 있어도 이러한 국회운영의 모습을 보이지는 않을 것이다.

대통령중심제냐 내각책임제냐 하는 문제만 해도 그렇다. 어느 것이 절대적이라는 주장은 모두 순수하지 못하다. 그리고 이러한 제도의 주장이 국민이나 국가를 위한 일로 귀착되는 예는 거의 없었다. 모두가 당리당략이고 집권을 위한 정략이었다.

군왕이 어질면 나라가 편하다는 말이 있듯이 어진 대통령일 때는 대통령중심제가 바람직하다고 할 수 있으나 지금까지의 경향으로 보면 역시 제도

보다 이를 운영하는 사람이 문제인 것이다. 참으로 정치권의 맹성이 있어야 한다.

국민의 정부가 추진하는 개혁 중에 재벌과 정치권에 대한 개혁이 가장 지지부진하다고 한다. 그래도 재벌개혁은 복합재무제표 하나만으로도 역대 정권이 해내지 못하던 일이라고 한다. 그에 비하면 정치권에 대한 개혁은 너무나 실망스럽다.

그래서 수성守成이 창업創業보다 어렵고 경장更張은 수성보다도 어렵다고 했다. 창업과 수성 과정에 기득권층이 생기고 이 기득권층의 자리보존 때문에 경장은 어렵다고 하는 것이다. 어려운 정도가 아니라 역사적으로 거의 성공한 예가 없는 것이다. 이는 결국 개혁세력이 민족, 민중에 바탕을 둔 민주세력이 아니었기 때문이다. 경장의 성패는 언제나 정치개혁이 좌우하는 법인데 그것이 걱정이다.

8.15를 생각한다

■ ■ ■

1999년 8월 15일
용산신문 T&T 칼럼

5천 년의 장구한 역사 속에 민족의 영고성쇠榮枯盛衰가 숱하게 반복되어 왔지만 일제 35년 간은 민족의 명맥마저 보존하기 어려운 최악의 수난기였다. 흔히 일제 35년 간이라 하지만 실제로 일제가 우리 민족의 자주독립을 유린하고 민중을 학살하며 괴롭히기 시작한 것은 일본군이 동학 농민군을 진압한 1894년부터였으니 실로 50년이 넘는 세월이었다.

특히 1910년, 이른바 한일합방 이후 일본의 잔학한 무단통치는 온 나라를 적막하게 하였고 민족의 지도자로 추앙받던 인물들이 이를 극복할 수 없으리라는 좌절감에서 지조를 지키지 못하고 친일의 오명을 남겼다. 하기야 국권을 빼앗기고 성과 이름을 일본식으로 고치며 말과 글을 빼앗기는 판국이었으니 왕조사적이나 정치사적 측면에서는 분명 민족사의 단절이었다.

그러나 우리 민족은 5천 년 역사를 통하여 국난의 여울목에서 언제나 초개같이 목숨을 내던지는 우국지사들과 민중들에 의해 이 땅을 지키고 불굴의 생명력을 이어왔던 것이다. 그래도 일제는 워낙 혹독한 식민통치를 자행하였으므로 이들에 항거하기란 여간 어려운 일이 아니었다. 그러한 가운데서 의병과 동학군이 구국운동에 나섰으며 합병 후에는 이들이 독립군으로 변신하여 국권을 회복하고야 말았으니 이것이 바로 8.15 광복이었다.

따지고 보면 연합군이 우리 민족의 독립에 관심을 가지게 된 것은 결국 독립운동 때문이었다. 그러나 해방정국에서 독립군의 공로는 간 곳 없고 오직 남과 북에는 위대한 미소해방군이 있었을 뿐이었으니 분단의 비극도 여기에서 발단이 된 것이다.

오늘날 우리들이 이 정도나마 살 수 있게 된 것은 수많은 독립운동가들의 끝없는 희생과 끈질긴 저항의 결실임을 우리들은 늘 기억하고 또 이를 기억할 수 있도록 역사서술이 이루어져야 하는 것이다. 이런 의미에서 해방정국에 가장 시급한 것은 일제치하에서의 각종 독립운동 단체의 실상을 파악하고 독립운동가의 항일정신을 기본으로 한 민족정신에서 우리의 좌표를 설정하고 국가의 정통성을 찾아야 했었다. 그러나 불행하게도 해방정국은 치안유지와 민생안전이라는 미명 아래 이를 뒤로 미루었다. 그렇기 때문에 우리 민족은 정도를 잃어버리게 되었고 민중들은 가치에 혼란을 느끼게 되었다. 이로 말미암아 독립운동을 한 애국지사들은 일제의 물리적인 형벌보다 더 심한 정신적 고통과 좌절감을 느꼈을지도 모른다.

반대로 친일, 부일 세력으로 애국지사들을 학살하고 반민족적인 행위를 일삼던 자들이 치안유지와 민생안정 담당자였으니 8.15 광복의 의미를 어디에서 찾을 수 있었겠는가. 뿐만 아니라 27년 간이나 황량한 중국 대륙에서 풍찬노숙으로 일제에 항거했던 독립운동가 백범 김구 선생을 맞이하는 미군정의 태도는 참으로 온 민족이 분노할 일이었다. 김포공항을 메우도록 환영인파가 물결쳐야 할 선생의 귀국을 비밀에 부치고 밀폐된 장갑차 한 대로 맞이했으니 당시 독립운동가에 대한 대접이 어떠했던가를 미루어 짐작할 수 있을 것이다.

그러나 이러한 미군정이 패전국인 일제에 대해서는 관대하기 이를 데 없었다. 당시 조선총독부는 항복이 발표되자 총독정치의 문서를 모조리 불태워 버렸다. 그리고 일본 본토에서도 모든 문서를 소각하여 그들의 범죄행위를 은폐하였다. 뿐만 아니라 또 조선은행권을 마구 찍어내어 우리나라의 경제를 크게 혼란시키는 한편 군대에서 치료용으로 사용하던 수만 kg의 아편을 시장에 암매하는 등 파렴치한 행위를 자행했다.

일본군은 중국 대륙에서 도시와 마을을 점령할 때마다 남자는 모조리 죽이고 여자는 강간했으며, 강간한 여성이 소문을 낼까 두려워 무자비하게 참살했던 것이다. 그러한 그들이 미군이 진주하자 일본 여성을 강간이나 폭행으로부터 보호하기 위하여 서울과 인천에 댄스홀을 개설하고 한국 여성들을 수백 명씩 고용하였다.

8.15 광복 당시 우리나라에 거주하던 일인들은 70만 명이 넘었으나 우리 민족으로부터 보복이나 폭행을 당한 적은 거의 없었다. 3.1운동이나 동경대지진 때 일인들이 무고한 우리 민중들을 수천 명씩이나 학살한 것을 생각하면 우리 한민족의 관대함은 국제적으로 유례를 찾기 힘들 것이다.

광복 54주년을 맞이하여 새삼 일제의 잔학함을 끄집어내어 이를 규탄하자는 것이 아니다. 일본도 이제 우리와는 어쩔 수 없이 21세기의 새로운 동반자가 되어야 한다. 그것이 일본이나 우리가 사는 길이기 때문이다.

그렇다면 역사 앞에 정직하고 겸허해야 한다. 교과서 왜곡, 독도 영유권 주장, 식민지 시혜론 그러한 억지 논리는 펴서는 안 된다. 진정한 양국의 선린을 위해 광복절을 맞이하여 새삼 과거사를 음미해 본 것은 그런 의미란 것을 밝혀둔다.

박정희 대통령 기념관 건립 시비

1999년 (미발표)
박정희 대통령 기념관 발기인 발족을 보고

최근 박정희 기념관 건립을 둘러싼 논쟁에서 대통령으로서 그를 존경한다는 여론이 55%, 금세기 최고의 인물로 꼽은 사람이 52%나 된다는 여론조사에 기초하여 기념관 건립의 정당성이 주장되고 있다. 과연 이 여론은 정당한가. 박정희의 공과에 대한 개개인의 의견이 다를 수도 있겠지만 그보다 먼저 한 인물을 평가하는 데는 정당하고 공정한 평가를 할 수 있는 객관적인 토대가 형성되어야 가능하다. 하지만 우리 사회는 아직도 냉전논리가 불식되지 않아 획일적인 흑백논리가 위력을 발휘하고 있다.

뿐만 아니라 해방정국에서 친일파의 잔재들이 청산되지 않고 미군정에 협력함으로써 기득권을 유지하고, 이승만 · 박정희 정권에 기생하는 자들이 사회 전반에 걸쳐 커다란 영향력을 발휘하고 있다. 이들이 여론을 주도하는 이상 그 평가의 잣대가 원천적으로 객관적이고 공정할 수가 없다. 따라서 박정희의 쿠데타를 혁명으로, 독재를 리더십으로 평가하는 양면성이 공존하고 있는 것이다.

더구나 박 대통령 시대의 18년 동안 온갖 특혜로 영달을 누린 이른바 근대화의 주역들과 민주화의 선봉에서 용공으로 몰려 가혹한 탄압으로 고초를 겪었던 사람들이 공존하는 까닭에 이들에게 박정희에 대한 공정한 평가를 기대하는 것 자체가 무리일 수밖에 없다. 따라서 가난과 보릿고개란 민족적 비극을 몰아낸 위대한 대통령이란 긍정적 평가와 또 인권과 민주주의를 짓밟은 독재의 화신이란 평가가 양립할 수밖에 없다고 본다.

사실 박 대통령에 대한 평가는 단순하게 대통령으로서의 직무수행 능력이나 정책만으로 평가하기엔 그가 지닌 과거경력이나 권력창출 과정과 집권 기간 동안의 인권탄압 등 간과할 수 없는 부분들이 많이 있다. 본고에서는 이러한 쟁점들을 살펴봄으로써 대통령 박정희에 대한 평가에 최대한 공정성을 유지하고자 한다.

박정희의 공과에 대한 평가는 대체로 긍정과 부정이라는 양면성이 상존하고 있다. 긍정적인 예찬론자들은 가난을 떨쳐버린 경제성장, 자주외교와 자주국방, 유능한 인재등용, 공무원의 기강확립, 사명감과 자신감 등을 내세운다. 그러나 부정적인 비판론자들은 박정희의 가장 큰 치적으로 내세우는 경제성장이 박정희만의 힘으로 이루어진 것이 아니라 온 국민의 노력으로 이루어진 것이라고 주장한다.

따라서 경제발전을 향한 힘찬 진군의 분위기 속에서 박정희가 아닌 다른 인물이었더라도 가능한 것이었다고 본다. 더욱이 박정희는 국민을 위해서 혁명을 일으킨 것도 아니며, 단지 정권 탈취를 목적으로 한 쿠데타를 일으킨 인물이라고 폄하한다. 또한 고도성장의 이면에는 수많은 노동자들의 희생과 유신독재 치하에서 신음한 사회정의의 압살이 뒤따른 것이다.

그러면 박정희에 대한 올바른 평가를 위해 그가 정상에 오르기까지의 권력창출 과정, 경제발전의 허실을 검토하여 과연 위대한 지도자로서 기념관을 세워야 할 정도의 치적을 남겼는가를 살펴보기로 하자.

박정희는 일제시대 황군장교로서 독립군 탄압에 앞장서는 반민족 행위로 민족에 대한 원죄를 안고 있다. 해방공간에서는 남로당원으로 건군建軍에 참여하였다가 발각되자 많은 동료를 희생시키고 혼자 살아남은 지도자로서는 용서받을 수 없는 군 경력을 가지고 있다. 민주화의 싹이 트는 4.19 이후에는 합법적인 민주정부를 쿠데타란 불법적인 수단으로 뒤엎어버린 후 군사독재 권력을 창출하였다. 이 불법적인 권력을 행사하는 데는 힘의 논리를 앞세울 수밖에 없었고, 그 결과 계엄령 · 위수령 · 인권탄압 · 유신독재로 이어지는 전형적인 독재자의 길을 걸었다. 그리고 끝내 독재자로서의 비극적인 최후를 마쳤다. 이러한 행적들이 지도자로서 평가받을 수 없는 원죄를 안고 있다는 것이다.

다음으로 박정희 대통령의 가장 큰 치적으로 꼽는 경제성장을 살펴보자. 1960년대부터 1970년대는 박정희의 시대였다. 이 기간 동안 우리나라의 경제는 누구도 부정할 수 없을 정도로 크게 발전하였다. 그런데 이것이 과연 박정희가 아니면 이룰 수 없는, 다시 말하면 그의 개인적인 능력과 위대함 때문인가. 또 경제발전은 독재가 아니면 안 될 정도로 민주주의와는 양립할 수 없었던 것인가.

이 두 가지 모두를 예라고 답할 수만은 없을 것이다. 당시 개발도상국가의 고도성장은 세계적인 추세였고, 아시아 지역에 있는 대만 · 싱가포르의 경제성장률은 우리와 비슷하였다. 아울러 당시 우리나라 경제성장의 가장 큰 요인으로 꼽을 수 있는 것은 양질의 노동력과 저임금이다. 특히 미국 등 선진국들이 이른바 개발도상국에 장기저리차관을 권장하여 자본 동원이 매우 용이했던 점도 무시할 수 없다. 따라서 경제성장을 박정희의 독재에 따른 리더십으로 보기보다는 군부독재에도 불구하고 경제성장을 할 수 있는 여건이 형성되었다고 보는 것이 타당하다고 생각된다.

더욱이 박정희의 경제개발계획은 대부분 민주당의 엘리트 관료들이 초안을 세워놓은 것들이었다. 우리나라의 경제발전 시기에 박정희는 권력을 독점하였고, 노동자들의 권익을 철저히 배제한 가운데 무소불위의 권력을 휘두르면서 고도성장만을 추구했다. 이러한 독선적인 경제정책으로 잘못 놓인 주춧돌이 1990년대에 무너진 것이다.

그렇긴 하지만 IMF 관리 체제로의 나락까지를 박정희의 책임으로 돌리자는 것은 아니다. 다만 고도성장만을 추구한 개발 독재의 모순이 얼마간의 원인제공이 되었다는 점을 지적할 뿐이다. 1960~1970년대의 시대 상황은 박정희 정권이 아니었어도 그리고 가혹한 민중억압과 저임금의 노동탄압정책을 펴지 않고 어느 정도의 민주화를 병행하면서도 고도성장이 가능했을 것으로 생각한다. 1960~1970년대의 고도 경제성장은 박정희 개인의 위대성에서 찾기보다는 당시의 시대상과 18년이란 긴 세월 동안 누구에게도 기회를 주지 않았다는 점에서 오히려 박정희의 경제적 치적은 보다 냉철하게 비판받아야 한다. 특히 정경유착이라는 온실에서 성장한 재벌들이 외국 자본에 대응하지 못하고 무너져버린 것은 박정희의 경제정책에서 비롯된 과오로 지적할 수 있을 것이다.

또한 박정희가 언필칭 내세우는 한국적 민주주의와 자주국방, 자주외교에 대해서도 부정적인 면이 드러난다. 박정희가 민족주의자가 아니란 점은 일제시대의 경력과 해방 직후의 군 경력이 이를 극명하게 밝혀준다. 박정희는 쿠데타의 정당성을 주장할 때 우리나라의 역사와 전통을 철저히 배격

(그의 저서 『우리 민족의 나아갈 길』)했으면서도 자기가 필요한 독재체제를 정당화시키는 데는 우리의 전통과 한국적 민주주의를 철저히 내세우는 이중성을 보였다. 자주를 내세우는 박정희의 정책은 철저하게 일본의 메이지유신을 모델로 삼았다. 그리고 국민들의 반대에도 불구하고 서둘러 한일국교 수립을 강행함으로써 일제 치하에서 신음한 국민들에게 실망감을 안겨주었다. 이는 일본 차관을 유치하여 경제개발에 필요한 자금을 마련하기 위한 어쩔 수 없는 상황이었다는 강변도 있다.

하지만 이러한 과정이 투명하지 않고 밀실에서 결정되었고, 무엇보다도 일제의 강탈에 면죄부를 줌으로써 우리 민족에게 씻을 수 없는 치욕을 안겨주었으며, 지금까지 한·일간에는 과거청산이 숙제로 남아 있다.

다음으로 농촌 근대화의 모델로 새마을운동을 들고 있다. 그러나 1972년에 시작된 새마을운동은 당시 유신체제를 정당화시키기 위한 진군의 나팔이었다. 새마을운동을 처음 펼칠 때 당시 지식인들이 격렬하게 비판한 것은 이것이 유신체제로의 정신물이었기 때문이다. 이러한 여러 정황들을 볼 때 그가 만년에 미국에 보인 자주성은 자주라기보다는 유신독재에 동의하지 않는 미국에 대한 섭섭함으로 봄이 오히려 타당할 수 있을 것이다.

끝으로 공무원들의 기강확립은 독재정권이 가질 수 있는 최소한의 도구이다. 그러나 일사불란하다던 공직기강은 자기의 심복인 중앙정보부장의 총에 맞아 죽는 사태에 대하여 무어라 할 것인가. 결국 "총으로 권력을 잡은 자는 총으로 망한다"는 격언을 우리에게 다시 한번 주지시켰을 따름이다.

결론적으로 박정희에 대한 평가에 호의적인 것은 문민정부와 국민의 정부를 비판하는 보조 수단으로 활용되는 면이 크다고 할 수 있다. 점진적인 민주화의 길을 걸으면서 파생된 혼선을 하나의 과정으로 이해하는 것이 아니라 박정희 정권의 18년 독재 시기와 비교하여 평가하기 때문이다. 이러한 요인으로는 너무나 오랜 세월 동안 이승만과 박정희 정권 치하에서 반역사적 반민족적 반민중적 정책과 권위주의에 길들여진 기득권층들이 여론 형성을 주도하며 두터운 장벽을 치고 있는 사회 기풍을 들 수 있다.

박정희 정권은 앞서 살펴본 것처럼 권력의 창출과정이나 행사과정에 정당성이 결여돼 있다. 관념론적으로 볼 때는 결과보다 과정이 더 긴요할 때가 많다. 특히 지도자에 대한 평가에 있어서는 더욱 그러한 것이다. 박정희를 지도자로 받들기에는 반민족적인 그의 경력과 도덕적 타락의 극치를 이룬 배신행위가 차지하는 원죄가 너무 크다고 하겠다. 그래도 대통령 박정희에 대한 평가는 필요하다고 본다. 이는 이 땅에 다시는 그러한 지도자가 나와서는 안 되겠다는 이유 때문이다. 그리고 박정희에 대한 평가는 평가로 끝나야 한다. 일부 계층의 과거 회귀성이나 부활로 이어지는 여론을 일으키게 된다면 이는 평가 자체가 없는 것만 같지 못하기 때문이다.

현재 박정희에 대한 평가는 결과만 놓고 하기 때문에 평가 자체가 너무나 현실주의적이고 지나치게 획일적이다. 즉 민주화 대 근대화, 관념론(도덕성) 대 실용주의(현실주의)로 매도하거나 찬양하는 양면성만 부각되는 미숙한 단계를 벗어나지 못하고 있다. 따라서 앞으로 평가의 잣대가 보다 근본적이고 다양해야 할 필요가 있다. 이러한 점을 고려하여 박정희 기념관보다는 역대 대통령의 통치 행위를 망라한 대통령관을 건립하는 것이 보다 바람직한 일이 아닌가 라는 생각을 해 본다.

한반도는 동북아 국제질서의 중심축

2021년 9월 28일
영남신문 제7면

※이 글은 2013년 4월 19일 명지대학교 부설 한얼문화재단 연구원, 석박사 과정생들에게 한 강의 내용을 정리한 것이다.

□ 한반도에서 일어난 최초의 국제전

7세기 중엽의 신라 통일전쟁은 최초의 국제전이었다. 동북아시아의 국제질서는 7세기 중엽 한반도에서 일어난 국제전으로 결정되었다. 동북아의 한·중·일은 문화적으로 동질성이 가장 가까우면서도 미래에 대한 전망을 공유하지 못하고 있다. 동북아 평화공존을 위해 무엇보다 한·중·일은 지나친 민족주의를 지양하고 특히 일본은 미국과 배타적 군사동맹에서 벗어나 동북아시아의 다자간 안보체계를 구축해야 평화와 안정을 가져올 것이다.

7세기 중엽 신라의 통일전쟁은 한반도에서 일어난 국제전이었다. 백제의 침략에 위협을 느낀 신라 김춘추가 642년 평양을 방문하여 고구려에 도움을 청하였으나 연개소문은 진흥왕이 551년 고구려 한강 상류지역을 빼앗은 것을 트집 잡아 이를 거절하였다. 김춘추는 다시 648년 당나라의 제안으로 군사동맹까지 맺음으로써 동북아의 국제질서는 새로운 국면을 맞이하게 되었다. 이전까지는 대륙으로 진출하려는 우리 민족과 이를 견제하려는 중국 한족과는 끊임없는 전쟁과 대결의 연속이었다.

진 · 한의 고조선 침략과 수 · 당의 고구려 침략이 그러하였다. 그러나 신라와 당나라의 군사동맹으로 동서세력이 형성되고 고구려, 백제, 일본과 중국 북방민족이 연합하여 남북세력을 형성하여 이에 대항하였으므로 동북아시아의 국제관계는 양자구도의 대결 양상을 띠게 되었다. 그 결과 한반도에서는 사상 최대의 국제전이 벌어졌다. 이 전쟁이 동서세력의 승리로 돌아가자 중국 북방민족은 중국 한족과 우리 민족 공동의 적이 되었다.

이후로 중국 한족은 한반도를 한 번도 침략하지 않았다. 다만 북방민족인 만주족과 몽고족의 침략이 있었을 뿐이다. 이러한 동북아의 국제질서는 고려를 거쳐 구한말에 이르기까지 1,300여 년이나 지속되었다.

□ 새로운 국제질서는 평화와 공존체제여야

38선을 경계로 형성된 냉전체제의 동북아 국제질서를 깨버리려는 최초의 시도가 6.25 전쟁이었다. 6.25 전쟁은 신라의 통일전쟁 이후 한반도에서 벌어진 최대 규모의 국제전이었다. 이 국제전으로 한반도는 완전히 초토화되었다. 그럼에도 어느 쪽의 승리도 없이 지금까지 휴전에 머물면서 냉전체제는 더욱 굳어지게 되었다. 그러나 냉전체제의 국제질서는 영원할 수도 없고 또 영원해서도 안 된다. 평화와 공존과 화해 · 협력을 지향하는 국제질서여야 영원할 수 있는 것이다.

그런데 2000년 6월 15일 남북정상회담은 이 철옹성 같은 냉전체제의 국제질서를 일거에 붕괴시키고 남북 화해협력이 세계 평화의 새로운 이슈로 등장하게 되었다. 이 역사적 큰 물결은 더디고 험하지만 누구도 막을 수 없는 대세로 자리 잡게 될 것이다. 그것은 역사의 순리이기 때문이다.

미국 · 러시아 · 중국 · 일본 등 주변국들의 반응은 미묘하다. 냉전체제에서 자국의 이익을 추구하며 일정한 세력 균형을 취하던 이들 주변국들은 한반도가 통일되거나 혹은 남북 화해의 평화체제가 구축되었을 때 형성되는 새로운 질서가 초미의 관심사다. 미국은 해양세력 중심의 통일을, 중국은 대륙세력 중심의 통일을 염두에 두고 자국의 이익에만 혈안이다. 중국의 경우 동북공정, 미국은 북핵문제, 일본은 교과서 왜곡과 독도 영유권 문제 등으로 불거지게 되었다. 특히 일본은 이를 미끼로 전쟁할 수 있는 평화헌법 개정까지 서두르게 되었다.

동북아시아는 지금 중대한 전환기에 있다. 냉전체제가 종식되고 새로운 국제질서가 가져올 것에 대한 불확실성이 어떤 면에서 구한말보다 더 복잡미묘해지고 있다. 구한말에는 적어도 분단상태는 아니었기 때문이다. 자국에 유리한 국제질서를 형성시키려는 미국·러시아·중국·일본의 이해관계가 매우 복잡하게 얽혀 있다. 냉전체제는 종식되어야 하지만 어떤 경우에도 한반도에 또다시 전쟁이란 수단으로 새로운 질서를 구축하려는 시도는 막아야 한다. 해답은 결국 지금까지 살펴본 역사에서 교훈을 찾아야 한다.

□ 한韓 · 한漢 동맹에 첫 도전

이 국제질서에 아무런 도전이 없었던 것은 아니다. 첫 도전은 고려의 최영 장군이었다. 최영은 명明을 건국한 주원장이 철령위 설치 등 고려에 대해 부당한 요구와 압력을 가하자 1388년에 거국적으로 군대를 동원하여 요동정벌을 일으켜 명나라에 대항하였다. 고려의 조정은 의견이 크게 양분되었다. 최영의 요동정벌을 반대하는 이색·정몽주 등 신흥사대부들은 신군부와 결탁하여 위화도회군으로 요동정벌을 좌절시키고 군사권을 장악하였다.

이로 인하여 고려 최후의 기둥인 최영은 처형되었다. 당시 신흥사대부인 대사성 윤소종은 최영을 단죄하는 논고에서 "최영의 공은 온 나라를 뒤덮었지만 죄는 천하에 가득하다"는 아주 절묘한 선고를 내렸다. 공이 온 나라를 뒤덮었다는 그 나라는 고려였고, 죄가 천하에 가득하다는 그 천하는 명나라를 가리키는 것이니 윤소종은 대체 어느 나라사람인가. 이러니 "최영의 죽음은 최영 한 사람의 죽음이 아니라 민족정기의 꺾임이요. 이로써 민족웅비의 상징인 진취적인 기상과 자주성은 사라지고 중국에 대한 사대의 예가 터를 잡게 된 것이다"라고 함석헌은 개탄하였다.

그런데 이 한韓 · 한漢 중심의 동북아 국제질서가 무너지게 되는 계기는 1894년에 한반도에서 일어난 동학농민운동이었다. 물론 그 이전에 1842년 아편전쟁으로 인하여 중국의 위세는 잠자는 사자에서 종이호랑이로 전락한 것이 주요 원인이지만 동북아시아에서조차 중국의 존재가 꺾인 결정적 계기는 청일전쟁이었고, 청일전쟁의 직접적인 발단이 조선에서 일어난 동학농민운동이었기 때문이다.

□ 동학농민운동과 청일전쟁

1894년 1월 11일 전라도 고부에서 녹두장군 전봉준을 주축으로 보국안민의 깃발을 들고 일어난 동학농민군은 그해 4월 7일 정읍 황토현 전투에서 관군을 격파하고 4월 27일 전주성을 점령하였다. 이 무렵 조선에 들어온 청국군과 일본군이 충돌하여 양국 사이에 험악한 정세가 벌어졌다. 이에 조정에서는 하루속히 동학농민군을 해산시킬 필요를 느껴 동학농민군의 요구를 들어주겠다면서 휴전을 제안하였다. 이에 동학농민군은 폐정개혁을 조건으로 5월 7일 정부군과 화약을 맺고 전라도에 53개 집강소를 설치하여 행정권을 장악하고 치안을 담당하면서 동학농민군은 해산하여 각기 출신지로 돌아갔다. 그러나 휴전은 동학농민군에게 불리하였다. 당시 무능하고 부패한 조정에서는 이러한 사태를 수습하지 못하고 외국군을 끌어들였기 때문이다. 결국 5월 5일 2,800명의 청군이 아산만에 도착하였고, 5월 9일 8,000명의 일본군이 인천항에 들어와 일촉즉발의 위험한 정세가 조성되었다. 조정은 6월 1일 양국군의 철수를 요구하면서 동학농민군의 요구를 적극적으로 받아들여 정부 내에 교정청을 설치하는 등 자주적 개혁에 착수하였다. 그러나 일본군은 이를 무시하고 7월 23일 경복궁을 기습하여 대원군을 앞세워 쿠데타를 단행하여 친일내각을 수립하였다. 이로써 친청 민씨 정권은 붕괴되고 일본의 내정간섭은 노골화되었다.

일본군은 선전 포고도 없이 7월 25일 충청도 천안의 성환에서 청국군을 기습하여 기선을 제압한 후 8월 1일 선전포고를 하고 속전속결로 결판을 내려고 하였다. 일본군은 평양에 집결한 청국군을 공격하기 위하여 청국군보다 1.4배나 많은 17,000명의 대병력으로 3일 만인 9월 15일 청국군을 몰아내고 9월 17일에는 황해에서 청나라 주력 함대를 격파하여 전쟁을 승리로 이끌고 중국 대륙 진출을 위한 작전을 준비하였다. 이로부터 주한 일본 공사관은 청국으로부터 아무런 방해도 받지 않고 조선에 대한 적극적인 내정간섭을 시도하게 되었다. 조정과의 화해로 전주성을 풀고 물러났던 동학군이 척왜의 깃발을 들고 다시 봉기하였다. 이때 일본은 조선침략에 가장 큰 걸림돌이 동학농민군임을 간파하고 동학군을 무자비하게 학살하였다. 1894년 11월 15일 공주 우금치전투에서 동학군은 일본군에게 전멸되었고 재기를 도모하던 전봉준·손화중 등은 체포되어 서울로 압송되었다.

□ 전봉준은 교수형에 처해진 첫 사례

서울로 압송된 전봉준은 갑신정변을 일으킨 개화당의 한 사람인 서광범이 주재한 이른바 최초의 근대적 법정에서 1895년 3월 29일 사형선고를 받고 그 이튿날 새벽 2시 교수형에 처해졌다. 녹두장군 전봉준은 체포될 때 살인적인 몰매에 혹독한 고문으로 만신창이가 되었으나 당당하고 엄정한 기상, 형형한 눈빛, 청수한 얼굴로 보는 이들을 감동시켰다. 어두운 시대에 민중의 선구자가 되어 세상을 진동시킨 당당한 모습이었다.

일본 신문기자 다카미가메는 법정에서 그의 최후 모습을 참관하고 "사형을 선고받으면 대개 혼비백산하는 법인데 참으로 늠름하고 대담한 모습이었다"라고 술회했다. 전봉준은 형이 집행되기 직전 다음과 같은 시를 읊었다.

때가 이름에 천지가 모두 힘을 합하더니
운을 다함에 영웅도 어찌할 수 없구나.
백성 아끼고 정의 세움에 나 잘못 없건만
나라 위한 붉은 마음 알아줄 이 그 누구랴.

그때 그의 나이 41세였다. 이렇게 외세를 배격하고 자주적 개혁의 반봉건, 반침략의 동학혁명운동은 끝나고 말았다. 동북아시아의 평화공존 질서가 청일전쟁으로 무너지게 되자 조선을 먹잇감으로 한 열강들의 세력 다툼은 더욱 심화되었다.

이보다 10여 년 전인 1885년 조선의 지리적 위치와 중국 · 일본 · 러시아의 조선에 대한 야욕을 간파한 주한독일공사관 부영사 부들러는 조선 정부에 스위스식 영세중립국 선언을 권유하며 일본의 동의까지 얻어냈다. 이때 일본이 동의한 것은 임오군란 이후 조선에서 청나라의 세력이 절대적으로 우세했기 때문이다. 유길준도 벨기에식 중립화 선언을 주장하였으나 조선 정부는 청국의 눈치를 살피며 이를 수용하지 않았다.

1894년 청일전쟁 후 일본의 조선에 대한 내정간섭이 더욱 노골화되고 침략 야욕을 드러내자 고종은 뒤늦게 영세중립국 안을 수용하고 적극 추진하였으나 이미 청 · 일 전쟁으로 조선에서 청국군을 몰아낸 일본군은 한반도를 발판으로 대륙 진출을 꾀하고 있었고 일본을 이용하여 러시아의 남하정책을 견제하려는 미국과 영국이 일본에 우호적인 상태에서 조선 정부가 추진하는 영세중립국 안은 먹혀들 리 없었다. 1904년 일본과 러시아의 전운이 짙어지자 조선 정부는 한반도가 전쟁터로 되었던 청일전쟁의 악몽을 떠올려 국내외에 중립을 선언하고 프랑스 · 독일 등 대부분의 서양 열강의 동의까지 얻었으나 일본은 이를 무시하고 한일의정서를 체결하여 조선을 그들의 군사기지화 하였다. 동북아의 국제질서가 무너진 상태에서 일본을 견제할 세력은 없었다. 러 · 일전쟁은 미 · 영의 후원을 업은 일본의 승리로 돌아가고, 이 전쟁에서 승리한 일본의 대륙 진출을 위한 침략 전쟁은 끝없이 이어져 만주사변, 중 · 일전쟁 급기야는 태평양전쟁으로 치닫게 되었다. 태평양전쟁에서 패배한 일본이 무조건 항복을 선언하였으나 38선을 경계로 냉전체제라는 동북아시아에서 새로운 국제질서를 형성하게 되었다.

정권교체와 국민의식

2008년 2월 7일
예천자치신문

역대 대통령들의 물러나는 모습이 민망할 정도이다. 죽어나가는 대통령, 감옥으로 간 대통령, 감옥은 아니라도 온 국민의 삿대질과 질책 속에 죄인처럼 되어서 나가는 모습에서 자괴감 같은 것을 느끼게 된다.

문민정부, 국민의 정부, 참여정부, 이명박 당선자까지 이들의 최대 선거공약은 모두 국민통합과 화합의 정치였으나 이 공약은 모든 정권들이 헛바퀴를 돌린 꼴이 되었다. 이명박정부는 아직 모르지만 과거 여야관계로 봐서 그 전망이 그리 밝지는 않다. 물론 그 최대의 책임은 정치인 스스로에게 있지만 그들만을 탓할 일도 아니다. 적어도 이제 국민은 정권창출에 있어서 객체가 아닌 막강한 힘을 발휘할 수 있는 주체이기 때문이다.

해방 직후의 일이다. 방의석이라는 친일지주가 주선하여 박흥식을 비롯한 이른바 친일 경제인들을 모아 놓고 몽양(여운형), 우사(김규식), 이정(박헌영)을 초청했는데 우사와 이정은 참석치 않고 몽양만 참석했다. 과연 몽양이 이 자리에서 무슨 말을 할지 세간의 관심이 집중되었다. 모임에 참석한 경제인들은 이른바 친일파로 지탄받는 사람들이고 몽양은 항일 독립운동가였으니 그 분위기가 얼마나 긴장되었겠는가!

그런데 이런저런 분위기를 읽은 몽양은 “여러분들이 마치 무슨 큰 죄인처럼 그렇게 위축되고 두려워할 필요는 없습니다 여러분들 때문에 조국의 해방이 늦추어진 것도 아니고 독립운동가들에 의해 해방이 앞당겨진 것도 아닙니다. 문제는 지금부터입니다. 모두가 새로운 독립국가 건설에 동참하고 여하히 기여하느냐가 문제이지 지금 과거의 공과를 따질 겨를이 없습니다"라는 내용의 연설이 끝나자 일시에 분위기가 바뀌고 모두가 감격해서 큰 박수를 보냈다고 한다. 역시 몽양다운 발언이라는 평가였다.

예부터 법도法道 위에 권도權道라 했다. 권도란 수단이 옳지 않아도 목적이 정도에 합당하게 되는 것을 뜻하는 것이니 정치력을 지칭한 것이다. 따지고 보면 우리 국민의 정권창출과 교체는 참으로 절묘했다. 보릿고개에서 박정희 정권을 선택하여 이를 극복하고 산업화의 기초를 다졌다.

그러나 개발독재에 염증을 낸 온 국민이 자유와 민주주의를 갈망했고 그 민주화의 열망에 목숨을 건 대표적 정치인이 YS와 DJ였다. 국민들은 그들을 택하여 이 나라에 민주화를 주문했던 것이다. 그 선택의 순서 또한 매우 지혜롭게 YS를 앞세워 무리 없는 정권 인수인계가 이루어졌고, YS의 문민정부가 군사독재를 실질적으로 종식시켰다. 금융실명제로 정경유착을 막을 수 있는 토양도 만들었다.

국민의 정부는 반세기 동안의 남북적대와 냉전체제를 종식시켜 국제외교상에 북이 남을 헐뜯고 남이 북을 헐뜯는 꼴사나운 외교 행각을 종식시켜 한민족의 위상을 높였다. IT산업으로 경제위기를 극복하여 민주화를 보다 견고하게 다졌다.

참여정부도 권위주의와 정경유착을 확실하게 종식시키고 선거풍토를 바꾸어 보다 투명한 사회로 민주주의를 정착시켰다. 역대 정권에 대한 평가는 보는 시각에 따라 이론의 여지가 많겠지만 이런저런 이유로 이번에 이명박 정부를 택한 것이 아닌가.

새로운 정부는 '돈이 제일이다'라는 경제기류에 휩쓸려 능률과 효율이란 이름으로 민주적인 절차까지도 무시해서는 안 된다. 또 하나의 개발독재가 될 수도 있기 때문이다. 경제를 살리라는 국민의 목소리는 크지만 그것이 민주화를 훼손해도 된다는 주문은 결코 아니란 것을 명심해야 할 것이다. 그렇다면 지난 정권들의 민주화에 대한 공로도 일정 부분 인정해야 한다.

따라서 보내는 정권에 대한 지나친 삿대질은 이제 삼가고 맞이하는 정권에 대해서 성급한 속단보다는 조용히 기다리며 시간을 주어야 한다. 모두 우리가 선택한 정부이기 때문이다. 그래도 역대 정권이 시대적 소망에 부응하여 하나하나의 공과를 쌓았기 때문에 우리는 오늘 산업화와 민주화의 두 마리 토끼를 다 잡은 세계에 몇 안 되는 나라 중의 하나가 된 것이 아닌가.

그리고 국민의 힘으로 정권이 창출되고 교체되는 민주주의의 소중한 가치를 누리고 있는 것이다. 신구정권이 서로 위로하고 등 두드리며 인수인계의 모습을 보여야 한다. 우리 국민은 IMF 극복에 금붙이를 모으고 태안 앞바다의 기름덩어리를 손으로 걷어내는 보기 드문 민족이다. 계승과 화해의 계기가 되는 정권교체의 모습이 산업화, 민주화를 이룬 보다 성숙된 국민의식이 아닐까 하는 생각이 든다.

군대만으로 한반도 평화를 지킬 수 없어

■■■

2010년 11월 23일(미발표)

전쟁은 군사충돌사건이 아니라 평화를 지키는 데 실패한 정치력 외교력 부재의 정치사건이다. 역사적으로 민주화된 정부는 말할 것도 없고 전제군주국이라 할지라도 왕도정치를 추구하는 군주는 전쟁을 억제하고 평화를 조성하는 국태민안을 주요정책 목표로 삼았던 것이다.

지난해 대청도 남북충돌에 이어 지난 3월 천안함 침몰 그리고 이번 연평도 피격으로 남·북간 무력경쟁과 적대행위가 치킨게임 양상이 되어가고 있다. 과연 우리 민족이 지금까지 살아남을 수 있었던 것이 강력한 무력방어체제 때문이었을까?

우리 민족은 인구도 적고 자원도 부족하고 비옥한 넓은 평원도 드물다. 거기다 서쪽으로는 중국과 국경을 맞대고 있으며 북과 남으로는 사나운 북방민족의 거센 말발굽과 현해탄의 거친 파도가 잦을 날이 없는 가운데도 연면히 그 명맥을 이어 오고 있으니 도대체 그 저력은 어디서 오는 것일까?

이는 결코 무력으로 일군 강성대국이어서가 아니라 문치주의로 일군 문화의 독창성과 외래문화에 대한 조화와 공존 때문일 것이다. 그보다 더 중요한 것은 사대교린 외교로 주변 국가와 충돌을 피했기 때문이다.

사대교린의 사대는 선진문물에 대한 수용방법으로 사대주의와는 전혀 다른 개념이다. 우리 민족은 예부터 선진문물에 대한 흡수의욕과 과감한 도입이 남달랐다. 신라 이래 중국의 수도에는 우리의 유학생들이 가장 많이 들끓었다.

사대외교란 사실상 조공무역이다. 즉 조공이란 이름으로 우리나라의 특산물이 중국에 바쳐지고 회사란 답례품이 비슷하게 우리에게 돌아오는 일종의 공무역이다. 중국 북방민족이나 일본이 아무리 강해도 우리나라는 그들 나라에 사대의 예를 행하지 않았다. 반대로 중국 한족이 세운 나라가 비록 국력이 약해도 사대의 예를 저버리지 않았던 것은 이것이 선진문화 도입의 한 방법이기 때문이었다.

교린은 중국 북방민족과 일본 유구 샴과의 외교관계이다. 특히 국경을 접해 있는 중국 북방족인 여진과 일본 대마도는 식량이 부족한 국가이기 때문에 우리나라에서는 해마다 많은 쌀과 곡물을 주어 그들을 어루만져 평화를 유지했으니 '쌀을 퍼주는 것'은 비단 최근의 일만이 아닌 외교전략의 일환이었다. 그렇게 해서 이웃과 평화와 공존을 도모했을 뿐 무력적 우위를 점하는 군비경쟁적 방법을 선택하지 않았다.

역사적으로 고려와 조선은 5만 이상의 상비군을 가진 적이 없었다. 1907년 일제가 군대해산을 명했을 때 우리 군은 겨우 4만7천 명 정도에 불과했다. 만약 우리 선조들이 군사력으로 우리나라를 지키려 했다면 과연 지금까지 우리가 생존할 수 있었을까?

역사상 가장 뛰어난 전승으로 우리는 고려 때 단신으로 80만 거란대군의 막사에 뛰어들어 담판으로 거란대군을 물리친 서희徐熙:942~998를 꼽는데 주저하지 않는다. 명·청간의 대립과 갈등을 조정하여 환란을 피한 광해군의 실리외교 또한 높이 평가받고 있다.

지금 정부는 국론 통일을 요구하고 있지만 획일적이고 일방적인 국론통일이 중요한 것이 아니라 허심탄회한 토론과 의견수렴의 민주적 절차를 거친 합의가 더욱 중요한 것이다. 우리 민족은 병자호란의 와중에서도 청음 김상헌의 주전론과 지천 최명길의 주화론이 극렬하게 대립하는 과정을 거치면서 난이 수습되었다.

지금 천안함 침몰과 연평도 피격을 전 정권책임으로 떠넘기는 비열함이야말로 국론을 분열시키고 갈등의 골을 깊게 하고 있다. 햇볕정책은 2008년 이명박 정권이 폐기한 지 이미 3년이 지났다. 지금까지 이를 계승하고 이어가다가 이런 사태가 발생했다면 그렇게 말할 수 있겠지만 3년 전에 비핵 3000으로 대체해 놓고 이제 와서 햇볕정책 실패 운운하는 것은 참으로 무책임하고 비겁한 국민 분열책동이 아닐 수 없다.

2007년도 서해를 평화협정특별지역으로 설정한 10.4 공동선언이 추진됐더라면 서해안이 세계의 화약고로 떠오르지는 않았을 것이다.

제2장 역사

역사상의 사실은 순수한 형태로 존재하지 않는다. 역사가의 생각을 통하여 항상 굴곡되는 경우가 많다. 그래서 나는 역사책을 읽을 때 그 책 속에 어떤 사실이 실려 있느냐는 문제보다 그 책을 쓴 역사가가 지닌 역사인식의 가치에 더 큰 관심을 가진다.

우리는 격변기를 살면서 현재를 망치고 있는 두 가지 유혹에 빠져들고 있다. 하나는 복고주의의 유혹이고 또 하나는 미래주의의 유혹이다. 복고주의는 과거가 현재를 죽이고 미래주의는 미래가 현재를 죽인다.

이 두 가지는 삶의 충실한 의미와 목표를 마비시키는 경우가 많기 때문이다.

일본인들의 역사 왜곡

■ ■ ■

2003년 8월 17일
예천신문

1982년 한민족을 격분시켰던 일본 역사교과서 왜곡 광풍이 또다시 거세게 몰아치고 있다. 일본은 왜 역사교과서를 왜곡하려 하고 있는가? 그 배경을 한 번 살펴보자.

한 · 일 양국은 제2차 대전 후 새로운 국가로 출범했다. 한국은 일제식민치하에서 벗어나 국체를 공화국으로 한 신생 자유민주국가로, 일본 역시 제국주의, 군국주의에서 벗어나 입헌군주국을 국체로 한 자유민주국가로 출발했다. 그러나 양국은 불행하게도 과거청산이란 공통과제를 정리하지 못한 관계로 지금까지 내부적 모순과 갈등이 심화되고 있다. 신생 대한민국은 일제 강점치하에서 친일 반민족 행위자에 대한 응징을 못했고, 오히려 그들이 정치, 경제, 사회, 문화 등 각 방면에 포진하고 있어서 식민잔재를 청산할 수 없었던 것이다.

일본 또한 군국주의자들이 저지른 전범자에 대한 처벌이 유야무야됨으로써 각료들이 야스쿠니 신사를 참배하고, 역사교과서 왜곡과 같은 군국주의 망령을 아직까지 버리지 못하고 있는 것이다.

2차 대전이 끝난 1945년, 유럽에서도 이와 비슷한 역사가 진행되고 있었다. 나치스 독일이 패망하고 독일 점령 아래 있던 프랑스도 독립을 되찾게 되었다. 전범국인 나치스 독일은 역사의 심판을 받아 동·서독으로 분단되는 순리의 응징이 있었다. 그러나 극동에서는 반대현상이 일어났다. 응징되어야 할 전범국 일본은 점령군 사령부의 보호를 받게 되고 반대로 일본 군국주의에 대항하여 연합군에 가담했던 한국은 미·소의 이해관계에 의해 강제로 분단되는 역사적 오류를 범하고 말았다. 참으로 역사를 거역하는 일이 아닐 수 없다.

독일은 과거사 극복을 정치, 사상의 최우선 과제로 삼아 나치스가 저질렀던 전쟁범죄에 대한 책임을 엄격히 물었고, 그들이 이웃나라에 입힌 피해보상을 철저히 이행하였다. 그리하여 대내적으로 국가 기강을 바로 세우고 대외적으로는 유럽제국과 앙금을 최소화시켜 열강들의 합의 하에 독일 재통일이란 과업까지 완수하게 된 것이다. 프랑스 역시 과거청산을 주제로 설정하고 독일 괴뢰정권인 비시정부에 협력했던 민족반역자 26만 명을 숙청함으로써 사회정의와 국가기강을 바로 세웠던 것이다.

한국과 일본은 어떤가. 미, 영, 소 등 당시 연합군이었던 전승국이 전범국 일본에 대한 역사적 심판을 유보하고 오히려 일본 군국주의의 최대 피해국인 한국을 분단시키는 과오를 범하여 과거청산을 요원하게 만들었다.

하지 장군이 이끈 미군정과 일본 점령군 사령부 맥아더의 책임 또한 크다. 미군정은 행정력 공백을 이유로 친일 관료들을 기용했고, 일본 점령군 사령부는 전범자에 대한 처벌을 하지 않았던 것이다.

이러한 과오는 미군정과 점령군 사령부 통치가 끝나고 민주주의를 표방하는 새로운 대한민국 정부에서나 일본 정부에서도 바로잡아지지 않았다. 죄를 저지른 범죄자가 마음대로 설치는 꼴이니 사회 모순과 갈등을 조장시켜, 자유민주주의 국가의 본질이 흔들리는 것이다.

한국에 냉전논리가 사라지지 않고 분단극복 의지가 약한 것도, 일본에 역사 교과서를 왜곡시키려는 극우세력들의 준동이 끊이지 않는 것도 근본원인은 과거청산을 못했기 때문이다.

역사가 바로 서지 못하면 나라가 바로 서지 못한다.

을유년을 한일 화해 원년으로

2005년 12월 15일
월간문화재

을유년은 을사늑약 100주년, 광복 60주년 또 한일 수교 40주년에 해당한다 하여 모든 국민들이 옷깃을 여미며 새로운 각오를 다짐하고 있습니다. 을사조약은 우리의 뜻과 관계없이 일제에 의해 강제로 맺어졌기 때문에 늑약이라고 합니다.

사실 을사조약은 국제조약 체결의 외교절차상으로는 완전무효입니다. 양국 모두 신임장을 받은 전권대사도 없고 국회의 비준에 해당하는 고종황제의 서명날인도 없이 불법적이고 강제적으로 체결되었으므로 국제법상 이는 완전 무효입니다. 그래서 고종황제는 이 조약이 무효임을 선언하기 위해 1907년 헤이그 만국평화회의에 이상설, 이준, 이위종 등 특사를 파견시킨 것입니다.

그런데 아직까지 고종황제가 파견한 특사를 밀사라고 지칭하는 이들이 있습니다. 이는 당시 일제가 고종의 특사를 인정하지 않기 위해 밀사로 표현한 일제의 용어입니다.

1945년 8.15 민족해방은 애국선열들의 피의 대가이고 연합국이 승리한 결과이기도 합니다. 그런데 1945년 8.15를 놓고 해방이란 용어를 쓰기도 하고 광복이란 용어를 쓰기도 하는데 엄격한 의미에서 해방과 광복은 구별되어야 합니다.

원래 해방은 일제의 사슬에서 풀려났다는 뜻입니다. 그러므로 이는 일본이 풀어주었거나 혹은 패망하여 풀렸다는 의미가 강하기 때문에 우리의 의지와는 관계없이 얻어졌다는 뜻을 지니고 있습니다.

광복이란 말은 우리의 의지와 힘으로 일제의 합방 이전 상태, 즉 1910년 이전 상태로 되었다는 뜻입니다. 그러므로 일제에 적극적으로 저항하여 그 사슬에서 벗어났거나 일제를 패망시켜 쟁취한 것을 의미합니다. 그러나 1910년 이전은 우리 민족이 남북으로 분단되지 않았습니다. 그렇기 때문에 우리나라가 완전히 통일되어야 완전한 광복이 되는 것입니다. 분단 상태인 지금은 완전한 광복이라 할 수 없습니다.

이와 같이 을사늑약은 원천적으로 무효이고 따라서 을사늑약을 바탕으로 체결된 한·일 합방도 자연 무효입니다. 1926년 순종황제는 비서관 조정구에게 다음과 같은 유언을 했습니다.

"나에 이르러 종묘사직이 멈췄으니 조상에 면목이 없이 되었고, 2000만 동포에게 큰 죄를 지었다. 그러나 한일 합방은 내 뜻이 아니고 나는 수결도 하지 않았다. 내가 죽은 후에라도 이러한 상황을 온 국민에게 알리어 나의 억울함을 풀어 달라"는 유언을 남겼습니다.

최근 서울대학교 이태진 교수는 한일 합방조약문의 순종 수결은 집자의 흔적이 있다고 발표했었습니다.

독립운동의 가장 큰 명분은 을사조약과 한일 합방이 우리의 뜻이 아닌 일제의 강압에 의해 체결되었다는 것입니다. 그러므로 해방 후 가장 먼저 했어야 할 일은 한일 합방 무효화 선언이었습니다. 나는 지금이라도 국민을 대표하는 국회에서 상징적이라도 무효화 선언을 해야 한다고 생각합니다. 지금도 일본에서는 식민지 시혜론을 주장하고 있지 않습니까?

프랑스 파리 노틀담 뒤에 2차 대전 중 독일의 강제 수용소에서 처형당한 20만 명의 죽음을 애도하는 기념관이 있습니다. 그 기념관 앞면에 "용서하라. 그러나 잊지는 말라"는 철학자 사르트르의 경구가 있습니다. 이에 앞서 독일은 프랑스에 사죄했고 프랑스는 독일을 용서하여 EU의 중심국가로 화해와 협력의 관계가 되었습니다. 우리는 일제의 침략으로 800만 명이 희생되었습니다, 그리고 국토가 분단되어 아직도 일제의 피해가 사라진 것이 아니라 현재도 진행되고 있습니다.

60주년은 한 주기의 마감이고 새로운 출발이기도 합니다. 우리는 광복 60주년이 한일 관계와 동북아시아의 새로운 질서와 평화와 화해협력을 이룩하는 원년이 되었으면 합니다. 그러기 위해서 일본은 사죄하고 우리는 용서하는 가시적이고 상징적인 행위가 있어야 한다고 생각합니다.

3국시대 맞아? 4국시대지

1999년 3월 25일
가락회보

일본 역사교과서 왜곡에 대한 규탄이 높아지고 있다.

역사왜곡은 비단 일제 침략사뿐만이 아니다. 우리나라 고대사에 4국시대를 3국시대로 기술한 것도 역사왜곡이다. 고대국가로서 체제가 미흡하다하여 6세기 중엽까지 존재했던 가야제국을 우리나라 고대사에서 빼버린 것은 왜곡이라기보다는 학자들이 역사기술 접근방식에 문제가 있다고 봐야 할 것이다.

이를 잘 알면서도 지금까지 애써 외면해 온 학계의 현실 앞에 가야사에 관심 있는 이들은 분노하고 있다. 사료 부족, 연구인력 부족, 연구비 부족 등의 구실 아래 속수무책으로 체념해 왔다.

1987년에 설립한 '재단법인 가락국사적개발연구원'은 잘못된 삼국시대 역사구도를 깨뜨리고 4국시대의 시간적 공간적 실체를 회복하고 복원시키겠다고 출발했다. 고대사 왜곡의 역사를 살펴보면 그 시대의 승자요 기득권 세력이었던 신라가 사민徙民정책이란 정치논리로 가야지역 백성들을 중부권 전방지역으로 내몰고 그것도 모자라 역사마저 실종시키며 가야유민을 탄압했던 것을 알 수 있다.

신라를 계승한 고려 또한 『삼국사기』와 『삼국유사』에서 가야 역사를 주체적으로 다루지 않고 신라사, 백제사에 부용시킴으로써 가야사는 역사에서 완전히 실종되고 말았다. 이러한 역사는 조선에서도 그대로 이어진다. 조선 후기에 와서 자아를 찾으려는 실학자들이 가야에 대한 관심을 높이기 시작했으나 이 또한 일제 강점으로 좌절되고 말았다.

조선을 빼앗은 일제는 실종된 가야의 빈자리를 임나일본부로 채우고 가야사는 그 연구자체를 배제해서 학계에 금기로 만들어 버렸다. 해방 후에도 일제 잔재를 청산하지 못한 학계에서는 일제가 밀봉해 놓은 가야사를 마찬가지로 금기시했다.

마침내 천관우千寬宇의 『복원 가야사』, 문정창文定昌의 『가야사』로 가야사에 대한 관심이 높아지기 시작했다. 1987년에 설립한 '가락국사적개발연구원'의 출범은 가야사 연구에 새로운 전기를 마련했다. 설립 초기에는 학계 관심을 끌 수도 없었고 학자들 참가도 매우 소극적이었다. 그러나 가야사 복원의 가장 큰 취약점인 사료와 연구 인력 부족을 타개하기 위해서 연구원 산하에 문헌사학의 연구를 위한 '한국고대사회연구소'와 고고학 연구를 위한 '가야문화연구소'를 두고 학자들의 참여를 적극 유도한 것이 주효했다.

가야문화연구소에서는 김해 대성동과 양동리 고분 발굴 조사를 통하여 가락국의 실체를 입증하였고, 문헌사학 쪽에서도 심도 있는 연구 성과물로 학계 관심을 끌기 시작하였다.

김해시에서 주관한 제7회 국제학술회의에서 홍익대학교 김태식 교수가 「4-5세기 국제정세와 가야연맹의 변동」이란 주제발표를 통하여 당 시대의 한반도 구도가 4국시대였음을 주장하고 한국고대사를 3국이 아닌 4국시대로 기술할 것을 제창하였다.

그 이론적 근거는 김해 대성동과 양동리, 예안리 그리고 부산의 복천동 등지에서 발굴 조사된 유물 유적이 바탕이 되었다. 4국시대 제창이 재야 사학자가 아닌, 대학교 역사교수인 정통사학자에 의해 제안되었음은 우리나라 사학계에 코페르니쿠스와 같은 큰 변화라 하겠다.

김 교수는 가야가 서기 42년에 건국되어 562년에 완전히 멸망할 때까지 적어도 218년 동안은 4국시대를 이루었다고 했다. 백제 · 고구려 · 신라만이 존재했던 삼국시대는 대가야가 멸망한 562년부터 백제가 멸망한 660년까지이니 겨우 98년에 불과하다.

이미 손진태 교수가 해방 후 그의 저서 『국사대관』에서 이 시기를 고구려 · 백제 · 신라 · 가야 · 낙랑 · 부여 등 6국시대라고 주장한 적이 있었다. 그러나 낙랑은 한사군의 하나였고 부여는 독자적인 문화형성이 없었기 때문에 이 주장은 학계의 관심을 끌지 못하였다.

낙랑은 313년, 부여는 346년에 각각 고구려에 멸망했으니 고구려, 백제, 신라, 가야 등 4국이 존재했던 기간은 대가야가 멸망한 562년까지 218년인 것이다. 그동안 유물 유적 발굴을 통하여 가야제국이 가지는 문화의 독창성과 중국 남제南齊 그리고 왜倭와 국제적인 외교관계로 볼 때 가야는 엄연한 고대국가였다.

당시 한반도 구도를 4국시대로 규정함은 지극히 당연하다. 4국시대 제안을 사학계에서는 진지하게 검토해야 할 것이다.

단군문화 정리되어야

2003년 1월 3일
동아일보

10월 3일은 하늘 문이 처음 열린 날이다. 국난의 여울목에서 국조 단군사상은 민족의 정신적 지주가 되었다. 13세기 몽고 침략 때 민족의 뿌리가 하나임을 깨우쳐 주었고 일제강점기에는 항일운동의 중심이었다.

지금 단군을 둘러싸고 서로 상반되는 두 가지 현상이 일어나고 있다. 하나는 단군상이 도처에서 훼손되는 현상이고, 또 하나는 단군을 높이기만 하면 애국이 된다는 단순한 단군 숭배사상이다.

단군과 상고사에 대한 학계 관심은 줄어드는 반면 재야 사학계 관심은 높아가고 있다. 정확한 근거 없이 단군의 역사적 의미를 지나치게 부풀려 해석하는 것은 올바른 학문적 태도가 아니라는 주장과 상고사를 올바르게 복원하여 민족사를 바로 세워야 한다는 주장이 맞서고 있다.

인하대학교 윤병석 교수는 항일독립운동의 정신적 지주는 '단군의 자손으로 이루어진 찬연한 민족독립국가라는 신념'이고, 또 1909년 나철羅喆이 단군교의 중광重光을 선포한 것은 몽고침략으로 단절되었던 단군교가 부활됐음을 뜻한다고 주장했다. 단군교가 대종교로 개명하면서 조직을 확충하고민족의 역사의식을 고취함으로써 자연스럽게 독립운동으로 이어졌다. 독립운동가 서일, 조성환, 이범석, 김좌진 등은 모두 대종교 교도였으며 상해임시정부에서는 대종교를 국교로 추진하기까지 하였다.

단군과 고조선에 대한 인식은 민족의 존망 위기에서 몇 차례 변화가 있었다. 13세기 『대몽항쟁기』에 쓴 「단군본기」에서 신라·고구려·옥저·부여·예·맥 등을 모두 단군의 자손이라 한 것은 민족 뿌리가 하나임을 강조하였다는 데 큰 의미를 지닌다. 당시 고려인들 의식에 끈끈하게 이어져 오던 옛 신라, 고구려, 백제의 유민의식을 떨쳐 버리는 데 기여했기 때문이다.

한 국가 구성원 모두에게 동포 혹은 겨레란 용어를 쓸 수 있는 민족은 흔하지 않다. 19세기 초 제국주의 열강의 침략 앞에 운명공동체로서 단군 숭배의 기운이 팽배한 가운데 대종교가 창시되었고 이 시기에 『단기고사』 『환단고기』, 『삼일신고』와 같은 책들이 나왔다.

단군에 대한 인식은 민족 공동체의 상징으로 이어져 왔다.

한우근 교수는 "한국인이 마음 속에 오랜 세월 동안 살아온 단군의 신격을 부정해도 안 되고 손상시켜도 안 된다" 했다. 이제 역사가들이 단군과 상고사에 대한 적극적인 연구와 참여로 단군문화를 정리하여야 할 때가 되었다. 4336주년 개천절을 맞이하면서 단군문화가 정리되기를 기대한다.

사할린에 버린 우리 동포

2003년 8월 1일
독립기념관 관보

일본 홋카이도北海道 북쪽 오호츠크해에 위치한 7만 6천 평방킬로미터 면적에 인구 67만 명이 사는 사할린은 우리의 뇌리 속에 삭막하고 꽁꽁 얼어붙은 유배지로 인식되어 왔다. 이 광활하고 버려진 땅이 러·일·중의 관심을 끌기 시작한 것은 제국주의에 물든 이들 국가들의 영토적 야욕과 석유·석탄·천연가스·금속·수산물·임산물 등 풍부한 천연자원 때문이다.

특히 러·일의 관심이 집중되었고 그들의 힘의 균형이 깨어질 때마다 이곳 주민들의 국적이 바뀌었으니 기민棄民과 유형流刑의 땅이 될 수밖에 없었던 배경이다. 제국주의로 무장된 이들 국가들은 풍부한 천연자원을 개발하기 위하여 강제로 노동력을 동원했고, 본토에서 소외된 소수민족이 이곳으로 모여들게 되었으니 이 또한 정글법칙으로 얼룩진 역사의 산물이라 하겠다.

러·일 양국의 끊임없는 영토분쟁 속에 일본 제국주의가 크게 발호하던 2차 세계대전 중에 조선인들의 강제징용이 이루어졌다. 조선인들은 소수민족 가운데 최대 인구를 차지했다. 조선인들은 탄광과 군수공장에서 혹사당하다가 일본 패망으로 귀국의 꿈에 부풀어 있었으나 이들에게는 국적이 일본에서 러시아로 바뀌는 것 외에는 아무런 변화도 없었다.

사할린에 거주하는 조선인들은 주로 세 갈래로 나눌 수 있다.

일제 강점기에 강제로 연행된 1세대와 1.5세대들로 탄광과 어업에 종사하는 선주先住 조선인, 2차 대전 뒤 일본인들이 철수하고 대륙(러시아)에서 들어온 소련계 조선인, 전후 북한에서 노무자로 들어와 정착한 북한계 조선인들이다. 특히 강제 연행된 선주 조선인과 그 피해 가족들한테 강제 연행은 지나간 과거의 일이 아니라 지금도 계속되고 있는 현재 진행형의 일로 남아 있다. 이들에게 과거문제는 과거에 머물지 않고 미래를 개척하는 문제이므로 그 진상을 밝히는 것은 매우 중요한 문제이다.

특히 한·일 관계에서 과거에 대한 청산 없이는 미래도 없으므로 정부차원에서도 깊은 관심을 가져야 한다. 사할린이나 재일동포에게 과거사에 대한 올바른 이해는 재일동포들의 법적 지위나 남북한과 일본과의 관계에서 밝은 미래를 구축하기 위한 무기가 될 수도 있기 때문이다. 하지만 우리는 조선인 강제 연행의 진상조사는 물론 그 개념 정리도 제대로 못하고 있다. 정부는 두 말할 것도 없고 역사학계 또한 그 책임에 있어서 자유롭지는 못할 것이다.

조선인 강제 연행은 좁은 의미로는 1938년에 공포된 국민총동원령에 따라 조선인을 일본내 탄광이나 기업체에 연행한 것과 군수공장 등 전쟁수행을 위해서 동원한 것으로 볼 수 있다. 그러나 훨씬 그 이전에 일제가 사할린 등지에서 행한 벌목, 제지, 채광, 채굴 등 의도적이거나 정책적으로 조선인 노동력을 투입한 것도 강제 연행의 범주에 속한다고 할 수 있을 것이다. 우리나라는 해방되어 독립국가를 세운 지 50년이 지난 지금까지도 이러한 일제 침략상을 제대로 밝히고 정리하지 못했다.

일제로부터 해방되어 독립정부를 세웠다면 불법적이고 강제로 체결된 1904년 한·일 의정서, 1905년 을사늑약, 1907년 한·일협약, 1910년 한·일 합방 등의 무효화 선언이 있어야 했다. 1905년 고종황제가 중심이 되어 벌인 을사조약 무효화 운동이나 1926년 순종황제가 사망하기 전에 "지난날의 병합인준은 일제가 역신의 무리(이완용 등)와 더불어 제멋대로 해서 제멋대로 선포한 것이요, 다 내가 한 바가 아니다"라고 조정구에게 남긴 유조遺詔를 보면 불법적인 조약체결 무효화 운동은 해방 뒤에도 계속 됐어야 했다.

독립국가를 세운 우리는 제일 먼저 한·일합병 무효화를 선포하고 조선인 강제 연행에 대한 진상을 밝히고 그들의 한을 풀어 주어야 했었다. 과거사에 대한 청산 없이는 일본 역시 두고두고 부담이 될 것이다. 그들은 국제사회에서 인권 후진국의 오명을 면하지 못할 것이기 때문이다.

일본과 비슷한 처지였던 독일의 전후 처리는 일본과는 너무나 대조적이다. 그들은 피해국에 대한 보상은 물론 1995년에 베를린시에서는 320억 원의 막대한 예산을 들여 유태인 민족교육을 위한 유태인 학교까지 지어주었다. 독일 전후 처리는 국제적인 인권규범에 합당한 것이며 독일은 인권 선진국이란 마땅한 평가를 받고 있다.

우리 정부는 일본한테 사할린 조선족이나 재일동포들에 대한 민족교육을 끊임없이 요구해야 한다. 이렇게 하는 것은 일본이 그들이 저지른 과거사에 대한 반성을 추구하는 기회를 마련하는 셈이 될 것이다. 일본으로서는 과거사에 대한 반성과 상응하는 보상을 함으로써 민주국가로서 도덕성을 갖추고 인권 선진국으로 진입할 수 있게 될 것이다.

우리는 강제 연행된 사할린동포나 재일동포들의 과거와 인권문제를 소련이나 일본의 가치판단 기준을 가지고 접근해서는 안 된다. 소련이나 일본은 국제사회에서 인권 후진국으로 평가받고 있다. 일제로부터 해방된 사할린에 패전국인 일본인들도 귀국하고 중국인도 귀국하였다. 조선인들만 소련체제에 묶여버린 채 남아 있다. 1946년 미군 GHQ가 만든 인양에 관한 각서와 1949년 소련지구 인양 미·소협정에 한국인은 귀국자 범주에 포함되지 못했다. 미국과 소련이 가진 인권에 대한 가치기준을 의심하지 않을 수 없다.

『사할린 유형과 기민의 땅』이란 책을 지은 최길성 씨는 책에서 강제 연행된 현지 조선인 1세, 1.5세, 2세들의 애환과 삶의 현장을 리얼하게 담고 있다. 강제 연행된 한인들만 사할린에 남게 되었으니 이는 일본의 부도덕함과 한국 정부의 무관심 때문이다. 기민과 유형의 땅 사할린에 남은 조선인들에게는 한만 남기고 민족의식이나 국가에 대한 충성심은 송두리째 앗아가 버리고 있다.

패전국 일본이 사할린에 묻힌 일본인들 유골을 발굴하고자 하는 것이나 미국이 6.25 때 전사한 미군들의 유해 발굴을 위해 막대한 대가를 지불하는 것은 유족들에게 단순히 유해를 건네주는 차원이 아니다. 국가에 대한 신뢰와 애국심을 각인시켜 줄 수 있기 때문이다. 후손으로서 자긍심까지 심어줌으로써 언제나 국가가 필요할 때는 개인의 충성심을 강요할 수 있기 때문이다.

이제 우리는 많은 사할린 동포들이 그곳에서 뿌리내리고 사는 데 주목해야 한다. 더 늦기 전에 그들이 한국을 모국으로 생각할 수 있도록 국가로서 할 일을 다 해야 한다.

단군릉과 단군동상

1999년(4332) 10월 12일
세계일보

몇 년 전 북한에서 단군릉을 발굴하고 단군의 유골을 수거했다는 발표를 하여 웃음거리가 된 일이 있었다. 그런데 이번에는 북한 조선중앙역사박물관 학술연구 집단에서 평양시 은정구의 토성을 조사 분석한 결과 이 토성이 단군조선시대 수도성의 북쪽 방위성으로 입증됐다고 발표했다.

이 무렵 남한 일부지역의 학교 교정에서는 단군동상의 목이 잘린 사건이 있었다. 학교에서는 분명 민족정신을 높이기 위한 교육적 효과를 기대하면서 국조國祖 단군상을 세웠을 것인데 이런 해괴한 일이 벌어지고 말았다.

이에 자극을 받았음인지 이번에는 저명한 문인 등이 단군조선을 염두에 두고 '한국상고사 바로 세우기 운동'을 벌이고 있어서 학계에 뜨거운 찬반 논쟁을 불러일으키고 있다. 같은 민족으로서 국조 단군에 대한 남·북한간 인식의 차이는 그 접근 방법부터 크게 다르다. 뿐만 아니라 남한의 역사학자들 간에도 그 역사인식에 대한 이론이 분분하다.

단군을 역사학의 영역으로만 다루려는 실증 사학자들 사이에서는 단군조선 자체가 외면되어 왔다. 그런데 이번에 역사학자들을 포함한 많은 지식인들이 참가한 가운데 '한국상고사 바로 세우기 운동'을 전개하고 있는데 이 운동은 바로 단군에 대한 인식을 교훈적이고 주체적인 선민의식의 고양에 초점을 맞추려는 것 같다.

그러나 북한에서의 단군릉 발굴과 단군 시대의 수도성 입증 등의 주장은 남한 학자들의 상고사 바로 세우기 운동과는 다른 것 같다. 북한에서는 학술적이거나 교육적인 접근이 아니라 어떻게 하든지 평양에서 단군의 본거지를 찾고 단군조선-고구려-고려로 이어지는 민족의 정통성을 북한정권에 맞추려는 정략적 냄새가 풍기고 있다. 이는 평양에 근거를 둔 단군을 국조로 관념화시키고 의식화시켜 민족의 정통성을 평양에 두려는 계략인 것이다. 북한 사학계가 통일신라의 정통성을 인정하지 않는 것과 맥이 통하는 일이다. 이제 우리 남한 역사학계에서도 단군을 실증사학의 잣대로만 논단해서는 안 될 것이다.

어느 교수의 주장처럼 한국인의 마음속에 수천 년간 살아온 단군의 신격을 부정하거나 손상시켜서도 안 될 것이다. 상고시대의 통치자로서 단군은 미해결의 수수께끼가 많다. 그러나 새로운 사회가 열릴 때 나타나는 신화의 역사성을 부정해서도 안 된다. 이를 풀기 위해 역사학계는 부단한 노력을 해야 할 것이다.

국조 단군을 정략적으로 악용해서도 안 되지만 단군의 목을 자르는 특정 종교집단의 행위는 종교가 가진 또 하나의 패러독스이다. 이제 남북 공히 국조 단군을 통하여 선민의식과 공동체 이념을 살려 민족의 동질성을 회복하는 데 이바지해야 할 시기가 온 것 같다.

단군에 대한 문화 사상적 차원에서의 접근이 학문적 접근과는 차이가 있을 수밖에 없다. 그러므로 상고사에서 단군조선의 역사적 의미를 너무 부풀려서도 안 되지만 또 너무 과학적이고 실증 사학적으로만 접근해서도 곤란하다. 이는 단군신화 자체를 부정하거나 경시해 버릴 수도 있기 때문이다.

단군신화는 한국인의 뇌리에 국조신앙國祖信仰, 홍익인간弘益人間, 선민의식選民意識 등 민족 공동체 이념의 정서를 듬뿍 담고 있는 문화사상의 측면이 있음을 간과해서는 안 된다는 뜻이다.

탈레반 피랍의 개운치 않은 여운

■ ■ ■

2007년 (미발표)
샘물교회 선교단 피랍사건을 보고

21세기는 11.9로 시작됐다고 한다. 1989년 11월 9일 베를린 장벽이 무너지고, 1990년 동·서독이 통일되고 1991년 구소련이 무너지면서 사실상 냉전체제의 20세기는 종식되었다. 이제 21세기는 전쟁과 갈등과 대립이 없는 평화와 화합 그리고 인간중심의 세계가 전개될 것이라는 희망과 기대에 부풀었다. 냉전체제하에서 굳게 잠겼던 동서와 남북의 빗장이 열리게 되어 이른바 글로벌시대가 열렸다.

그러나 글로벌시대의 신자유주의는 필연적으로 무한경쟁을 유발하며 강대국의 새로운 패권주의로 나타나게 되었다. 그로 인하여 세계의 경제 질서는 자국의 1차 산업마저도 보호할 수 없는 정글법칙의 경쟁체제로 제국주의화 되어가고 있다.

중국, 인도, 소련 등 거대시장의 개방은 강대국의 패권주의를 더욱 노골화시켰다. 이러한 가운데 2001년 9월 11일 이른바 9.11사태가 전 세계에 커다란 충격을 주었다. 탑승객을 가득 태운 민항기가 무기로 돌변하여 미국의 심장부인 맨하튼의 무역센터를 공격하여 핵폭탄 같은 위력을 발휘하자 전세계는 단번에 전선 없는 전쟁터로 변해 버린 이른바 테러의 위협과 공포에 휩싸이게 되었다.

탈냉전체제의 새로운 세기에 대한 기대와 희망이 사라진 것이다. 종교이념으로 무장한 이슬람권과 기독교권의 뿌리 깊은 갈등과 대립의 역사적 산물이어서 끝이 보이지 않는 분쟁으로 이어지고 있다.

종교분쟁은 이념이나 사상으로 무장된 이데올로기의 대립보다 더 무섭고 잔인한 것이다. 지금 도처에서 터지는 순교적 사명감으로 일으키는 저 자살테러를 어떻게 무력이나 설득으로 진압시킬 수 있겠는가.

이번에 아프가니스탄에서 봉사활동을 하던 우리의 젊은이들인 샘물교회 신도들 23명이 이슬람의 근본주의자들인 탈레반에 납치되어 2명이 희생되고 21명이 어렵게 풀려났다. 샘물교회 박은조 목사는 이슬람국가에 더 많은 선교단을 보내고 싶다고 언명함으로써 아프가니스탄에 파견 목적이 선교활동이었음이 분명하게 밝혀진 셈이다. 선교활동 그 자체를 시비하고 싶지는 않다.

그러나 이교도들에게 자기 종교를 전파하는 포교활동은 결국 궁극적으로 이교도들을 개종시키는 것이 목적일 수밖에 없다. 포교를 하다 희생된 신도들은 스스로를 가장 성스러운 순교자로 평가할 것이다. 똑같은 논리로 무슬림도 그들의 자살테러 그 자체를 성스러운 순교활동으로 평가할 것이기 때문에 양편이 평행선을 달릴 수밖에 없는 것이다.

순교에는 두 가지 종류가 있다고 생각한다. 자기 종교에 대한 외부의 탄압이나 강요되는 개종에 끝까지 굽히지 않고 목숨을 버리는 순교가 있고 자기 종교를 전파시키기 위한 포교활동이나 혹은 타종교를 개종시키려다 희생되는 적극적인 순교가 있다. 역사적으로 후자는 전쟁을 유발하거나 타종교에 대한 탄압으로 이어지기 일쑤이다.

타종교 신자들을 적극적으로 개종시키려는 포교활동은 일종의 종교패권주의요, 나아가서는 종교전쟁을 유발하는 원인을 제공할 수도 있다. 이제 종교와 신앙과 사상은 공존해야 한다. 종교간의 차이를 가지고 대립과 갈등으로 이어지는 중세적인 발상은 지양되어야 한다.

이슬람의 근본주의자들이나 기독교의 근본주의자들은 타종교를 인정하지 않고 있다. 1096년부터 1291년까지 7번에 걸친 십자군의 동방원정이 인간의 존엄성과 도덕적 가치를 얼마나 황폐화시켰는가. 나폴레옹의 이집트 원정도 십자군의 원정과 같은 맥락이다.

2차 세계대전이 끝나자 유럽을 떠돌던 유대인들이 팔레스타인 땅으로 모여 미국의 후원 아래 이스라엘의 독립을 선포하였다. 이로 말미암아 이곳에 살던 팔레스타인 사람들은 인근의 요르단·레바논·리비아 쪽으로 쫓겨났고 이로 인한 중동전쟁은 결국 이슬람세계와 친이스라엘 정책을 고수하는 미국의 유혈사태로 이어졌다. 이런 것들로 얽힌 작금의 테러는 테러를 당하는 쪽도 테러를 행하는 쪽도 모두 스스로 순교자로 규정하고 있으니 해결의 실마리가 보이지 않는 것이다.

지금까지 우리 민족이 강대국의 틈새에서 살아남은 것은 우리 문화가 공존과 조화의 독창성을 유지하고 있었기 때문이다. 우리 민족은 유교·불교·도교가 동시대에 같은 장소에서 공존했고 천주교·기독교가 들어올 때도 다소의 마찰이 있었으나 타종교와 공존하고 있다. 이것이 신神 중심의 서구문명과 사람人 중심의 한국문화의 차이이다.

공존의 조화 속에 인간을 중시하는 한국문화의 독창성은 지금까지도 이어지고 있는 것이다. 타종교를 인정하지 않고 자기 종교화 하여 모든 사람들을 자기들이 믿는 유일 신전으로 몰아넣으려는 포교를 순교로 규정하고 성전으로 규정하는 한 분쟁은 끊임없이 이어지게 될 것이다.

11.9로 시작된 탈냉전의 21세기가 전대미문의 9.11테러 사태로 지금 방향을 잃고 있다. 그 갈등과 혼란의 배에 동승해서는 안 된다. 계속 선교활동을 하겠다는 샘물교회 박 목사의 의지는 분쟁의 배에 올라 어느 한쪽이 되겠다는 의지로 보여 개운치 않는 여운을 남긴다.

기록문화에 대한 우리 민족의 역사인식

2009년 8월 20일
전북 정읍 인터넷 신문 꽃샘

얼마 전 서울대학교에 간 걸음에 규장각에 들렀다. 관장(노태돈 교수)이 평소 친분이 있는 분이라 인사차 방문한 것이다. 이런저런 얘기 끝에 "오늘 김 선생께 좋은 선물을 드리겠다"며 규장각 총무팀장에게 지하 2층 수장고 열쇠를 가져오라고 했다. 지하 2층 수장고는 외국 손님이나 특별한 분이 아니면 개방하지 않는 『조선왕조실록』을 보관하는 곳이다.

구중궁궐 들어가듯 몇 개의 문을 지나니 두꺼운 유리창으로 잘 정리된 『조선왕조실록』을 볼 수 있었다. 필요한 열람객을 위해 몇 권의 실록은 별도로 보관해 놓았는데, 「연산군일기」와 「중종실록」이었다. 창호지 전지에 활판 인쇄된 원본 실록을 보는 순간, 우리 민족의 기록문화에 대한 말할 수 없는 자긍심과 선조들의 역사인식에 경탄을 금할 수 없었다.

이 실록은 유네스코 세계기록문화유산으로 지정되어 있다. 축쇄판 영인본 실록을 보던 때와는 전혀 다른 느낌이었다. 우선 크기가 한지 원본 그대로였고, 600여 년이 지났는데도 그 보관 상태가 금방 찍은 것과 조금도 다름이 없었다. 천년이 지나도 변하지 않는다는 세계에서 가장 양질의 우리나라 한지에 대한 우수성도 새삼 느낄 수 있었다.

중종 때 제작된 실록은 한지에 꿀물을 먹여 종이 색깔이 엷은 황금색을 띠고 있어서 더욱 돋보였다. 꿀물을 먹이면 좀이 쉬이 쓴다 하여 그 후의 것은 순수한 한지를 썼단다. 중국 · 일본 실록과 함께 전시해 놓았는데 그 질이 비교가 되지 않았다.

나는 실록을 보는 순간 안의安義, 손홍록孫弘祿이 떠올랐다. 임진왜란 전의 원본 실록은 이분들이 아니었다면 볼 수 없었기 때문이다. 어쩌면 조선 역사 자체도 제대로 알 수 없었을 것이다. 안의, 손홍록 선생은 우리나라 사료 보존 역사상 가장 빛나는 공을 세운 분들이다. 이 분들이 어떻게 조선시대 역사를 오롯이 담고 있는 왕조실록을 지켜 냈는지에 대한 본론은 이미 앞장 '우리 역사 어떻게 쓰였나'에서 살펴보았으므로 여기서는 생략한다. 조선시대 왕조실록은 태조부터 철종에 이르기까지 25대 472년의 실록이 서울대학교 규장각에 고스란히 남아 있다.

국사편찬위원회에서 축쇄판으로 영인하여 국내외에 널리 보급하였다. 일제 때는 '이조실록'이라 했으나 정당한 명칭이 아니므로, 지금은 '조선왕조실록'이라고 한다. 왕조실록은 한꺼번에 편찬된 것이 아니고 춘추관 관원인 사관史官들의 사초史草를 기초자료로 대대로 편찬했다는 것은 앞장에서 이미 언급한 바 있다.

실록은 임금이 즉위한 날로부터 사망한 날까지 사실을 편찬하는데 첫째 단계는 수집된 모든 사료 중에 중요한 사실을 뽑아내어 초초初草를 작성한다. 둘째 단계에서는 초초 가운데 빠진 것을 보충하고 불필요한 자료를 삭제하거나 잘못된 자료를 수정하여 중초中草를 만든다. 셋째 단계로 중초의 잘못을 다시한번 고치고 문장과 체제를 통일하여 정초正草를 작성한다.

이 모든 것이 완성되면 정초는 특별히 설치된 사고에 보관하고, 기본 자료였던 사초와 춘추관시정기, 실록의 초조 · 중초는 모두 세초洗草:자하문 밖 차일암 개천에서 글자를 물로 씻어내는 것을 말함하여 기밀누설을 막고 종이는 재생시킨다. 사고에 비장된 실록은 선악과 군신의 모든 행위가 사실로 직필 되어 사관 외에는 누구도 볼 수 없도록 되어 있다. 실록이 오늘날까지 존재할 수 있었던 이유이기도 하다.

태조와 태종 때까지 실록은 각각 2부씩 등사하여 서울 춘추관, 충주사고에 보관했으나 세종은 두 곳에만 보관하는 데 불안을 느껴, 전주와 성주에 사고를 신설했다. 이곳에 2부를 더 정서하여 모두 네 곳에 보관하였으나 임진왜란 병화로 춘추관, 성주, 충주사고에 있는 실록은 모두 사라졌다.

전주사고 실록만이 남게 되었는데 여기에는 안의, 손홍록 두 사람의 확실한 역사인식 때문이란 점은 앞에서 언급한 바 있다. 우리 역사에서 위기 때마다 나라를 지킨 이들은 언제나 평소에 정부로부터 냉대받던 이름 없는 유생과 농민, 상민들이었다. 만일 앞에서 언급한 안의, 손홍록이 아니었더라면 나는 규장각에서 명종 이전의 실록은 볼 수 없었을 것이다. 실로 두 분의 공적을 어찌 글로써 표현할 수 있으랴. 그런데 어찌 된 일인지 이 분들 이름은 『국사대사전』에조차 나오지 않는다. 이 나라 역사가들의 역사인식은 한심하다는 말로 밖에 달리 표현할 길이 없다.

조정에서는 사관을 내장산으로 파견하여 안의, 손홍록이 지켜낸 실록을 해주로 옮긴다. 이후 해주에서 강화도, 강화도에서 묘향산으로 옮겼다. 왜란이 끝난 뒤 3부를 활자로 출판하여 전주사고에 있던 원본과 교정본을 합하여 5부가 되었다. 1부는 서울 춘추관, 다른 4부는 강화도 마니산, 봉화 태백산, 영변 묘향산, 평창 오대산에 나누어 보관하였다. 모두 병화를 피할 수 있는 심산유곡과 섬으로 옮긴 것이다. 이때 전주실록은 마니산, 교정본은 오대산에 비장하였다.

그 후 춘추관실록은 이괄의 난 때 불탔고, 묘향산에 보관한 실록은 후금과의 외교관계가 악화되자 전쟁을 염려하여 무주 적상산으로 이전했다. 마니산(전주 원본) 실록은 병자호란 때 청군이 크게 파괴하여 낙권, 낙장이 많이 생겼으나 현종 때 완전히 보수했다. 하지만 춘추관실록은 다시는 복구하지 못하였다. 그 뒤 마니산 실록은 새로 지은 강화도 정족산 사고로 옮겼다. 이렇게 해서 정족산(전주 원본), 태백산, 적상산, 오대산 4부의 실록이 조선 말기까지 온전히 보전되었다.

1910년 일제가 조선을 강점한 뒤 정족산과 태백산 실록은 조선총독부로 이관하고, 적상산 실록은 구황실 장서각으로 옮기고는 오대산 실록을 동경제대로 가져갔다. 동경제대로 간 실록은 관동대지진 때 타버렸고, 조선총독부에 이관하였던 정족산(전주 원본) 실록과 태백산 실록은 경성제대(현 서울대)로 옮겼다. 8.15 해방까지 남아 있는 것은 서울대학교 규장각에 보관되어 있는 정족산본(전주 원본)과 태백산본 뿐이다. 내가 규장각에서 본 것이 정족산본(전주 원본)이었기에 안의, 손홍록 두 분의 공적을 새삼 떠올리게 된 것이다.

필자는 2005년 가을, 독립기념관 사무처장으로 재직 당시 김희선 정읍문화원 사무국장과 서인석 정읍시 문화재계장의 안내로 비를 맞으며 안의, 손홍록이 실록을 옮겼던 내장산 용암굴 일대를 답사한 바 있는데, 당시 필자는 "이곳은 반드시 사적지로 지정하고 안의, 손홍록 두 분의 공적을 기리는 표지석이라도 있어야 한다"라고 건의한 바 있다.

그들은 우리에게 무엇이 나라사랑인지를 극명하게 보여주었기 때문이다. 지금 이 분들의 기리는 일이 추진되고 있는 것으로 알고 있다. 규장각에서 실록을 접하자 새삼 초야에 묻힌 두 선비의 역사인식과 당시 비를 맞으며 용암굴을 답사한 생각이 떠올라 필을 들었다.

다시 살아나는 사문난적

2010년 8월 4일
한겨레신문

당대를 풍미하던 성리학(주자학)의 거봉 백호 윤휴가 사문난적斯文亂賊으로 사약을 받은 것은 1690년이었다. 당대의 석학에게 사약까지 내리게 한 사문난적이란 죄명은 성리학과 주자에 대한 비판적 견해를 밝힌 자에게 덧씌우는 올가미였다. 이로 말미암아 성리학은 학문으로서 순수성을 벗어나 독단으로 치닫게 됐다. 사상적인 통제와 정적을 제거하는 이념의 칼날이 되어 주자학 이외의 어떤 사상과 학문도 용납하지 않아, 조선 왕조는 폐쇄적일 수밖에 없게 됐다.

이는 인조반정 이후 권력이 서인·노론에게 독점되면서 생긴 일이었다. 당시 백호白湖 윤휴尹鑴를 사문난적으로 몰아간 우암尤庵 송시열宋時熱은 노론이었고, 백호는 남인이었다. 주자의 경전 주해를 버리고 백호 스스로 만든 경전 주해를 제자에게 가르친 것이 사문난적의 빌미였다. 사실 백호의 경전 주해는 매우 고명하고 해석이 참신해 당대 석학들을 놀라게 했다. 우암 또한 누구보다 백호의 넓고 깊은 학식에 감복하고 성원했다. 따라서 우암의 백호에 대한 단죄는 학문상의 시비에 있었다기보다는 당쟁의 감정에서 나온 것임을 부인할 수 없게 됐다.

서인으로 분류되는 우암 학맥의 영수 율곡 이이는 우암과 나이 차이가

71살이다. 그러나 불과 70년 전, 당시 율곡이 주자와 다른 견해를 피력하고 퇴계를 비판했으나 이로 인하여 위해를 받은 일은 없었다.

사문난적이란 죄명의 올가미는 범법도 아니고 왕명도 아니지만 그 칼날에 걸리면 목숨을 부지할 수 없거나 철저히 세상으로부터 버림받게 됐다. 당시 지배 철학인 성리학에 대한 비판이나 학문적 자유와 사상적 다양성은 존재할 수 없었다.

작금에 일어나고 있는 보수·진보로 편을 가르려는 옹졸함과 교조적인 경직성·편협성이 300여 년 전 그 시대를 연상케 한다.

얼마 전 천안함 조사 결과에 대한 찬반을 놓고 국민과 비국민, 애국과 비애국으로 편가르는 국무총리나 한나라당 원내대표의 발언. "야당을 찍은 젊은이들은 북한에 가서 살아라"라는 유명환柳明桓 외교부 장관의 발언은 그들의 직위에 의심을 품게 하는 상식 이하의 일이다. 심지어 학생체벌금지에 대한 교육적 가치를 공정하고 합리적으로 평가하기 이전에 체벌금지를 주장한 자가 누구냐에 따라 찬반이 엇갈리는 편 가르기를 하고 있다.

17세기 노론 집권세력이 현실적 집권과 가진 것을 지키기 위한 수단으로 반대파에게 사문난적의 칼날을 휘두르던 것과 다름이 무엇인가, 개탄을 금할 수 없다.

제3장 문화

문화(Culture)는 경작과 재배를 뜻하는 라틴어에서 유래했으니 자연 상태의 사물에 인간이 작용을 가하여 그것을 변화시키거나 새롭게 창조해 낸다는 의미이다. 따라서 그 기원이나 출처에 관계없이 그 가치를 이해하고 그 힘을 필요로 하는 자가 주인이 될 수 있는 개방된 보고이다.

학생 인권 조례 교권침해 주장 이해 안가

2010년 7월 16일
경향신문

한국교원단체 총연합회(교총)가 일부 교육감이 추진하고 있는 학생인권 조례 제정에 반대하고 나섰다. 학생인권만을 강조하다 보면 교권이 침해된다는 것이 반대 이유다. 학생인권존중이 교권침해라니 선뜻 이해가 되지 않는다. 학생인권조례제정과 무상급식의 찬반을 놓고 진보 보수 교육감의 기준으로 삼는 그 이분법적 이론도 지극히 경직된 사고요, 논리의 비약이다. 그뿐만 아니라 진보적이란 말은 기득권이나 체제에 대해 전향적이고 개혁적이란 본래의 뜻과는 달리 보수극우파들은 이론이 궁하게 되면 곧 좌파 혹은 빨갱이로 비약시키기 때문에 진보적이란 명칭을 붙이기조차 부담스럽다.

경기도 교육감이 추진하고 있는 학생인권조례 (안)의 내용을 보면 체벌과 두발 길이 규제금지, 교과 외 학습의 학생선택권 존중, 수업시간 외 집회보장, 사상양심종교의 자유보장 등으로 이는 진보 · 보수의 문제가 아닌 교육의 일반적인 추세이며 이미 1970년대 우리나라의 교육현장에서도 학교장의 교육 철학에 따라 실행한 학교도 있었다. 다만 법제화되지 않았을 뿐이다. 70년 서울건국중학교 교사로 부임했을 때의 일이다. 유신정권하에서 수업은 몹시 경직되었고 학생훈육의 엄격함은 마치 병영을 방불케 하는 때였다. 그러나 당시에도 그 학교의 교장은 학생의 인권존중을 가장 중시하고 개성 있고 창의력 있는 건전한 민주시민의 육성을 교육목표로 삼았다.
우선 학생에게 체벌은 절대 금지되었다. 체벌은 인격적인 모욕이고 일벌백계의 처벌은 일제군국주의 교육의 산물이란 것이다. 당시 중학생은 모두 머리를 빡빡 깎게 하였으며 수시로 전교생이 집합하는 조회 등을 통해 두발과 복장검사를 하였으나 그 교장의 재임 시에는 한 번도 두발이나 복장검사 같은 것은 없었다. 머리에 쓴 비뚤어진 모자를 바로잡기 보다는 비뚤어진 정신을 바로잡아 주는 것이 교사의 몫이라고 소리를 높였지만 그 교장을 진보적이라 하지 않았다. 오히려 전향적인 자유민주주의 교육자라 했을 뿐이다.
무감독고사, 무인판매, 자유로운 특활시간 등 이런 일들은 기본적으로 학생들의 인권을 존중하고 인격적인 대우와 신뢰를 바탕으로 행해지므로 교사와 학생간의 격의 없는 신뢰가 구축된다. 인격적인 대접을 받고 자란 아이가 남의 인격도 존중할 줄 알게 된다. 학생인권존중이 교권침해라는 등식은 성립되지 않는다. 지금 추진하고 있는 학생인권조례는 오히려 만시지탄의 느낌이 있을지언정 교권침해일 수는 없다고 생각한다.

껌 사면 사랑 돌려줘요

2005년 5월 31일
사랑 실은 교통봉사대 천안지대 홍보대사로 위촉

택시 승객한테 껌 파는 기사들이 있다. 운전기사들로 조직된 '사랑 실은 교통봉사대'에서 심장병 어린이를 돕기 위한 모금운동이라 한다. 1986년 서울에서 몇몇 기사들이 뜻을 모아 시작한 '사랑 실은 교통봉사대'는 이제 온 나라로 퍼져 전국 각지에 40여 개의 지대가 창설되고 기사들 6,300여 명이 참가하고 있다고 한다.

그동안 껌 팔아 모은 돈이 16억 원, 이 돈으로 심장병 어린이 625명을 완치시켰다고 한다. 생활이 어려운 이웃에도 온정의 손길을 보내고 있다. 명랑한 운전, 밝은 생활을 위하여 노약자나 장애자 그리고 어린이와 함께 타는 손님이나 무거운 짐 든 손님을 먼저 태워주기 운동도 펼친다고 한다.

나는 '사랑 실은 교통봉사대'를 우연히 알게 되었다. 택시 안에서 판매용 껌통을 보고 알았다. 선행은 늘 낮은 곳에 있는 사람들이 베푼다.

나는 신문기사들을 스크랩해 왔다. 실향민인 80대 이부미 할머니가 식당 경영으로 평생 모은 재산 4억 원을 장학금으로 냈고, 홀몸 날품팔이 박일분 할머니가 전 재산 5억 원을 장학금으로 쾌척했으며, 도서출판 범우사 윤형두 대표는 30여 년간 수집한 도서 2만여 권을 기증했단다. 암으로 숨진 문복남 할머니는 평생 모은 10억 재산을 적십자사에 기증했고, 도서관 사서

책임자 오재철 씨 가족 3대는 장기와 주검(시체)을 기증했는가 하면, 간암 말기 황우성 씨는 치료비 1억 원을 이웃 돕기 성금으로 쾌척했다.

드문드문 신문지면에 이어지는 선행기사를 대할 때마다 큰 감명을 받았고, 이것이야말로 우리 사회를 지탱하는 보이지 않는 희생과 사랑이라고 생각해 왔다. 티끌세상에 일진청풍一陣淸風이요 값진 삶이다. 이런 분들이 있어 각박한 사회가 훈훈해지고 우리 민족이 이어지는지도 모른다. 아니 이어지는 것이다. 소위 지도층이란 사람들이 보여주는 부도덕, 몰염치, 지식인들의 집단이기주의에 신물이 나는 우리 사회에 말없는 이들의 사랑과 봉사와 희생이 청량제 역할을 하고 있다.

'사랑 실은 교통봉사대'에서도 이런 쾌감을 느낄 수 있었다. 베푼다는 것은 많이 가진 것과 비례하지 않는다. 없는 사람이 적은 것이라도 베푸는 행위는 훨씬 더 고귀하다. 이런 베풂은 순수하고 아름답다. 100원짜리 껌 팔아 16억 원! 그것으로 625명의 생명을 구했다니!! 아 얼마나 따뜻하고 훈훈한 바람인가.

필자는 2005년 5월 31일 '사랑 실은 교통봉사대 천안지대' 홍보대사로 위촉되었다.

유학과 근대화

2014년 06월 28일
예천신문

서구 방식의 복제보다는 우리의 역사와 문화에서 미래를 찾아야 한다. 이제 유학이나 유교에 대한 올바르고 합리적인 정의가 필요한 시기이다. 서구문물을 받아들인 뒤 나라를 일제에 빼앗긴 일이나 잘못된 것은 으레 '공자왈 맹자왈'로 날을 지샌 때문이라면서 고리타분한 유학에 진절머리를 친 나머지 급기야 『공자가 죽어야 나라가 산다』는 책이 불티나게 팔리기까지 하는 것이 오늘날 우리 사회의 모습이다.

그러면 이와 같은 유교에 대한 부정적인 인식이 과연 합당한 것인가? 유학이 과연 나라 발전의 걸림돌이기만 한 것인가? 한국의 전통문화(유학)는 일제 식민정책과 해방 이후 서구문화 지상주의 때문에 지식인들까지도 나라가 망한 책임을 유학이나 전통문화에 돌려 스스로를 비하하였다. 일본 지식인들은 유교를 바탕으로 메이지유신을 성공시켰는데 한국 지식인들은 유교 때문에 나라가 망했다고 생각하고 있다.

특히 1960년대부터 고도성장정책을 추구한 한국사회는 급속도로 산업화의 길을 걷게 되어 놀라운 경제발전을 거듭하게 되었다. 한국뿐 아니라 대만 홍콩 싱가포르 등 동아시아는 놀라운 경제성장을 이룩하여 OECD보고서에서 이들 네 나라를 동아시아의 작은 용이라 불렀다.

일찍이 서구문화를 받아들인 일본은 이미 큰 용이 된 상태이다. 네 마리 용이란 서구의 선진 자본주의 국가들을 제외한 라틴아메리카와 아프리카 지역에서 가장 두드러진 경제발전 사례를 지적한 것이다.

그렇다면 지금까지 유교문화권을 자본주의 발달의 걸림돌로 규정하던 유교에 대한 인식으로 이런 현상들을 어떻게 설명할 것인가? 결국 이로 말미암아 유교자본주의론이 등장하여 점차로 이들 지역에 문화적 전통, 특히 유교문화에 주목하게 된 것이다.

한국 일본 대만 홍콩 싱가포르 등은 아시아의 전통문화를 바탕으로 후진 경제를 선진 산업국으로 들어서게 하는 지름길이었음을 보여주게 된 사례이기 때문이리라.

이제 유교가 산업발전을 저해했다는 인식에 대한 회의가 일어나는가 하면 오히려 한국 일본 대만 싱가포르 등 후발자본주의 국가들의 경이적인 경제발전은 유교정신 때문이라고 주장하는 이들이 점점 늘어나고 있다.

유교의 성실성, 교육열, 근면정신, 가족주의, 중앙집권화, 상하관계 등이 그러한 요소라는 것이다. 물론 유교가 근대화에 미치는 순기능과 역기능이 있을 수 있겠지만, 유교의 원리적인 측면은 현대 민주주의나 산업사회를 발전시키는 데 방해만 되는 것이 아니라 잘 활용하면 조화를 이루면서 공존할 수 있다고 생각된다.

유교 윤리는 특히 과도한 산업화에 따르는 물질주의 폐해를 중화시키는 데 공헌할 수 있을 것이다. 따라서 새로운 한국문화는 전통문화의 계승 위에 선진 외래문화를 선별적으로 수용해야 한다.

유교의 윤리를 정치 이념화하여 고려의 전반적인 제도와 체제를 갖추게 한 최승로는 유학자이다. 그는 「시무 28조」에서 "풍속은 토질에 따라 다르므로 중국 문물을 받아들이되 우리의 실정에 맞게 선별적으로 수용할 것"을 주장했다.

현대는 이미 동서대립의 이데올로기가 무너졌다. 앞으로는 민족과 민족, 국가와 국가간의 무한경쟁시대이다. 우리의 독특한 전통문화에 바탕을 둔 기술과 사상을 길러야 국제경쟁에서 살아남을 수 있게 된다. 그런 의미에서 최근 인문학의 필요성이 강조되고 인문학이 살아남아야 한다는 주장은 매우 설득력을 얻고 있다.

세계를 이끌던 신자유주의 체제가 자본주의 모순을 극대화시키는 현상을 보면서 전통적인 우리의 유교에서 다음 체제를 구상할 수 있는 비전을 얻을 수 있지 않을까 생각해 본다.

인물 키움을 나무 가꾸듯이

2003년 4월 5일
독립기념관 관보

우리는 모든 것에 앞서 인물 키움, 인재양성에 나서야 한다.

큰일은 언제나 제도나 기계가 하는 것이 아니라 사람이 하기 때문이다. 보통사람이 아니라 위대한 사람이 위대한 일을 해낸다. 그러나 위대한 인물은 하룻밤 사이에 나오지 않는다. 정치가이든, 기술자이든, 경영인이든, 소설가이든 갑자기 영웅이 나오고 경세가가 나오는 것은 아니다. 일찍이 도산 안창호 선생은 이 나라에 인물 없음을 다음과 같이 개탄하였다.

"우리 중에 인물이 없는 것은 인물 되려고 마음먹고 힘쓰는 사람이 없는 까닭이다. 그러므로 인물 없다고 개탄하는 그 사람 자신부터 인물 될 공부를 꾸준히 해야 한다"고 주장하면서 참에 힘쓰고 행行에 힘쓰는 무실역행務實力行을 주장하였다.

유명한 중국 양계초梁啓超는 그의 '인재 설명론'에서 "인재는 역사적으로 위급존망의 비상시기가 아니면 잘 배출되지 않는다." 예로 중국만 해도 춘추전국시대와 진秦, 한漢, 수隨, 당唐의 교체기에 인재가 많이 배출되고 있음을 지적하였다. 이는 사람에게는 누구나 숨은 능력이 있는데 평소에는 자기 스스로 알지 못하게 묻혀 있다가 외부로부터 큰 자극을 받으면 비로소 잠재력이 발휘되기 때문에 평상시보다 비상시에 큰 인물이 속출한다고 봐야 할 것이다.

심약한 여자가 무서운 불길이나 세찬 강물 가운데서 어린아이를 구해 내거나 건져내는 것은 모두 위급지난에 발휘되는 인간의 잠재력이다. 양계초는 아무리 비상시라도 인재를 배출하지 못하는 경우도 있다면서 그 실례로 조선을 들었다.

"조선은 고금을 통하여 인재 하나 낳아보지 못했다"고 우리나라에 인물 없음을 폄훼했다. 우리 역사에 대한 양계초의 인식부족 탓도 있겠지만 우리가 깊이 음미해야 할 대목이다. 우리 역사에는 많은 아까운 인재들이 미처 크기도 전에 누명을 쓰거나 무고하게 희생당하는 경우가 너무나 많아서 비분강개함이 없이는 역사를 읽을 수 없다. 안타깝고 개탄스러운 일이다. 이 모든 것이 인재를 아낄 줄 모르고 인물 키움에 인색한 탓이다.

저명한 사학자요, 언론인인 호암 문일평도 "우리나라 사람들은 나라를 다스리고 백성을 구제하는 경국제세經國濟世의 큰 뜻보다 몸과 마음을 닦고 집안을 다스리는 수신제가修身齊家를 본령으로 삼아 그 생각이 먹줄을 그린 듯이 단조롭고 고정적이다"라고 개탄하였다. 또 "청년들의 발랄한 기백이 알지 못하는 사이에 사라져 버리고 초가삼간에 진사進士 벼슬만 얻어도 자족하므로 걸출한 인재가 잘 나오지 않는다"고 지적했다.

5천 년 역사를 자랑하는 우리나라에 왜 인물이 없을까마는 내우외환의 국난을 수없이 겪은 긴 역사에 비하면 그 인물이 적은 것이 사실이다. 조선시대에 일대문장으로 또 호협무비의 남아로 이름 높았던 임백호林白湖는 평생에 기언이행奇言異行이 많았다. 그는 죽음에 임하여 임종을 지켜보며 슬퍼하는 가족들을 보고 "사이팔만四夷八蠻이 모두 중원에 입주하였으되 오직 조선만이 좁은 땅에만 내몰렸으니 이러한 나라에 살아 있으면 무엇하느냐" 하고 개탄하면서 슬퍼하지 말라고 일갈했다는 유명한 이야기가 있다. 일세의 호걸이었던 그가 뜻을 얻지 못하고 비분강개하다 죽음에 임하여 토로한 말이니 그 호쾌함이 역시 임백호가 아니고는 못할 일이다.

그는 젊은 나이에 평안도사平安都事로 부임하는 길에 당대의 명기名妓였던 황진이黃眞伊 묘 앞을 지나다가 풍류심이 발동하여 문득 제문을 지어 술을 붓고 한바탕 통곡한 일이 있었다.

청초 우거진 골에 자는다 누웠는다
홍안은 어디 두고 백골만 묻혔나니
잔 잡아 권할 이 없으니 그를 슬퍼하노라

그가 남긴 제문은 지금까지도 인구人口에 회자膾炙되고 있지만, 이 때문에 관직에서 쫓겨나고 말았다. 『해동야사海東野史』에는 무오사화에 희생된 김일손을 다음과 같이 평하였다.

"김일손은 실로 세상에 보기 드문 인재이며 조정의 큰 그릇이었다. 그의 상소문은 크고 넓어 큰 바다와 같았고 일을 의논해 보면 사람의 시비를 말하는 것이 마치 청천백일과 같았다. 붓 잡고 들은 바를 쓰는 것은 사가史家로서는 떳떳한 법인데 잘못이 있으면 삭제만 하면 될 일을 연산군은 어찌 그를 사형에 처하였는가. 세상에 큰 그릇으로 이름 빛내는 자가 나타남은 언제나 더디고 더딘 것을. 수백 년 지나는 사이에 비로소 한 번 만나볼 수 있는데…"라고 30대 젊은 나이로 희생된 김일손의 죽음을 애석해 하고 있다.

우리는 이제 인물 키움에 나서야 한다. 나무를 심고 가꾸듯 곡식을 손질하듯 인물 키움에 나서야 한다. 경제건설에 모았던 저력을 인물 키우기로 이어가야 한다. 스스로 인물 되려고 마음먹고 힘쓰는 무실역행의 노력이 필요하다는 도산의 말이 새롭게 들리기만 한다.

아직도 체벌이 필요한가

2017년 5월
건대학보

교직생활을 가리켜 교편을 잡는다고 한다.

교편敎鞭이란 교사가 수업이나 강의할 때 사용하는 가느다란 막대기를 말한다. 학교에서 선생 노릇하는 것을 교편을 잡는다고 말하고 선생 노릇을 그만두는 것을 교편을 놓는다고 한다. 이와 같이 교편은 교사를 상징하는 의미를 지니고 있다. 따라서 교편이 체벌수단으로 사용되어서는 안 된다. 사랑의 매로 사용되어서도 안 된다. 엄밀하게 말해 사랑의 매가 존재하는지도 의심스럽다.

최근 교육계에서 체벌문제로 많은 논란이 일고 있다. 아직도 교편을 체벌수단으로 사용하여 자연 교편이 도마 위에 오르게 됐다. 옛날에는 스승의 권위가 아주 커서 사제간을 부자간이나 군신관계에 비유하여 군君:임금, 사師:스승, 부父:아버지 일체란 말이 생겨났을 정도였다. 이와 같이 돈독하고 엄격한 사제지간을 맺어주는 수단이 바로 교편이었다. 교편이 가르침의 수단으로만 사용되었기 때문이다.

진정한 스승은 잘못을 저지르거나 게으름을 피우는 제자에게 교편으로 종아리를 치지는 않았다. 교편은 글자를 짚는 데만 썼다. 체벌 수단인 매는 별도로 회초리를 꺾어오게 하여 사용했다. 체벌을 받는 제자는 나무가래에서 싸리나무 회초리를 만들어 온다. 회초리를 만드는 동안 스승은 분을 삼키고 제자는 스스로를 반성하게 된다.

조선시대에는 스승이 제자를 목침 위에 세우고 잘못을 설명한 뒤 종아리를 회초리로 치게 된다. 매의 수를 큰 소리로 세면서 용서를 빌고 스승은 제자로부터 다시는 그러지 않겠다는 다짐을 받는다. 제자에 대한 스승의 끝없는 사랑이 있고 제자는 스승에 대해 존경과 신뢰가 생기게 되므로 체벌에 대한 시비는 있을 수 없다.

교사에게 매를 맞은 학생이 112에 신고를 하는가 하면, 부모가 폭력교사로 고발하여 위자료까지 청구하는 오늘날 현상을 옛사람들이 어찌 상상이나 할 수 있으랴.

몇 년 전 서울 어느 중학교 모 교사가 학생 머리를 때린 일이 있었다. 그 학생은 뇌성마비가 되었고 학부모는 그 교사를 상대로 위자료를 청구하였다. 법정에서는 서울시 교육위원회에서 2억 원을 배상하라는 판결을 내렸다고 한다.

참으로 안타까운 일이다.

교육현장이 어찌 이 지경이 되었는가. 교사가 감정을 억제하지 못하고 학생을 주먹으로 치거나 머리 등을 마구잡이로 때리는 행위를 사랑의 매라고 할 수 없다. 많은 학생들 앞에서 일벌백계로 내리는 군대식 기합은 일본군국주의 군대양성의 잔재이다. 그러한 체벌은 있어서도 안 되지만 무슨 논리를 내세워도 사랑의 매일 수는 없다. 당연히 교육적인 효과도 누릴 수 없다. 교사의 사랑이나 권위가 어떤 경우에도 매를 수단으로 해서는 안 된다.

사랑의 매란 체벌에 대한 합리화요, 자기변명일 뿐이다. 교사가 학생에게 내린 매로 일어나는 폭력시비는 상당 부분 교사에게 책임이 있다. 체벌이라는 수단으로 교권을 세우려는 교사가 있다면 참으로 시대착오적인 발상이라 할 수밖에 없다.

교권은 학생이 가진 인권과 창의력과 자유를 침범하지 않아야 한다. 교사의 성숙한 인격이 아직은 미숙한 학생 인격에 허세나 권위 없이 사랑과 정성으로 만날 때 사제간에 믿음이 만들어지고 교권은 선다. 이른바 훈육이 되는 것이다. 사랑의 매는 사라져야 한다. 획일적인 흑백논리로 체벌을 논하고 법으로 규제하는 것은 동서고금에도 없는 일이다.

교육은 '인간이란 물건'을 만드는 것이 아니라 사람다운 사람을 만드는 위인지학爲人之學이다. 옛날에 자식을 스승에게 맡기면서 '사람 좀 만들어 달라'는 말이 나온 연유다. 오늘날 교육은 '남보다 더 편하고 경제적으로 더 잘 사는 방법을 가르쳐 달라'는 판이니 교육 목적이 틀렸다.

사람은 개성이 각각이고 고유의 인격이 있다. 어찌 단세포적인 논리로 체벌을 호불호好不好로 평가할 수 있겠는가? 개를 훈련시킬 때도 숙련된 조련사는 결코 때리지 않는다고 한다. 사랑이 체벌로 나타나서는 안 된다. 반드시 감정을 사고 시비를 낳게 된다.

체벌을 법으로 규제하거나 합법화하려는 어느 쪽의 발상도 교육적이라 할 수 없다. 지금 교육계에 가장 시급한 문제가 교권 확립임에는 틀림없지만 교권은 체벌 허용이나 교사의 처우 개선만으로 되는 것이 아니다.

힘 있는 자가 나서야

2003년 9월 1일
예천문화일보

산하엔 봄빛 가득 밀려오지만 마음은 춥기만 하다.

개인간이나 국가간이나 불신의 벽은 높아만 간다. 작은 전쟁 큰 전쟁이 끊이질 않으니 어찌 봄기운을 느낄 수 있으랴. 부도덕하고 망종스런 정치 사회 행태, 불안전한 경제가 걱정이다. 하지만 가장 염려스러운 것은 우리에게 공동체 의식이 없어져 간다는 것이다.

공동체 의식은 꼭 민족에게만 해당되는 것은 아니다. 크게는 인류애人類愛, 적게는 가족에게도 공동체 의식을 말할 수 있다. 공동체 의식을 없애는 제1차적인 책임은 정치인이 가장 크다. 인간은 정치적인 동물이기 때문에 그 비중 또한 정치권으로 기울 수밖에 없다.

오늘날 문명사에 있어서 인류는 많은 업적을 남겼으나 이와 같은 큰 업적이 있음에도 해결하지 못한 큰 숙제 두 가지를 남겼다.

첫째는 인간성을 황폐하게 만드는 극심한 빈부차, 둘째는 지구 파멸을 위협하는 핵무기이다. 정치인들이 이 두 가지 숙제를 새로운 세기로 넘겼기 때문에 새 세기에도 대규모 살상전쟁이 끊이지 않는 것이다. 가난과 전쟁의 공포로부터 해방은 인간이 추구하고자 하는 권리이자 행복의 전제조건이다.

제국주의가 물러나면 화풍난양의 봄바람만 있을 줄 알았는데 전쟁은 지금도 끊일 날이 없다. 세계화 역시 아무리 좋은 말로 포장해도 결국 제국주의의 연장선상에서 벗어나지 못하고 있다.

국경 없는 무한경쟁의 신자유주의가 인류사회에 공동체 의식을 말살시키고 있다. 문명 이기와 첨단과학기술이 가져오는 생산력 증대와 경제발전이 인류공존에 기여했다면 각국 국방비는 크게 줄어들었을 것이다.

그러나 그것만으로는 부족하다. 지성과 양심을 구두선처럼 되풀이하는 학자, 교육자도 탐욕과 권력 속에 갇히는가 하면 심지어 성직자까지도 앞으로는 진리의 문을 열고 선행을 외치면서 탐욕의 뒷주머니를 차고 있는 것이 다반사다. 누가 누구를 존경할 수 있을 것이며 공동체 의식이 어떻게 생겨날 수 있겠는가.

우리 사회는 기득권층이나 지성인 등 힘을 가진 사람을 채점한다면 밑바닥을 헤매고 있다. 이 사회가 이 정도라도 유지될 수 있는 것은 보통사람들이 제 몫을 해 주기 때문이다. 우리의 텅 빈 가슴을 채워주는 인간미는 보통사람이 훨씬 진실하고 순수한 경우가 많다.

지난 3월 1일 신문에는 가족재산 1천억 원 이상을 가진 부자가 우리나라에 59명이나 된다고 발표하였다. 뛰어난 경영능력과 땀 흘려 열심히 일한 결과물이라면 존경받아야 마땅한 일이다. 정치인과 경제인이 존경받게 되면 사회는 자연스럽게 질서가 서게 된다. 그것이 잘 안 되기 때문에 공동체 의식까지 무너지게 되는 것이다.

나는 신문에서 열심히 땀 흘려 일한 사람들이 평생 동안 모은 돈을 사회에 환원하는 경우를 가끔 본다. 설렁탕 장사와 삯바느질로 모은 수십억 원 재산을 대학 장학재단과 서울대병원에 기증한 김화영 할머니와 김선용 할머니. 바다에서 평생을 보내며 모은 재산 70억 원을 해양대학 후배에게 내놓은 마도로스 배순태 씨. 생활보호 대상자로 풀빵 장사와 채소 행상을 하며 살아온 강원도 동해의 김선봉 할머니는 죽기 3일 전에 친척을 통해 500만 원이 든 적금통장과 도장을 동해시청에 맡겼다. 할머니는 "평소에 나랏돈으로 살았으니 남은 돈은 나라에 바쳐야 한다"고 했단다.

여기에 무슨 설명이 더 필요하겠는가. 출세하려는 사람들 성금과는 그 성격부터가 다르다.

지도자들이 이런 정신을 가졌다면 세상은 많이 달라졌을 것이다. 이웃에 대한 관심과 배려와 사랑은 상대방은 물론 자기 자신도 행복하게 만든다. 1천억 원 이상의 재산을 가진 힘 있는 자들이 공동체 의식을 가지고 행동하면 지금보다 더 밝고 웃음 넘치는 사회가 훨씬 빨리 올 수 있겠지.

베푸는 자 행복하다

1999년 2월 23일
예천향토신문

인간은 누구나 행복을 추구하면서 살아간다.

사람은 서로 의지하고 협동하는 가운데서 행복을 느끼게 된다. 그러므로 사람을 흔히 사회적 동물이라고 한다. 인간은 원천적으로 소외되고 고독함을 싫어한다. 맹자는 인생의 가장 큰 불행을 환鰥, 과寡, 고孤, 독獨으로 분류했다. 홀아비, 과부, 고아와 자식 없는 늙은이로 의지할 데 없는 사람을 두고 하는 말이다. 한자에 사람 인人자가 획이 서로 받치고 있는 것도 인간이 홀로 존재할 수 없음을 뜻하는 것이다.

학교생활에서 '왕따'를 당하여 자살하는 사례가 종종 일어나고 있다. 이는 인간이 소외되고 고적함을 얼마나 두려워하고 있는가를 웅변하는 것이다. 인간은 서로 의지하고 협력해야만 살아갈 수 있는 까닭에 사람에게는 개인으로 가지는 사적인 작은 목적과 사회인으로서 가지는 공적인 큰 목적이 있다.

사적인 작은 목적은 극기와 수양에 의해 자기완성을 이루는 것을 의미하며, 공적인 목적은 국가와 사회에 공헌하는 것을 이름이니 이 두 가지 목적을 양심에 거리낌 없이 성실하게 행하는 사람은 행복한 사람이다.

사람이 행복하자면, 첫째 덕이 있어야 한다.

사람이 직업인으로서 외길인생을 걸으며 전문인이 되어 내면적인 자기 정립을 위해 노력하고 확고한 인생관을 지향할 때 비로소 덕을 쌓을 수 있다. 작은 목적은 결코 작은 것이 아니라 평생을 갈고 닦아도 마치기 힘든 일이다. 이 작은 목적을 성취하는 것이야말로 사회에 공헌하는 큰 목적과 부합하게 된다.

사람은 자기에게 주어진 일에서 보람과 가치를 느낄 수 있을 때 행복감에 젖을 수 있게 된다. 학력과 자격증에 관계없이 자기 분야에서 현장지식과 지혜를 활용하여 생산성을 높이고 고부가가치를 창출하여 사회에 공헌하는 이들은 행복하다.

설렁탕 장사와 삯바느질로 모은 수십억 원 재산을 대학 장학재단에 선뜻 내놓은 노파와 평범한 여인도 행복하다. 수단과 방법을 가리지 않고 지위나 권력을 이용하여 수백억 원을 축재하고도 인색하기만 한 부류들과는 견줄 수 없다.

어려운 연구 환경 아래에서 슈퍼옥수수 재배에 성공하여 굶주린 북한 동포들 식량난 해결에 골몰하는 김순곤 박사도 행복한 사람 가운데 한 사람이다.

어느 의과대학 교수는 칠십 평생 검소한 생활로 모은 가야 및 신라문화재 천여 점을 박물관에 기증하고 20평 남짓한 조그마한 집에 살면서 환자를 돌보고 있다고 한다. 얼마나 고귀한 정신이며 값진 삶들인가. 이런 분들의 삶이 행복한 인생일 것이다.

세계적으로 권위 있는 기관에서 각국 행복지수를 조사했다.

방글라데시가 1위, 인도 2위, 필리핀 3위라고 한다. 미국은 42위, 일본은

44위라고 하니 행복은 국민소득과 별 관계가 없는 모양이다. 누더기 옷에 떡쌀 없음을 걱정하는 아내를 위로하기 위해 설날 아침 방아타령을 켰다는 백결선생을 누가 불행하다 할 수 있으며, 형장으로 가면서 황천길에 주막이 없음을 걱정하는 성삼문의 여유 있는 모습을 보고 누가 감히 수양대군과 신숙주를 승리자라 할 수 있겠는가!

괴테는 인격을 최고의 행복이라 했으니 양심이 행복의 조건인 셈이다. 높은 지위나 권력이나 축재가 곧 행복일 수는 없다. 수천억을 가진 재벌 총수 형제들이 상속다툼으로 법정에 가는 빈번한 모습을 보면서, 보통 사람들의 평범하고 소박한 행복과 보람 있는 삶을 생각해 본다.

규정은 운영하기 나름이다

1999년 5월 27일
예천신문

고사문高士文이란 사람은 청렴결백하기로 이름이 나있으며 매사를 법대로 규정대로 하는 공직자였다. 그러나 청렴결백과 법대로 규정대로가 도를 지나쳐 백성들로부터 원성을 크게 사 관직에서 쫓겨난 일이 있었다. 지방목민관으로 있을 때는 나라에서 봉급을 받지 않을 정도로 청렴하였다.

하루는 그의 아들이 관청 주방에서 음식을 먹었다 하여 칼을 씌우고 여러 날 옥에 가두고 매를 2백여 대나 때린 후 걸어서 서울 본가로 보내 버렸다.

간사하고 아첨하는 자, 형제간에 불목하는 자들을 잡아다가 곤장을 치고 귀양을 보내는 등 예외나 용서란 것이 없었다. 그가 지방수령으로 가는 곳이면 귀양 가는 자가 수백 명이나 되었다. 이들 친척들이 슬퍼하여 소리 높여 울면 그들까지 잡아다가 매를 때렸다.

임금이 이 말을 듣고 "사문의 포악함이 독사보다 심하다"라고 개탄하면서 파직시켜 버렸다. 정도를 벗어난 각박한 정사가 불러온 화근이다. 당시 정선이란 선비가 이 말을 듣고 "비록 상관이 탐욕스럽다 해도 백성들은 살 길이 있지만 아무리 청렴해도 정사가 각박하면 백성들 살 길마저 끊어지는 법이다"라고 했으니 각박한 정사政事는 차라리 부정만도 못하다는 뜻이다.

규정이란 일을 안 되게 하는 것이 아니라 표준을 정한 것에 불과하다. 모름지기 공무원이든 회사원이든 매사를 인간중심으로 펼쳐 나가면 문제 될 것이 없다. 법규에만 매달리다 보면 자칫 규정을 위한 행정이 되고 만다.

고향이 거제인 내 친구 한 사람은 사업으로 번 돈을 고향발전에 기여하며 노후를 보람 있게 보내려고 약초와 야생화 재배를 전문으로 하는 관광농원에 많은 투자를 하고 있다. 문제는 행정 규제가 너무 심하여 일이 안 된다고 한다. "좋은 일 하려는데 왜 이렇게 어렵냐?"는 푸념이다. 인허가에 관한 우리나라 행정은 규정 때문에 안 되는 경우와 규정에 없기 때문에 안 되는 경우 두 가지다.

규정은 일에 도움을 주는 표준이어야지, 일이 안 되는 걸림돌이 되어서는 안 된다. 규정으로 되어 있지 않은 것은 담당 공무원이 대민 봉사 자세로 처리하면 된다. 상황에 따라 창의력과 재량권을 발휘할 수 있어야 한다. 해 주지 않으면 뒤탈 없이 넘어갈 수 있는데, 적극적으로 나서서 해 주었다가 잘못되면 다칠 수 있다는 것이 문제다. 무사안일이니 복지부동이 공무원 사회에 만연되어 있는 까닭이다.

이러한 경직된 공직사회 풍토는 군사문화나 중앙집권적인 권위주의가 낳은 병폐이다. 행정편의주의, 관료 중심 행정체제에 변화가 이루어지지 않는 한 개혁과 발전은 요원할 수밖에 없다.

중앙집권적인 관료조직이 낳은 병폐는 지방분권을 지향하는 지방자치시대에 가장 먼저 바로잡아야 할 부분들이다. 지역 주민들이 스스로 선택한 목민관에게서 그 변화를 요구하고 기대해야 한다. "규정에 대한 지나친 완벽주의는 발전의 저해요인이 될 수 있다"는 것을 지방자치단체장은 물론 공직을 맡고 있는 모든 공무원들도 곱씹어 보아야 한다.

좀생이 사장

1998년 12월 15일
예천향토신문

어느 중소기업 사장인 나의 중학교 동기생 윤창희 사장 이야기이다. 윤 사장을 이 회사원들은 모두 좀생이 사장이라 부른다. 몹시 잘고 짜다는 뜻으로 붙인 이름일 것이다.

사장이 취임하고 얼마 안 돼서 회식하는 기회가 있었는데 기분 좋게 회식이 끝난 다음날 대부분의 참석자들 앞으로 청구서가 한 장씩 전달됐다. 전날 먹은 밥값의 일부라는 것이다. 영문을 모르는 사원들이 이게 뭐냐고 시끌벅적한데 현장에 나타난 사장 왈,

"여러분에게 전달된 청구서는 어젯밤 여러분들이 먹고 마신 술값이 아니라 먹지 않고 버린 음식 값입니다. 여러분들이 맛있게 먹은 음식 값은 회사에서 지불하지만 버린 음식 값까지 회사가 지불할 수는 없습니다."

기상천외한 이 말에 모두들 어안이 벙벙하고 말문이 막히었다. 순간 어젯밤에 먹은 술을 토해내고 싶은 심정이었을 것이다. 회식이라면 흔히 흥청망청 먹고 마시다가 상에 음식을 가득히 남기는 것이 우리네의 회식문화이다. 이 날 이후 그 사장에게는 좀생이 사장이라는 별명이 붙은 것이다.

윤 사장은 취임사도 유별났다. 사원들에게 일과 노동을 구별하여 머리를 써가면서 능률을 올리려고 애쓰는 것이 일이고, 머리를 쓰지 않고 기계적

으로 하는 일은 노동이란 것이다. 그러므로 여러분은 일하는 사원이 되어야지 노동하는 회사원이 되어서는 안 된다는 것이다. 그리고 분명한 어조로 우리 회사에서는 절대로 노사문제가 발생하지 않을 것이며, 또 용납되지도 않는다는 것이다.

가령 여러분들이 8시간에 10개 만드는 것이 표준인데 머리를 짜내고 성실하게 열심히 일하여 12개를 만들었다면 그때 생긴 2개의 이익은 당연히 여러분의 몫이고, 이 몫을 회사가 합리적으로 분배해야 합니다. 이것을 회사가 독식하거나 폭리를 취할 때는 내가 앞장서서 여러분의 편이 되겠다고 호언했다는 것이다.

아닌 게 아니라 그는 사용주에게도 당찬 면을 보인 일이 있었다. 대부분의 기업이 그랬듯이 그 회사에도 고위 공직자 출신의 전무를 낙하산으로 내려보낸 적이 있었다. 회사의 제품을 납품하는 데 필요했기 때문이었을 것이다. 전무가 부임하던 날 사장 왈,

"당신은 30여 년 동안이나 공직에 있었으니 연금이 얼마나 됩니까?"

그 전무가 우쭐하여

"월 2백만 원 정도입니다."

사장 왈,

"우리 회사에서 20년 이상 근속한 부장 월급이 1백 80만 원 정도입니다. 당신은 30년 간 공직자로 할 일을 다 했습니다. 그리고 그 연금은 국가가 당신 노후를 보장한 것입니다. 당신은 그것으로 만족해야 합니다. 당신이 우리 회사에 전무로 온 것은 이 자리를 바라보면서 청춘을 다 바친 사람들에게 매우 큰 허탈감을 주었고, 당신 자신의 도덕성에 먹칠을 한 것입니다."

참으로 민망한 첫인사였다. 다음날부터 그 신임 전무의 모습은 보이지 않았다. 이렇게 하여 좀생이 사장은 사원들로부터 더욱 화제가 되었다.

더구나 IMF 관리체제로 쓰러지는 수많은 기업체를 바라보는 이 회사원들은 좀생이 사장이 그래도 고맙다고 한다. 그 좀생이 사장 덕분에 IMF 관리체제를 모르기 때문이다. 사실 그의 사전에 기업경영에 적자란 있을 수 없다는 것이다. 그는 회사의 어려움을 은행융자로 해결하려는 기업인의 안이한 자세를 몹시 못마땅해 한다. 자기 자본의 수십 배가 넘는 은행융자를 보면 속셈이 뻔하다는 것이다.

또 정부와 언론에도 가끔 불만을 터뜨린다. 대기업 사원과 중소기업 사원 간의 임금 격차가 너무 심하다는 것이다. 노사문제는 늘 봉급을 많이 받는 대기업에서 발생하는데 여기에는 정부가 큰 책임이 있다는 것이다. 역대 정권은 노사분규가 일어나면 중재란 명분으로 그때마다 양쪽을 조금씩 양보시켜 봉급을 올림으로써 국제 경쟁력이 약화되어 결국 누구도 덕을 못 보는 IMF 관리체제가 왔다는 것이다.

대기업 사원과 납품업체 중소기업 사원들의 평균봉급을 비교하면 임금투쟁의 명분은 없어진다는 것이다. 형평에 맞는 임금 정책이야말로 사회정의 측면에서도 꼭 이룩되어야 하는데 정부와 언론이 여기에 무관심하다면서 몹시 섭섭해 한다.

은행의 특혜융자가 없으면 자동적으로 재벌의 횡포가 사라지고, 빅딜이 되고, 중소기업이 살게 되는데 관치금융, 정경유착이 우리 경제를 망치고 있다는 것이다. 아무튼 이 좀생이 사장의 경영철학이 IMF 체제하에서의 우리 모두를 한 번쯤 뒤돌아보게 한다.

추석유감

■ ■ ■

2000년 8월 16일
예천향토신문

우리나라의 명절 가운데 가장 큰 명절은 정월 초하룻날인 설과 8월 한가위이다. 한가위를 달 밝은 가을밤이라 하여 추석秋夕이라 한다. 곡식이 익고 과일이 살찌고 날씨는 춥지도 덥지도 않으며 농사가 거의 끝났으니 더없이 좋은 때이다. 그러므로 예부터 "일 년 365일이 더도 덜도 말고 내내 한가위 같기만 하여라"라는 말이 생겨났다.

추석이나 설맞이 명절 때는 아무리 불경기 불경기해도 언제나 고향 가는 교통편은 경기와 관계없이 3~4개월 전에 모두 매진된다. 그리고 민족 대이동을 방불케 하는 귀성객, 성묘객의 행렬로 전국의 도로와 터미널이 몸살을 앓게 된다. 이로 인하여 해마다 수십 명이 목숨을 잃기까지 하는 것을 보면 누가 이 땅에 고독한 노인, 외로운 혼령이 있다 하겠는가!

이와 같이 설과 한가위가 세태의 변화와는 관계없이 아직도 최고의 명절 자리를 지키고 있는 것은 이날 조상들께 차례를 올리기 때문일 것이다. 그러나 문명이 발달하고 의식이 풍요로워지는 것과는 반대로 인륜에 역행하고 풍속에 반하는 모순이 독버섯처럼 번지고 있는 것 또한 사실이다.

이러한 오염은 이제 고유의 명절에까지 번지고 있다. 도로를 메우고 각종 터미널이 붐비는 귀성행렬 가운데는 고향길을 비켜 시골 러브호텔이나 관광호텔로 가는 행렬이 점점 늘어간다는 것이다. 더욱 해괴한 것은 그 호텔이란 곳에서 50만 원 혹은 100만 원짜리 제상을 차린다는 것이다.

추석이 담고 있는 뜻까지는 구태여 말하지 않겠다. 그러나 이 땅의 명절은 자손들이 살아있는 조상이나 돌아가신 조상의 발체에 모여 정성과 공경을 다 하는데 그 뜻이 있는 것이다. 부모 봉양의 으뜸은 정성과 공경이다. 혼령인들 어찌 예외이겠는가!

독일의 문호 괴테가 81세가 되어 자신으로부터 멀어져 가는 가족을 끌어들이고자 모든 식품창고나 집안의 열쇠꾸러미를 자기의 베개 속에 숨겨 두었다고 한다. 그 열쇠를 얻기 위해 때마다 찾아오는 가족들과 어울리기 위함이었다고 하니 얼마나 비참한 일인가.

노인에게 가장 큰 공포는 고독이다. 이를 막기 위해서는 가족들과 함께 어울려야 한다. 그래서 3대가 한 집에 사는 우리의 가족제도를 토인비도 러셀도 모두 부러워했던 것이다. 그런데 이 삼세동당三世同堂의 우리의 가족제도는 급속히 무너졌다.

조상과 후손들이 동시에 접할 수 있는 기회는 오직 명절뿐이다. 이 명절마저 편함만을 추구하여 무너져가고 있다. 이제 명절만을 기다리던 지하의 혼령들이 살아있을 때 듣도 보도 못하던 호텔을 어이 찾아가랴. 아무리 무섭고 적적해도 조상의 발체에 그냥 있으련다.

"100만 원짜리 제상 네 놈들이나 실컷 먹어라."

혹시 그런 혼령이 있을까 두렵다.

하필 한글날을 공휴일에서 빼다니

2002년 9월 25일
예천향토신문

우리 민족의 지혜가 집결된 가장 자랑스러움의 첫째를 한글제정이라 해도 이의를 제기할 사람은 별로 없을 것이다.

만일 한글이 만들어지지 않았다면 우리말은 지금 어떤 글자를 빌려 쓰고 있을까? 과연 우리가 지금까지 독립국가로 존재할 수 있을까? 라는 생각을 가끔 해 본다. 무엇보다도 한글제정의 동기인 "나랏 말씀이 중국과 달라/ …/ 어리석은 백성이"라고 시작하는 훈민정음(한글) 서문에서 우리는 당시 통치자(세종대왕)의 민본의식을 매우 절절하게 느끼게 된다.

그렇기 때문에 더욱 한글이 소중하게 느껴지고 그 제정이 자랑스럽기만 하다. 그래서 해방 이듬해인 1946년 한글날을 정하고 이를 공휴일로 삼아 한글에 대한 고마움과 자랑스러움을 전국민이 공유하도록 했던 것이다.

그런데 1990년 노는 날이 너무 많다는 이유로 법정 공휴일을 재조정할 때 이 한글날을 공휴일에서 제외시켜 버렸다. 왜 하필 한글날을 제외했을까? 이는 세계화의 추세 속에 한글이 영어 앞에 흔들리고 있음을 증거하는 것이다. 또 천박한 경제논리를 내세워 한글의 가치를 과소평가하고 있기 때문이다.

우리는 세계화에 적응하기 위해서라도 한글날을 국경일로 정하고 법정 공휴일로 하여 한글의 우수성과 그 가치를 온 국민들에게 공유시켜야 한다. 이는 세계화에 임하는 기본 요건이며 최소한의 자기 지킴이다. 바야흐로 주 5일 근무제로 가는 마당에 또 다시 "노는 날이 많아서 한글날 공휴일을 폐지한다"는 논리는 이제 설 자리를 잃게 되었다

우리가 떠올리는 국경일은 대개 삼일절, 제헌절, 광복절, 개천절을 꼽을 수 있다. 나름대로 다 뜻깊은 날이지만 이를 분석해 보면 한글날보다 자랑스러울 게 없다.

삼일절은 거족적인 항일운동이었지만 독립을 쟁취하는 데는 실패했다. 광복절 또한 우리 스스로 항일 투쟁으로 얻었다기보다는 연합군의 전리품이란 비중이 훨씬 높다. 제헌절은 헌법을 제정 공포한 날이니 정부수립의 일환으로 보면 될 것이다. 개천절은 단군신화에 나오는 건국일로 그 증거조차 희미하다.

그러나 나는 여기서 삼일절, 제헌절, 광복절, 개천절을 국경일이나 공휴일로 정한 데 대해 시비하자는 것은 아니다. 다만 한글날의 역사적, 문화적 의미가 결코 이러한 국경일보다 뒤지지 않는다는 뜻에서 하는 말이다. 세계화에 뛰어들기 위해서라도 한글을 사랑하고 한글에 우리의 삶을 싣는 노력이 있어야 할 것이다.

세계화에 밀려 우리 것을 다 버린다면 세계화의 한 구성원이 되는 것이 아니라 종국에는 자신마저 잃어버리게 될 것이다. 세계에서 가장 우수한 문자라는 평가를 받고 있는 한글을 우리 스스로 소중하게 가꾸어야 한다.

한글의 중요성을 전 국민이 공유할 수 있도록 하기 위해서는 한글날을 법정 공휴일로 복원해야 된다는 것을 동의하는 바이다.

냉전의 고도 한반도

■ ■ ■

2000년 7월 1일
독립기념관 관보

독립기념관에는 해 돋는 동쪽에 민족통일을 기원하는 통일염원탑이 세워져 있다. 해지는 서쪽에는 조선총독부를 철거한 부자재 전시장이 설립되어 있는데 총독부 첨탑을 반지하에 전시하고 있다. 이는 일제를 청산하려는 의지가 담긴 것으로 해석된다. 특히 동쪽의 통일염원탑에는 온 국민에게 통일의지를 심어주기 위한 국민 참여의 공간을 조성하여 자신의 통일의지를 벽돌 한 장에 새기고 있다.

그 통일염원탑 조성문에 "조국분단의 아픔을 해치는 우리는 민족의 지상 과제인 온 겨레의 소망과 의지와 활력을 여기에 모아 이 민족의 성전에 통일염원의 탑을 세운다. …(중략)… 통일염원의 탑은 민족분단의 불의를 이겨내는 제2광복의 불사조로 살아 오를 것이며, 국민 한 사람 한 사람 모두가 주인 되어 그 간절한 염원과 확신으로 쌓아 올리는 …(하략)…"라고 기술하며 분단을 불의로 규정하고 있다. 분단된 조국을 진정한 의미의 광복으로 보지 않음으로써 민족정통성의 큰 길을 통일운동에 맞추었다.

일제로부터 광복된 지 반세기가 넘도록 한반도는 냉전의 마지막 고도로 남아 통일논의 자체가 금기시되어 왔다. 그러나 6.15 남북정상회담으로 인하여 세계의 안테나가 집중된 가운데 바야흐로 한반도는 평화의 발신지로서 통일의 싹이 움트고 있다. 그러나 적대관계로 분열되었던 민족의 평화적인 통일을 이루기란 여간 어렵지 않을 것이다. 아니 그 유례를 거의 찾아볼 수 없다는 것이 역사상의 실상이다. 다만 15세기 중엽 아라곤과 카스틸라가 결혼이란 평화적인 방법으로 일찍이 통일된 일이 없었던 이베리아 반도에 스페인을 탄생시킨 것이 역사의 예외이다. 이베리아 반도는 중세초기 회교도의 지배하에 있었으나 15세기 중엽에는 기독교왕국이 군림하고 있었다. 이 무렵 이베리아 반도의 중앙에는 이사벨라 여왕이 다스리는 카스틸라가 있고 북동부에는 페르디난드왕이 다스리는 아라곤이 있었다.

두 나라 주민은 언어조차 서로 동일하지 않았으며, 아라곤의 관심은 지중해로 향해 있었고 카스틸라의 관심은 대서양으로 향하고 있었다. 그리고 페르디난드와 이사벨라는 정치적 짝이 될 수 없었다. 이런 점에서 카스틸라와 아라곤을 융합시켜 하나의 통일된 스페인 국가를 만든다는 것은 참으로 지난지사至難之事였다. 그러나 두 지도자는 이 모든 것을 극복하고 1469년 결혼으로써 스페인의 정치적 통일을 달성하게 되었다.

지금 한반도가 안고 있는 이데올로기는 결코 가벼운 문제는 아니지만 이미 탈냉전 탈이데올로기가 세계적인 추세이고 보면, 그리고 독일이 이를 극복하는 역사적 전례를 남겼으니 반만년의 역사를 이어온 우리 겨레로서도 불가능은 아닐 것이다. 정상회담에 대한 우려와 회의적인 시각이 없는 것은 아니지만 국난 앞에서 늘 하나 되는 지혜를 발휘했던 민족의 슬기에 기대하고자 한다. 분단극복과 민족통일로 완전광복을 추구했던 독립기념관은 통일의지를 국민정신으로 승화시키는 구심점이 되어야 할 것이다. 이제 통일염원탑 안에 있는 통일의 종 명문을 상기해 본다.

울어라 종이여! 빛나라 탑이여!

통일을 향한 겨레의 소망과 의지를 담아 멀리멀리 퍼져 나가라!

독립기념관 설경

2001년 2월 1일
독립기념관 관보

몇십 년만에 처음이라는 큰 눈이 오던 2001년 1월 6일, 나는 이제 빼놓을 수 없는 일과의 하나가 된 아침 조깅을 위해 아직도 어둠살이 가시지 않은 6시 반에 평소와 같이 창문을 열었다. 밤새껏 내린 백설이 솜이불을 뒤집어 씌운 듯 무겁게 쌓여 있었으나 그것으로도 부족한지 눈은 계속 펑펑 쏟아지고 있었다. 눈이 그치기를 기다려 조깅을 하려고 몇 번이나 창문을 열어 보았으나 그치기는커녕 점점 더 심하게 쏟아지고 있었다.

순간 '독립기념관의 설경이 일품'이라던 누군가의 말이 머리를 스치자 그냥 방 안에서 눈이 그치기를 기다리고 있을 수가 없었다. 두툼한 잠바와 털모자, 등산화로 무장을 한 후 예의 그 조깅코스인 방화로를 향했다.

어느 수필가가 눈이 오는 날이면 유독 개와 어린아이들이 좋아한다고 했었지만 나는 벌써 이순耳順을 1년 앞둔 초로初老를 지난 나이이니 분명 어린이는 아니다. 그러나 순식간에 설경에 도취되어 어린 시절의 즐거움을 훨씬 뛰어넘었다. 아무도 밟지 않은 저 깨끗하기 이를 데 없는 눈 위를 밟고 지나가기가 조금은 미안한 생각마저 들었다. 하지만 원시의 자연 속을 거니는 듯한 환상에 빠져서 무슨 특권이라도 누리는 듯한 들뜬 기분이 미안함을 지워 버렸다.

백설이 하늘과 땅에 가득한데 눈 덮인 방화로를 걸으니 문득 오래 전에 보아 이젠 기억에도 희미한 영화 「닥터 지바고」가 떠올랐다. 내 자신이 그 주인공이 된 듯한 어처구니없는 생각에 잠시 함몰되기도 했다. 어찌 그뿐이랴! "답설야중거踏雪野中去 불수호란행不須胡亂行 금일아행적今日我行蹟 수작후인정遂作後人程: 눈 덮인 벌판을 걸어갈 때는 발자국을 함부로 남기지 말라. 오늘 내가 가는 이 길은 뒷사람들의 이정표가 될 것이므로"라던 서산대사의 선시禪詩를 떠올리며 나는 환상적인 이 길을 청정심으로 걸어가고 있었다.

뽀드득뽀드득 밟히는 눈의 촉감, 멀리서 새들이 들려주는 생음악. 일찍이 나는 이보다 더 순수한 자연과의 교감을 맛본 적이 없다. 눈 덮인 방화로는 마치 수많은 꽃으로 뒤덮인 세상에 양쪽으로 갈라진 거리를 조명등이 밝게 비춰주는 듯한 현란함에 눈이 부실 지경이다. 거기다 자연과의 대화까지 겸하였으니 이 황홀함을 나와 같은 무딘 필력으로 천분의 일인들 어찌 표현할 수 있으랴! 백설에 뒤덮인 모든 나무는 이 자연의 축복 앞에 일제히 고개 숙여 경배하는 모습이었다.

"백설이 만건곤할 제 독야청청하리라"라고 자기의 지조를 꺾지 않았던 성삼문成三問의 절시節詩도 이 곳에서는 거짓으로만 느껴졌다. 소나무마저 눈으로 뒤덮여 푸르름을 찾아볼 수 없었기 때문이다. 하기야 이제 그렇게 지조 있는 노래를 부를 선비인들 어디서 찾아볼 수 있겠는가. 그중에 어떤 나무들은 눈의 무게에 못 이겨 '우지끈' 하고 제 몸의 일부를 떼어내는 구조조정으로 온몸에 실린 짐을 털어 버리는 약삭빠른 놈도 있고, 가지 하나라도 끝까지 지키려다 통째로 넘어지는 미련한 놈도 있었다.

'독립기념관의 설경은 일품'이라고 한 말은 결코 허언이 아니었다. 오히려 일품逸品이란 그 품격이 빼어나다는 뜻으로서 이 정도의 표현으로는 부족하다는 생각이지만 그보다 더 좋고 명료한 어휘를 찾지 못할 뿐이었다. 그러나 일품이라 찬탄한 그 사람도 이 방화로의 눈길을 걸어보지는 못했으리라. 나는 스스로 만족하는 버릇을 마음껏 즐기면서 뽀드득 밟히는 눈 소리 외에 먹이를 찾아 헤매는 노루나 산토끼를 봤으면 참으로 금상첨화였을 터인데…. 하지만 끝내 그 놈들을 만나는 행운은 주어지질 않았다.

그러나 민족의 비상을 상징하는 겨레의 탑을 등지고 눈속에 잠긴 기념관을 바라보는 운치가 그 서운함을 메우고도 남았다. 흑성산을 겹으로 하여 병풍을 친 겨레의 집은 웅장한 평소의 모습이 아니었다. 마치 양지바른 산밑에 날아갈 듯한 옛 양반의 대가大家 같은 아늑한 기분이었다. 그렇게 멀게만 느껴지던 동선 거리도 오늘따라 지척으로 느껴지는 것은 웬일일까? 눈 덮인 평원을 떠올리게 하는 드넓은 겨레의 마당은 티끌세상의 답답하고 찌들은 가슴을 단번에 상쾌하게 녹여주는 청량제였다.

거기에다 기념관 2층에서 3.1마당을 바라보는 설경은 한국 어디에서도 볼 수 없는 유럽 어느 고도시가 연상되는 이국풍의 진풍경이었다. 그야말로 한 폭의 그림이었다. 고려 때 김황원이 부벽루에 올라 대동강을 바라보고 그 경치에 혹해 '장성일면용용수長城一面溶溶水 대야동두점점산大野東頭點點山'이라고 읊다가 다음 시상이 떠오르지 않아 하루 종일 부벽루 기둥을 안고 통곡하고 갔다는 고사가 나의 상상력 부족과 오버랩된다.

이런저런 생각 속에 걷는 걸음이 평소 40분이 채 안 걸리던 조깅코스가 오늘은 두 시간이 넘게 걸렸다. 지루함은 없었지만 방에 들어서니 온몸이 땀으로 흥건히 젖어 있었다. 우리나라 명승지의 설경들이 어찌 이만한 곳이 없기야 하랴마는 독립기념관의 설경이 또 하나의 명소인 것만은 이번의 큰 눈으로 확인된 셈이다.

또 하나의 광복이어라

2001년 8월 1일
독립기념관 관보

나에게도 어머니가 있었던가
정말 어머니가 있었던가
열여섯에 집을 떠나
쉰이 퍽 넘을 때까지
대답해 줄 어머니가 없어
단 한 번도 불러보지 못한
어머니! 어머니! 어머니!

8.15 이산가족 상봉으로 북측에서 온 시인 오영재 씨의 절규다. 전 세계에 생방송 된 이산가족 상봉은 주의나 사상이 인간 앞에 얼마나 무력하다는 것을 실감 나게 일깨워 주었다. 어떠한 주의나 사상도 인간주의, 인도주의 앞에서는 수단에 불과하다는 것을 극명하게 웅변해 주었다. 부모도 형제도 없다는 사상 지상주의도 권력자들의 기만이요 허구임이 드러났다.

주의와 사상에 꼭두각시가 되어 인간을 무참히 짓밟았던 6.25 전쟁은 세계전쟁사상 가장 잔인하고 비참했다는 기록 외에 어떠한 명분도 실리도 없었다. 다만 먼 훗날 후손들로부터 가장 어리석고 부끄러운 조상이란 오명만을 남기게 될 것이 분명하게 되었다.

이제부터라도 우린 상호 비난과 대결을 자제해야 한다. 낯 뜨거운 욕설과 비난과 의심 속에 자식이 부모를 버리고 부모가 자식을 버리면서 형제간에 총을 겨누는 차마 할 수 없는 반인륜적 행위를 50여 년이나 지속하지 않았던가. 이 기막힌 일들을 강요한 명분은 주의와 사상이었다. 남북이 각각 지고지선至高至善으로 강요했던 그 주의와 사상은 역사에 심한 상처와 굵은 주름만을 남겼다.

우리는 언필칭 일제를 청산해야 한다고 하면서도, 또 식민 잔재를 없애야 한다면서도 최대의 식민유산인 민족분단에 대한 극복의 의지가 부족했던 것이다. 분단의 벽을 허무는 것이 진정한 광복임에도 그 벽을 높이기만 하지 않았던가! 이러한 가운데 정正과 사邪가 뒤바뀌기도 하고 숨 막히는 흑백논리 속에 우리는 해방 후에도 일제 아닌 일제를 살아올 수밖에 없었다.

누가 만든 분단이며, 누구를 위한 분단이었던가. 분단의 벽을 두터이 한 자는 누구였고, 또 그 숨 막히는 그 두터운 벽 속에 안주하면서 영화를 누린 자는 누구였으며, 숨 막히는 고통을 당하는 자는 누구였던가. 모두가 한 핏줄 배달의 씨알임을 애써 외면한 자들이 진정으로 누구였던가! 이 말이다.

광복 55주년은 그 벽을 깨는 우렁찬 해머소리에 전세계가 귀 기울였고 전민족이 열광했었다. 지구상에 유일한 냉전의 현장인 한반도에서 일어나고 있는 이산가족 상봉은 또 하나의 광복이었다.

사상과 이념으로 무장되었다는 북한의 두 시인도 한 사람은 귀먹은 노모 앞에, 그리고 또 한 사람은 돌아가신 어머니의 영정 앞에 50년이나 절절이 품어온 사모의 한을 토해 내면서 이념이나 사상이 인간 앞에 얼마나 무력한가를 보여주었다. 이래서 우리는 하루 속히 통일이 되어야 한다는 공통분모를 가지게 된다.

내 어미 품을 떠날 때
검은 머리 어디에 두시고
백설이 되었습니까?
비단 같은 볼 어디에 두시고
깊은 주름 패이셨습니까?
그것은 세월의 백설이 아니라
분단이 가져온 백설입니다.
어머니 통일의 그 날
이 아들 다시 큰절 드리겠습니다.

이렇게 아들 조진용은 귀먹은 노모에게 사모곡을 토해냈다. 또 돌아가신 어머니의 영정 앞에서 시인 오영재는 그날을 기다리다가 기다리다가 더는 못 기다리셨습니까! 그리워 눈물도 많이 흘리시면서 그리워 밤마다 뜬눈으로 새우시면서 꿈마다 대전에서 평양을 오가시느라 몸이 지쳐서 그래서 일찍 가셨습니까! 라고 절규했다. 이를 TV를 통해 바라본 우리들 역시 함께 공감하기를 어느 누가 주저했던가.

고도孤島는 외딴섬인데
바로 이어서 반도半島라 했으니!
실제로 한국 영토는 반도半島이니라!

정명正名과 아호雅號

■ ■ ■

2011년 7월1일
율은공파 종보 25호

우리나라 사람은 예로부터 성명을 중히 여겼다. 유교의 명분론이나 이름을 바르게 해야 한다는 정명正名사상이 모두 여기에서 비롯된 것으로 생각된다. 이름을 뜻하는 한자의 명名은 저녁 석夕자에 입구口를 받친 글자이니 실체가 보이지 않는 어두운 밤에 입으로 부르면 그 이름이 본체를 대신한다는 뜻에서 만들어진 글자이다.

이름이 사물의 성질을 나타낸다는 뜻이다. 이름보다 성姓을 더욱 중시했으니 우리보다 남녀 평등사상이나 민주화가 더 일찍 이룩된 서양 여성들도 결혼하면 남편 성을 따르지만 우리나라는 여성이 결혼해도 성이 바뀌지 않는다. 조상으로부터 받은 성은 신성불가침인 셈이다.

입신양명立身揚名을 효孝의 완성으로 보는 것도 성명에 대한 각별한 애착일 것이다. 우리나라 사람은 또 이름이 많기로도 유명하다. 태어나면서는 아명兒名이라 하여 개똥이 · 돼지 · 못난이 등으로 불렸다. 의약품이 발달하기 전인 옛날에 어린아이가 언제 죽을지 몰라 정식 이름을 정하기 전에 액운을 막는다는 의미로 천한 이름을 붙였다. 심지어 고종황제의 아명도 개똥이었고 황희 정승의 아명은 돼지였다.

다행히 죽지 않고 성장하면 본명本名이 붙여져서 비로소 그 이름이 족보에도 올라갔지만 본명은 널리 알려지지 않는 것이 통례였다. 성년이 되면 자字라는 이름이 따로 붙여지기 때문이다. 그래서 친하게 지내면서도 정작 본명은 모르는 경우도 있다.

사회생활을 하면서 이른바 글줄이나 읽고 출입을 하면 또 호號를 사용하게 되는데 호는 아랫사람이 윗사람을, 연소자가 연장자를 부를 때 쓸 수 있으나 자字는 동료간이나 윗사람이 아랫사람을 부를 때 흔히 쓰지만 아랫사람이 윗사람을 부를 때는 사용하지 않는 것이 예의이다. 이렇게 해서 네 번째 이름이 생긴다.

그런데 일반적인 것은 아니지만 생전에 높은 벼슬길에 있으면서 나라를 위해서 큰 공을 세운 사람이라면 사후에 왕으로부터 시호諡號를 받게 되니 이것이 다섯 번째의 이름이다. 황희 정승의 경우 아명은 돼지, 본명은 희喜, 자는 구부懼夫, 호는 방촌厖村, 시호는 익성공翼成公이다.

율은 할아버지처럼 본명은 저佇, 자는 충국忠國, 율은栗隱은 호이고, 풍성군豊城君은 시호인 셈이다. 지금 각종 모임에서 그 모임의 격에 따라 상호 호를 부르는 경우도 있고, 종친회 등 친근한 자리에서는 자를 부르는 경우도 있다.

우리 율은공파 족보를 보면 자字는 대개 명기되어 있다. 율은공파 종원들도 이제 서로 만나면 자 혹은 호를 불러서 정감 있고도 상호 품위를 유지하는 것이 어떨는지?

이혼율 세계 1위라니

2001년 5월 8일
예천향토신문

5월은 가정의 달이다. 굳이 가정의 달을 설정한 것을 보면 가정에 문제가 있거나, 아니면 가정의 중요성을 새삼 강조하지 않으면 안 될 이유라도 있기 때문일 것이다. 아닌 게 아니라 우리나라의 이혼율이 세계 제1위에다 출산율은 세계 최하위라고 한다. 우리의 가족제도에 큰 변화가 일고 있음이 틀림없는 모양이다. 부모를 죽이는 패륜행위가 심심찮게 지상에 오르내리고, 자식에게 매 맞는 부모가 적지 않다고 한다. 부모를 하늘같이 알고 부모의 부름이 있으면 먹던 밥을 뱉어버리고 얼른 답해야 했던 우리의 가족문화, 가정질서가 크게 흔들리고 있음이 분명하다.

교과서적인 말이지만, 가정은 사회와 국가의 기본단위이며 민족의 생명인 동시에 삶의 터전이다. 그러므로 건전한 가정이 존재하는 한 그 국가와 사회는 건전하게 발전되는 것이며, 그 민족은 결코 멸망하지 않는 것이다. 일제 식민지하에서 대한제국은 없어졌지만 우리의 가정이 온전하게 남아 있었기에 우리 민족이 명맥을 유지할 수 있었던 것이다. 유태인들이 2천여 년 동안이나 나라 잃은 유랑민이었지만 그들의 가족제도가 건재하였고 그 가정에서 유태민족의 전통이 이어졌기에 그들은 멸망하지 않았다.

영국의 미래 사학자 아놀드 토인비가 인류의 미래를 자원의 고갈이나 전쟁의 위험보다는 도덕적 타락이나 세대간의 단절현상에 더 큰 비중을 두었던 것을 우리는 깊이 음미해 보아야 한다. 토인비가 말하는 도덕적 타락이나 세대간의 단절현상은 어떤 사회나 민족이 가진 전통적인 가족제도의 붕괴를 의미하는 것이다. 가족제도의 붕괴가 민족의 멸망으로까지 이어지는 것을 우리는 역사에서 많이 볼 수 있다.

지금 우리 사회에 가장 심각한 문제는 가족제도의 변천과 전통적인 가정윤리의 파괴에 있는지도 모른다. 이혼율의 급증은 가족 구성원 간에 끈끈하게 맺어진 공동 운명체로서의 의식과 결집력이 점차 이완되어 가는 현상일 것이다. 가정의 질서가 무너져가고 있음은 경제위기 이상의 심각성을 지니고 있는 것이다. 그래서 현대인의 불행은 가정의 상실에 있다고 하는 것이다.

과거에는 부모가 자식을 사랑하되 교육적인 엄격함이 있었고, 자식이 부모에게 순종하되 그 마음에 기쁨과 공경심이 있었기에 엄부자모嚴父慈母의 가정윤리가 있었던 것이다. 윤리란 사람이 모여 사는 질서를 말하는 것이며 가정의 질서는 바로 종적인 질서이다. 종적인 질서가 없는 자연계에는 평등이 없다. 오직 약육강식의 정글법칙이 있을 뿐이다.

그러므로 가정윤리는 이 시대의 우리에게 꼭 필요한 덕목의 하나이다. 결코 이는 가부장적인 아버지의 권위를 세우자는 것이 아니다. 이러한 전통가정의 법도 위에서 가정의 민주화가 이루어져야 자녀들이 건전하게 자라고, 부모는 노후에 대한 불안과 걱정을 하지 않게 될 것이다.

가정의 달을 맞아 조상 전래의 전통적인 우리의 가족제도를 새삼 음미해 본다.

소 잃고도 외양간 안 고치는 나라

1999년 6월 2일.
예천문학 19호

'소 잃고 외양간 고친다'는 우리 속담은 매사에 사전 준비 없음을 질책하는 뜻이기도 하다. 또 쓸데없는 일을 하는 사람을 두고 빗대는 말이기도 하다. 그러나 우리는 소 잃은 뒤에라도 외양간을 고쳐야 한다. 소 잃고 외양간을 고치지 않으면 두 번 세 번 소를 잃어버릴 수 있기 때문이다.

영국인들은 동일한 실수를 되풀이하지 않는다고 한다. 이는 그들이 소를 잃으면 곧 외양간을 고치기 때문이다. 전통을 중시하면서도 체험과 경험을 보다 중요한 교훈으로 삼아 고칠 것은 주저 없이 고친다. 전제군주의 압제로부터 벗어나려던 청교도혁명이 크롬웰이란 또 다른 독재자를 낳자 그들은 '폭력은 또 다른 폭력을 낳는다'는 교훈을 얻어 비폭력적인 명예혁명으로 민주주의를 정착시켰다.

우리들은 역사상의 동일한 과오를 되풀이하고 있을 뿐만 아니라 일상생활에서조차 같은 실수를 반복하고 있다. 비슷한 내용의 가스폭발 사고가 계속 반복되고, 행주대교 · 팔당대교 · 성수대교 붕괴참사가 삼풍백화점 붕괴로 이어지고 있다. 정원 초과로 인한 대형선박의 침몰사고가 같은 장소에서 연중행사처럼 반복되고 있음은 모두 소 잃고도 외양간을 고치지 않았기 때문이다.

일반적으로 우리나라 사람들은 무엇을 고침으로써 일어나는 변화를 싫어하고 있다. 따라서 변화와 발전의 과정보다 기원起源을 중시하기 때문에 국적이나 계보를 중시한다. 그러나 인류 최초의 문명국들이 지금 어떻게 되어 있는가?

지난 시대의 보잘 것 없는 유물이나 풍속 습관에 매달려 전진의 자세를 보이지 않음은 퇴보를 자초할 뿐이다. 위대한 문화란 예외 없이 상호교류와 복합적인 요소의 혼합 속에 형성되고 발전되는 것이다. 고유한 것만 중시하고 외래문화의 수용과 개방을 거부하여야 애국이 되는 것으로 착각하는 지도자와 지식인이 많다.

이들은 언필칭 민족의 고유문화가 소멸되고 국적 없는 문화가 범람하여 국민의 도의는 땅에 떨어지고 젊은이들은 향락적이고 말초적인 소비문화에 도취되어 기대할 것이 없다는 장탄식으로 가득 차 있다. 이른바 젊은 세대 따위는 인정하지도, 평가의 대상으로 삼지도 않는다. 그들의 평가 기준은 대개 자기중심의 편견들로 꽉 차 있다.

전통에 대한 맹목적인 복고사상은 자칫 새로움에 대한 장애요, 개선과 발전에 대한 멍에가 될 수도 있다. 언제나 기성세대의 눈에는 "오늘날 젊은이들은 도덕적으로 타락하고 예의가 말이 아니다"라고 했지만 그 젊은이들에 의해 새로운 가능성이 늘 있어 왔고, 또 그들에 의해 역사는 발전했던 것이다.

소 잃고 외양간 고친다는 빈정댐보다 소는 잃어버렸으나 그래도 외양간은 고쳐야 한다는 인식의 변화가 필요한 것이다.

석복惜福으로 IMF를 극복하자

1999월 1월 26일
예천향토신문

세월에 선을 그어 달月과 해年를 구획한 것은 인간의 큰 지혜라 하겠다. 보다 현명한 사람들은 이 해年의 갈림길에서 보내는 해를 성찰하고 맞이하는 해를 설계하여 자기 발전의 계기로 삼는다. 그래서 옛 어른들은 정월 초하룻날을 몹시 삼가고 조심했다.

물론 여기에는 여러 가지 함축된 의미가 있겠지만 새삼 진부한 유래나 풍속들을 들먹이지 않더라도 우리 선인들이 한 해의 시작이라는 데 큰 의미를 부여하고 조심하고 삼가며 새 출발에 대한 무게를 실었던 것이다.

어찌 그뿐이겠는가. 옛 선인들은 이날을 계기로 일 년 내내 복을 아꼈던 것이다. 이를 석복惜福이라 한다. 석복은 글자 그대로 복을 아낀다는 뜻일 테지만 구체적으로 말하면 검소하게 생활하여 복을 오래오래 누리도록 한다는 것이다. 사람은 석복할 줄 아는 겸허함과 신중함이 있어야 한다.

예부터 경망하고 씀씀이가 헤프고 낭비벽이 있는 사람들에게 한 마디로 복을 까분다고 했다. 짐승을 함부로 대하거나 물건을 함부로 버리거나 낭비하는 아이에게 어른들은 "복을 받지 못한다"라고 매우 간단하지만 의미 깊은 따끔한 충고를 내렸다. 그래서 옛 어른들은 언제나 삼가고 조심했다. 이것이 곧 석복이다.

작은 도움에도 고마워하고 크게 베풀면서도 자만하거나 교만하지 않았다. 겸손을 미덕으로 삼고 농사를 지음에도 어린아이 돌보듯 정성을 다했다. 『논어』에 '삼인행필유아사三人行必有我師'라 말했다. "세 사람이 동행하면 그 가운데 반드시 스승이 있다"는 뜻이다. 이는 "동행하는 사람이 선행을 따르면 그 사람이 곧 나의 스승이요, 반대로 악행을 보고 스스로를 성찰하여 그와 같은 행동을 삼가면 그 또한 나에게 가르침이 된다"는 뜻으로 이 역시 겸허한 마음가짐이 없이는 얻어질 수 없는 지혜이다.

그러므로 겸허함이 곧 석복의 원천이 되는 것이다. 요즘 석복이란 말 자체가 생소하게 되었다. 소비를 미덕이라고 강변하면서까지 한때 우리는 생산공장 가동에 주력했지만 그것이 우리에게 근검절약이란 생활의 미덕과 석복의 겸허한 마음가짐까지 앗아가고 말았다. 그 결과 결국 IMF관리체제를 불러들이고 만 것이 아닐까.

우리는 아직 풍요를 구가하며 소비를 미덕으로 삼을 때가 아니다. 샴페인을 너무 일찍 터트렸다는 이야기는 바로 복을 까불었다는 말이다. 기묘년 새해에는 더욱 성실하고 묵묵히 일하여 이 사회에 만연한 부정부패의 낭비벽, 사치풍조가 일신되어 IMF관리체제가 극복되는 해가 되기를 기원해 본다.

왜 거북등이 비석 받침대인가

■ ■ ■

2001년 4월 6일
가락중앙종친회 가락회보

비석은 대개 어떤 사람의 행적이나 사적을 오랫동안 전하기 위하여 돌을 다듬고 글(비문)을 새겨 세운 것이다. 비문의 내용에 따라 탑비, 묘비, 신도비, 사적비, 송덕비 등의 종류가 있다. 그래서 비문은 역사학 서예학의 중요한 자료가 된다. 또 비석의 모양은 미술사의 연구대상이 되기도 한다.

비석은 중국 당나라 석비의 영향을 많이 받았으며 세 부분으로 되어있다. 기단 부분인 귀부龜部, 비의 중간 부분으로 글자가 새겨진 비신, 비의 머리 부분인 이수璃首로 되어 있다.

귀부는 비신碑身과 이수를 지탱하는 기단으로 통일신라 이후 대개 거북 모양의 양식이었는데 고려 중기 이후 거북모양은 점차 줄어들고 대석臺石 모양의 비좌가 많다.

비신은 비석의 가장 중심 되는 중간 부분이다. 비석의 건립연대와 비석 주인공의 행적에 대한 자세한 기록이 남아 있다. 비석의 종류에 따라서는 당시의 생활상을 밝히는 데 결정적 역할을 하기도 한다.

이수는 비석의 상단 즉 머리 부분이다. 비신을 보호하기 위한 수호의 의미와 장식의 효과를 위하여 비 상단부에 올려진다. 그런데 이 석비들은 대개 기단 부분은 거북을, 머리 부분인 이수는 용을 많이 사용한다. 거북은 장수를 상징하고 용은 물을 상징하는 동물로서 거북과 용은 지상과 천상의 세계를 드나들 수 있는 신통력을 지닌 동물이다. 이것은 비석 주인공의 영혼이 불멸하고 천상의 세계로 인도됨을 의미하는 관념에서 나온 것이다. 또 비문을 후세에 영구히 전하기 위한 의미도 있다.

그런데 비 받침으로 거북을 많이 조각하는 것을 두고 재야 사학자 박문기 씨는 이는 신라에서 가야제국을 멸하고 가야연맹부족이 다시 일어나지 못하도록 하기 위하여 가야에서 숭상하던 거북이를 학대한 데서 연유된 듯하다고 주장하고 있다. 이로 인하여 가락후예들 중에는 거북을 조각한 비받침돌을 사용해서는 안 된다고 주장하는 이도 있다.

옛날 토템사회에서 전쟁에 승리한 나라에서는 패전국의 토템물을 학대한 풍속이 있었던 것은 사실이나 이것과는 전연 관계 없는 것이다. 이는 태종무열왕(김춘추)의 신도비에 거북이를 비석의 받침대로 사용한 것을 보고 그렇게 주장하는 모양이지만 태종무열왕의 신도비는 아들 문무왕이 세웠다. 그리고 문무왕은 가락국의 왕족인 김유신의 생질이고 김유신과는 명콤비였다.

우리나라 역사상 가장 이상적인 군신관계가 문무왕과 김유신과의 관계이다. 그래서 흔히 문무왕과 김유신을 군신수어君臣水魚 지간으로까지 표현하고 있다. 그러므로 그 당시 가야 왕족에 대한 탄압의 상징으로 거북을 비받침대로 사용했다는 주장은 언어도단이다.

거북은 용龍, 봉鳳, 기린麒麟과 함께 네 개의 영물 가운데 하나이다. 특히 거북은 거북이 가지는 영력靈力 가운데 미래를 내다보는 예지력 때문에 예부터 중국에서는 거북점이 있었다. 거북이 예지력을 갖추었다는 것은 오래

살기 때문일 것이다.

『포박자』라는 중국의 고서는 천년 묵은 거북은 예지력을 갖게 되고, 3천 년 묵은 거북을 먹으면 인간도 예지력을 지니고 천 년을 살 수 있다고 기록하고 있다.

거북은 수중의 신비세계와 지상을 연결하는 신통력을 가지고 있어서 『심청전』과 『별주부』전에서 심청이와 토끼를 용궁에 날라다 준 것도 모두 거북이었다.

거북의 머리와 목은 남성의 성기를 연상케 하여 거북은 성혼聖婚의 상징이요, 또 위대한 탄생과 창조를 상징하는 신화로 등장하는 영물이다. 거북이 네 발로 버티고 서 있는 등 위에 신선세계가 전개된다는 전설도 있다. 그래서 거북의 등을 신도비의 받침으로 택하고 있는 것이다. 동해의 삼신산이 바로 거북의 등에 얹혀 있다는 전설도 이런 맥락에서 생겨난 것이다.

신라에서 가야 유민을 탄압하는 상징물로 거북을 새긴 돌을 받침대로 사용했다는 주장은 역사적으로 아무런 근거가 없다고 생각된다.

제4장 고향

고향은 우리에게 추억을 통해서 현재로 다가와 활기를 주고 삶의 의미를 부여해 주는 속성을 지니고 있다. 고향은 자연과 인간의 조화로운 삶에 대한 이상이며 전형이다.
꽃의 아름다움보다 그 아름다움을 탄생시킨 뿌리의 수고로움을 알아야 한다.

예천은 예천이어야

1998년 12월 1일
예천향토신문

예천향토신문사에서 몇 차례의 원고 청탁이 있었다. 칼럼란을 신설하겠다는 것이다. 바쁘다는 핑계로 몇 차례 사양을 했는데 실은 고향의 선후배 앞에 글을 내놓기가 쑥스러워서 주저했었지만 과공過恭이 비례非禮라던가. 더 이상의 사양은 다른 오해의 염려도 있고 해서 용기를 내어 필을 들었다.

흔히 고향을 다녀온 사람들이 하는 말로 고향이 많이 변했다고들 한다. 그 말에는 대개 두 가지의 뜻이 포함되어 있다. 하나는 이른바 근대화의 물결 속에서 소득이 증대되는 생활양상이 크게 변화된 모습이고, 또 하나는 고래로부터 내려오던 전통적인 미풍양속의 변화인 이른바 세태의 변화, 인심의 변화를 두고 한 말일 것이다.

따라서 변화를 바라보는 눈길도 고향에 거주하고 있는 사람의 생각과 오랫동안 고향을 떠나 있는 사람들 간에는 근본적으로 시각에 차이가 있다. 힘겹게 고향을 지키며 사는 분들은 가난에서의 탈피를 지상목표로 하고 있기 때문에 전통이나 고래의 미풍을 고집하기보다는 어떻게든 소득증대를 가져오는 변화를 바랄 것이다.

그러나 도회지에 진출하여 까맣게 고향을 잊고 있다가 어쩌다 한 번 찾아오는 사람들은 대개 고향의 옛 모습과 그때 그 시절의 인심을 그리워하기 때문에 상전벽해가 된 고향의 모습을 바라보고 몹시 아쉬워한다. 이는 어떻게 보면 인지상정일 수도 있다.

그러나 고향을 힘겹게 지키고 있는 이들의 입장에서는 변화 없는 고향의 모습을 보고자 하는 것을 볼 때는 너무나 지나친 요구가 아닐 수 없다. 세상 물정 모르는 감상주의일 수도 있고, 혹은 사치한 낭만주의일 수도 있으리라. 자기는 도시에서 온갖 문명의 이기를 마음껏 누리며 자기가 자란 고향은 태고적의 이야기를 담은 전설의 고향이기를 바라는 것은 또 하나의 이기주의인지도 모른다.

그러나 예천은 예천으로서 고유의 전통을 지키고 가꾸어야 한다. 이는 결코 소득증대나 주거환경, 새로운 영농기술과 노동조건을 외면하자는 것이 아니다. 전통적 가족관계, 이웃관계가 유지되고 인간성이 살아있는 훌륭한 지역사회로 성장해 가는 문화 예천이 되어야 한다는 것이다.

인류는 언제나 보수와 진보의 갈등 속에 변화해 왔지만 그 변화는 문명적인 측면에서는 발전이었고, 문화적인 측면에서는 고유의 것을 많이 잃어버리는 아쉬움이 있었다. 이 아쉬움에서 문예부흥(르네상스)과 낭만주의가 배태胚胎되었다고 한다면 지나친 논리의 비약일지도 모르겠다.

그러나 예천이 예천이기 위해서는 현대 산업사회의 문물을 마음껏 받아들이되 고래의 문화유산과 전통을 가꾸고 이를 전향적으로 계승, 발전시키는 일이 세계화의 와중에서도 살아남을 수 있는 길이기 때문이다.

예천지역의 3.1운동

2019년 3월 28일
예천신문

3.1운동은 독립운동의 호수이며 비폭력 평화운동의 시발이다

기미년 3월 1일은 3.1 독립운동 100주년이고 우리나라 개국 이래 처음으로 민주공화제를 표방한 상해 임시정부 수립 100주년이기도 하다. 3.1운동은 당시 제국주의가 지배하는 세계에 대하여 정의와 인도에 기초한 인류 평등의 세계 질서를 요구하는 독립운동으로 기미년 3월 1일부터 4월 말까지 2개월에 걸친 만세운동이었다.

그 방법은 평화주의 인도주의를 표방한 비폭력운동으로 세계혁명 운동사에 새로운 기원을 열었다. 우리나라 독립운동은 의병운동으로부터 시작되어 애국 계몽운동, 동학 농민운동, 독립운동으로 이어진 민족운동으로 그 특징을 조동걸 교수는 다음과 같이 갈파했다.

첫째, 시간적으로 1894년부터 1945년까지 반세기에 걸친 지속성이 타민족에서는 그 예를 찾기 힘들다.

둘째, 공간적으로 전국 방방곡곡은 물론 만주, 러시아 연해주, 미국 본토와 하와이, 일본, 유럽 각국에 이르기까지 한민족이 있는 곳에서는 어디에서나 만세운동이 일어난 세계성을 띠고 있다.

셋째, 독립을 추구하는 이념과 방법이 여러 갈래로 나뉘어진 매우 다원성을 띠고 있다는 것이다.

또 3.1운동은 남녀노소, 신분과 계급, 지역과 종교의 차이 없이 전 민족이 일치단결하여 참여한 전무한 대민족운동으로 거대한 민중의 힘을 이끌어 낼 수 있다는 민족의 역량을 보여줌으로써 평화적인 사회운동의 한 전형을 보였다. 3.1운동을 독립운동의 호수라고 한다. 여러 갈래의 독립운동이 기미년 3월 1일을 계기로 한 곳으로 집결되었다가 다시 여러 갈래로 흘러갔기 때문이다. 3.1운동을 기념일이라 하지 않고 3.1절이라 하는 것은 3.1운동으로 생겨난 임시정부의 건국이념이 대한민국의 정통성으로 이어졌기 때문에 개천절, 광복절, 제헌절과 함께 건국과 개국에 관계된 4대 명절이 된 것이다.

□ 첫 시위는 3월 28일 호명면 원곡동

그러면 여기서 예천지역 3.1운동의 실상을 살펴보자. 서울에서 발발한 3.1 만세 시위는 차츰 지방으로 확산되어 경북지역은 3월 8일 대구에서 첫 시위가 있었고, 포항과 의성에서 3월 12일, 안동은 13일, 예천에서도 용문면 죽림동 출신 권석인權錫仁에 의해 3월 12일과 17일 예천 장날을 이용하여 시위운동을 추진했으나 두 번 다 연기되어 결국 예천시위의 첫 함성은 3월 28일 호명면 원곡동에서 전 용궁군수 장용환張龍煥이 열고 있는 서당 학동들이 태극기를 만들어 농민 6명과 마을 뒤 등암산에 올라가 시위를 펼쳤고 마침 이날이 오천 장날이어서 따르는 군중이 100여 명이었다고 한다.

용문면에서는 죽림동 예천권씨 초간 권문해의 11대 주손인 권석인이 고종황제 국장에 참여하기 위해 상경했다가 만세 시위를 목격하고 독립선언서 1매를 가지고 귀향하여 재종형 권석호와 수차례 거사를 논의하고 금곡동 박태원朴泰元의 아랫채 헛간에서 몰래 독립선언문을 등사하여 예천 장날을 이용한 시위를 시도했으나 일경의 삼엄한 감시로 두 번이나 미루다가 4월 3일 죽림동에서 일어나 용문면사무소 앞 광장에 집결하여 권석인이 독립선언서를 낭독하고 만세를 선창하자 군중 300여 명이 시위에 참여했다고 한다. 이어 다음날인 4월 4일 은산면 은산장터에서 이헌호, 이재덕, 최동진 등이 만세운동을 주도하였다.

4월 6일에는 풍양면 우망동과 청곡동에서 동래정씨 일족 40여 명이 만세시위를 벌였고, 용궁면에서는 용궁 공립보통학교 4학년 학생 정진완에 의해 거사일을 4월 12일로 정하고 시위운동을 벌이기로 했었다. 이들은 모두 학생이었고 매우 조직적인 계획이었으나 거사 전날 자기 아들이 거사에 참여하는 것을 알게 된 학부모가 교장에게 알리어 결국 예천 헌병 분대에까지 알려져 대규모의 시위운동은 안타깝게도 좌절되었다.

이와 같이 용궁시위운동의 주동자는 체포되었으나 체포되지 않은 사람들은 만좌루 앞에서 만세를 부르며 면사무소 앞을 지나 시가행진을 했다고 정양수 전 대창고등학교 교장은 예천문학 27호에 기고하였다. 예천 시위운동의 양상은 모두 1회성으로 끝난 비폭력의 온건한 시위운동이었다. 예천에서의 3.1운동이 다른 항일운동에 비해 적극적인 참여와 투쟁의지가 미약하게 나타난 것은 그 이전의 동학 농민운동으로 기층민과 향리 양반 지주 등 지배층과의 갈등과 반목이 해소되지 않았던 것이 큰 원인으로 생각된다. 끝으로 3.1운동의 민족대표 33인 중 이필주李弼柱:1869~1932 목사의 출생이 예천이라는 예천군지의 기록은 우리 예천인들이 반드시 그 근거를 규명하여 예천인들이 지닌 독립운동에 대한 의지를 밝혀야 할 것이다.

6.10만세운동과 예천인

2019년 6월 20일
예천신문

지난 6월 10일은 6.10만세운동 93주기이며 민주항쟁 기념일이기도 하다. 6.10만세운동은 1926년 4월 25일 순종황제의 승하를 계기로 일어난 항일 운동이었다. 그 방법과 형태면에서 3.1운동 방식을 계승하였기 때문에 6.10만세운동 혹은 제2의 만세운동이라 부르기도 한다.

3.1운동이 제1차 세계대전 후인 1919년 인도주의가 부상되는 것과 더불어 세계 개조의 분위기가 무르익던 상황에서 계획된 것이라면 6.10만세운동은 제국주의 지배질서가 공고해진 상황에서 계획되었다. 3.1운동의 계획 주체가 종교지도자와 같은 자유주의였다면 6.10만세운동의 주체는 3.1운동 이후 사회주의 사상의 유입으로 자유주의자와 더불어 사회주의자가 전면에 나서면서 새로운 양상을 띠게 되었다.

6.10만세운동의 발생 요인 가운데 중요하게 거론되는 것이 순종황제의 인산因山이다. 마치 3.1운동이 고종황제의 인산이 촉발 동인이 되었던 것과 같은 맥락이다. 그러나 6.10만세운동은 그 계획이 사전에 발각되어 3.1운동처럼 전 민족적으로 전개되지는 못했다.

6.10만세운동의 최초 계획은 상하이의 김찬金餐, 김단야金丹冶 등에 의해 이루어지고 서울의 권오설權五卨에게 전달되었다. 이 무렵 김찬과 김단야

는 조선공산당 임시 상하이부 요원이었다.

상하이부는 만세운동에 필요한 자금과 격문의 인쇄를 담당키로 하고 김단야는 상하이에서 조봉암 · 김찬 등과 함께 자기가 작성한 격문 5천 매를 인쇄하여 권오설에게 보내기로 하였다.

안동 가일 출신인 권오설은 김단야로부터 자금 지원을 받으며 공산당과 고려 공산청년회의 통신 연락책임 및 경비 출납의 실권을 장악하고 있었으며, 조선학생과학연구회와 같은 단체에도 영향을 미치고 있었다.

이때 개포면 금동 출신의 한일청韓日淸은 연희전문학교 학생이었다. 그는 조선학생과학연구회 회원으로 6.10만세운동에 참여하였다. 6.10만세운동의 지도부는 세 가지 투쟁 방침을 결정했다.

첫째, 사회주의, 민족주의, 종교계, 청년계의 혁명 운동가를 망라하여 대한독립당을 조직할 것.

둘째, 대한독립당은 6월 10일을 기하여 시위운동을 실행할 것.

셋째, 장례행렬이 지나는 연도에 시위대를 분산 배치하였다가 격문 및 전단을 살포하여 대한독립 만세를 고창할 것 등이다.

여기서 대한독립당이란 6.10만세운동을 이끄는 민족통일 전선체를 의미한다. 권오설은 이러한 계획을 조선학생과학연구회에 전달하였고 만세 운동에 사용할 격문 인쇄와 지방배포에 대한 임무를 부여하였다. 또 권오설은 자체적으로 「격문」을 비롯하여 5종의 전단을 작성하였으며, 격문은 5월 30일경에 5만 2천 매의 인쇄를 완료하고 만반의 준비를 갖추었다. 다만 상하이에서 6월 초에 오기로 한 격문과 자금이 지연되고 있음을 걱정하고 있었다. 그러던 중 계획의 단서가 최초로 일제에 포착된 것은 6월 4일이었다.

예천군 풍양 출신으로 서울 도림동에 거주하는 이동규李東圭의 집을 일경이 급습하여 수색하던 중 대한독립당 명의로 된 격문이 발견되었다. 이로 인하여 이동규와 동향인으로 역시 풍양 출신 안정식安正植이 체포되고 안정식이 친구인 권오설에게서 격문을 받은 사실을 실토하여 권오설 등 주동자들이 모두 피체되고 상하이에서 김단야가 보낸 격문도 서울역에 대기하고 있던 일경에 의해 모두 압수되어 대한독립당의 거사계획은 실패하였다. 이때 체포된 권오설은 34세의 나이로 고문 끝에 옥사하였다.

그러나 학생들의 거사 계획은 일경의 삼엄한 경계 속에서도 그대로 진행되어 6.10만세운동은 학생들의 시위운동으로만 기록되고 있다. 이때 한일청은 만세운동 당일인 6월 10일 연희전문학교 학생 34명과 함께 체포되어 집행유예형을 받고 학교에서 퇴교당했다.

한일청은 그 후 1929년 6월 귀향하여 예천에서 사회과학연구회 집행위원으로 활동하다 검거되어 치안유지법으로 1년 6월 징역형을 선고받고 서대문 형무소에서 복역하며 안동시 풍산면 오미동 출신으로 후에 조선공산당 책임비서를 지낸 김재봉金在鳳을 알게 되어 공산주의 운동에 참여하며 항일운동을 계속하였다.

예천공립박물관 건립의 의미와 기대

■ ■ ■

2016년 7월 28일
예천신문

□ 지역문화유산의 체계적 관리와 정체성 확립의 거점 되어야

예천군에서는 신도청시대를 맞이하여 '지역 정체성 확립과 그 선양'을 군정郡政 목표의 하나로 정하고 그 사업의 일환으로 예천공립박물관 건립의 기본 계획을 수립하였다.

지난 6월 29일자 예천신문에 따르면 연구용역 최종보고회까지 마쳤다고 하며 현재 감천 수락대에 있는 충효관을 박물관으로 리모델링한다는 것이다. 이 박물관은 예천지역 역사문화의 거점 시설로 운영하고 지역 문화유산의 체계적 관리와 정체성 선양을 목표로 보다 효율적인 운영을 위하여 국립민속박물관과 학술연구와 교육프로그램 운영 등 다양한 교류사업을 위하여 서로 협력기관 인증식을 가졌다고 한다. 이는 예천박물관 활성화와 문화인프라 구축에 적지 않는 도움이 될 것으로 기대된다.

결론부터 말하면 예천박물관 건립은 참으로 시의적절한 결정인 데다가 효용성이 떨어지는 기존 건물을 활용한다니 행정적으로도 매우 의미 있는 사업으로 생각된다. 가장 제한된 공간에서 가장 짧은 시간에 그 지역 문화를 이해하는 데는 박물관의 기능만 한 곳이 없기 때문이다.

흔히 예천을 '충효의 고장' '추로지향'이라고 하여 군내 곳곳에 표지석이

세워져 있다. 예천군에서는 이에 대한 근거를 밝히기 위해 '예천유학사'와 '예천지역 효렬' 사례의 연구조사 용역도 정체성 정립사업의 하나로 추진하고 있다.

□ 미래 세계의 중심은 문화강국

오늘의 과학기술문명은 상상을 초월하는 발전을 가져와 인간생활을 한없이 편리하고 윤택하게 했지만 그것에 비례하여 행복지수가 높아지고 삶의 질이 향상되지는 않는 것 같다. 오히려 그로 인한 경제발전은 인간과 인간과의 격차를 더욱 심하게 만들었고 그것이 가져온 풍요와 문명의 이기로 인해 인간으로서 품성마저 상실되는 경우가 나타나기도 한다.

그러함에도 인류가 지금까지는 과학과 기계문명에 대한 신뢰와 낙관은 변함없었다. 그러나 얼마 전 인간의 지능을 뛰어넘는 인공지능(알파고)을 보면서 과학기술이 우리의 미래를 어둡게 하는 불안으로 이어지지 않을까 하는 막연한 염려도 적지 않은 것 같다.

일찍이 백범 김구 선생은 문화강국이 해방 조국의 건국 목표가 되어야 한다고 했으며, 위창葦昌 오세창吳世昌 선생도 문화로 나라를 지킨다는 뜻으로 문화보국文化保國론을 펼쳤다. 문화는 모든 사회구성원들이 그것을 골고루 누릴 수 있는 공유성을 특성으로 한다. 그렇기 때문에 문화는 인류의 공동재산이라 하는 것이다.

21세기는 문화의 세기가 되어야 하는 이유이기도 하다. 문화의 공유는 빈부의 격차를 넘어 사회적 동질성을 이루게 하기 때문에 자연히 삶의 질을 높이게 된다. 대개 문화는 한 지역 한 시대를 단위로 형성되거나 분류된다. 그 단위는 크게는 한국, 중국, 미국 등 국가 단위이고 적게는 지역문화권으로 나누기도 한다. 경상도내에서도 경상좌도의 안동문화권, 경상우도의 진주문화권이 그 예이다.

□ 정체성은 그 지역 역사와 전통적 삶의 양식에서 찾아야

결국 예천의 정체성은 예천지역의 역사와 전통적 삶의 양식에서 찾을 수밖에 없다. 삶의 양식이 곧 문화이고 이를 체계적으로 정리한 것이 그 지역문화의 특성이다. 이 문화의 특성 속에 공동체적 삶의 가치를 함께 인식할 수 있을 것이고, 그것이 곧 예천의 정체성이고 정체성을 공유하고 함께 인식하는 것이 공동체적 삶이다.

이러한 문화발전의 양상인 역사와 풍물을 한눈에 볼 수 있게 하는 공간이 박물관이다. 그래서 지역마다 특색 있는 박물관 건립이 필요한 것이다. 이렇게 건립되는 박물관의 기능은 전시와 수장은 기본이고 교육의 기능과 주민들의 휴식공간의 기능까지 수행하도록 해야 한다.

과거의 권위주의적 박물관, 전문가들만의 박물관으로 주민들과 멀기만 했던 박물관이 아니라 지역주민의 생활과 가까운 박물관이어야 한다. 주민과 친근한 주민이 가고 싶어 하는 생활 속의 박물관으로 자리 잡게 하여 지역문화의 특성과 역사적인 사실을 알리고 긍지를 갖도록 하는 교육과 교양을 넓히는 박물관, 나아가서는 주민들의 휴식의 공간이 되는 박물관이어야 한다.

예천공립박물관이 예천지역 문화유산을 체계적으로 정리하고 예천의 정신적 생명의 양식이 되는 박물관, 예천의 정체성이 집약된 박물관이 건립되기를 기대한다.

고향은 최상의 실버타운

2003년 6월 6일
예천신문

고향인 보문면 새마을지도자협의회와 청년회·부녀회가 주선한 경로잔치에 참석했다. 65세 이상의 노인들이 한 자리에 모인 것이다. 이분들이야말로 오늘의 한국이 있기까지 지난날 우리 사회를 이끌어 왔던 이른바 근대화의 주역이었으며 지금도 동리의 정신적 기둥이 되고 있는 분들이다. 그래서 이 경로잔치를 베푼 관계자들께 감사하다는 뜻으로 바쁜 시간을 쪼개어 참석했다.

회고해 보면 20세에 고향을 떠나서 61세가 되었으니 타향살이가 40년이 넘은 셈이다. 물리적으로 고향을 잊어버렸어야 할 시간이다. 그런데도 지금까지 꿈속에서는 늘 고향마을이 무대가 된다. 고향에 대한 그리움은 첫째는 고향의 산천山川일 것이고, 둘째는 인심과 풍물이다. 그런데 인심과 풍물은 세월에 씻기어 변하고 있다. 옛 사람의 '산천은 의구한데 인걸은 간데없다'는 한탄은 굳이 왕조멸망이 아니라도 흔히 느낄 수 있는 일이다.

그런데 이번 경로잔치에서는 변함없는 인심과 풍물을 느낄 수 있었다. 숱한 세월의 주름 속에 타계한 분들도 많았지만 그때의 아저씨, 아줌마들이 할아버지, 할머니로 변했을 뿐 인심은 변하지 않았음을 확인했다. 이들은 종교도, 사상도, 이념도 모두 초월하여 오직 인정 하나로 좋은 일에 같이 기뻐하고 슬픈 일에 같이 슬퍼하던 소박한 이웃집 아저씨, 아주머니들이었다. 그런데 고향을 찾았을 때 이 이웃집 아저씨, 아주머니들이 보이지 않을 때 고향인심을 느낄 수 없게 된다. 그럴 땐 객지보다 더 적막한 고향무정을 느끼게 된다. 그런데 이번 경로잔치에서 옛날의 아저씨, 아주머니들을 한 자리에서 많이 만나뵈올 수 있게 되었다. 그래서 일반적으로 행해지는 양로원이나 객지에서의 경로잔치와는 다른 감회를 느낄 수 있었다.

옛말에 "물건은 고장을 떠나야 귀하게 되고物離鄕卽貴, 사람은 고향을 떠나면 천하게 된다人離鄕卽賤"고 했는데 과연 노인들은 고향에 있어야 이 정도의 대접이라도 받을 수 있게 될 것이라는 생각이 들었다. 동물원에 갇혀 있는 사자나 호랑이는 언제나 눈은 분노에 차있고 몸에는 생기가 없다. 먹고 자는 것에 무슨 불편이 있으랴만 누가 우리에 갇힌 사자와 호랑이를 행복하다 할 수 있겠는가. 아무리 시설 좋은 실버타운도 고향에서 산천을 벗하며 가족과 함께 유유자적하는 생활과 어찌 비교할 수 있으랴. 순간적으로 생각이 여기에 미쳤다. 『논어』「공야장편」에 공자는 자로와의 대담에서 "늙은이를 편안하게 해 주고老子安之, 친구에게 미덥게 해 주고朋友信之, 젊은이를 감싸주는少子懷之" 그러한 사회를 지향했다. 어쩌면 농촌생활이 노인들에게 보다 편안한 곳인지도 모른다. 농촌에서 아들 따라 온 듯한 노인들을 아파트 노인정이나 승강기에서 만날 때의 느낌은 언제나 생기가 없고 피곤해 보인다. 고향과 농촌에 관심이 깊어지는 것이 이런 이유 때문인지도 모른다. 아직도 농촌은 도회지에서 느낄 수 없는 전통사회의 인심과 풍물이 남아 있다. 이날 새삼 '호마의북풍胡馬依北風 월조소남지越鳥巢南枝'란 말의 의미를 되새기게 된다. 아무쪼록 세계가 부러워하는 자랑스런 우리의 전통인 가족제도가 지켜졌더라면 하는 생각을 해 본다.

다문화사회와 추로지향鄒魯之鄕

2012년 5월 18일
예천신문

4.11 총선에서 필리핀계의 '이자스민' 후보가 비례대표자로 당선되었다. 사고로 남편을 잃고도 서울시 공무원으로 꿋꿋하게 일하며 영화 '완득이' 엄마 역을 맡기도 했다. 지금도 결혼이민자를 지원하는 사회활동을 하고 있다니 그가 사회적 소수자인 이민자의 목소리를 대변할 수 있게 된 것은 매우 뜻 깊은 일이라 할 수 있겠다.

그런데 인터넷 공간에 그의 인격을 훼손하고 고깝게 보는 글들이 올라오는 것을 보면 아직도 다문화사회에 대한 인식이 부족한 것 같다. 한국사회는 이미 다문화사회이고 연간 2만 5천 명이 넘는 외국인 이민자와 노동자가 늘어나고 있다. 이들에 대한 노동이나 주거환경이 개선되고 있다고는 하나 지상으로만 만나는 제한된 정보로도 그들에 대한 임금체불, 산업재해, 불법체류에 대한 학대 등 심각한 인권유린은 물론 최소한의 생존권도 보장받지 못하는 열악한 환경에 놓여 있음을 알게 된다.

우리도 한 때 '외국인 근로자'였다는 사실을 기억했으면 한다. 이제 우리는 흔히 자랑하는 반만년의 유구한 역사와 단일민족으로서 순수혈통에 관한 놀라운 집착에서 벗어나야 한다. 이러한 집착이 역사의 큰 흐름인 다문화사회에 배타적 인식과 편견을 심어주는 역기능을 하고 있기 때문이다.

순수한 혈통을 자랑하고 주장하는 한국인의 핏속에는 자그마치 30여 종의 피가 섞여 흐른다는 사실을 깨달아야 한다.

우리에게 더욱 중요한 것은 나와 다르다고 여기는 이들과 조화와 공존이 우리 민족의 끈질긴 생명력이었다는 사실이다. 따지고 보면 역사적으로 순수한 우리 것이란 아무것도 없다고 해도 과언이 아니다. 인도불교가 들어올 때 우리의 토속신앙과 조화를 이루어 기복신앙과 호국불교란 한국불교의 독창성을 이루었고 고려자기, 대장경, 금속활자, 심지어 한글 창제까지도 외래문화의 영향을 받지 않는 것은 아무것도 없다. 그래서 우리 민족의 생명력은 조화와 공존에 있다고 하는 것이다.

고려 이래 외국인에 대한 정책은 오는 자를 거절하지 않는다는 이른바 내자불거來者不拒였다. 불사이군의 고려 충신 화산花山 이씨 이맹운 · 정선 이씨 이양흔은 모두 귀화한 베트남계이고, 충주 매씨 · 원주 변씨 · 신안 주씨 · 남양 제갈씨는 중국계, 연안 이씨는 몽골계, 덕수 장씨는 위구르계 모두 고려 때 귀화성씨이다. 우륵 김씨는 일본계다. 이들은 모두 우리와 비슷한 모습이지만 박연으로 알려진 웰트브레는 이목구비가 완전히 다른 화란인으로 인조 때 조선 여성과 결혼하여 1남 1녀를 두었다. 예를 들자면 지면이 모자란다.

최근 유현우라는 방글라데시인은 한국 부인의 성을 따르고 자기가 살고 있는 시화호수를 본관으로 삼아 '시화유씨'를 창설했다.

독일인 이참은 한국에 귀화하여 관광공사 사장까지 하고 있지만 귀화인이 한국인으로 살아가기는 쉽지 않다. 그 이유는 그들 자녀에게까지 이방인 취급을 하는 풍토 때문이라고 한다.

예천에 있는 다문화 가정이 3백10여 가구라고 한다. 예천을 충효의 고장 추로지향(공자 맹자의 고향을 말하며, 다산 정약용은 예천을 '추로지향'이라고 했다.)이라 자랑하지만 이 또한 공맹의 영향이 아닌가. 조화와 공존의 따스함 속에 넉넉한 예천 향민의 인심과 행정력의 철저한 배려 속에 다문화가정이 뿌리내릴 수 있게 하는 것이 추로지향의 참모습일 것이다. 공맹사상의 본질은 사해 동포의 휴머니즘이기 때문이다.

지자체와 미호동안

2012년 8월 30일
예천신문

예천군의회 의장선거 금품수수 사건으로 지역민 사이에는 지자체에 대한 불신이 크게 번지고 있다. 심지어 민도가 지자체를 시행하기에는 너무 이르다는 자학적인 발언도 심심찮게 나오는 분위기다. 그러나 지엽적인 일부 역기능을 가지고 그 제도 자체를 부정함은 지나친 감이 없지 않다.

예천지역 지자체의 연원을 살펴보면 물론 지금과 같은 지자체는 아니라 할지라도 보문면 고평동과 미호동에서는 이미 1600년대에 주민자치가 시행되고 있었다.

조선왕조는 고려에 비해 지방통치나 향촌사회의 성장에 획기적인 진전이 있었다. 주자학을 통치이념으로 한 신흥 사대부들은 조선의 건국과정에서 중앙 집권세력이 된 훈구파와 향촌의 재지세력인 사림파로 나누어지는데 훈구파는 지방통치의 기본방향을 중앙정부로 집중시키려는 데 반하여 사림파는 중앙의 통제로부터 벗어나 향촌사회의 독자성을 유지하려 하였다. 특히 사림세력이 정치의 주도권을 쥐게 된 것은 16세기 말엽부터 17세기 초기였다.

임진왜란으로 온 나라가 참화를 입었으나 사림세력은 의병활동에 힘입어 더욱 굳건해졌다. 조선 전기에 훈구파를 중심으로 형성되었던 기존 질서는 임란과 호란을 겪는 동안 와해되었고 새로운 질서의 재편 과정에서 신분제의 해체와 민중세력의 성장 현상이 뚜렷하게 나타나게 된다.

양반 중심의 향약 향규 등이 양반과 상민이 모두 참여하는 이동里洞 단위의 동안洞案·동계洞契·동약洞約으로 변화되기 시작한 것이다. 선조 34년(1601) 약포 정탁鄭琢 선생이 초안 시행한 고평 동안이나 광해군 9년(1617) 미호동안이 그 좋은 예이다. 동중입의洞中立議로 제정된 미호동안의 내용을 보면 "우리 미울은 난리(임란)를 겪은 뒤로는 강을 끼고 이리저리 흩어져 살아 매우 쓸쓸한 지경에 이르렀다. 그렇지만 죽고 사는 지경에 이르러서는 서로간에 생각하고 도와야 할 것이니 이러한 정도의 신의조차 없다면 어찌하겠는가? 상하간에 서로 가르치고 배우는 데 힘써야 할 것이다"라는 취지가 담겨 있다. 동중입의란 동민들이 합의하여 만든 규약이란 뜻이다.

그 후 영조 41년(1765) 당시 그 동리의 명망 높은 선비 김길구金吉龜가 고평 정약포 대감이 초안한 완의完議 권면조權勉條와 금제조禁制條를 참고하여 새로이 동안을 개정하였다. 완의完議란 전체 구성원의 총의에 의해 완전 합의하여 제정했다는 뜻이다. 권면조는 실천해야 할 내용이고 금제조란 금지해야 할 내용을 조목조목 정해 놓은 것이다.

권면조에는 충효정신과 선린·돈목·장유질서 그리고 선공후사先公後私·성실납세·염치·의리가 강조되어 있고, 금제조는 국정이나 주·현의 정사를 논하는 행위, 어른을 능멸하는 행위, 힘없고 가난한 자를 업신여기는 행위, 이웃간의 불목, 산림·묘역훼손, 과음·욕설, 모임에 불참 등을 금지하고 경계하는 내용들로 거의 완벽한 동민 자치가 행해졌음을 짐작할 수 있게 한다.

그런데 지금의 지자체는 1994년에 시행된 이래 진정한 주민자치와는 그 방향이 잘못되어 가고 있는 것 같다. 정당 공천제를 도입하여 지역정당 간 정치싸움의 연장선상에서 정당들이 지방자치를 마치 '자기들의 봉토'쯤으로 여기고 단체장과 의회 의원들을 자신의 하인처럼 좌지우지하고 있으니 중앙과 끈이 닿는 소수의 토호들이 득세하여 민의가 반영되고 민주주의가 자리 잡을 여지가 없게 되어가고 있다.

적어도 민주주의가 자리 잡고 올바른 지자체가 뿌리내리려면 주민의 자발적인 참여가 바탕이 되어야 한다. 그동안 관료적, 중앙집권적 전통이 뿌리 깊게 박혀진 탓에 지방분권에 따른 주민자치의 전통이 뿌리내리기에는 주민들의 각성과 많은 시간이 필요하다고 하겠다.

정부 수립 이래 1·2 공화국 때 잠시 실시하던 지자체는 5.16 이후 행정능률의 극대화란 미명으로 이를 중단하고 수직적 관료체제로 국민을 길들인 그 여독이 도처에 남아 있다.

제6공화국의 출범과 함께 시행된 지자체는 민주화 추세에 맞춘 제도이다. 지방분권과 주민자치에 바탕해야 민주주의가 튼튼해지기 때문이다. 부분적인 역기능이 있다고 해서 원론적인 민주이론이 훼손되어서는 안 될 것이다. 민주주의를 스스로 육성시키는 정치권력은 매우 드물다. 주민이 지키고 다듬어야 그나마 생명력을 유지할 수 있다.

이번 예천군의회 사건이 예천지역의 건전한 지자체 발전에 시금석이 되길 바랄 뿐이다.

치산과 성묘

2003년 9월 25일
예천신문

고향에 벌초를 다녀왔다. 금년은 비 오지 않는 주말이 없었으니 이날도 예외는 아니었다. 비를 흠뻑 맞으면서 하는 고된 일이었으나 오랜만에 선영의 조상 발치에서 여러 형제들이 함께 모인 탓인지 마음은 편하고 예초기는 매우 활발하게 돌아갔다. 이제 벌초는 한 집안의 온 가족들이 함께 모이는 연중행사화 되어가고 있다. 과거에도 없었던 일은 아니나 과거의 벌초는 주로 고향을 지키는 분들의 몫이었고 객지에 나간 후손들은 성묘를 하고 시제에 참석하는 정도였다.

예로부터 인간은 사자死者를 경외하고 장례를 정중하게 모시는 것을 5례 중의 하나로 삼았다. 그리고 묘 관리에 각별한 관심을 가졌었다. 아득한 옛날 청동기시대의 지석묘(고인돌)는 공동체의 대표이거나 권력의 소유자였다. 고대국가에서의 웅장한 고분들은 권력이 계승되는 막강한 힘의 소유자임을 증언하는 유적으로 사용집단의 출자나 문화적 배경을 밝힐 수 있는 가장 적극적인 자료이다.

묘소는 대개 신라 통일 이전에는 평지에 썼고, 통일신라 이후에는 구릉으로 올라갔다. 이런 연유로 지금도 경주에 가 보면 평지에 산을 방불케 하는 큰 왕묘들이 권위의 상징물로 남아 있다. 특히 우리나라는 민가에서도 옛부터 무덤을 중시하여 묘지기가 따로 있었다.

기록상으로는 고구려 고국원왕 1년(179) 국상 명림답부가 죽자 묘지기를 둔 것이 최초였다. 최근까지도 선조의 무덤을 관리하는 묘지기가 있었는데 묘주인은 묘지기를 극진히 보살폈고 자손들은 묘관리를 중요한 효행의 하나로 삼았다.

대개 묘소에 대한 치산은 한식에 뙤를 갈아입히는 개사초改莎草와 추석을 앞둔 벌초伐草를 꼽을 수 있다. 묘소에 봉토나 석물은 동지로부터 105일째(4월 5, 6일경)되는 한식날에 한다. 이날은 치산을 하지 않더라도 과果·적炙·떡餠을 두루 갖추어 성묘를 한다.

한식은 예로부터 설·단오·추석과 함께 큰 명절로 꼽았다. 한식의 유래는 중국 춘추시대 진晉나라의 충신 개자추가 간신에게 몰려 면산緜山에 숨어 있었다. 문공이 그의 충성심을 알고 찾았으나 산에서 나오지 않았다. 문공은 그를 나오게 하기 위하여 불을 놓았으나 끝내 나오지 않고 불에 타죽고 말았다. 사람들이 그를 애도하고 혼령을 위로하기 위하여 이날 찬밥을 먹는 풍속이 생겼다고 한다.

그러나 또 다른 유래로 고대에는 매년 봄에 나라에서 새 불씨를 만들어 청명날 뭇 신하와 고을 수령에게 나누어 주었는데 새 불씨를 만들어 쓸 때 옛 불을 일절 금하였기 때문에 그 공간에는 불이 없었다. 이날이 청명 전날이었다. 이날은 불이 없는 세상이 되어 이날 찬밥을 먹을 수밖에 없다는 데서 유래했다는 것이다.

추석 전 벌초는 대개 입추와 백로 사이인 처서를 전후해서 시행한다. 처서를 지나면 모기도 입이 삐뚤어진다는 속담이 있듯이 풀도 더 자라지 않기 때문에 대개 처서가 지난 후에 벌초를 하게 된다.

최근의 벌초는 온 가족이 함께 모여 일을 공유함으로써 우애가 돈독해지고 서로가 한 핏줄임을 피부로 느끼게 된다. 또 고향 산천을 찾게 되는 계기가 되어 전통이 계승되고 풍속이 이어지며 자기의 정체성을 찾는 교육적 효과도 누릴 수 있게 된다. 그렇기 때문에 비를 흠뻑 맞으면서도 조금도 짜증스럽지 않았다.

이제 벌초는 벌초 이외에 가족 공동체 의식을 심어준다는 데 더 큰 의미가 부여되고 있다.

과연 고향인심 변하고 있는가

■ ■ ■

2002년 5월 24일
흑성산록에서

산하에 가득한 봄기운이 오십대 후반의 초로인생을 사춘기로 되돌린다. 6.25 한국전쟁을 치룬 후 어제까지만 해도 농사에만 열중하던 이웃들이 까닭 모르게 포승줄에 엮이어 가는 모습을 가끔 보아야 했다. 총이란 살상무기가 합법적으로 이들의 목숨을 앗아가는 장면도 목격했다. 함부로 말하다가 행여나 누군가가 자기를 빨갱이로 고자질할까 봐 주위를 살펴봐야 했던 시절도 있었다.

고교시절에 4.19와 5.16을 겪었고 대학시절에는 위수령과 계엄령으로 3선개헌을 획책하는 군사정부에 의해 교정에서도 사나운 군홧발소리를 들어야 했었고 총칼의 위협이 늘 뒤통수를 겨냥해 있었다. 유신독재를 지나 신군부로 상징되는 5공의 철권정치가 40대 중반까지 우리에게 씌워진 멍에였다.

이러한 경직된 사회, 강요된 질서에 어쩔 수 없이 길들여지면서 비겁을 침묵으로 위장하며 살아야 했다. 신앙이 인간의 이성을 파괴하던 중세와 같은 사상적 암흑기를 살아온 셈이다. 그래서 젊음을 발산할 수 있는 다양한 사고와 자유분방한 활동은 제한되었다. 박제된 사고와 획일화된 행동을 하지 않고는 늘 생존에 위협을 느껴야 했던 것이다.

이런 끔찍한 속에서도 아련히 떠오르는 낭만이 있다면 고향산천과 고향 마을에서의 자람과 이웃과 이웃들에 대한 기억들 뿐이다. 한 마디 말도 못 붙이는 숫된 촌놈이 등굣길에서 하루만 못 봐도 섭섭했던 하얀 칼라의 여고생의 모습을 떨쳐 버리는 데는 졸업 후에도 많은 시간이 걸렸다. 이런 것들을 속되게 쓰이는 낭만이라 할 수 있을 것이다.

그러나 이보다 더 짙은 추억은 이웃과 이웃 아줌마들이다. 이들이 청소년 시절 나에게 보낸 인정은 곧 휴머니스트라 이름 붙여도 무리하지 않을 것이다. 휴머니즘이란 따지고 보면 지극히 인간적인 사람을 두고 붙여진 이름이기 때문이다. 중세사회에 신에게 빼앗겼던 인간성을 르네상스 시대에 와서 삶의 참모습과 현세에 대한 긍정적인 인생관과 세속적인 세계관을 찾고자 했던 것이 바로 휴머니즘이고 그것을 실천하는 사람이 휴머니스트이다.

결국 한 마디로 쉽게 말하면 인간의 모순과 나약함을 감싸주는 인정을 말하는 것이다. 그들은 신의 의지와 섭리로 살아가는 중세인들과는 달리 인간의 의지와 행동을 중시하였다. 따라서 기존에 대한 반항적인 개성과 다양성까지도 폭넓게 감싸주고 인정하였던 것이다.

지난날 우리 사회는 강요된 질서에 대한 반발이나 정치권력이 만들어 놓은 가치에 대한 거부감은 용납되지 않았었다. 이성과 양심을 지키려는 개성마저도 인정하지 않는 경직된 사고 앞에 이들의 논리는 설 땅이 없었다. 이러한 냉전시대의 흑백논리 속에서 인간적인 나약함을 감싸주었던 이들이 바로 고향마을의 이웃 아줌마, 아저씨들이었다.

이들은 결코 지식인들이 아니었다. 그러나 성직자보다 더 큰 관용으로 부모의 품속 같은 애정을 가지고 인정을 펼쳤기 때문에 그들이야말로 휴머니스트란 이름을 붙이기에 족하다고 생각한다. 종교도, 사상도, 정치이념도 인간의 이성적 판단을 훼손시키지만 이들은 오직 이웃으로서 인정과 사랑을 베풀 뿐 스스로의 잣대로 남의 생각을 재는 법이 없었다. 이들이 있었기에 고향이 그리웠고 이들이 있었기에 고향산천이 더욱 정겨웠던 것이다.

그래서 슬플 때나 기쁠 때 그리고 계절이 바뀔 때는 고향을 생각하는 마음이 흐르고 있는 것이다. 그런데 이 정겨운 고향이 멀어짐은 이들 이웃들이 없어져 가기 때문이다. 고향을 찾을 때마다 그 아줌마, 아저씨들의 얼굴에는 세파에 찌들린 굵은 주름살이 늘어만 가더니 급기야는 주름진 모습의 아줌마, 아저씨의 얼굴조차도 하나 둘 사라져 버리기 시작했다. 그래서 고향 찾는 발길이 드물어지게 된다. 인생무상을 더 실감할 수밖에 없는 나이로 접어든 때문이리라.

'술을 끊어라. 커피를 마시지 말라.'

50대 후반부터 나의 건강을 염려하는 의사가 내린 처방이다. 이는 건강을 지키는 처방일 수는 있어도 경직된 사회, 강요된 질서에 길들여진 내 정신적 상처를 치유하는 처방은 될 수 없다. 그래서 소주 한잔 걸치며 고향친구들을 만나서 고향산천과 고향 이야기를 나눔은 언제나 즐거운 것이리라.

우리 마을 예천군 보문면 미호리

1985년 1월 2일
럭키화재 사보

일가친척들로만 구성된 백여 호의 농가가 옹기종기 모여 사는 나의 고향은 1960년대와 1970년대의 근대화란 큰 물결 속에서도 초가지붕이 슬레이트로 바뀐 것 외에는 별달리 변한 것이 없는 옛날 그대로였다. 좁은 골목길에다 구태의연한 영농법, 처마 끝이 머리에 닿을 듯한 나지막한 지붕, 조그마한 방 등은 가난한 농촌살림의 표본 같은 마을이었다. 그러나 세시풍속歲時風俗과 고래의 예절은 그대로 생활의 일부로 고착되어 때때로 세대간의 갈등이 일어나기도 하였다.

그런데 몇 년 전부터 이와 같이 고루한 우리 마을에 변화의 바람이 일기 시작하였으니 그 계기가 된 것이 바로 합동세배였다. 나는 이 합동세배의 내용과 변화하는 내 고향의 참 모습을 보려고 오래 전부터 별러 오다가 금년에야 비로소 참석할 수 있는 기회를 가졌다. 우선 동네를 들어서자 비좁던 골목길은 택시나 경운기가 다닐 수 있을 정도로 넓혀졌고 깨끗이 시멘트 포장까지 되어 있었다. 외진 골목길에는 외등이 설치되어 있었다. 띄엄띄엄 보이는 비닐하우스와 꼬불꼬불하던 농로農路가 직선으로 훤히 트인 들판의 모습들은 소득증대와 농촌 근대화의 변화이기도 했다. 이와 같은 변화는 다른 한편, 전통적인 농촌문화가 밀려나고 도시화되어 가는 모습으로도 보였다. 내 집처럼 드나들던 이웃간이 블록 담장과 철대문으로 가로

막혀 있었다. 상수도가 놓이게 되자 주부들의 정보 교환처요, 스트레스 해소장소였던 공동 우물이 없어졌다. 또한 밤늦도록 이웃들이 모여 오순도순 이야기꽃을 피우던 이른바 사랑방 안방이 모두 TV에 밀려나고 말았다. 이웃간의 인정이나 전인적인 인간관계가 퇴색되어감을 느낄 수 있었다.

폐일언하고, 합동세배가 시작된 것은 원래 해가 바뀌면 아침 저녁으로 매일 만나던 이웃이지만 그래도 어른들을 찾아 몇 년만에 만난 것처럼 덕담을 하고 세배를 해야 하는 것이 세시풍속이었다. 이것이 너무 번거롭고 시간을 많이 소비하기 때문에 하루 이틀만에 고향을 다녀와야 하는 외지 젊은이들에게는 매우 불편했다. 그렇다고 해가 바뀌었는데 이웃 어른에게 세배도 없이 그냥 왔다 가면 두고두고 섭섭해 하기 때문에 인정을 비꾸게 된다. 그래서 얼마 전부터 우리 마을은 정월 초이튿날 온 마을의 남녀노소가 모여서 함께 세배를 했다. 남하정南下亭이란 큰 정자로 모였다.

남하정은 이 마을 김씨 집성촌의 파조이며 고려 말의 충신인 풍성군豊成君 김저金佇의 후손들이 지은 정자이다. 가운데 대청이 있고 양쪽엔 2개의 큰 방이 있어서 1백여 명은 족히 수용할 수 있었다. 합동세배 날에는 양쪽 방에 바깥어른들과 안어른들이 각각 50~60여 명씩 모여 앉아 정담을 나누고 아랫채 부엌과 작은 방에서는 젊은 남녀들이 점심과 술, 다과준비로 부산했다. 이미 합동세배의 연륜이 쌓였기 때문인지 면장, 지서장, 학교장, 조합장, 우체국장 등 고을 유지들도 모두 와서 어른들께 세배를 드리기도 했다. 11시가 되자 마을 사람들만의 합동세배가 시작되었다.

대청에서 젊은이들이 먼저 양쪽 방에 계시는 바깥어른과 안어른들께 합동으로 세배를 드린 다음, 대청의 젊은이들은 모두 마루 통로로 비켜나고 바깥노인들과 안노인들이 양쪽 방에서 마주 보며 합동 맞절로 새해인사를 교환했다. 이렇게 세배가 끝나자 곧이어 마을 총회가 개최되었다. 마을 총회는 지난해의 결산 및 새해의 사업계획과 예산(안)을 모두 차트로 정리하여 진지하고 열띤 토론을 거친 다음 확정하고 건의사항 등이 모두 수렴된다. 이어서 동회장, 동장, 부녀회장, 영농부장 등에 대한 선출을 끝으로 총회가 폐회되고 점심식사와 덕담들이 오간다.

원래 가난하기로 소문난 이 마을의 결산은 생각보다 큰돈이었고 마을금고까지 운영하는 등 참으로 상전벽해桑田碧海의 큰 변화가 아닐 수 없었다. 동회장은 모든 일을 어른들께 품의하여 결정하고, 또 마을 사람들 중에 모범되는 이를 골라 근면상, 효행상, 장학상도 사상하였다. 이러한 일들을 하기까지의 수입금의 대부분은 공동작업과 장례를 치를 때 마을청년들이 상두꾼 노릇을 하여 생긴 돈을 기금으로 마련한 것이라니 그 기금 속에 든 의미는 매우 값진 것으로 생각된다. 그러나 그보다 더 크고 값진 것은 이로 인하여 세대간의 갈등이나 단절현상이 줄어들고 남녀노소가 같은 동민으로서 의견을 개진하고 토의를 하여 결론을 낸다는 점이다.

일찍이 '토인비'는 현대 문명의 위기와 지구촌의 가장 큰 문제를 '자원의 고갈이나 전쟁의 위험보다 세대간의 단절현상'에 두었던 것이다. 이 합동세배야말로 세대간의 소통과 접근을 원활히 하여 융합과 조정의 기능을 발휘하고 있었으니 외형적이나 물량적인 효과보다 세대간의 단절현상을 막아준다는 점을 더욱 높게 평가해야 할 것이다. 이 합동세배를 통해 노인들이 소외되지 않고, 젊은이들이 불신받지 않으며, 인간관계를 아름답게 하는 예禮의 본질이 계승되고 적응되는 탄력성을 볼 수 있었기에 흐뭇한 마음 금할 수 없었다.

한발旱魃지역을 다녀와서

■ ■ ■

1994년 11월 21일
예천문학 10호

5월 봄 가뭄이 그대로 7월까지 계속되는 전대미문의 큰 가뭄 속에 '목 타는 영호남' 밤낮 없는 가뭄 극복에 거북이 등처럼 갈라진 논바닥의 모습이 연일 기사화되고 있다. 예년 같으면 벌써 왔어야 할 장마전선이 7월이 다 가도록 한반도 주변을 맴돌 뿐 상륙을 머뭇거리며 애만 태우고 있다. 더구나 가뭄은 흉년을 낳고 흉년은 생활 파동을 일으키는 것은 전통 농업국이 가져오는 도식적인 불안 의식이다. 이로 인하여 인심은 눈에 띄게 각박해지고 농민들의 신경은 날카로워질 대로 날카로워지기 마련이다.

그래도 물줄기를 찾는 농민들의 흙 묻은 손이라도 잡아 보려고 지난 7월 20일 현지를 향했다. 차창 밖으론 바캉스를 즐기기 위한 원색차림의 피서객이 줄을 이었다. 산야를 뒤엎은 푸른 신록과 싱싱한 곡식들이 도무지 가뭄을 느끼지 못하게 했다. 이는 한강 중류와 금강 상류를 남북으로 잇는 경기, 충청지방이 비교적 다우지방이기 때문이리라.

그러나 문경새재를 넘자 농토를 따라 굵은 호수가 굽이굽이 서리어 있고 '가뭄은 있어도 한해旱害는 없다' 라는 현수막이 곳곳에 나붙어 있었다. 남녀를 가리지 않고 땅을 파고 물을 나르는 모습이 가뭄을 실감케 하였다. 민관民官이 총동원된 처절한 모습은 실로 한발 극복의 굳은 의지가 말없이 행동으로 나타나고 있었다.

예부터 벼농사를 농사의 전부로 알고 이 땅을 갈고 일구어 오기 수천 년! 일찍이 수리의 중요성을 예측한 우리 선조들이었기에 수리사업을 위한 숱한 피와 땀을 흘려 왔었다. 그러나 아직도 전천후 농토란 꿈만 같은 먼 나라의 이야기로 들리고 있다.

토인비는 그의 역저 『역사의 연구』에서 유명한 도전과 응전을 갈파하였다. 환경에의 도전에 인간의 피나는 인내와 지혜로운 응전이 조우할 때 문명이 발달하는 숱한 예를 들고 있다. 우리는 토인비가 예로 든 고대 문명의 발달은 덮어두고라도 이스라엘이나 덴마크에서 환경 극복에의 생생한 인간의지를 얼마든지 볼 수 있다. 특히 1년 중 4월에서 11월까지 한 방울의 비가 오지 않아도 물 걱정이 없다는 '캘리포니아의 용수 개발'이나 '콜로라도의 후버댐'이 사막을 옥토로 바꾼 생생한 교훈을 거울삼지 않으면 안 될 것이다.

사실 우리나라의 수자원인 강우량은 연평균 약 1,100mm~1,200mm로 미국, 프랑스, 소련 등에 비해 2배나 되지만 강우량의 2/3 이상이 6월~9월 중에 집중되어 대부분 홍수로 유출되고 그 이용량이 겨우 13%에 불과하다고 한다. 그러니 불과 3개월여의 가뭄에 전국토가 고갈되는 것이다. 이는 천재라기보다는 차라리 인재라 함이 더 타당할지도 모를 일이다. 물이란 본래 모자라면 한해, 남으면 수해란 야누스의 얼굴의 가졌으므로 일찍부터 옛 성현들은 치산治山과 치수治水를 정치의 요체로 삼고 생리의 근본으로 삼았던 것이다.

그럼에도 불구하고 가뭄이란 환경에의 도전에 대한 우리의 응전이 인내와 지혜를 다했다기보다는 일시적이고 미봉적인 임시조치에 급급했던 것이다. 이는 우리나라의 자연환경이 저 중동이나 북구의 여러 나라에 비해 너무나 복된 지역이기 때문일 것이다.

지리적으로 동남아 몬순 지대 안에 속하는 대륙성 고기압권 내에 들어 있는 우리나라는 봄은 다소 건조하나 곧 7~8월 장마로 연결되어 9월까지 고온다습에 다우와 혹서를 갖추고 있다. 이와 같은 환경적 요인이 영구적이고 국가적 차원의 대규모적인 한발대책이나 치수사업을 게을리 하게 만든 근본 원인이 된 것이다.

어쨌든 한발의 고통을 가장 아프게 느끼는 직접적인 당사자도 농민이요, 가뭄 극복의 주체도 역시 농민이다. 다행히 이들 농민이 실의와 허탈감에 주저앉은 것이 아니라 불볕더위 속에서도 온갖 노력과 지혜를 다 쏟고 있었다. 한 포기라도 더 살려야겠다는 농심만으로 정성을 다 기울이고 있으니 실로 그 정신을 도시인들은 음미해 보아야 할 것이다.

그러나 이들 농민들의 가슴엔 수많은 사연과 깊은 소외감이 응어리져 농사란 직업에 깊은 회의를 느끼고 있는 것도 사실이다. 실제로 물값을 치루어야 모를 심을 수 있었다. 그래서 이러한 한재극복에 드는 비용은 '쌀값을 들여 벼를 얻는 꼴'이 되고 있으니 이러한 농민들의 장탄식을 정부가 깊이 음미해 보아야 한다. 물론 정부에서도 막대한 예산을 들여 양수기, 호스, 유류대 등을 지원하고 있으며 전 행정력을 동원하고 있다.

그러나 근본대책이 세워져야지 임기응변의 지원으로 각 농가에 돌아가는 혜택이란 것은 미미하기 짝이 없다. 낙동강 지류인 내성천변의 어느 곳에서 12단 양수를 하고 있었다. 그 노력과 뜻은 비록 가상하다 할 것이나 이와 같은 의지와 노력이 어찌하여 지금까지 양수장 시설로 이어지지 않았는지 역대 정권의 농정과 한발대책을 힐책하지 않을 수 없다.

사실 한발이 비교적 적었던 때에 한발 대책이라는 유비무환의 자세가 우리에게는 없었다. 혹심한 가뭄 속에 물이 펑펑 쏟아지는 곳은 양수장뿐인데 양수장 시설이 태부족이니 말이다. 이제 양수장이나 수리시설이 안 되면 농사를 지을 수 없다. 2억 원 정도의 예산이면 되는 양수장이 태부족이어서 상습 한발지구가 부지기수라니 이 나라 농정의 한발대책이 얼마나 무관심했던가를 짐작할 만하다.

한해대책은 적어도 양수장이나 댐 건설은 물론 지하수 개발과 같은 전천후 농토를 향한 단계적인 해결책이 아니면 안 된다. 식량 무기화의 조짐이 불을 보듯 환해지고 있는 국제 추이에 이 나라 공직자들은 아직도 비교 우위론만을 내세우며 농업을 가벼이 생각하고 있다. 농민들이 느끼는 UR비준의 심각성을 감지하지 못하고 있는 것 같다.

그러나 지난 27일 MBC에서 가뭄 극복 성금 모금 운동에 불과 4시간 만에 18억 원이 답지되는 등 농촌을 구해야 한다는 도시민들의 성금운동이 전국적으로 확산되는 것은 이 나라 농촌에 청신호가 아닐 수 없다. 한발지역을 다니며 고대하던 빗소리는 7월이 다 가도록 끝내 들을 수 없는 안타까움을 안고 귀경길에 올랐다.

※이 글은 1982년 문경 예천지역 국회 김기수 국회의원 보좌관으로 있으면서 국회보에 기고한 글이다.

문중 시제의 변화

1994년 5월 17일
예천문학 9호

우리나라 세시풍속으로 음력 10월이 되면 시사時祀란 것이 있는데, 이는 조상에 대한 가장 큰 제례 가운데 절사에 해당된다.

농업을 위주로 한 우리나라의 연중행사는 대개 태음력에 의해 이루어지고 있는데, 특히 10월 상달에 행해지는 시제 행사는 기제사와는 달리 5대 이상의 먼 조상에 대해서도 한꺼번에 묘사를 지내므로 이를 시사 또는 시제라 한다.

특히 시제에는 온 문중이 한 자리에 모여서 행하는 회전제라는 것이 있어서, 이때는 원근의 후손들이 모두 한 자리에서 제사를 지내고 문중의 대소사업을 이 자리에서 논의 결정하게 된다.

지금부터 5백여 년 전에 터를 잡아 집성촌을 이룬 필자의 마을(경북 예천군 보문면 미호리)은 얼마 전까지만 해도 이 회전제사에 5백여 명의 제관들이 참제하였고 먼 곳에 사는 노인들은 2, 3일을 묵어가면서 이 제사에 참석했다.

제물은 묘소를 관리하는 산지기가 마련하는데 돼지를 잡고 떡을 준비하고 주찬을 마련하였다. 산지기는 시제 및 문중의 대소 행사에 잡역을 도맡은 대신 묘에 소속된 전답을 경작하고 제사 비용을 제한 나머지 수확물을 자기 몫으로 차지하는 일종의 하인인 셈이다.

이 제사에는 자손들이 많이 모이는 것이 문중의 큰 자랑이다. 그러므로 온 동리는 객지에서 온 일가친척들을 기쁘게 맞이한다. 그러나 상주나 궂은일을 당한 자는 스스로 회전제사에 참사를 삼가하도록 되어 있는 것을 보면, 이 제사를 무척 신성시했던 모양이다.

오늘날 산업사회에로의 변화는 젊은이들로 하여금 이 회전제사에 대한 관심도를 줄어들게 하고 있다. 그런데, 젊은이들을 이 같은 제례행사에 흔쾌히 따르게 하려면 제례의식도 변화되어야 한다.

뿌리를 찾고 조상을 기리는 것이 나쁠 것이야 없지만, 숭조崇祖의 기본을 제례에 둔다면 제례의식 또한 시대의 변천에 따른 적응과 개선이 병행되어야 전통은 이어지고 풍속이 계승될 것이다. 시대의 변천에 적응하지 못하고 옛것에의 교조적인 집착만 고집한다면 그 자체의 존재마저 잃어버리는 결과를 낳을 수도 있기 때문이다.

우선 제물이 너무 번거롭다. 가지 수만도 30여 가지는 족히 될 것 같은 데다가 차림 또한 비위생적이다. 이런 것들은 모두 간편하고 정결하게 개선되어야 한다. 제물은 무엇보다 정성과 청결이 첫째이다. 그리고 제례의식 또한 너무 번거롭고 형식적이다. 헌관이 잔을 드릴 때마다 관수, 세수란 의식을 행하여 손끝에 물을 찍어 세수의 형식을 취하니 그 번거롭고 지루함이 이를 데 없다.

초헌관만으로 간결하고 엄숙한 제례의식을 행하되 유세차 모년 모월로 시작되는 독축讀祝 또한 우리말로 바꾸어야 한다. 차라리 선조 중에서 절의열사나 청백리 및 훌륭한 업적을 남긴 어른이 계시면 이를 기리고 소개하는 시간을 가지는 것도 후손들로 하여금 선조에 대한 자긍심을 심어주는 교육적 효과를 기대할 수 있을 것이라 생각한다.

우리는 우리의 고유한 미풍양속이 있다면 이를 시대에 맞게 가꾸고 다음 세대가 이를 계승 발전시켜 나가도록 해야 할 것이다.

제례의식이 숭조崇祖를 실천하는 최소한의 기본행위이며 지고한 정성과 가치의 창출임에도 불구하고, 이와 같은 번거로움으로 세대간의 단절현상이 나타나고 있음은 전통의 무너짐이요, 가치의 혼란인 것이다.

전통을 지키고 계승하기 위해서는 시대의 변화에 적응하고 개선하는 것이 무엇보다 필요하다는 생각을 가져본다.

고향에 머물고픈 마음

2003년 6월 25일
예천문학 27호

이제 직장을 그만두어야 할 시간이 그리 많이 남지 않았다. 그러나 아직은 소득이 있는 활동을 해야겠다고 생각하고 있으나 늘 농촌생활이 나의 마음 한 편에 크게 자리 잡고 있다. 이는 20살 가까이 정을 붙였던 고향마을과 부모님의 땀이 흠뻑 배인 농토가 있고, 또 나 자신이 농업고등학교를 나온 것도 얼마간의 영향력을 미쳤으리라. 그래서 영농은 아니라도 채소밭이라도 가꾸면서 농촌에서 유유자적하고 싶은 것이 만년에 대한 나의 꿈이다. 그런데 얼마 전 고향친구로부터 다소 충격적인 이야기를 들었다.

"여보게, 이제 나이도 먹었고 귀향할 준비 겸 올해는 내 땅에 모심기를 좀 했으면 하는데 어떤가. 좀 도와주게"라고 했더니 대뜸 "이 사람 지금 무슨 소리를 하는가. 농촌에 있는 사람도 논을 휴경지로 묵히고 보상금이나 받고 편하게 지내려고 하는데 아예 그런 생각은 하지도 말게…"라고 하면서 펄쩍 뛰는 것이었다.

쌀이 남아도는데도 우루과이라운드협정 때문에 매년 일정량의 쌀 수입을 의무적으로 해야 한다고는 하지만 그렇다고 이렇게 꼭 휴경까지 권장해야만 되는가? 농업기반은 한 번 무너지면 원상복구에 많은 시간과 비용이 든다. 해방 후 미국산 육지면과 밀가루의 수입으로 목화와 밀농사의 기반이 무너졌고, 또 보리농사도 그 기반이 무너지고 말았다. 이제 마늘 · 콩 · 깨

등도 중국산의 수입으로 인하여 그 기반이 점차 무너지고 있다.

식량자급률은 28% 정도밖에 안 되는데도 음식물은 지천으로 남아돌고 있다. 아사자가 속출하는 북한의 경우 식량자급률이 40%라고 한다. 우리가 이렇게나마 먹고 살 수 있는 것은 수출상품으로 벌어들인 외화가 있기 때문이다. 사실 농사는 농사자체의 효과보다 농사외적인 효과가 더 크다고 한다.

우선 안보차원에서 식량의 자급자족은 기본이어야 한다. 또 농사로 인한 국토 가꿈은 어느 조경사도 따를 수 없을 것이다. 논농사가 가진 강우량의 조절기능도 댐 기능 못지않다고 한다. 그리고 보다 중요한 것은 북한 동포들이 굶주리고 있다는 사실이다. 비용이 들더라도 북한에 쌀 보내는 데 인색해서는 안 된다. 이는 재고 쌀을 정리한다는 차원이 아니다. 이는 우리 민족의 도덕성과 인도주의적 문제이다.

우리의 농촌도 살리고, 민족의 동질성 회복과 탈냉전에 큰 도움을 줄 수 있는 경제적 효과는 부수적인 문제이다. 퍼주기다 뭐다 하는 비판도 있을 수 있으나 민족문제를 꼭 그렇게만 접근해서는 안 될 것이다. 창고에 그득한 쌀은 보관경비만 해도 수조 원이 든다고 한다. 5-6년이나 묵은쌀이 창고에 쌓여 사료로 전환해야 한다는 주장도 있었던 것으로 알고 있는데 퍼주기로 시비를 한다는 것은 아무래도 다시한번 생각해 볼 문제이다.

이제 냉전시대의 낡은 사고나 정략적인 발상이나 6.25의 연장선상에서 국민감정을 자극시키는 그런 일은 자제되어야 한다. 남북간 균형된 경제발전과 민족의 동질성 회복이 없이는 통일을 운위할 수 없기 때문이다.

우리보다 6배의 경제력을 가진 서독이 그 많은 통일 비용을 치르고도 경제적 불균형 때문에 통일 이후 얼마나 큰 곤란을 겪었던가. 서독에서 동독에 고속도로를 만들어주고도 꼬박꼬박 통행세를 낸다고 서독 국민들의 불만이 브란트의 동방정책을 얼마나 비판했는가. 그런데 통일 후 그 고속도로가 기여한 공은 돈으로는 계산을 할 수 없을 정도였다.

이제 남북간에 대화의 물꼬가 터지고 경의선 철도연결 공사가 진행 중이다. 남북의 적대행위가 눈에 띄게 줄어들어 민족사의 물줄기가 바로 잡혀가고 있는 시점이 아닌가. 누가 뭐라 해도 창고에서 몇 년씩이나 묵어가는 쌀은 굶주린 북한 주민에게 퍼주기라도 해야 한다.

그리고 우리 농민들은 열심히 쌀농사를 지어야 한다. 그래서 농촌이 황폐화되지 않도록 해야 한다. 일시적인 경제논리만 가지고 농업기반을 무너뜨린다면 우리에게 언젠가는 더 큰 문제가 오고야 말 것이다. 국제정세는 자국의 이해관계에 따라 언제나 가변적이기 때문에 식량문제는 경제논리보다는 자급자족의 안보 차원에서 접근해야 한다.

폐일언하고 나는 고향농촌으로 내려가 도연명의 '동리채국화東籬彩菊花 유연견남산攸然見南山'을 음미하면서 유유자적하고 싶다. 그런 날이 오기를 고대한다.

예천인 서하 임춘의 학문세계

서하는 임춘의 호이다.

서하 하면 공방전과 국순전으로 유명한 우리나라 가선체假傳體 문학의 효시이며 뛰어난 문장과 한시로 크게 알려져 있다. 그러나 서하 자신은 문장이나 시구에 뛰어나 과거에 합격한 사람을 명유名儒라 여기지 않았다. 오히려 무인집권 시대에 출세의 수단으로 사장학에 관심 있는 문인들을 경멸하였다.

예禮와 의義가 선비다움의 기본임을 강조하고 경학經學이 글귀만을 수식하고 기교를 일삼는 사장詞章학 중심으로 변하는 것을 크게 개탄하였다.

그는 또 무신난으로 원주에 은거하면서 역경易經을 깊이 체득하여 하늘의 이치와 사람의 본성을 연구하는 신유학에 깊은 관심을 가진 권돈례權敦禮를 당시대의 진정한 유학자로서 존경심을 표하기도 했다.

여기서 잠시 유학의 발전사를 보면 유학은 춘추시대 말 공자가 처음으로 윤리적 가치를 체계화한 사상이므로 이를 공자사상이라 하며 이 공자시대의 유학을 본원유학이라 하고 그 학문적 바탕을 경전經典에 두었기 때문에 경학이라고도 한다.

그 후 진시황이 분서갱유를 단행하여 모든 경전이 소실되고 잠시 유학이 끊기고 학문이 단절되었기 때문에 한漢대에 이르러서는 없어진 유교경전의 내용을 복원하기 위해 글 하나하나의 뜻을 밝혀 원래의 의미를 되찾는

데 중심을 둔 학문이 일어났으니 이를 훈고학訓詁學이라 한다.

훈고학이 남북조시대를 거쳐 당唐나라까지 이어졌으며 우리나라도 고려 초기까지는 훈고학이 있었다. 훈고학의 훈訓은 자구字句나 언어가 가리키는 뜻을 설명하는 것이고, 고詁는 옛말을 현재의 언어로 바꾸어 풀이한다는 뜻이니 결국 중국의 고전인 경전 해석의 기본학문이 훈고학이며 이를 경학이라고도 한다.

그 후 송宋대에 이르러 우주의 생성과 구조, 인간의 심성을 연구하는 유교철학이 일어났으니 이를 신유학新儒學이라 한다. 이 신유학이 고려 충렬왕 때 안향安珦에 의해 처음으로 도입되어 정주학 · 주자학 혹은 성리학으로 알려졌다.

그러면 안향 이전에는 이 신유학사상이 고려에 전혀 없었는가?

이미 안향 이전에 서하 등 몇몇 유학자들이 신유학에 깊은 관심을 가졌다는 유학계의 일부 주장이 현재 주목을 끌고 있다.

우리나라 유학은 통일신라시대의 강수強首, 설총薛聰, 최치원崔致遠으로부터 고려 초기 최언위崔彦撝, 최승로崔承老, 최충崔沖 등으로 이어지면서 경학經學이 크게 발전했던 것이다.

그러나 고려가 과거제도를 실시하면서 경전 중심의 명경과보다 사장詞章 중심의 제술과에 무게를 두어 사장학이 성해지게 되었다. 더구나 무인집권시대에는 문인들의 유일한 출세수단이 과거이므로 사장학이 크게 일어나게 되었다.

유학사에서는 이 시기를 유학의 암흑기로 규정하고 바로 안향의 주자학 도입으로 유맥을 잇고 있기 때문에 고려 중기는 유학사에서 빠져 있다.

그러나 앞에서도 지적했지만 안향이 남송의 주자학을 도입하기 이전에 북송의 신유학인 정주학에 깊은 관심을 가진 서하 등이 경학의 유맥을 잇고 있었던 것을 간과해서는 안 된다고 생각한다.

서하의 자字는 기지耆之 혹은 대년大年이고 본명은 임춘이다.

서하란 호는 그의 출생지명이며 예천의 고지명이란 것이다. 그러나 예천의 고지명이 서하인 때는 없었다. 조동윤은 서하는 이곳저곳을 유랑하다 예천군 보문면 지과리知過里:옥천에 살았고, 그가 살던 집의 당호를 희문당喜聞堂이라 했다고 구체적으로 지적하고 있으나 출생지에 대한 언급은 없다. 서하의 본관이 예천 임씨이고 예천 임씨들이 그를 관조로 삼고 있으나 그 집안이 고려 건국의 훈신이며 문벌귀족이란 점에서 예천이 출생지라는 데는 무게가 실리지 않는다.

그의 조부는 평장사平章事였으며 부친 임광비光庇는 상서尙書로 당대의 명신이고, 백부 임종비宗庇는 명문장가이며 서하는 백부로부터 문벌귀족이 갖추어야 할 문학수업을 받았으나 경명수행經明修行의 정통유학에 더 깊은 관심을 가진 것으로 보인다.

서하는 안향이 남송에서 주자학을 도입하기 이전 무인정권시대에 송宋나라에 유학하여 5경을 공부한 고려 중기의 유학자 권적權適:1094~1147의 학맥을 이은 권돈례 · 김단金端과 함께 북송 신유학(정주학)에 접해 있었다.

이것이 안향의 주자학 도입에 직접적인 영향을 준 것은 아니라 해도 신유학 도입의 토양이 된 것은 부인할 수 없을 것이다.

왜냐하면 비록 서하는 일찍 죽었지만 이인로 · 이규보 · 최자 등에 의해 서하의 학문과 사상은 끊어지지 않았기 때문이다. 이러한 바탕 위에 안향 ·

백이정 · 권한공(유천 덕달이) · 이제현 · 정몽주 · 정도전 등 고려 말 신흥사대부들에 의해 신유학이 조선 건국의 통치이념이 되었고, 이들 사대부들은 건국 과정에서 강 · 온파로 나누어져 강경파(치인파)는 역성혁명의 중심세력으로 새 왕조의 훈구파가 되었고, 온건파(수기파)는 조선 건국에 비판적인 사림세력이 되어 조선에 두 개의 큰 학맥을 이루었다.

고려 말 조선 초에 조선 건국에 참여는 했지만 후일 영남학파(사림파)의 기초를 놓은 예천인들인 호명의 조용趙庸, 보문의 윤상尹祥, 용궁의 이문흥李文興은 당대의 큰 선비로 성균대사성(현 서울대 총장)을 연이어 50년간이나 독차지했으며, 권한공의 아들 권중하는 조선 초기 영의정에 오르기까지 하였다.

그 외 대죽의 권산해 · 감천의 문경동 · 용문의 권오복 · 용산의 이문좌 등은 영남학맥의 기초를 다졌고, 권문해 · 정탁 등은 퇴계학맥의 주류였다. 서하는 온 세상이 사장학으로 출세의 길을 찾아 무인정권에 영합할 때 유학의 정통인 경학에 눈을 돌리며 숱한 어려움 속에서도 올곧은 길을 걸은 고려시대의 대표적인 예천인 유학자였다.

제3부

축사와 책 서문

축사는 기관 단체의 준공식이나 창립 기념식에서 행한 내용이다. 이럴 경우 거의 보관된 원고가 없지만 다행히 주최 측에서 발간한 책자나 당시의 유인물에 남아 있는 내용을 실었다.
또 책 서문은 2018년도에 출간된 졸저 『빗글 모음집』에 대부분 실었으므로 중복을 피하였다. 여기 실린 내용은 대부분 2018년 이후의 연설 원고와 책 서문이다.

겨레의 향기 예술공연 축사

2001년 8월 15일

오늘 제56주년 광복절을 맞이하여 한배민속예술단에서 광복절 경축행사로 우리 예술의 정수를 마음껏 펼쳐 보일 제2회 겨레의 향기 예술공연을 개최하게 된 것을 경하해 마지않습니다. 더구나 이 뜻 깊은 공연을 민족의 얼이 깃든 이곳 독립기념관에서 많은 분들의 관심 속에 개최하게 된 것을 여러분과 더불어 무척 기쁘게 생각합니다.

전통예술을 통하여 민족의 얼과 향기를 되살리기 위해 온갖 정성과 열정을 쏟고 계시는 한배민속예술단 이채만 단장을 비롯하여 이 행사에 참가하신 예술인 여러분께도 깊이 감사드립니다.

한배민속예술단은 독립기념관 관람객과 매우 친숙해져 있고 우리 기념관 가족들과는 한 식구처럼 되어 있습니다. 한배민속예술단은 짧은 기간 동안 우리 전통예술의 대중화에 크게 기여하고 있는 것으로 알고 있습니다.

특히 오늘 공연에는 인간문화재 박관용 선생과 이생강 선생을 비롯한 국내외 유수의 예술인과 중국 최고의 연주가 손우영 선생 등이 참가하여 더욱 무게를 싣고 있습니다. '가장 한국적인 것이 가장 세계적'이라는 말과 같이 우리 고유의 전통예술을 지키고 가꿔 나가는 한배민속예술단의 열정은 우리가 21세기 문화의 시대를 열어가는 데 소중한 밑거름이 될 것입니다.

저는 우리의 전통예술이야말로 민족의 정서를 오롯이 담아내고 또 분단된 우리나라를 하나로 화합케 하는 값진 자산이라 생각합니다. 앞으로 우리 모든 국민들이 전통예술을 발전시켜 나갈 수 있도록 정성을 모아 나가야 할 것입니다.

독립기념관도 이러한 기회를 통하여 우리의 전통예술을 갈고 닦는 데, 그리고 이를 대중화시키는 데 최선의 지원을 아끼지 않을 것입니다. 다시한번 이 '겨레의 향기' 예술공연을 위해 애쓰신 여러분과 이 자리에 참석하고 성원해 주신 모든 분들께 감사드립니다.

감사합니다.

충칭 임정청사중수협정식 축사

충칭 임정청사중수협정식에서

우선 연일 우리 일행을 위해서 따뜻하게 환영해 주시고 여러 가지로 편의를 제공해 주시는 가경해賈慶海 관장님 등 관계제위께 감사드립니다. 충칭중경:重慶에 있는 대한민국 임시정부 청사복원사업은 1992년 이래 여러 차례의 우여곡절 끝에 이제 모든 일이 마무리 단계에 들어선 것으로 알고 있습니다. 그동안 충칭시 문화국重慶市 文化局 관계 제위의 많은 노력과 협력의 결실이라 생각되어 다시한번 감사드립니다.

우리 대한민국은 충칭 임시정부의 정통성과 법통성을 계승하여 당시 일본 제국주의의 강압하에 풍찬노숙하면서 항일 독립투쟁에 온몸을 던진 애국선열들의 구국정신을 기억하고 먼 후일까지 이를 전수시키고자 이 복원사업을 착수하게 되었습니다.

이 복원사업의 시작은 어느 민족이나 어느 국민을 막론하고 인류의 평화와 민중의 정당한 권리를 해치는 죄악을 되풀이해서는 안 된다는 사명감때문이기도 합니다. 또 그렇게 되기 위해서는 우리는 역사 앞에 겸허하고 정직해야 할 것입니다.

오늘 이 자리에 참석한 우리 모두는 이러한 사명감을 가지고 있습니다. 그래서 이 복원사업은 한층 더 큰 의미가 있다고 생각됩니다. 이 사업이 완성되면 한·중간의 우의는 더욱 돈독해질 것입니다. 그리고 양국 국민간의 교류는 더욱 활발해질 것입니다. 그러므로 이는 동양평화 인류행복에 작은 출발이 될 것입니다.

그래서 나는 이 일에 많은 기대와 희망을 가지고 보람을 느끼면서 여기 왔습니다. 아무쪼록 이 사업에 관계하시는 가경해 관장님과 충칭시 문화국 관계자 제위께 다시한번 감사와 협력을 부탁드리면서 인사에 갈음합니다.

인간과 나무는 상생관계

2003월 4월 5일
SK식목행사장에서

오늘 SK텔레콤 회사가 주관하는 식목일 행사를 독립기념관에서 거행하게 된 것을 참가자 여러분과 함께 크게 기뻐하면서 기념관 전 임직원들은 이 행사를 환영해 마지않습니다.

또 이 식목일 행사를 독립기념관에서 행함으로써 나무 심기 이외의 효과도 여러분들이 많이 거두어 갈 수 있으리라고 생각합니다. 이곳은 애국선열들의 얼이 깃들어 있고 국가발전과 국난극복에 대한 많은 자료들이 전시되어 있기 때문입니다.

북유럽에 이런 신화가 있습니다.

"지혜의 신 오딘이 거대한 물푸레나무에 매달려 아홉 날, 아홉 밤을 보낸 뒤 물푸레나무로 남자를, 그리고 느릅나무로 여자를 만들었다"는 신화가 전해 오고 있습니다.

이와 같이 나무를 통한 창조신화는 지구촌 곳곳에 있습니다.

인간과 나무는 그만큼 오랫동안 상생관계였음을 말해 주는 것입니다. 한 사람이 일생을 살아가면서 350 그루의 나무를 쓴다고 합니다. 이처럼 소모되는 나무로 인한 산림훼손을 복구하고 자연환경 보호를 위하여 세계 각국은 식목일을 정하여 나무를 심고 가꾸고 있습니다.

1872년, 미국 네브레스카주에서 시작한 식목일은 일본은 4월 4일, 중국은 3월 12일, 북한은 3월 2일 등 아시아 각국에서도 대대적인 나무 심기 축제로 자리잡아가고 있습니다.

우리나라는 1946년 식목일을 4월 5일로 제정했습니다. 그러나 4월은 기온이 너무 높아 뿌리의 활착이 저조하여 3월 초로 바꿔야 한다는 여론이 일고 있습니다.

어쨌든 이 식목일을 기점으로 끊임없이 나무 심기 운동을 전개하여 이제 산지는 97% 이상이 푸른 숲으로 복구되었습니다.

앞으로는 심는 일보다 산불예방과 산림 가꾸기가 큰 과제로 남아있습니다. 아무쪼록 이 식목행사를 계기로 우리 국토 전체가 울창한 숲으로 덮이어 가장 친환경적인 아름다운 나라로 가꾸어지기 바랍니다.

오늘 독립기념관에서 SK텔레콤이 행하는 식목행사가 순조롭게 잘 진행되어 내년에도 또 내후년에도 매년 이곳에서 식목행사를 행하여 독립기념관의 숲 가꾸기가 SK텔레콤 회사에 의하여 이 나라에서 가장 훌륭하게 가꾸어졌다는 기록을 남기기 바랍니다. 그렇게 되면 SK텔레콤 회사로서도 큰 보람이 될 것입니다. 많은 기대를 가지고 인사에 갈음합니다.

감사합니다.

더불어 살아가는 세상

장애인 연수 입소식

인애隣愛학교 학생 선생님 부모님 여러분 반갑습니다.

몸이 불편한 자녀들, 그리고 학생들을 돌보시느라 다른 부모들이나 선생님들보다 몇 배나 힘든 어려움을 겪으시면서도 자애와 사랑으로 가득 찬 여러분을 뵈오니 존경스럽고 감사한 마음 그지없습니다. 자식을 둔 같은 부모의 심정에서 여러분 한 분 한 분의 손을 잡고 위로를 드리고 싶은 마음 간절합니다. 어제가 어버이날입니다만 여기 계신 여러분들이야말로 장한 어버이요 훌륭하신 선생님들입니다.

독립기념관 교육개발부에서 금년에 시행하는 '엄마와 함께 하는 독립기념관 탐방' 행사에 인애학교 학생들을 선정했다는 보고를 받고 저는 마음속으로 교육개발부 직원에게 큰 고마움과 자랑스러움을 느끼고 격려를 보냈습니다. 장애우들이 일생을 완전한 사회인으로 불편 없이 살아갈 수 있는 여건을 만들어 주고자 하는 여러분들의 간절한 염원에 도움을 주고자 하는 기념관 교육개발부 직원들의 배려와 정성이 담겼기 때문입니다.

사실 많이 좋아졌다고는 하나 아직도 취학에서부터 취업이나 사회생활에 이르기까지 여러분들이 우리 사회를 살아가면서 부딪히는 어려움이 너무나 많다고 여겨집니다. 우리 모두가 안타까워 하고 또 부끄러워 해야 할 가슴 아픈 현실이 아닐 수 없습니다.

우리 사회는 아직도 힘없고 어려운 사람들의 삶에 눈을 돌리는 여유가 너무 각박합니다. 그러나 이제는 달라져야 합니다. 소외되고 버려지는 사람 없이 모두가 함께 더불어 살아가는 아름다운 세상을 만들어야 합니다. 그것이 바로 건강한 복지사회이고 이른바 선진국일 것입니다.

장애우도 한 사람의 당당한 사회 구성원으로 자긍심을 지니고 떳떳하게 직장을 가지고 살아갈 수 있도록 장애우들의 직업 능력을 개발하고 취업을 촉진하는 데 우선적인 노력을 기울여야 합니다.

정보화 사회에서 이제 신체적 장애는 배우고 일하는 데 그다지 문제가 되지 않는다고 생각합니다. 오히려 장애우들이 가진 높은 집중력과 뛰어난 창의력은 계발의 여지가 얼마든지 있다고 생각합니다. 끊임없이 희망과 용기를 북돋아 주시기 바랍니다.

이번에 독립기념관이 인애학교를 선정하여 이 프로그램을 진행하는 연유도 바로 여기에 있습니다. 아무쪼록 이 행사가 장애우들의 어려움을 이해하고 돕는 운동을 확산시키는 계기가 되기 바랍니다.

이 자리에 참석하신 모든 분들의 가정에 언제나 웃음이 떠나지 않고 건강과 행복이 가득하기를 충심으로 기원합니다.

교육개혁을 어찌 경제논리만으로

2003년
충청남도 역사교사 세미나에서

먼저 충청남도 일원에 계신 역사담당 여러 선생님들이 '근현대사교육 어떻게 가르칠 것인가'라는 공통의 관심사를 주제로 세미나를 갖게 된 것에 대해 매우 큰 의미를 부여합니다. 특히 이 행사를 독립기념관에서 개최하게 된 것을 우리 기념관 임직원들은 이를 크게 환영하고, 또 이 행사에 참여하신 여러 선생님께 깊이 감사드립니다.

더구나 공사간公私間 매우 바쁘신 가운데서도 특별강연을 위해 이 자리에 오신 국제평화대학원 박성수 총장님과 교육인적자원부 연구사 그리고 본 기념관 연구소 김호일 소장께도 깊이 감사드립니다. 아무쪼록 오늘 이 학술대회가 진지한 토론으로 알찬 열매를 거둘 것을 기대해 마지않습니다.

오늘날 많은 뜻있는 분들이 학교 교육의 붕괴현상을 지적하고 공교육이 무너지고 있다는 우려의 소리가 높아가고 있습니다. 많은 교사와 교육전문가들은 이러한 현상을 1995년 이른바 열린 교육 또는 수요자 중심교육을 가치로 든 교육개혁을 그 시발점으로 보는 것 같습니다. 신자유주의 이론으로 경쟁력을 높여야 살아남을 수 있다는 경제논리는 교육계도 예외가 아니었습니다. 경제논리가 교육이론을 압도한 이러한 개혁논리는 학생을 소비자로, 교사를 공급자로 분리하는 가운데 소비자 중심의 교육론이 열린 교육개혁의 목표였습니다. 바로 이러한 시장경제논리에 의해 학교의 황폐화가 가속화되었다는 주장이 있습니다. 물론 교사의 입장이나 학생의 입장이나 학부모의 입장이 다를 수 있을 것입니다. 학교는 시장이 아니란 점과 사제관계를 지식을 매개로 하는 소비자와 공급자의 관계로 치부하는 것은 우리의 전통적 정서에 매우 큰 당혹감을 준 것은 사실인 것 같습니다.

그러나 오늘 여러 선생님들이 주제로 삼은 공통의 관심사는 이러한 열린 교육개혁에 대한 문제보다는 제7차 교육과정에서 근현대사를 선택 과목으로 지정한 데 대한 문제점을 함께 고민하기 위한 것으로 알고 있습니다. 우리가 일본의 근현대사에 대한 중학교 역사교과서의 왜곡을 규탄하고 이를 시정하는 데 강도를 높이면 높일수록 우리의 역사교육 문제도 심각하게 재고되어야 할 것입니다. 제국주의의 침략으로 인한 민족의 고난과 광복과 분단 등 역사의 흐름을 한눈에 판단할 수 있는 근현대사를 필수과목으로 해야 한다는 주장이 소리를 높이고 있습니다.

그러나 세계화를 지향하는 문민정부는 1995년의 교육개혁에서 근현대사를 선택과목으로 설정하여 이러한 주장을 외면하고 말았습니다. 열린 교육개혁은 국민의 정부에서도 그대로 답습되고 있습니다.

오늘 이 자리는 이러한 문제에 대한 진지한 토의가 진행되어 좋은 열매가 맺어지기를 기대하는 바입니다. 그리고 나아가서는 한국 근현대사를 뒤틀어버린 결정적 국면인 해방과 분단, 그리고 일제 강점하의 친일 모리배들이 해방공간에서의 역할과 분단정국에서 오늘에 이르기까지의 권력 장악의 모습도 잘 정리되어야 합니다. 역사를 교훈으로 민족정기가 일어서고 민족의식이 함양되어야 합니다. 그리고 우리의 전통적인 교육정서도 잘 반영되는 이러한 열매들이 이번 세미나를 통하여 잘 맺어지기를 기대하면서 환영인사에 갈음합니다.

세계평화는 민족의 튼튼한 기반 위에서

2002년 8월 29일
독립기념관 제1회 교원 연수 입교식

먼저 이번에 처음으로 개원된 본 기념관 교원연수에 참가하신 여러 선생님들께 감사드립니다. 그러나 다른 한 편 처음 출발하는 본 연수교육이 여러 선생님들의 욕구를 얼마나 충족시킬 수 있을지 염려와 우려가 앞서기도 합니다.

최근 우리 사회는 새로운 세기 새로운 천년대를 맞이하여 미래를 내다보기에 바쁜 나머지 역사로부터의 교훈을 찾는 일에 소홀한 점이 없지 않았나 하는 생각이 듭니다.

잘 아시는 바와 같이 19세기 말엽 제국주의 열강의 침략행위를 당연시하고 정당화한 이론은 사회진화론이었습니다. 당시 대부분의 지식인들은 진화론에 의해 힘없는 조선이 제국주의 열강에 침탈당하는 현실을 숙명적으로 받아들이는 패배주의에 젖어 있었습니다. 물론 교육을 통하여 국민을 각성시키고 민족에 힘을 불어넣어 제국주의와 맞서야 한다는 자강론이 일어나기도 했으나 약육강식 적자생존의 정글법칙이 이를 뒤덮고 말았습니다.

그로부터 100여 년이 지난 지금은 세계화를 지향하는 신자유주의 이론이 새로운 사조로 등장하였습니다. 신자유주의는 19세기말 제국주의 국가가 약소민족의 침략을 합리화했던 사회진화론과 흡사함을 연상시키고 있습니다. 시장의 자유를 극대화하고 국가의 간섭을 최소화하는 이 신자유주의는 경쟁력 향상에 도움이 된다면 무엇이나 마다하지 않습니다. 이러한 분위기는 학교 교육에도 적용되어 교육이 황폐화되고 있다는 우려의 목소리가 점점 높아지고 있습니다.

지금 민족이란 말 자체를 낡고 시대착오적인 생각으로 보는 경향이 있기 때문에 학교 교육에서는 물론 수많은 수련원들이 있지만 청소년들에 대한 민족 교육은 모두 외면하고 있습니다.

이러한 현상은 이른바 열린 교육 또는 수요자 중심의 교육을 기치로 든 1995년 이른바 열린 교육 이후 두드러진 현상이라고 합니다. 제7차 교육과정에서 한국근현대사가 선택과목으로 전락한 것은 그 대표적 사례라 할 것입니다.

그러나 세계화 이념의 본고장인 미국에서는 애국주의가 전에 없이 요란하여 성조기 바람이 거세게 불고 있습니다. 뿐만 아니라 우리 주변을 둘러봐도 국가주의가 더욱 부추겨지고 있습니다.

과거 강대국의 민족주의가 제국주의로 변질되어 역사를 왜곡하고 얼룩지게 한 사례가 있으나 이는 어디까지나 강대국의 경우일 뿐입니다. 근현대사의 흐름 속에서 배태되고 성장해 온 우리의 민족주의는 우리 민족의 우월성을 내세우려는 침략주의가 아니라 민족자존을 위한 즉 살아남기 위한 자기 방어였습니다.

따라서 우리의 민족주의와 강대국의 침략적 민족주의를 동일선상에 두고 역사적 의미와 평가를 부여하는 것은 온당치 못하다고 생각합니다. 오늘날 민족과 민족 교육을 강조하는 것은 배타적이고 폐쇄적인 제국주의의 변형이 아니라 국제화와 세계화에 적극 동참하기 위한 시대적 요청이라 생각합니다.

민족의 튼튼한 기반 위에서 통일과 세계평화를 지향할 때 우리 민족은 세계화의 당당한 구성원이 될 것입니다. 독립기념관이 민족 교육을 통하여 통일과 세계평화를 지향하겠다는 큰 목표를 가지고 교육연수원을 개설하게 된 이유가 바로 여기에 있습니다.

오늘 개설되는 이 연수원은 여러 선생님들의 참여도에 따라 성패가 결정될 것입니다. 본 연수원의 발전은 첫 번째로 참가하신 여러 선생님들께도 보람이 될 것입니다. 깊은 관심과 애정을 가져주시기를 거듭 부탁드리면서 이번 연수가 매우 뜻깊고 보람 있는 시간이 되기 바랍니다.

끝으로 여러 선생님들을 보다 편안하게 모시지 못하는 기념관의 형편을 안타깝게 생각하면서 앞으로 더욱 좋은 시설과 훌륭한 강사들을 초빙하여 이 시대에 가장 필요한 연수원이 되도록 노력할 것입니다.

아무쪼록 10일간의 연수기간이 여러 선생님들께 오래오래 좋은 기억으로 남게 되기를 바라면서 인사에 갈음합니다.

석린 민필호 선생 어록비 제막식 축사

2002년 5월 21일

존경하는 장철 광복회 신임 회장님, 김준엽, 민영수 선생님과 도올 김용옥 선생, 그리고 이 자리에 참석해 주신 내외 귀빈 여러분!

오늘 우리는 조국의 광복을 위해 희생하신 선열들의 애국충절이 살아 숨쉬는 이곳 독립기념관에서 항일독립운동사, 그중에서도 특히 대한민국 임시정부와 한·중 양국간의 외교에 커다란 족적을 남기신 석린 민필호 선생의 어록비를 세우고 그 제막을 위해 이 자리에 모였습니다.

먼저 이토록 훌륭한 어록비가 건립되기까지 많은 노력과 정성을 다해 주신 석린선생 기념사업회 김준엽 회장님을 비롯한 관계자 여러분께 깊이 감사드립니다. 우리는 지금 석린선생의 어록비를 대하면서 선생께서 남기신 커다란 업적과 나라사랑 정신을 다시금 깊이 생각하게 됩니다.

선생은 향리에서 한학을 수학하시고, 또 휘문의숙에서 신학문을 수학하던 중 1911년 구국에의 큰 뜻을 품고 상하이로 망명하여 예관 신규식 선생이 경영하는 박달학원에 입학하시었습니다. 선생은 학원에 다니시면서도 상하이의 동제사同濟社, 신아동제사新亞同濟社 등의 독립운동 단체에 참여하여 항일운동과 학업을 병행하시었습니다. 또 남양학당, 중국관립 교통부 체신학교 등에서 공부를 계속하시면서 특히 영어, 중국어 등 외국어에 각별한 관심과 노력을 기울이셨습니다. 이는 해외 독립운동가들이 겪고 있는 언어장애를 극복하려는 배려 때문이었을 것이라고 생각합니다.

1921년 10월에는 임시정부 법무총장 신규식 선생의 비서로 손문이 이끄는 광동의 호법정부에 파견되시어 활발한 외교활동을 전개하시면서 임시정부 승인에 커다란 역할을 하셨습니다.

1932년 4월 윤봉길 의사의 홍구공원 의거 후 일제의 감시와 탄압이 극심하여 김구, 이동녕, 이시영, 조소앙 등 임시정부 요인들의 신변이 위태로워지자 임정 요인들의 피신을 적극 주선하였습니다. 이후 중국 군사위원회에서 다년간 근무하시면서 임시정부를 측면에서 지원하셨고, 1939년부터 임시정부 외무차장, 한국독립당 선전부장, 임시의정원 의원, 임정 주석 판공실주임 등을 역임하시면서 광복을 위해 혼신의 노력을 다하셨습니다.

광복 이후에는 임시정부 주駐화대표단의 부단장직을 역임하시면서 임시정부와 한인 동포들의 환국문제 해결을 위해 중국 정부와 교섭을 진행하시었고, 정부수립 이후에는 대만 총영사로 근무하셨습니다.

오늘 우리가 이 자리에서 다시한번 선생의 애국충절을 생각하며 어록비를 세움은 선생의 유지를 받들어 국가의 어려움을 극복하고 우리들 스스로의 삶을 다시한번 되돌아보는 계기로 삼자는 뜻도 포함되어 있을 것입니다. 특히, 이곳 독립기념관은 청소년들에게 선생의 독립정신과 숭고한 나라사랑 정신을 일깨우고 심어주기에 매우 훌륭한 장소입니다.

독립기념관은 선열들의 애국시, 어록비를 중요한 전시물과 교육자료로써 활용하고 있기 때문입니다. 또 독립기념관에서는 관내에 세워진 애국시, 어록비의 관리와 보존에 최선을 다할 것입니다.

끝으로 공사다망하신 중에도 이 자리에 참석하신 내외 귀빈 여러분께 다시한번 감사드리면서 축사에 갈음합니다. 감사합니다.

예천 향토문화연구소에 바란다

2018년 12월 18일
예천문화유적답사지

민주화 이후 30년 급격한 사회변동 속에서 지자체가 시행된 지 25년이 되었다. 그러나 아직도 지자체가 추구하는 목표와 지향점이 모호하여 지자체 이후에도 지역문화의 특성이 계발되고 정체성이 정립되어 가는 모습은 잘 보이지 않는다. 마침 이러한 상황에서 얼마 전 예천의 뜻있는 분들이 향토문화연구소(소장 조윤)를 설립하고 예천지역의 문화유적지를 몇 차례 답사하고 답사기 제작을 서두르고 있다. 필자에게도 몇 차례의 원고 청탁이 있었으나 답사에 참여하지 못한 필자로서는 아예 관심조차 두지 않았으나 여러 차례 부탁을 받고 답사란 것에 대하여 곰곰이 생각해 보았다.

인간은 자신이 터를 잡고 살아가는 지역의 환경에 따라 고유한 언어, 풍속, 종교, 예술, 사회제도 등을 다양하게 창출하게 되는데 이를 지역문화의 특성이라 할 수 있을 것이다. 민족이란 하나의 문화 안에서도 세분하여 살펴보면 특색 있는 지방문화가 형성됨을 알 수 있다. 우리나라처럼 같은 지역에 같은 혈통끼리 같은 언어로 같은 풍속을 지니면서 같은 운명 공동체로 오랜 역사를 엮어온 민족국가는 드물 것이다.

이렇게 쌓인 연륜이 결국 유형, 무형의 문화유산을 남기게 되었고 그 문화유산은 지역마다의 특성보다도 하나의 민족문화를 가지게 되었다. 특히 우리나라의 경우 지방분권적인 봉건제도가 시행된 적이 없이 줄곧 중앙집권체제였기 때문에 특색 있는 지방문화가 형성되지 못하였다. 중국이나 일본은 서양의 봉건제도와 같은 지방분권제도가 시행되었기 때문에 특색 있는 지역문화가 비교적 독자적으로 형성된 경우가 많은 편이다.

문화란 단시간 내에 형성되는 것이 아니므로 지자체 25년으로 특색 있는 지역문화나 향토문화의 정체성을 운운하는 자체가 성급한 기대일 수도 있을 것이다. 이런 의미에서 예천지역에 향토문화연구소가 설립된 것은 때늦은 감이 있지만 그 자체로도 매우 의미 있고 기대해 볼 만한 일이라 생각된다. 그래서 예천 어느 지역문화 유적지를 알뜰하게 답사한 적이 없으면서도 문화유적 답사기에 감히 글을 쓰기로 마음먹었다.

유홍준 교수는 『나의 문화유산 답사기』 서문 첫 줄에서 “우리나라는 전국토가 박물관이다”라고 하였다. 사람이 터를 잡고 살았다면 무언가 흔적을 남기기 마련이니 신석기시대 이래 한반도 곳곳에 지금까지 사람이 살고 있었으니 그 흔적이나 유품이 있기 마련이고 그 유품이 대개 유형, 무형의 문화재이니 결국 전국토를 박물관이라 할 수도 있을 것이다.

그렇다면 예천도 신석기시대의 유물 유적이 발견되고 있으니 수천 년 전부터 사람이 살고 있었던 것이며, 그 결과 곳곳에 그 유품과 흔적이 남아있을 것이고, 그 유산들은 모두 답사의 대상으로 손색이 없을 것이다.

실제로 우리나라의 역사를 고쳐 써야 할 정도의 귀중한 국보급의 사료들이 예부터 내려오던 자연 단위의 마을에서 보통사람들의 생활 가운데서 발견된 예가 적지 않다. 국보 205호인 충주 고구려비는 중원 고구려비로 더 많이 알려져 있는데 1979년 충주지역에 지역민들로 구성된 예성 동호회 회원들이 발견하였다. 이들은 고 기왓장古瓦을 주우러 다니던 이름 없는 모임인데 이들 회원들이 어느 식당에서 디딤돌로 사용하던 돌에서 연꽃무늬를 발견하고 그 모임 이름을 연꽃술 예蘂자를 써서 충주 예성 동호회라 했다. 이는 고려 충렬왕 때 충주성을 개축하면서 성벽에 연꽃을 조각했다 하여 충주를 예성蘂城이라 한 데서 연유한 이름이다.

이들 회원 중 유창종 검사의 의정부 지청 전보발령 송별 답사로 중앙탑을 거쳐 입석마을을 지나는 순간 당시 충북도청에 근무하던 회원 김예식 씨가 커다란 자연석 선돌을 가리키며 저 돌 때문에 이 마을을 입석마을이라 하는데 저 입석은 백비인 것 같더라고 설명하자 모두들 차에서 내려 비석을 살펴보니 백비가 아니라 4면에 빽빽하게 글자가 희미하게 새겨진 것을 발견하고 탁본한 결과 고구려비임이 밝혀졌다.

또 국보 198호로 지정된 단양 적성비는 신라 24대 진흥왕이 당시 고구려 영토인 단양적성지역을 점령한 기념으로 세운 비이다. 1987년 단국대 조사단(단장 정영호 교수)이 단양읍내 뒷산인 적성산성을 찾았는데 전날 밤에 내린 눈이 녹아 진흙탕 길이 되어 조사단원들이 신발을 털려고 고개를 숙이는 순간 돌 위에 무슨 글자가 보이는 것을 보고 깜짝 놀라 흙을 쓸어내어 440자의 글자를 찾아내고 그중 일부를 판독하여 발견한 것이 단양 적성비이다.

국보 318호로 지정된 포항 중성리 신라비는 도로공사 현장에서 한 주민에 의해 발견되었는데 가장 오래된 신라비로 알려져 있으며, 울진 봉평리 신라비는 주두원朱斗源 씨의 논바닥에 박혀 있는 것을 자연석으로 알고 방치했으나 객토작업에 동원된 포클레인 기사가 문제의 돌을 들어 올려 본

후에야 옛 비임을 알게 되어 조사해 본 결과 법흥왕 때 이 지역에 분쟁이 일어나 이를 중앙군이 동원되어 진압한 후에 다시는 이런 일이 일어나지 않도록 경계하는 율령비로 판명되어 역시 국보 242호로 지정되었다.

광개토대왕릉비 다음으로 유명한 진흥왕 순수비 중 국보 3호로 지정된 북한산비는 1846년 완당阮堂 김정희金正喜:1786~1856가 동네 친구인 김경연과 북한산 비봉 승가사僧伽寺에 놀러 갔다가 무학대사無學大師:1327~1405비로 알려진 문제의 비를 발견하였다. 비면에 이끼가 두껍게 끼어 글자가 없는 것 같았으나 손으로 문지르자 글자 형태가 있는 것 같아 시험 삼아 탁본을 해본 결과 진흥왕의 순수비임이 확인되었다. 다행히 완당이 금석학의 대가였기 때문에 이를 발견할 수 있었다. 이듬해인 1847년 조인영趙寅永과 함께 다시 북한산에 올라 마모된 68자를 해독한 후에야 비로소 무학대사비란 황당한 말은 없어졌다.

여기 승가사란 신라 경덕왕 15년(756) 당나라 고승이며 생불로 알려진 승가僧伽를 사모하여 세운 절이라 하여 승가사라 하였다. 서울 종로구 구기동 북한산에 있는 이 절의 뒷편 비봉에 진흥왕의 순수비가 있었는데 지금은 순수비는 국립중앙박물관으로 옮겨졌고 그 자리에는 유지비遺址碑가 세워져 있다.

이런 예는 일일이 다 들 수 없을 정도로 많지만 여기서 줄인다. 다만 예천향토연구소란 동호인 모임이 지역사회의 문화유산을 총체적으로 연구하고 조사하는 모임으로 성장하기 바랄 뿐이다. 그 단체가 법인이든, 임의단체이든 조용하고 작은 출발일지라도 초지일관 지역사회 문화발전에 큰 울림으로 남기 바라는 간절한 마음을 담아서 이 글을 올린다.

『백마강』 서문

2003년 1월 31일

범제 김인덕 선생이 문집 『백마강白馬江』을 출간했다. 놀라운 일이 아니다. 그동안 범제선생은 한국의 명승지와 문화유적지를 샅샅이 뒤져 사진에 담고 기록으로 남기는 일을 숱하게 해 왔기 때문이다. 범인으로서는 엄두도 못 낼 일을 지금까지 혼자의 힘으로 다반사로 해 왔으니 문집 출간이야 그리 놀랄 일은 아니다. 다만 천학한 내가 선생의 문집에 감히 서문을 쓰기가 송구스럽기 이를 데 없으나 또 다른 한편 영광스럽기도 하다.

이러한 범제선생에게 부산광역시와 부산문화방송(주)에서는 밀레니엄 첫해에 자랑스러운 부산시민상을 수여했다. 많은 부산 시민들이 상을 받을 사람이 받았다는 후평이었다. 수상식장에서 사회자가 범제선생을 가리켜 "수상자는 향토사학자로서 가야사 등 지방향토사 연구와 전국의 향토사를 집대성한 『한국의 명승지와 문화유적』(총9권)을 출간하는 등 지방의 역사문화연구와 향토애 결집에 공헌하였으며 해외 교포들이 많이 거주하고 있는 우즈베키스탄공화국, 카자흐스탄공화국, 중국 연변, 연해주에도 발간 책자를 송부하여 그곳의 동포들에게 자랑스런 우리의 역사와 혼을 잃지 않도록 긍지와 자부심을 고취시켰다. 또 남북한의 지리적 단절을 문화적 동질성으로 극복하고자 노력하는 한편 우리 민족의 얼이 담긴 문화유산의 보존과 소중함을 알리기 위해 노력한 분이므로 400만 시민의 이름으로 이 상을 드립니다"라고 소개했다.

참으로 범제선생의 생활철학을 잘 요약했다고 생각되어 그대로 옮겨 적었다. 여기에 무슨 설명이 더 필요하겠는가. 다만 학술기관이나 공공기관이라 해도 매우 힘겨운 일을 혼자 해냈다는 데 대해 선생과 남다른 친분을 가진 필자로서는 그저 자랑스러울 뿐이다. 이제 세계는 바야흐로 하나의 지구촌을 형성하여 국경은 없고 문화의 경계만 있을 뿐이라고 모두가 목청을 높이고 있다. 때맞추어 우리나라에서도 문화산업을 기간산업으로까지 설정하여 지식기반사회로 급속히 진입되고 문화 부분 예산도 국민총생산의 1%를 넘어섰으니 문화대국으로 성장했다고 할 수 있을 것이다. 그러나 1995년 이른바 수요자 중심의 교육개혁 이후 민족교육은 철저히 배제되었다.

전통문화도 점차 사라져 가고 있다. 따지고 보면 문화란 삶의 질을 높이는 것이고 그 문화는 대중화되고 지방화되어야 국민의 총체적인 삶의 질이 높아지는 것이다. 그러나 지금까지 우리 문화는 옛날에는 양반계층만이 독점하고 있었고 지금도 소수 엘리트 계층이 아니면 중앙에 집중화되어 도농의 차이가 극심해지고 있다. 따라서 지방에 있는 문화재는 매우 열악해 있고 또 대부분 훼손되거나 방치되어 있다. 범제선생은 이러한 지역문화를 온몸을 던져 개발하고 발굴하여 보존하는 데 일생을 바쳤다 해도 지나친 표현은 아닐 것이다. 지금도 그 일에 몸을 던져 한국의 명승지와 문화유적지를 샅샅이 조사하고 있다. 이제 이 문집에 호남과 호서지방의 명승지와 문화유적지를 실음으로써 한국의 명승지와 문화유적의 대미를 맺었다.

그렇기 때문에 이 책자는 앞으로 지방문화의 발전과 개발에 기폭제가 되고 큰 시발점이 될 것으로 생각하여 감히 서문을 통하여 독자들에게 이 책에 대한 추천의 말도 아울러 전하는 바이다.

자린고비의 신혼여행

1983년
문화방송 투고

십이삼 년 전 신혼 때의 기억을 되살린다는 것이 결코 쉬운 일은 아닐 것이나 약혼부터가 별난 것이었으니 좀처럼 잊혀지지 않는 것이 우리 부부의 약혼에서부터 결혼까지의 일이다.

친정이 경북 안동이고 시집이 그 이웃 고을인 예천인 데다 양쪽 집안이 모두 행세 꽤나 한다는 소위 양반의 후예들이라 가장인 양쪽 사돈들의 힘은 거의 절대적인 형편이었다. 더구나 당시 나로서는 여기 저기 좋다는 혼처를 모두 거절하다 어언 27세의 노처녀가 된지라 입이 열 개라도 말발이 별로 서지 않는 때였었다.

그때 그이는 졸업을 10여 일 앞두고 이미 서울에서 꽤 좋다는 직장에 취직도 되었으니 거절할 별다른 이유야 없었지만 소위 맞선이란 것을 보는데 부모님들의 입회 아래 전광석화처럼 끝내고 말았으니 이는 이미 사돈간에 묵계가 된 하나의 요식 행위에 불과했었다. 선본 지 며칠 후 양쪽 집안 어른들 사이에 전격적으로 약혼식이 행해졌고 당사자들에게는 사후 통지에 불과했으니 참으로 어처구니없는 노릇이다. 이유인 즉 직장에 들어간 지 며칠 되지도 않아 약혼을 한다고 결근하고 법석을 떠느니보다 결혼식은 서울에서 하더라도 약혼식은 간략하게 양편 사돈집안의 몇몇 어른들이 모여 허사許辭인가 뭔가를 교환했다는 것이다.

그 후 양편 사돈들이 몇 차례 만나는가 싶더니 드디어 5월 16일로 결혼 날짜가 통보되었다. 불과 보름 정도를 앞둔 일이었다. 나중에 알게 된 일이지만 그이에겐 12일을 앞두고 결혼식장과 신접살림을 차릴 전세방 등 결혼에 대한 만반의 준비를 서울에서 갖추라는 명령이 떨어진 모양이다.

그때 그이에게서 편지가 왔다. 집안의 체면 때문인지 나에 대한 얘기는 별로 없고 집안 어른들의 안부를 두루 갖춘 장중한 고어투의 편지인데 끝부분에 우리들의 살림을 차릴 방도 같이 얻고 신혼여행에 관한 의논도 할 겸 편지 받는 즉시 상경하도록 해달라는 미래의 장인께 드리는 부탁이었다.

그러나 아빠의 허락이 좀처럼 떨어지지 않았다. 엄마가 요즘 아이들은 너무 그래선 안 된다고 사정사정해서 겨우 허락을 얻었으나 엄마와 동행 조건이었다. 그러나 막상 갔을 땐 이미 방도 얻었고 식장도 결정되고 신혼여행지와 호텔 등이 모두 예약이 된 뒤였다. 하기야 그럭저럭 4~5일 밖에 남지 않았으니 이해야 되지만 조금은 서운했었다.

처음 대면 때는 얼굴도 제대로 못 쳐다보았고 이번에도 촌색시가 되어 한마디 입도 못 뗐다. 그도 그럴 것이 이번에도 단둘이 만난 것이 아니라 나의 엄마와 작은 엄마 그리고 그이와 합동상면이었는 데다가 1시간도 못되어 끝나고 말았기 때문이다.

세 번째의 대면이 결혼식장이었다. 식이 끝나자 곧 김포공항으로 향하는데 서울에서 사업을 하던 삼촌의 차였다. 북악스카이웨이를 거쳐 김포로 가는데 운전사가 얼마나 짓궂게 차를 모는지 처음으로 그이와 몸이 서로

부딪치고 띄엄띄엄 대화가 오갔다. 그이의 친구 몇 분이 김포까지 와서 농담을 했으나 지금 별로 기억나는 말은 없다. 다만 그이의 부리부리한 굵은 눈과 약간 검은 얼굴이 얼마나 무섭게 느껴졌는지 공포와 긴장이 풀리지를 않았다. 더구나 여자에 대한 에스코트가 없고 빠른 걸음 등 데이트 경험이 전연 없는 남자가 분명하나 굵고 무뚝뚝한 음성이 나의 공포와 두려움에 대한 자상한 배려가 있을 남성으로 느껴지지는 않았다.

공포의 첫날밤이 무사하지 않았음은 물론이다. 그런데 이튿날 웨이터가 식사 주문을 받으려 하자 값을 이것저것 물어보더니 “어이, 우리 나가서 식사하지.” 벌써부터 그 구두쇠 작전이 시작된 셈이다. 해장국이 아니고서야 어디 일찍부터 식사가 되는 곳이 있을 턱이 없는 것은 당연지사, 11시가 다 돼서야 겨우 아침식사를 끝내고 해운대를 한 바퀴 돌더니 별로 볼 것이 없는지 “어이, 부산은 별로 볼 것이 없는데 그만 대구로 가지.” 나야 뭐 수줍은 촌색시라 그저 하자는 대로 고개만 끄덕였으나 그 반말에다 일방적인 결정이 썩 기분 좋게 느껴지지는 않았다.

대구에서 괜찮고 싼 여관을 찾느라 한참 헤매다 보니 여관 정하자 해 떨어져서 또 그 별로 달갑지도 않은 밤을 보냈다. 이튿날 달성공원과 동촌 유원지를 시내버스로 돌더니 “어이 그만 집으로 가지. 제주도로 갈 걸 괜히 부산으로 정해서….” 마치 다른 사람이 정하기라도 한 것처럼 혀를 찼다. 나야 뭐 또 고개를 끄덕일 밖에…. 이렇게 해서 신혼여행은 예정일정을 줄여서 끝내고 말았다.

그 후 나는 툭하면 약혼식 타령과 신혼여행 타령을 곧잘 한다. 그때마다 “어이, 내년 방학 땐 우리 멋지게 여행 한 번 해서 기분 풀어줄게.” 그와 같은 공수표의 남발 속에 그럭저럭 13년의 세월이 흘렀다.

아직도 미혼인 세 동생과 대학생을 포함한 4명의 학생이 있고 보면 그이에게 씌워진 생활의 굴레는 참으로 무겁고 큰 것이었다. 때로는 야속하다 싶을 정도의 심한 구두쇠 작전과 공수표가 차츰 크게 이해되는 것을 보면 나도 어느새 부창부수夫唱婦隨가 되어 가고 있는 모양이다.

- 아내 신종갑의 글 -

뭐 저런 남자가

1984년 4월 7일
바구니에 가득찬 행복 제3권

그이와 결혼한 지 꼭 11년만입니다. 살림하며 살다 보니 한가한 시간이 없습니다. 그러나 신혼 땐 그래도 한가한 시간이 많고 해서, 어쭙잖은 솜씨지만 생활의 일부를 만화로 풍자한 일기도 곧잘 썼습니다. 오늘 집안 정리를 하다가 그 해묵은 만화일기를 보고 옛날 생각이 나서 몇 자 적어 봅니다.

그때 그이는 직장과 집이 가까웠었고, 매일같이 따르릉 자전거 소리를 요란하게 울리며 "갑아, 문 열어" 하고 어른이 된 제 이름을 함부로 소리쳐 부르면서 개선장군처럼 설쳐대며 "점심 빨리빨리" 하고 예의 그 어설픈 포옹을 하곤 했습니다.

오늘따라 내 딴엔 잘 한다고, 밀가루 음식을 유별나게 좋아하는 그이를 위해서 칼국수를 정성껏 대령했습니다.

하지만, "아~니, 여봇, 이게 뭐야? 이렇게 더운 날 뜨거운 국수를 언제 먹고 5교시 수업을 한단 말이야?" 하며 그이는 홱 숟가락을 내던지고는 나가 버렸습니다.

"아니, 여보, 식은 밥도 있…."

말도 듣지 않고 그이는 벌써 자전거를 타고 쏜살같이 달려가는 겁니다.

"뭐 저런 남자가 다 있어! 난 자길 위해 맛있는 별미를 만든다고 한 건데…."

괘씸하고 서운하고 화가 나서 견딜 수가 없었습니다.

'뭐 자기 배고프지, 내 배가 고픈가!'

그래도 알량한 여자 마음이 허기진 배를 해 가지고 수업할 것을 생각하니 혼자서 점심 먹을 마음은 내키지 않고 해서 또 예의 그 만화 솜씨나 발휘하기로 했습니다.

나는 숟가락을 내던지고 우거지상을 해 가지고 문을 박차고 나가는 꼴사나운 그이의 모습을 그대로 책상 위에 그려놓았습니다. 하긴 불같이 급한 그의 성미를 깜빡 잊고 더운 날씨에 그 뜨거운 칼국수를 만든 나도 참 어설픈 여자였습니다.

혹시나 저녁엔 거나하게 돼서 늦게 들어오시는 게 아닐까 하고 조바심하는 소심한 여자의 마음이 얼마쯤 저를 불안하게 했습니다.

그러나 평소의 퇴근 시간과 같이 오는 것을 보고는 속과는 달리 짐짓 새침한 얼굴로 문만 열어주곤 곧 부엌으로 들어갔습니다. 그이도 조금은 계면쩍은지 무표정하게 방으로 쑥 들어가더니 곧 큰 웃음소리와 함께 부엌문이 덜컥 열립니다.

"여보, 내가 성질이 너무 급해서, 미안 미안, 거 참 만화 잘 그렸는데…!"

그래도 그인 제 실수를 곧잘 용서하고, 자기의 실수나 조그만 잘못도 곧 시인하고 사과도 합니다. 그 점에는 자존심 같은 고집을 전혀 내세우지 않습니다. 물론 거기엔 늘 그 만화일기가 촉매작용을 하긴 했었지만요. 그러나 남다른 풍상을 심히 겪은 그이도 이젠 그 불같은 성미가 한 풀 꺾인 것 같습니다. 교직을 그만둔 그이의 잇단 사업의 실패, 불운은 계속 꼬리를 물고 실직의 상태가 몇 달씩 계속되기도 했습니다.

단독주택은 어느새 전셋집으로, 저 역시 생활을 윤택하게 하던 재기 넘치는 기지나 유머, 거기에다 특이하기도 한 만화일기 등이 언제부터인지 어느새 자취를 감추고, 고된 생활 속에 남은 것은 그이의 변함없는 깊은 사랑과 폭 넓은 이해, 그리고 총명한 세 자매가 있을 뿐입니다.

그러나 좌절을 모르는 그이의 굳은 의지와 성실한 노력과 건강이 있는 한 그때 그 시절의 윤택하고 단란한 행복은 찾을 수 있다고 확신합니다. 이제 앙탈부리고 투정하던 아내의 위치에서 내조하고 노력하는 아내의 자리를 내 스스로 쌓으리라 생각해 봅니다.

깊은 생각에 잠긴 나를 제자리로 돌아오게 한 것은 오전반인 막내딸의 하교를 알리는 요란한 벨소리였습니다.

- 문화방송 투고 -

무송武松이 범虎을 잡고 김공金公이 돼지豚를 잡다

'무송이 범을 잡다'는 말은 들어봤어도 '김공이 돼지를 잡다'는 말은 들어보지 못했을 것이다. 이 문장을 오해하면 안 된다. 여기서 '돼지를 잡다'라는 표현은 도축을 뜻하는 것이 아니라, 돈사 우리를 탈출한 돼지를 산 채로 검거해 다시 우리 안으로 수용시킨 일을 가리키기 때문이다.

당시 이 집돼지가 그대로 도주해 보문면 미산리의 야산 속에서 멧돼지가 되거나 아니면 다른 멧돼지와 눈이 맞아 후손을 남겼다면 갖가지 문제를 야기했을 것이다. 소위 신종 전염병의 창궐, 돼지 떼의 보복성 마을 침공, 주민들의 입산 금지 등일 텐데, 이는 마을의 보건문제, 안전문제, 나아가 경제문제 등과 연결되어 가볍게 볼 수 없는 사안이 될 수도 있다.

한 치 앞도 모를 인생에서 식당에 난입한 멧돼지 뉴스를 보고 우리는 낄낄거리지만, 만약 그 식당의 당사자가 된다면 절대 웃을 수 없는 일이 아니겠는가? 불행이라는 안전사고는 때와 장소를 가리지 않고 찾아오는 법이다.

김시우 선생님이 탈옥과 동시에 돼지를 제때 붙잡았기에 모든 후환이 사라지게 되었다. 40년 전의 그 사건에서 나는 사람과 돼지의 몸싸움을 직접 본 목격자였다. 작가답게 기억력도 좋은 편이라 그 영상이 지금도 생생하지만 작가답게 상상력을 과장해 거짓말을 늘어놓진 않겠다.

사건의 내막은 이렇다. 그 일은 1980년대 중반, 어느 화창한 대낮에 돌발

사태처럼 일어났다. 지금은 돌아가신 외할아버지 댁 뒷문은 돌계단 위 약간의 고지대에 위치해 있었다. 여기에 서면 왼편으로 내리막, 오른편으로 오르막인 소로가 펼쳐졌다. 오르막 끝에 돼지우리를 둔 농가가 한 채 있었는데 이 우리는 야산 진입로와 통했다(이 산어귀에는 황소가 줄에 묶여 있었고, 돼지는 그래서 외숙부가 계셨던 내리막 쪽으로 도주의 방향을 잡은 것 같다).

당시 이 돼지우리의 문은 벽돌과 벽돌 사이에 끼워 넣은 조악한 나무판자였다. 힘으로 밀어도 부서지지 않는 단단한 재질만 믿은 데다가, 가축의 수동성과 의존성을 생각해 만약의 사태에 별로 신경 쓰지 않은 허술한 보안 시설이었다. 그러나 돼지가 생각보다 위생관념이 강하고 지능도 똑똑한 짐승이라는 건 차후의 동물학자들에 의해 밝혀진 사실이다.

채 덜 끼워져 틈이 나 있던 나무판자를 우리 안의 돼지가 코로 밀어버리자 예상과 달리 움직임이 있었다. 거듭된 노력에 판자는 점점 격렬하게 흔들거렸고 이내 돼지 한 마리 몸이 나올 수 있을 만한 구멍이 생겨버렸다. 몇몇 농가의 아낙들이 이 광경을 보았지만 너무나도 뜻밖의 상황이라 대처할 수 있는 이가 없었다.

마침내 감옥 문은 떨어져 나가고 앞을 가로막는 것이 없자 돼지는 우리 바깥으로 나왔다. 누군가 돼지가 도망친다 소리쳤고 이 소리에 놀란 돼지는 내리막을 향해 내달렸다. 해당 농가로서도 크나큰 재산 손실이었겠지만, 그보다 저 아래 커브 길에서 행인이 나타난다면 자칫 위험할 수도 있을 상황이었다.

이 때 서울 자택에서 외갓집에 와 계셨던 외숙부 김시우 선생님이 내 옆에 있었는데 생각이고 자시고 할 것도 없이 분연히 달려나갔다. 외숙부는 마치 미식축구 선수처럼 움직였는데 내 기억에 남는 장면은 외숙부께서 '돼지를 끌어안는 듯한' 그림이었다.

두 팔이 거대한 수갑처럼 달려오는 돼지의 머리를 감싸안았고 돼지는 머리를 못 움직이자 몸통을 움직이며 저항했다. 밀려나고 밀어내는 힘의 전달, 운동에너지의 법칙은 과학공부의 소재로도 좋을 것이다. 오랜 세월이 지난 후에야 비슷한 장면을 '맹룡과강'이란 영화를 통해 보게 되었다. 주인공 이소룡은 악당 척 노리스의 목을 앞에서 끌어안아 질식시켜 승리를 거두는데, 외숙부의 돼지를 잡은 자세가 바로 그러했던 것이다.

그 상태로 외숙부가 나아가자 힘을 쓰며 버티던 돼지가 조금씩 뒤로 밀려나게 되었다. 운동없이 하루 세 끼 먹기만 해 살이 찐 거대한 돼지가 사람의 용력을 당해내지 못하고 질질 끌려갔던 것이다. 아무도 외숙부를 도와주지 않았지만 외숙부는 끝까지 돼지를 놓지 않았다.

결국 돼지는 우리에 도로 들어가게 되었고 해당 농가는 재산 손실을 막았는데, 무엇보다 사람이 다치지 않고 안전하게 일이 마무리된 게 크나큰 다행이었다. 외숙부는 그 날 검은 가죽점퍼를 입고 계셨는데 이 한 판의 투우 같은 무용담으로 옷을 버리셨다.

반려견이 사람한테 덤비고 유기견이 사람을 위협하는 요즘 세상이다. 만약 우리 눈앞에 낯선 짐승이 나타나 위협을 가하면 용감히 나설 수 있는 사람이 몇이나 될까? 그 돼지는 으르렁거리진 않았지만 맹견보다 몸집이 컸고 가속도를 탑재한 충돌 즉시 상대에게 중상을 입힐 수도 있었다는 게 내 생각이다.

외숙모가 옆에 계셨더라면 틀림없이 나가지 말라 말리셨을 텐데, 대체 그

날 외숙부는 어떤 생각으로 바로 현장에 뛰어드셨을까?

이웃간의 의리? 내 일이 될 수도 있다는 일체감?

아니다. 그건 본능이었다. 농부의 아들로 태어나 흙의 너그러움, 사계절의 조화를 누구보다 아는 외숙부는 농가의 가축이 우리를 벗어나자 그게 잘못된 일임을 알고는 본능적으로 뛰어나갔다. 돼지를 한갓 짐승으로 보지 않고, 함께 농업의 일을 분담하는 가족으로 보았기에 가출하는 식구를 붙잡는 심정으로 달려나갔던 것이다.

농가의 소나 돼지, 혹은 논이나 밭 덕에 외삼촌을 비롯한 많은 농부의 아들딸들이 공부를 할 수 있었고 밑천을 마련할 수 있었으며 가정을 꾸릴 수 있었다. 오늘날 세대에겐 이해가 잘 안 될지 몰라도 산업화가 진행중인 과거 농경사회에선 이런 풍경이 흔했다.

아마 외숙부는 이런 생각을 하셨을 것이다.

"네가 하루 24시간을 갇혀 보내는 처지가 암담하고 무서워 밖으로 도망치려 했음을 잘 안다. 하지만 너는 이 가정을 먹여 살리고 이 가정의 미래를 보험해 주는 가족 구성원이다. 니가 없으면 우리는 잃는다. 웃음을 잃고 희망을 잃고 밝은 태양을 잃는다. 그래서 미안하지만 너는 떠날 수 없다. 니가 필요하니 니가 있을 자리에서 우리들을 도와다오."

과거 외숙부는 동물이 아닌 사람이 행한 사건에 연루되어 실제로 옥에 갇히어 영어의 생활을 하셨다. 말하는 사람들이 행한 짓은 말 못하는 가축보다 훨씬 사악하고 비인간적이었다. 저지르지 않은 죄를 몰아세웠고 형벌의 무게는 법령에 적힌 것보다 컸다. 가혹한 정치는 호랑이보다 무섭다는 말은 허언이 아닌 실제였다.

고통스런 그 격언을 실증적으로 체험하신 외숙부는 돼지를 안전하게 돈사에 도로 넣는 것으로 일을 마무리했을 뿐 — 가축을 때리고 치는 건 그 당시 흔한 풍경이었지만 — 돼지에게 일절 손찌검을 하지 않았다. 보복보다는 화합을, 공포 분위기 조성보다는 내일의 실리를 추구하는 분이시기에 그렇게 그 일은 그냥 넘어가고 말았다. 남한테 자랑도 안 하셨고 어디가 아프다는 말도 없으셨다. 평소처럼 하시던 업에 몰두할 뿐이었다.

언제나 그랬듯 외숙부는 남 탓 세상 탓을 할 시간에 스스로를 무쇠처럼 단련하는 데 시간을 바쳤다. 스스로 세운 철학과 바른 역사 정신을 전파하는 데 24시간을 보내셨다. 점차 성장한 내가 가끔 돼지 잡던 날을 기억하냐 물으면 뭐 그런 것도 기억하냐는 식으로 간단히 대꾸하신 후 역사에 관한 질문으로 대화를 돌리시는데 80이 다 되어가는 연세임에도 항상 나의 무지를 돌아보게 만드는 지혜가 넘친다.

산만하지 않고 정확하고 집중된 그 지식과 지혜가 정말 부러울 따름이다. 문무의 겸비라는 일반적인 숙어로는 외숙부에의 칭송이 부족하다.

도망간 돼지를 우연히 잡은 일에 뭐 그리 의미부여를 하냐고? 왜냐하면 40년도 훨씬 전에 겪은 그 날의 이미지가 지금도 외숙부의 이미지 그대로이기 때문이다. 동물을 사랑하고 흙을 사랑하고 삶을 사랑하는 사람은 선을 사랑하면서 악조차 교화시키는 사람이다. 나의 외숙부 김시우 선생님이 바로 그런 분이시다.

- 생질 소설가 박정태 -

화보

敬天愛人

丁丑夏 後廣 金大中

東方大姓三韓
甲族千派一本
萬枝同根

丁丑年夏 後廣 金大中

후광 김대중 평화 민주당 총재께서 친필 경천애인敬天愛人과 동방대성 삼한갑족이란 액자를 보내 주셨다

殷公天助八旬成汚辱解除名譽明
奉職誠勤知士鑑退鄕熱講克師銘
禮儀盡力綱常守儒學傾心道德耕
和睦家庭千歲赫萬人仰慕永然榮
錄殷山金時佑先生八旬 三峰山房壽山尹錫明謹撰書

은산옹을 하늘이 도와 팔순을 이루었고
오욕에서 해제되어 명예가 밝네
은퇴 후 열강으로 사범의 길을 새겼고
예의범절에 조신하여 강상을 지키고
유학에 마음 기울여 도덕을 일구고
화합 돈목하는 가정은 천세에 빛나네
만인이 앙모하니 영원히 영광스러우리

윤석명 지음

인물 시사주간지 창간 18주년 특집호 637호에 기고한 「가야사 복원으로 고대사 바로 잡아야 할 때」 란 주제 발표자인 나를 표지 인물로 선정.

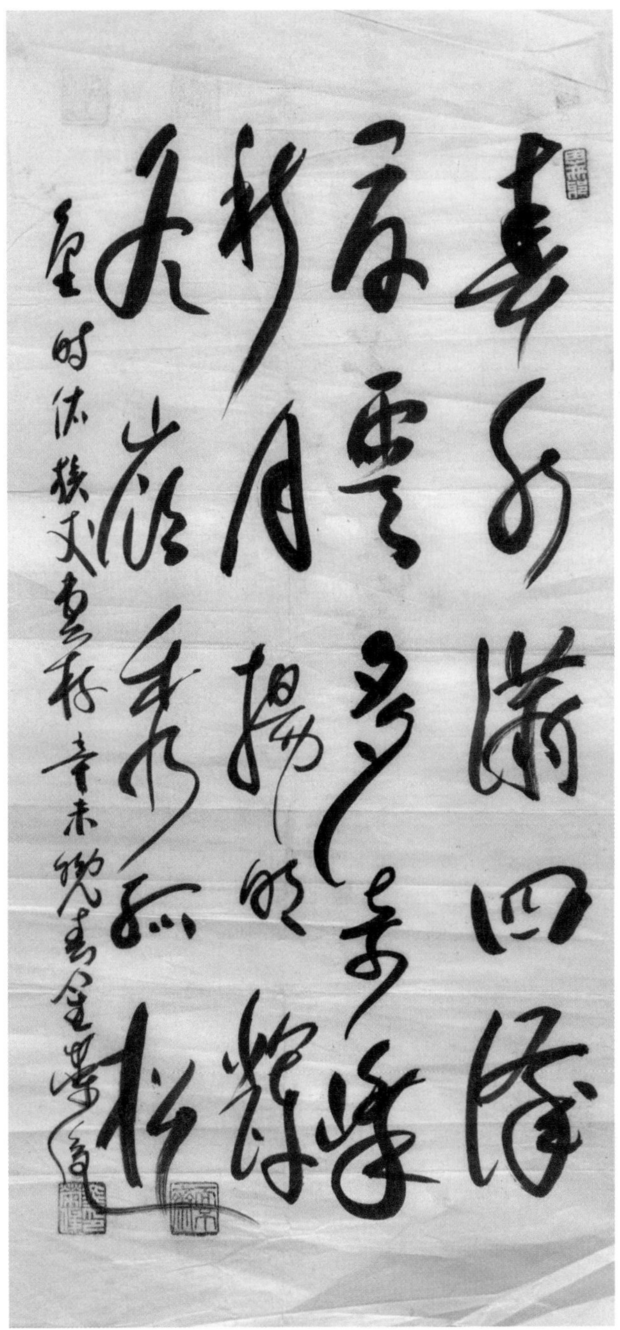

春水滿四澤 (춘수만사택)
夏雲多奇峰 (하운다기봉)
秋月揚明輝 (추월양명휘)
冬嶺秀孤松 (동령수고송)

봄물은 사방의 못에 가득 차고
여름 구름은 기이한 봉우리도 많네
가을달은 천지를 환하게 비추고
겨울 산봉우리에 외로운 소나무 빼어나네

1991년 김영준金榮俊 회장이 친필로 보내준 도연명陶淵明의 사시四時. 이 시는 사계절의 특징을 단적으로 묘사한 자연미 그 자체를 주제로 하였다.

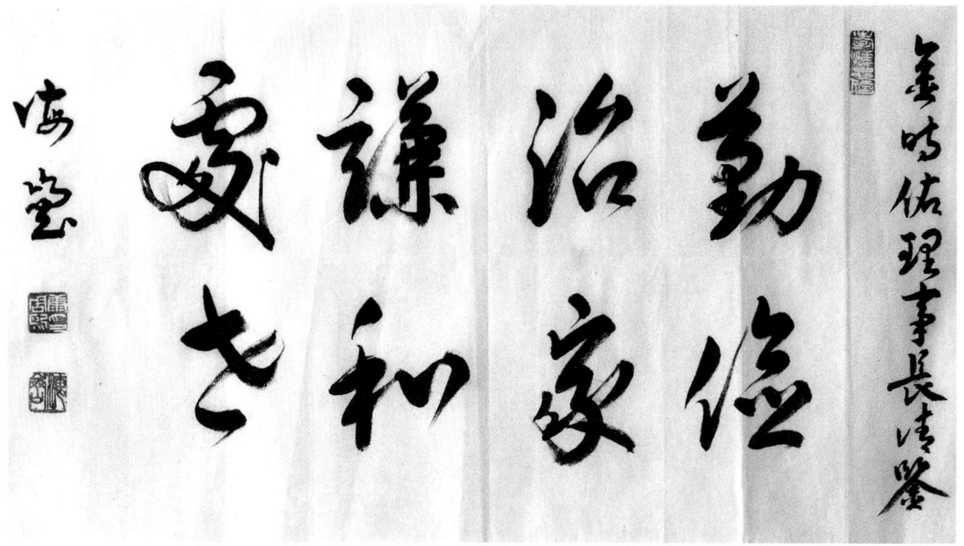

근검 치가 겸화 처세
勤儉, 治家, 謙和, 處世
가정에서는 부지런하고 검소하게, 처세는 겸손하고 온화하게 하라는 내용이다.

세사 난성 갈구 즉득
世事, 難成, 渴求, 卽得
세상일 이루어지기는 어려워도 목마르게 갈구하면 얻어지리라.

신천 강씨康氏 종친회장 해강海崗 강주희康周熙

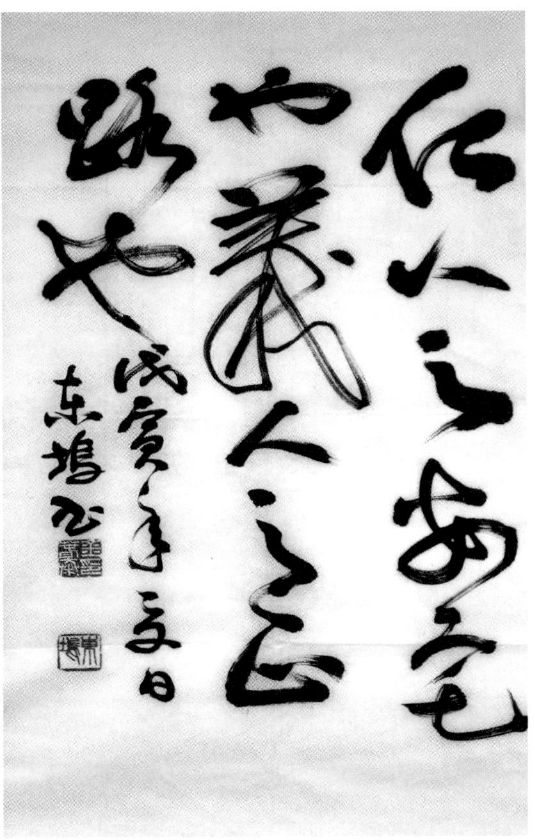

仁人之安宅也(인인지안택야) 인은 사람이 편안하게 살 집이요

義人之正路也(의인지정로야) 의는 사람이 마땅히 가야 할 옳은 길이다

무인년(1998년) 새해를 맞아 당시 85세의 장인(동오東塢 신승한辛承翰) 어른께서 논어의 글귀로 나를 격려하였다.

江碧鳥逾白 山青花欲然(강벽조유백 산청화욕연)

今春看又過 何日是歸年(금춘간우과 하일시귀년)

강물이 푸르니 새(학) 더욱 희고 산이 푸르니 꽃은 불타는 듯 붉다

금년 봄도 덧없이 지나가는데 나는 언제 고향집으로 돌아 갈까

1985년 박완기朴完基 처외사촌의 친필 중국의 시성 두보詩聖 杜甫의 강촌 절구

방 명 천 추
芳名千秋

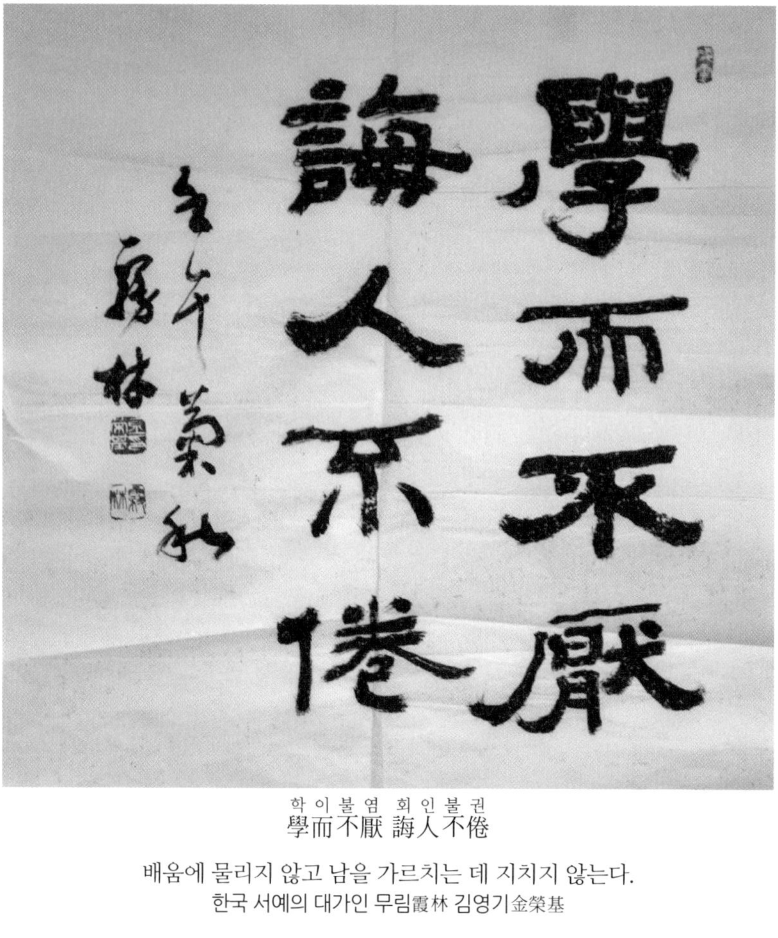

학 이 불 염 회 인 불 권
學而不厭 誨人不倦

배움에 물리지 않고 남을 가르치는 데 지치지 않는다.
한국 서예의 대가인 무림霞林 김영기金榮基

萬事從寬 其福自厚

金海金氏 栗隱公派 門中宗訓

江原大學校 教授 平海後人 黃在國 謹書

殷山盤水卜幽居
夕月朝雲志節餘
同學故人如問我
栗林深處臥看書

謹書治隱吉再先生所吟
栗隱金佇先生之志操以
呈于栗隱二十世孫獨立
紀念館金時佑處長焉
甲申立春節
平海人黃在國

은산반수복유거, 석월조운지절여
동학고인여문아, 율림심처와간서

2004년 강원대학교 중관中觀 황재국黃在國 교수
율은 선조께서 은둔생활의 소회를 길재 선생에게 보냈다고 전해진다.

유 지 경 성
有志竟成 뜻이 있어 마침내 이루다

강원대학교 황재국 교수

만 고 청 풍
萬古淸風
변하지 않는 지조와 높은 교양을 비유한 말

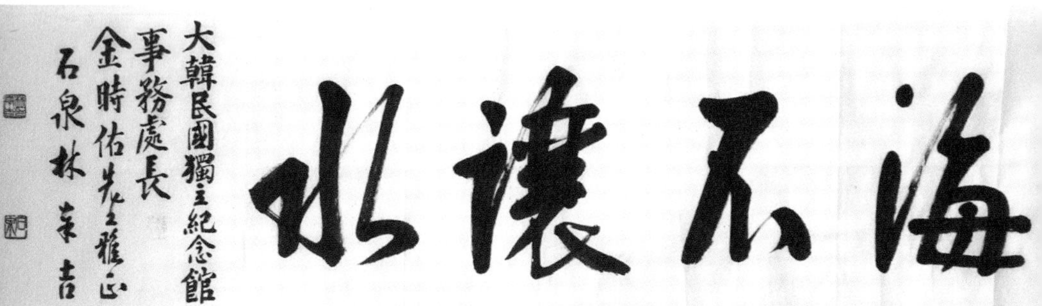

해 불 양 수
海不讓水
바다는 어떠한 물도 사양하지 않는다.

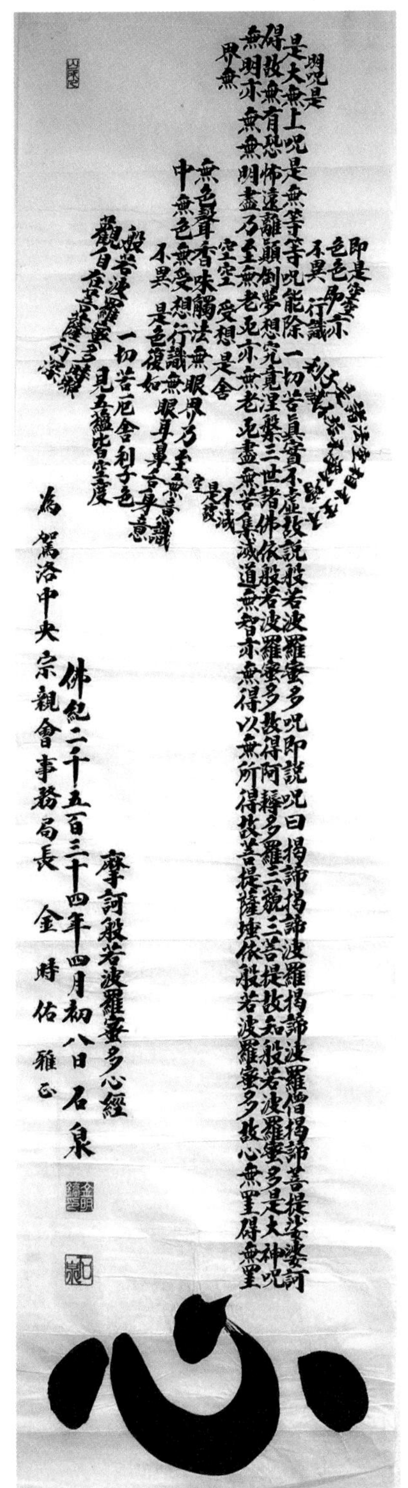

전라북도 도종친회 정기총회 특강기념으로 석천 김명호님이 써 준 반야심경(1991.04. 08)

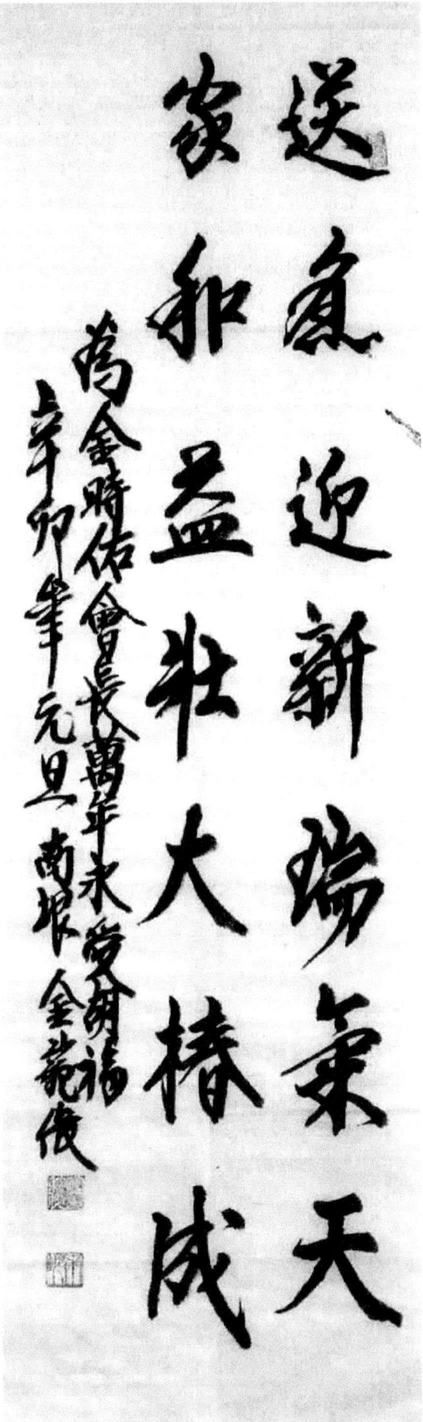

送舊迎新瑞氣天
家和益壯大椿成
爲金時佑會長萬年永受納福
辛卯年元旦 南垠 金範俊

송구영신서기천
가화익장대춘성

2011년 남은南垠 김범준金範俊 님이 보내온 연하장

我思古人

獨立紀念館事務處長 金時佑 先生 正之

壬午晩秋日 南沙 田奉勳

我思古人(아사고인) 삶이 고달프고 어려울 때 옛날 선인들의 지혜와 용기를 생각하며 힘을 얻어야 한다.

明敏剛猛

竹嵒田明雲義士氣象評傳 浦齋李相卨先生 西紀一九○九年 四月七日 於美國桑港共立会館

西紀一九九四年四月八日 竹嵒田明雲義士紀念事業会長 田奉勳

獨立紀念館 金時佑處長 正之

栗隱先生追慕詩文

爲金時佑理事長 正之

栗翁行蹟莫非眞
殉國精神最絶倫
李將排除謀議士
禑王復位主張臣
凌霜節義人稱善
貫日貞忠世謂仁
竹帛垂名誰不仰
詞林景慕永長伸

辛卯之春 南沙八七叟 田奉勳

2011년 전명운田明雲 의사 기념사업회 남사南沙 전봉훈田奉勳 회장

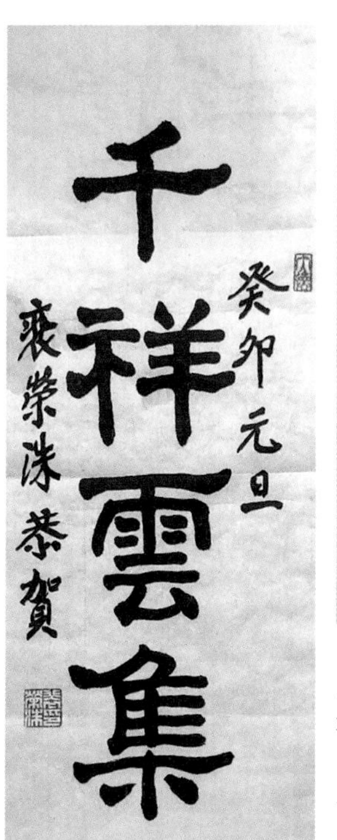

백 세 청 풍
↑ 百世清風 영원토록 변치 않는 선비가 지닌 높은 절개
※조선시대 지식인들이 가장 선호하는 글귀
파평인 야우 윤종철(野牛 尹鐘哲)

← 배영수 동문

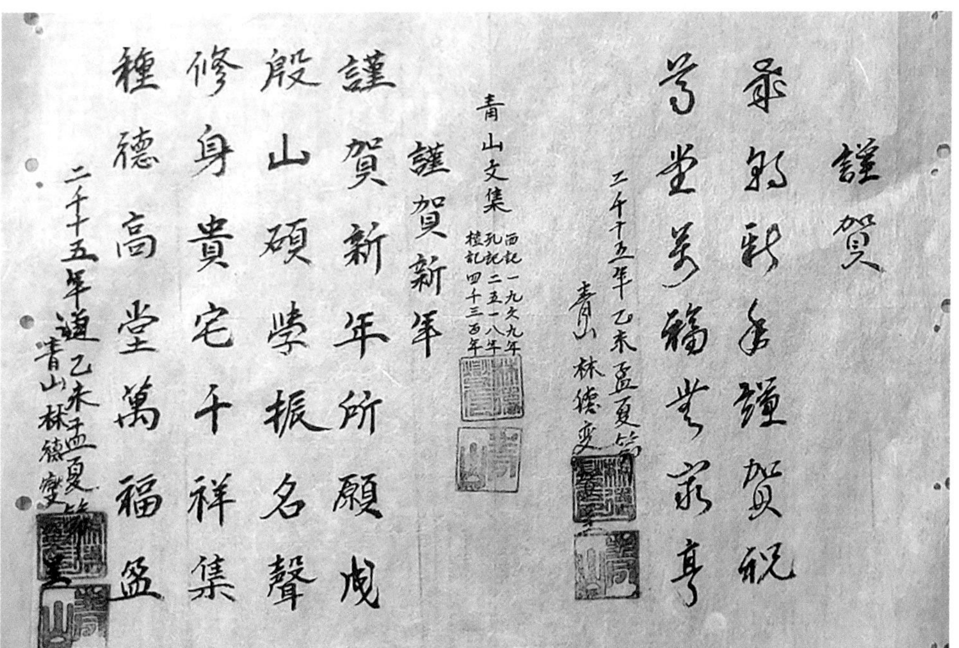

靑山文集
謹賀新年
殷山碩學振名聲
修身貴宅千祥集
種德高堂萬福盈
二千十五年適乙未孟夏節
靑山林德燮

예천인 청산 임덕섭 靑山 林德燮

허 심 고 절
虛心高節 높은 절개
서양화가 이성준李成濬 작

고 귀 길 상
高貴吉祥
율당 김종섭栗堂 金鐘燮 화백의 팔순 축하 화폭

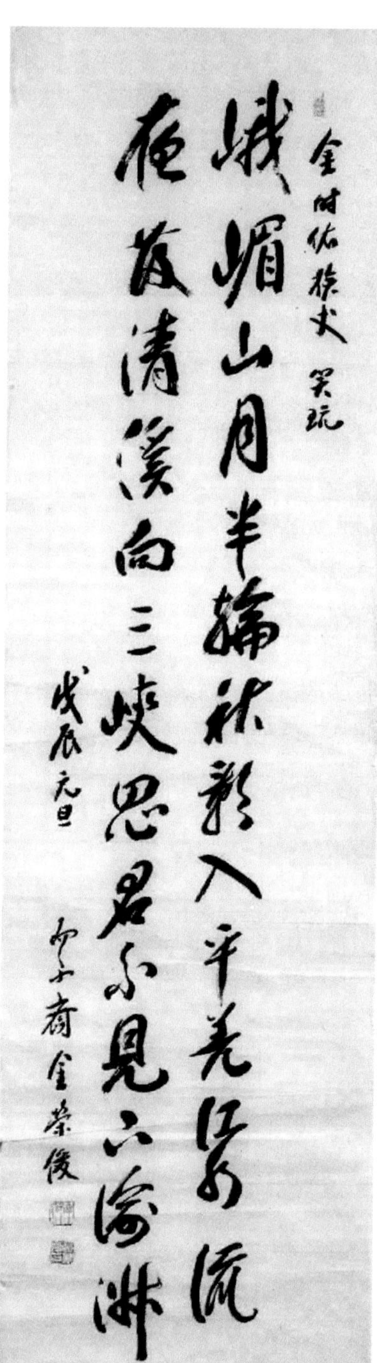

내무부 총무처 인사국장 이불재而不齋 김영준金榮俊의 친필 연하장(1988). 중국 당나라의 시선 이백詩仙 李白의 아미산월가

峨嵋山月半輪秋 影入平羌江水流
(아미산월반륜추 영입평강강수류)

夜發淸溪向三峽 思君不見下愉注
(야발청계향삼협 사군불견하유주)

아미산 위에 뜬 달은 맑은 반달 그림자는 평강에 들어 강물에 흐르네

밤에 청계를 떠나 삼협으로 향하노니 생각한 자네를 만나지 못하고 유주로 내려가오

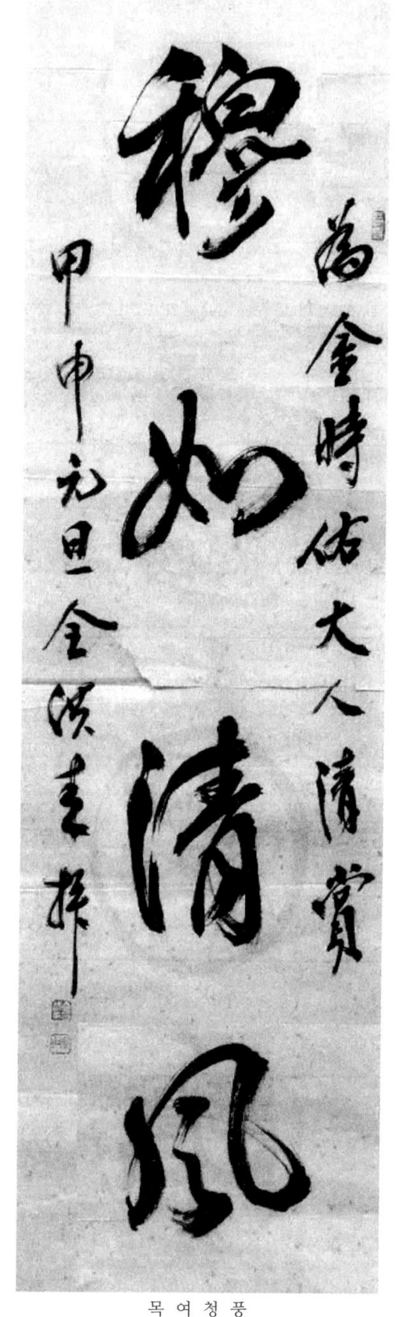

穆如淸風(목여청풍)

심사와 언행이 온화한 모양
(출처: 시경 대아 증민편)

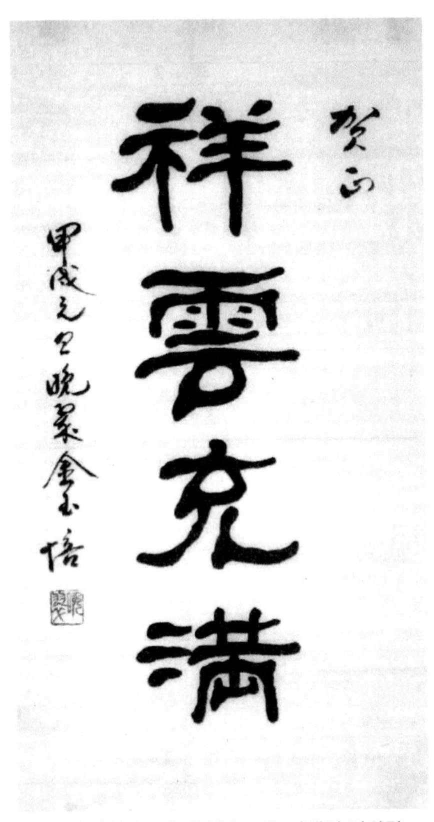

1994년 만취晩翠 김옥배金玉培 선생의 연하장

2001년 월당 박노혁 선생의 연하장

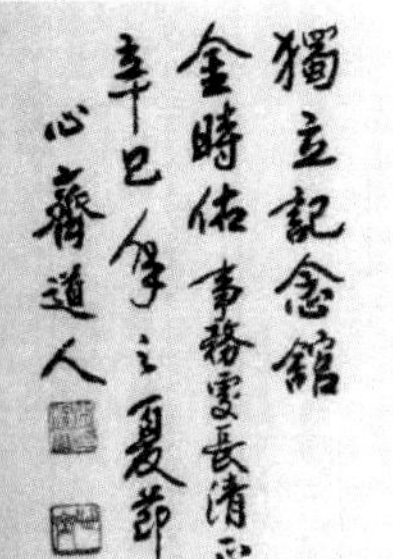

2001년 여름 독립기념관을 방문한 심재 도인 이상대 님의 휘호

處希(처희)

서예가 박노수 님의 서실 방문기념.
역경속에서도 희망을 가지라는 뜻

受天之祜休(수천지호휴)

2014년 서예가 박노수 님의 서실을 방문한 필자에게 남긴 휘호

智德体를 다갖춘 憂國志士 金時佑 교수님
歷史意識과 洞察力이 透徹하신 님의 視角을 보면
오늘의 情勢가 몹씨 苦悶스러우리 그러나 歷史엔
自然治癒力이 있지않습니까
庚子 新春 仁峰 邊禹亮

예천 출신 국회의원 인봉仁峰 변우량邊禹亮 선배가 2020년 보내온 격려의 글

1997(정축) 金珍玉

많은밭이 있어도 갈지 아니
하면 곳간이 비고 · 많은 책
이 있어도 가르치지 않으면

고종 솔빛 윤석명

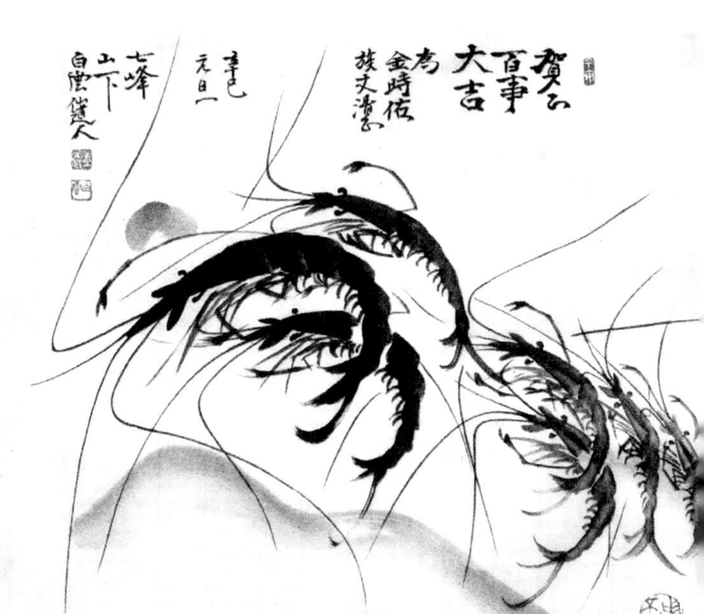

2001년 백운 김영민 화백이 보내온 연하장

노암老菴 김진옥金珍玉 화백이 1990년 원단에 보내온 연하장, 노암은 해마다 이런 연하장을 10년 동안이나 보내왔다.

2001년 한국서화작가협회 탑지회 회장 노암老菴 김진옥金珍玉 님이 독립기념관 방문기념 합죽선合竹扇

2001년도 전북도종친회 초청 특강으로 받은 기념 합죽선

第 10 號

宗 章 證

姓名 金 時 佑

貴下께서는 平素 駕洛文化 暢達에 깊은 關心을 가지시고 特히 崇善殿 整備事業에 크게 貢献하였으므로 宗紀規定 第7條에 依據 駕洛文化章 黄章을 授與합니다

西紀 一九九五年 四月 十四日
(駕洛紀元 一九五四年)

社團法人 駕洛中央宗親會
會長 金 榮 俊

第 20 號

委 囑 狀

金 時 佑

貴下를 金相玉烈士의 銅像建立 推進委員으로 委囑합니다.

1998年 4月 1日

(社) 金相玉·羅錫疇烈士紀念事業會
會 長 徐 英 勳

金相玉烈士銅像建立推進委員會
委員長 李 鍾 贊

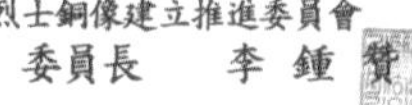

任 命 狀

姓名 : 김 시 우

貴下를 成均館 運營規則 第6條의 規定에 依하여 典學으로 任命합니다.

孔紀 二五五〇(1999)年 3月 1日

成均館長 崔 昌 圭

위 촉 장

성 명 김 시 우

귀하를 서울교육사료관 운영위원회 위원으로 위촉합니다.

기간 : 2000. 9. 25 ~ 2002. 9. 24

정독도서관장 김 재 평

임 명 장

김 시 우(金時佑)

재단법인 한국청소년수련원 이사에 임함.

2004년 10월 28일

문화관광부장관 정 동 채

감사장 第2005-002號

感謝狀

김 시 우 님

하나님의 恩惠中 貴下의 無窮한 發展을 祈願합니다. 貴下는 圖書館發展에 대한 깊은 關心과 愛情으로 本校의 敎授 및 學生들의 硏究活動을 奬勵하고, 圖書寄贈에 積極 協助해 주신 것에 대하여 깊은 感謝를 드리며 이와 같이 感謝狀을 드립니다.

受領圖書名 : 한국독립운동의 이해와 평가 外
受領資料數 : 총 61권

2005년 3월 31일

平澤大學校 情報支援室長

委囑狀

金 時 佑

貴下를 愛國志士 田明雲義士 폐리義擧 100周年 紀念事業準備委員會 指導委員으로 委囑함

2007年 12月 15日

竹嵒 田明雲義士 폐리義擧 100周年 紀念事業準備委員會
委員長 田 奉 勳

제2010-63호

감 사 장

서울특별시연합회
원로회원 김 시 우

귀하께서는 선도농가로서 1960년 제1회 전국농업기술자대회 이후 농민의 정신혁명, 농업의 기술혁명, 농촌의 생활혁명의 깃발을 높이 들고, 잘사는 농촌 만들기에 앞장서, 우리협회 발전에 크게 기여하셨기에 제51회 전국농업기술자대회를 맞이하여 10만여 회원의 마음을 한데 모아 이 작은 감사장을 드립니다.

2010년 11월 24일

사단법인 전국농업기술자협회
회장 윤 천 영

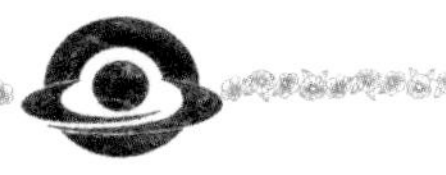

위 촉 장

위 원 김 시 우

위 사람을 예천군 문화정책자문위원회 위원으로 위촉합니다.

2018. 12. 21.

예 천 군

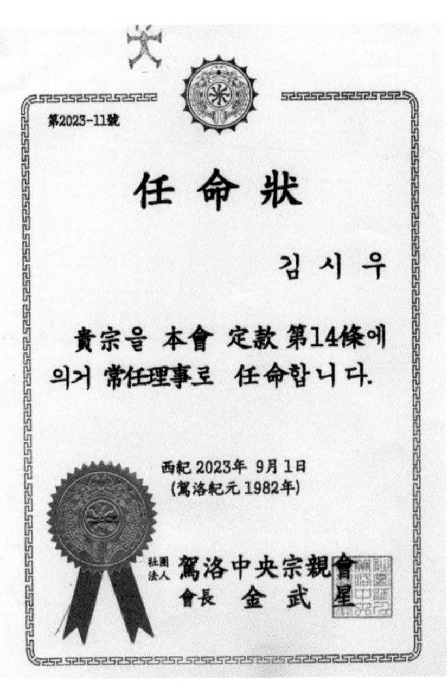

第2023-11號

任命狀

김 시 우

貴宗을 本會 定款 第14條에 의거 常任理事로 任命합니다.

西紀 2023年 9月 1日
(駕洛紀元 1982年)

社團法人 駕洛中央宗親會
會長 金 武 星

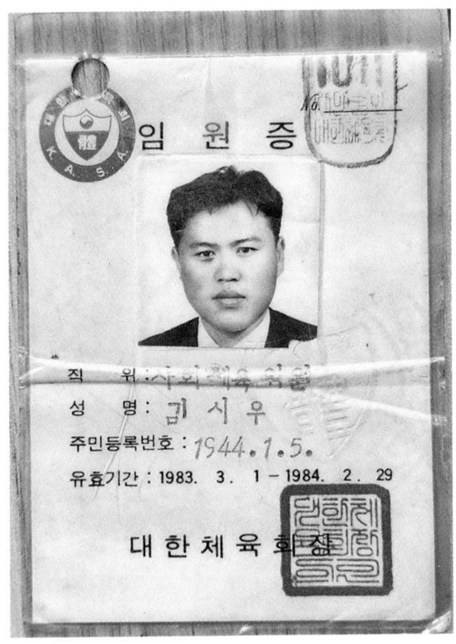

임 원 증

직 위 :
성 명 : 김 시 우
주민등록번호 : 1944.1.5.
유효기간 : 1983. 3. 1 - 1984. 2. 29

대 한 체 육 회 장

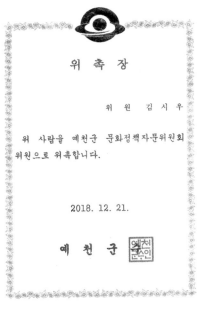

고향 예천의 서적 간행 등 문화 활동에 적극 참여

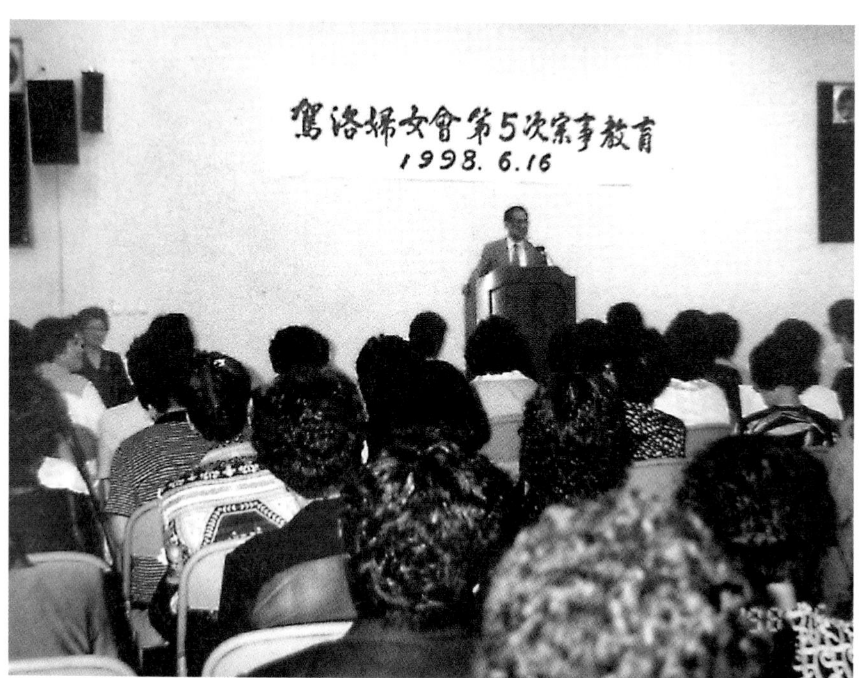

鷺洛婦女會第5次宗事教育
1998. 6.16

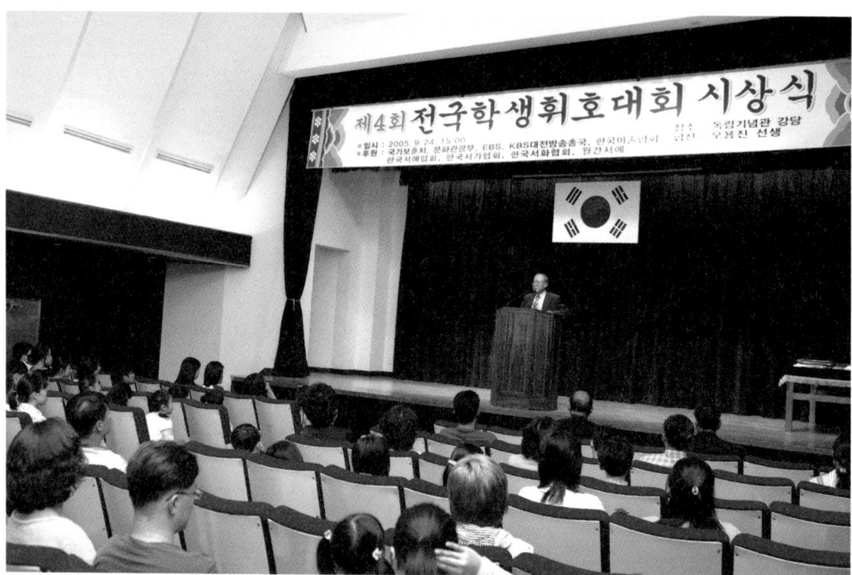

전국학생휘호대회 시상 및 전시개막(2005.09.24)

일본의 국권강탈 100돐 동학 인내천 예천지역 특별 강좌

김시우 평택대 교수의 '예천 동학농민운동의 실상' 주제

일본의 국권강탈 100돐 동학 인내천 대국민 예천지역 특별 강좌가 지난 2일 오후 1시부터 예천문화회관에서 열렸다.

이날 강좌에는 임운길 천도교 교령, 김종배 예천문화원장, 김영규 군의장, 박대일 전 재경예천군민회장, 윤종철 민족정기 선양회장을 비롯한 군민등 4백여명이 참석한 가운데 개최 되었다.

윤종철 민족정기 선양회장은 인사말을 통해 "60여년만에 다시 온 고향으로서 이번 강좌를 큰 선물로 가져 왔다"고 하며 "이 강좌를 통해 서로 화해 하고 통합하고, 모순을 해소 할수있으며 서로가 미워하지 말고, 갈등하지 말고, 서로가 친해 져야만 모두가 통일이 된다"며 "오늘 두분 교수님의 훌륭한 말씀이 여러분들의 가슴속 깊이 각인 되는 인내천 강좌 가 되길 바란다"고 말했다.

이어 김시우 평택대 교수의 '예천 동학농민운동의 실상'이라는 주제와 고려대학교 임형진 교수의 '인내천 사상으로 풀어보는 민족 통합'이라는 주제로 각각 강연을 펼쳤다.

▲김시우 평택교수(왼쪽) 임형진 고려대 교수(오른쪽)

영주고등학교 명사 초청 특강(2019.11.25)

율은 선조의 유적지인 은풍면 빙성일대를 답사하였다. 좌로부터 저자, 김선기 족형, 김종득 종손, 김종욱 예천군 가락종친회장, 김욱 종숙.

자랑스러운 예천군 출향인상 수상. 좌에 네 번째 이현준 군수.

율은 전시관 개관식에 참석한 좌에서 3번째부터 차례로 정희웅 문화원장, 장성조 부지사, 김종국 가락경북도종친회 회장, 김민호 종손, 허화평의원, 김종배 대종회장, 김종창 금융감독원장, 필자인 율은기념사업회 이사장(2021.04.17)

율은기념사업회 임원회의를 종손(김종득)과 이사장이 주재하고 있다. 왼쪽줄 첫 번째 김용태 대통령 비서실장

예천문화 발전을 위한 포럼 좌에서 두 번째 필자

김해김씨 율은공파 이사회에 김무성 중앙종친회장(좌 4번째)과 김부겸 전 국무총리(좌 6번째)가 참석한 기념촬영

경남 산청 덕양전 추향대제에 참석한 가락중앙종친회 중앙 종무위원장(2023.09.16)

김해 숭선전 대제 참석제관들 좌에서 3번째 필자인 김시우 중앙종무위원장, 김무성 가락중앙종친회장, 김부겸 전국무총리(2023.09.15)

가락충청북도종친회 회장 이취임식에 참석한 김무성 중앙회장과 김시우 중앙상임이사에게 충북도 종친회 회장 부인(좌) 충북도부녀회장(우)이 환영하는 화환을 걸어주었다

2023년 11월 18일 율은문중 제2차 학술발표회 후 발표자와 문중 대표들의 기념촬영

김해 김수로왕, 산청 가락국 10대 구형왕, 경주 흥무대왕(김유신장군) 봄대제에 참석한 김무성 중앙종친회 회장과 김시우 중앙종무위원장

독립기념관을 방문한 이회창 총재와 한나라당 의원들(2000.08.14)

사랑하는 나의 생활, 나의 생각

지은이 / 김시우
발행인 / 김영란
디자인 / 앤아트(ANART)
발행처 / **한누리미디어**

08303, 서울시 구로구 구로중앙로18길 40, 2층(구로동)
전화 / (02)379-4514
Fax / (02)379-4516
E-mail/hannury2003@daum.net

신고번호 / 제 25100-2016-000025호
신고연월일 / 2016. 4. 11
등록일 / 1993.11. 4

초판발행일 / 2024년 6월 1일

값 20,000원

ISBN 978-89-7969-891-6 03810